일러두기

하나, 옮긴이 주의 경우 괄호 안에 '옮긴이' 표기를 별도로 하였습니다.

둘, 원문에서 이탤릭체로 표시된 부분은 고딕체로 구분하여 표기하였습니다.

셋, 원문에서 외국어로 표시된 부분은 이탤릭체로 구분하여 표기하였습니다.

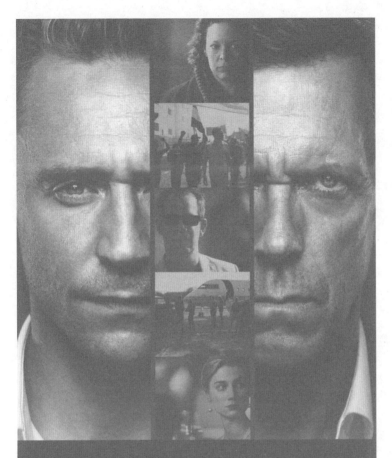

JOHN LE CARRÉ THE NIGHT MANAGER

나이트 매니저 1

존 르 카레 장편소설 | 유소영 옮김

RHK
알에이치코리아

차 례

그레이엄 굿윈을 추억하며

1
불멸의 영혼

1991년 1월 어느 눈 덮인 저녁, 취리히에 있는 마이스터 팰리스 호텔의 영국인 야간 지배인 조너선 파인은 안내 데스크 뒤 사무실에서 나와 유명 인사의 때 늦은 도착을 환영하기 위해 전에 없던 기분에 사로잡혀 로비를 지키고 있었다. 걸프전이 막 시작된 시기였다. 매일같이 실무진을 통해 은밀히 전달되는 연합군 폭격 소식이 취리히 주식시장을 위협하고 있었다. 안 그래도 비수기인 1월의 호텔 예약률은 위기 상황까지 떨어져 있었다. 스위스는 오랜 역사 속에서 다시 한 번 포위당한 상태였다.

 그러나 마이스터 팰리스는 위기를 감당할 능력이 있었다. 취리히 전역의 택시 운전사들과 단골들에게 '마이스터'라 불리며 사랑받는 이 호텔은 물리적으로나 전통적으로 에드워드 시대의 고루한 친척 아주머니처럼 언덕 꼭대기 위에 홀로 우뚝 자리 잡은 채 분주한 도시의 일상을 내려다보고 있었다. 계곡의 풍경이 변하면 변할수록, 마이스터는 더더욱 확고부동하게 악마를 향해 전진하는 세상 속에서 문명의 요새로 남아 있었다.

조녀선의 대기 위치는 우아한 여성패션 전시장을 양쪽에 두고 움푹 들어가 있는 벽이었다. 한쪽에는 금색 비키니 하의와 산호 귀걸이 차림의 마네킹에, 가격은 지배인에게 문의하라는 내용이 적힌 담비 숄만 둘러놓은 반 호프 슈트라세의 아델 패션 숍 전시장이었다. 동물 모피 사용을 둘러싼 논란으로 여느 서구 도시와 마찬가지로 취리히도 시끄러웠지만, 마이스터 팰리스는 눈곱만큼도 신경 쓰지 않았다. 두 번째 전시장에는—세자르, 역시 반 호프 슈트라세에 있는 가게였다—관능적인 자수 가운과 모조 다이아몬드 터번, 하나에 6만 프랑씩이나 하는 보석 박힌 손목시계 등 아랍 취향의 물건들이 널려 있었다. 사치의 제단을 양옆에 두고 그 사이에 끼인 채 조녀선은 회전문을 응시했다.

그는 단단한 체구를 지녔지만 조심스러운 자기 보호용 미소를 짓는 남자였다. 영국인적인 특징도 잘 숨기고 있었다. 동작은 민첩했고, 한창나이였다. 선원이라면, 주도면밀하고 경제적인 동작, 항상 한 손을 선체에 대고 발을 옮기는 규칙적인 걸음에서 그가 선원 출신이라는 것을 알아볼 것이다. 단정하게 깎은 곱슬머리, 권투 선수의 두꺼운 눈썹. 핏기 없는 눈 주위의 피부는 눈에 띄었다. 언뜻 보면 더욱 어둑한 그늘이 드리워져 있을 것 같은 인상이었다.

이 온순한 태도와 격투기 선수 같은 몸집은 호텔에 머무르는 이들에게 강한 인상을 남겼다. 절대 다른 직원들과 헷갈릴 수가 없었다. 머리카락이 새하얀 접객 담당 매니저 헤어 슈트리플리와도, 호텔을 신처럼 당당하게 돌아다니는 마이스터의 준수하고 젊은 독일인 직원들과도. 호텔 직원으로서 조너선은 완벽했다. 부모는 누구인지, 음악은 듣는지, 아이와 아내가 있는지, 개를 키우는지, 사람들은 궁금해하지 않았다. 문간을 바라보는 눈빛은 명사수처럼 흔들림이 없었다. 그는 카네이션을 꽂고 있었다. 밤에는 언제나 그랬다.

이맘때치고는 눈이 어마어마하게 내렸다. 불 밝힌 호텔 앞마당에는 폭풍 속의 파도처럼 눈이 흩날리고 있었다. 거물이 도착한다는 소식을 들은 포터들은 눈보라 속을 열심히 내다보고 있었다. '로퍼는 못 올 거야.' 조너선은 생각했다. 비행기 이륙을 허가받았다고 해도 이런 날씨에 착륙할 수 있을 리가 만무했다. '헤어 카스파르가 잘못 짚은 거야.'

그러나 수석 관리인 헤어 카스파르는 평생에 걸쳐 일을 그르친 적이 없었다. 그가 내부 스피커로 '곧 도착 예정'이라고 중얼거린다면, 타고난 낙관론자여야만 고객의 비행기가 기수를 돌릴 가능성이 있을 거라는 꿈을 꿀 수 있을 것이다. 게다가 아주 거물급이 아니라면 왜 헤어 카스파르가 이 시각에 직접 지휘하고 있겠는가? 프라우 로링이 말하길, 헤어 카스파르는 한때 2프랑에 칼을 휘두르고 5프랑에 목을 조를 수 있는 사람이었다. 하지만 노년은 달랐다. 이제 카스파르에게 저녁 텔레비전 시청의 즐거움을 뿌리치게 하려면 가장 값비싼 미끼가 필요했다.

예약이 다 찼습니다. 로퍼 씨. 조너선은 불가피한 상황을 방어하기 위해

지푸라기라도 잡듯 대사를 연습해보았다. 헤어 마이스터는 참담한 심경이십니다. 임시 직원이 용서할 수 없는 실수를 저질렀습니다. 하지만 보르 오 락 호텔에 객실을 준비해놓았습니다. 기타 등등. 그러나 소망에서 우러나온 이런 공상은 말이 되지 않았다. 오늘 밤 유럽에서 투숙객이 50명 이상 있는 고급 호텔은 단 한 군데도 없을 것이다. 그리고 바하마 제도의 나소 무역상 리처드 온슬로 로퍼 단 한 사람만 빼면, 돈 많은 사람들은 자동차로 용감하게 눈길을 기어 다니고 있을 것이다.

손이 굳었다. 조너선은 전투태세를 취하듯 본능적으로 팔꿈치를 움직였다. 불빛으로 판단하건대 메르세데스로 보이는 차 한 대가 호텔 앞마당에 들어섰다. 소용돌이치는 눈바람이 헤드라이트 불빛을 가득 채웠다. 헤어 카스파르가 샹들리에 불빛 아래로 포마드 오일이 번들거리는 머리를 드는 것이 보였다. 그러나 차는 호텔 앞마당 반대편에 섰다. 택시, 평범한 시내 택시였다. 아크릴처럼 반짝이는 헤어 카스파르의 머리는 다시 폐장 주가를 확인하기 위해 수그러들었다. 조너선은 마음을 놓고 유령 같은 미소를 지었다. 가발, 변함없는 가발. 헤어 카스파르의 14만 프랑짜리 왕관, 스위스 내에 있는 모든 전통적인 지배인들의 자존심. 헤어 카스파르의 윌리엄 텔이라고, 프라우 로링은 말했다. 백만장자 폭군 마담 아르케티에게 반기를 들었던 가발.

어쩌면 온갖 상념이 머리를 어지럽히는 상황에서 집중하기 위해서였는지, 혹은 이 곤혹스러운 상황에서 숨겨진 의미를 찾기 위해서였는지, 조너선은 관리부 수석 프라우 로링이 처음으로 자기 다락방에서 그에게 치즈 퐁뒤를 만들어주며 했던 이야기를 정확히 문자 그대로 떠올렸다. 프라우 로링은 75세로, 함부르크 출신이었다. 헤어 마이스터의 유모였고, 소문에 따르면 헤어 마이스터 부친의 정부였다. 그녀는 가발 전설의 전승자이자 살아 있는 목격자였다.

"당시에 마담 아르케티는 유럽에서 가장 부유한 여자였지, 조녀선 청년." 프라우 로링은 마치 조녀선의 아버지와도 잔 적이 있는 사람처럼 입을 열었다. "세상의 모든 호텔들이 모시지 못해 안달이었어. 하지만 카스파르가 반기를 들기 전까지 그녀가 가장 좋아했던 곳은 마이스터였지. 그 후로는 뭐, 오긴 했지만 그냥 의례적이었어."

마담 아르케티는 아르케티 슈퍼마켓의 상속자였어, 로링 부인은 설명했다. 아르케티는 자본 소득으로만 먹고살았다. 50대에 그녀는 영국제 오픈형 스포츠카 뒤에 비서와 의상이 가득 찬 밴을 거느리고 유럽의 거대 호텔들을 순회하는 것이 취미였다. 함부르크의 포시즌부터 베네치아의 치프리아니, 코모 호의 빌라 데스테에 이르기까지 모든 호텔 지배인과 수석 웨이터의 이름을 외우고 있을 정도였다. 마담 아르케티는 그들에게 식이요법이나 약초 요법을 소개해주고 별점도 봐주었다. 총애하는 사람에겐 상상할 수 없는 팁을 하사하기도 했다.

헤어 카스파르는 한없는 총애를 받았다. 그는 매년 부인이 찾아올 때마다 2만 스위스프랑을 챙긴 것은 물론, 엉터리 발모제나 베개 밑에 놓아두면 좌골신경통을 치료한다는 마법의 돌 따위를 선물 받았다. 성탄절과 명절에는 벨루가 캐비어 반 킬로그램을 얻어 연줄 있는 시내의 유명 식당을 통해 몰래 현금으로 바꿨다. 이 모든 것이 평소대로 수수료를 챙기고 극장표 예매 몇 매, 저녁 식사 예약 몇 번을 대신 해준 덕분이었다. 마담 아르케티에게 독실한 충성 맹세를 하고 집사 왕국 여제로서의 지위를 굳건히 해준 대가였다.

헤어 카스파르가 가발을 사기 전까지는 그랬다.

성급하게 산 건 아니었어, 로링 부인은 말했다. 처음에 그는 마이스터의 한 정유 업계 고객 덕분에 텍사스에 땅을 샀다. 투자는 성공했고, 이익이 생겼다. 그러고 나니 자신도 여주인처럼 노년의 흔적 몇 군데를 지울 권리가 있는 인생 단계에 들어섰다는 판단을 내린 것이었다. 몇 달을 재고 따진 끝에 물건이 준비되었다. 거장의 기적적인 솜씨로 만들어진 마법의 가발이었다. 휴가 때 미코노스 섬에서 미리 사용해보고 나서 9월의 어느 월요일 아침, 카스파르는 구릿빛으로 그을려서 15세는 젊어 보이는 풍모로 데스크에 나타났다. 물론 머리부터 쳐다보지만 않는다면.

머리부터 쳐다볼 사람이 어디 있겠어, 로링 부인이 말했다. 그랬다 해도 말을 안 했겠지. 놀랍게도 누구도 가발에 대해 언급하지 않았다. 프라우 로링도, 당시 피아노를 쳤던 안드레도, 주방장 베리 전임자였던 브란트도, 그리고 직원들 차림새를 매와 같은 눈으로 감시하던 전대 헤어 마이스터도. 호텔에서 일하는 모두가 헤어 카스파르의 회춘에 동참하기로 암묵적으로 약속이라도 한 것 같았다. 로링 부인도 감히 가슴이 파인 여름 드레스를 입고 고사리 문양의 스타킹을 신었다. 이렇게 만족스러운 일상이 흘러가던 중에 마담 아르케티가 매년 그렇듯 한 달간 호텔에 묵으러 왔고, 호텔 직원들은 늘 그렇듯 부인을 환영하기 위해 로비에 죽 늘어섰다. 로링 부인, 브란트 주방장, 안드레, 그리고 전대 헤어 마이스터도 직접 마담 아르케티를 타워스위트룸까지 모시기 위해 기다리고 있었다.

카스파르는 가발을 쓴 채로 데스크 뒤에 있었다.

물론 마담 아르케티는 총애하는 직원의 외모가 변한 것을 곧장 언급하지는 않았어, 로링 부인은 말했다. 한번 죽 둘러보며 미소를 지었지만, 그것은 처음 무도회에 모습을 드러낸 공주님이 모든 사람들에게 미소를 하사하는 것과도 같았다. 그녀는 헤어 마이스터가 양쪽 뺨에, 브란트 주방장이 한쪽 뺨에 키스하는 것을 허락했다. 로링 부인에게도 미소 지었다. 그녀는 피아니스트 안드레의 빈약한 어깨에 가만히 팔을 둘렀고, 안드레는 "마담"이라는 말로 화답했다. 그런 뒤에야 헤어 카스파르에게 다가갔다.

"머리에 쓴 게 뭐지, 카스파르?"

"머리카락입니다, 마담."

"누구의 머리카락이지, 카스파르?"

"제 머리카락입니다." 카스파르는 흔들림 없이 대답했다.

"벗어." 마담 아르케티는 명령했다. "그러지 않으면 나한테서 한 푼도 못 받을 줄 알아."

"벗을 수 없습니다, 마담. 제 머리카락은 제 일부입니다. 저와 한몸입니다."

"분해하라고, 카스파르. 당장은 너무 복잡하니까 놔두고, 내일 아침까지. 그러지 않으면 한 푼도 없을 줄 알아. 극장표는 뭘로 준비했지?"

"〈오셀로〉입니다, 마담."

"아침에 다시 보자고. 배역은 누구지?"

"라이저입니다, 마담. 취리히 최고의 무어인입니다."

"보면 알겠지."

다음 날 아침 8시 정각, 헤어 카스파르는 자신의 근무 위치에 나타났다. 옷깃에는 십자 직원 배지가 무공훈장처럼 빛나고 있었다. 그리고 머리에는 반란의 상징이 위풍당당하게 얹혀 있었다. 로비에는 아침 내내 불안한 침묵이 감돌았다. 호텔 손님들조차 이유는 몰라도 모종의 사태가 임박했다는 것을 눈치챘다. "그 유명한 프라이부르크의 거위 떼 같았지." 로링 부인은 말했다. 늘 그렇듯 마담 아르케티는 정오에 총애하는 그라츠 출신의 유망한 이발사 청년의 팔을 잡고 타워스위트룸에서 나와 계단을 내려왔다.

"한데 오늘 아침 헤어 카스파르는 어디 있지?" 그녀는 카스파르가 있는 쪽을 바라보며 물었다.

"평소처럼 데스크 뒤에서 대기 중입니다, 마담." 헤어 카스파르가 대답했다. 자유의 전당에 길이 울려 퍼질 듯한 음성이었다. "〈오셀로〉 극장표를 준비해두었습니다."

"헤어 카스파르가 보이지 않네." 마담 아르케티가 동반한 청년에게 말했다. "머리카락은 보이는데 말이야. 눈에 띄지 않아서 그리울 거라고 전해줘."

"그게 카스파르의 트럼펫 행진곡이었지." 프라우 로링은 이렇게 이야기 맺는 것을 좋아했다. "마담이 호텔에 들어선 순간, 헤어 카스파르는 운명을 피할 수 없었어."

그리고 오늘 밤엔 내 트럼펫이 울릴 차례겠지. 조녀선은 세상 최악의 남자를 기다리며 생각했다.

조녀선은 자신의 손이 걱정스러웠다. 군사학교에서 기습적으로 손톱 검사를 받을 때부터 그랬는데, 손은 여느 때처럼 흠잡을 데 없이 깔끔했다. 처음에는 연병장에서 몸에 밴 자세대로 자수 놓인 바지 솔기 옆에 주먹을 쥐고 있었다. 그러나 지금은 자기도 모르는 사이 등 뒤로 돌아가서 손수건을 쥐어짜고 있었다. 손바닥에 계속해서 배어 나오는 땀을 힘들게 의식해서였다.

걱정을 미소로 승화시키며, 조녀선은 양쪽으로 붙은 거울을 통해 자신의 모습을 확인해보았다. 이 직업에 종사하면서 익힌 '정중한 환영의 미소'였다. 공감하긴 하지만 신중하게 자제하는 미소. 손님들은, 특히 아주 부유한 계층의 손님들은 힘든 여행 끝에 신경이 곤두서 있을 수 있으며, 호텔에 도착했을 때 야간 지배인이 침팬지처럼 쳐다보며 웃는 것은 절대 금물이라는 것을 경험으로 알고 있었다.

미소는 그대로였다. 메슥거리는 기분도 미소를 없애지는 못했다. 고급 손님에 대한 예의의 표시로 직접 맨 타이는 기분 좋게 무심해 보였다. 머리카락은, 헤어 카스파르에게 비할 바는 아니었지만, 그의 것이었으며 여느 때처럼 단정하게 윤기가 났다.

'이건 다른 로퍼야.' 그는 머릿속으로 생각했다. '전부 다 전적으로 오해한 거야. 그녀와는 아무 관계가 없어. 나소에 똑같은 이름의 무역상이 두 사람 있는 거겠지.' 그러나 오늘 오후 5시 30분에 출근해서 무심코 집어 든 헤어 슈트리플리의 저녁 투숙객 컴퓨터 출력 명단에 대문자로 찍혀 있는 로퍼라는 이름을 본 순간부터, 조너선의 생각은 계속 거기서 왔다 갔다 맴돌고 있었다.

로퍼 R. O. 동반 인원 16명. 아테네발 개인 제트기. 21시 30분 도착 예정. 끝에는 헤어 슈트리플리의 신경질적인 비고가 붙어 있었다. 'VVIP!' 조너선은 홍보팀 파일을 스크린에 띄웠다. 로퍼 R. O. 뒤에는 보디가드를 뜻하는 완어 OBG라는 문자가 붙어 있었다. O는 'official(공식)'의 약자로, 스위스 연방 정부에서 총기 소지 허가를 받았다는 뜻이었다. 로퍼, OBG, 나소 소재 아이언브랜드 토지, 광석, 귀금속 회사 주소, 자택은 나소 소재 사서함, 취리히 은행에서 발급한 신용카드. R이라는 머리글자와 아이언브랜드라는 이름의 회사를 가진 로퍼라는 사람이 세상에 몇 명이나 있을까? 얼마나 많은 우연의 일치가 겹쳐야 할까?

"로퍼 R. O. 씨는 도대체 어떤 사람입니까?" 조너선은 다른 일로 분주한 척하며 헤어 슈트리플리에게 독일어로 물었다.

"영국인이야, 자네와 마찬가지로."

조너선의 독어 실력이 훨씬 나은데도 불구하고 영어로 대답하는 것은 슈트리플리의 짜증스러운 습관이었다.

"아니, 어째서 나와 마찬가지예요. 나소에 살고, 귀금속 거래를 하고, 스위스에 은행이 있는데 어째서 나와 마찬가지입니까?" 함께 몇 개월간 유폐 상태로 지내다 보니, 두 사람의 입씨름은 부부처럼 치졸한 데가 있었다.

"로퍼 씨는 아주 중요한 손님이야." 슈트리플리는 눈에 대비해 가죽 외투 버클을 죄며 느릿하게 대꾸했다. "민간인 손님 중에서는 지출액이 다섯 번째로 많고, 영국인 중에서는 최고야. 지난번에 일행이 왔을 때는 하루 평균 매출이 2만1,700스위스프랑이었고, 추가로 서비스 요금이 있었지."

눈길을 무릅쓰고 어머니에게 가기 위해 언덕을 내려가는 헤어 슈트리플리의 모터바이크가 질척거리며 우르릉거리는 소리가 들려왔다. 조너선은 공습을 기다리는 사람처럼 작은 손에 얼굴을 파묻고 책상에 잠시 앉아 있었다. '쉬워.' 그는 홀로 생각했다. '로퍼가 여유를 가지고 왔으니 나도 똑같이 하면 돼.' 그는 다시 똑바로 일어나 앉아, 여유 있는 사람의 평정한 표정으로 책상 위의 편지에 시선을 두었다. 슈투트가르트의 섬유제조업자가 크리스마스 파티 비용 청구서에 이의를 제기하는 내용이었다. 조너선은 헤어 마이스터에게 승인을 받을, 신랄한 내용의 답신을 작성했다. 나이지리아 홍보회사가 보낸 회의시설에 대한 질문도 있었다. 조너선은 유감이지만 빈 객실이 없다고 답했다.

어머니와 함께 호텔에 머물렀던 아름답고 위엄 있는 프랑스 여자 시빌이 거듭 그의 대접에 불만을 표하는 편지도 있었다. '우린 같이 배를 탔어요. 산길을 걸었죠. 아름다운 시간을 보냈어요. 그런데 우리가 친구 이상이 될 수 없는 건 당신이 영국인이라 그런 건가요? 날 볼 때 당신 얼굴에는 그늘이 드리워져 있어요. 내가 당신에게 역겨운 건가요.'

좀 움직이는 것도 괜찮을 것 같아. 그는 헤어 마이스터가 시내 철거 건물 지붕에서 건진 오래된 소나무로 간이식당을 짓는 호텔 북쪽 건설 현장을 돌아보러 나갔다. 헤어 마이스터가 왜 간이식당을 지으려 하는지 아무도 몰랐고, 언제 공사를 시작했는지 기억하는 사람도 없었다. 숫자가 적힌 목재 판들이 노출된 벽면에 줄줄이 쌓여 있었다. 나무에서는 곰팡내가 났고, 카이로의 퀸 네페르티티 호텔에서 소피가 그의 사무실에 들어서던 날 밤 바닐라 향을 풍기던 그녀의 머리카락이 떠올랐다.

헤어 마이스터의 공사 현장 탓은 아니었다. 그날 오후 5시 30분에 로퍼의 이름을 본 순간부터 조너선의 상념은 카이로로 향하고 있었다.

소피는 자주 눈에 띄었지만, 말을 나누어본 적은 없었다. 허리가 길고, 우아하고 고고하며, 나른해 보이는 40대 검은 머리칼의 미인. 그녀가 네페르티티 부티크를 돌아보는 모습이나, 근육질 운전사의 도움을 받아 황갈색 롤스로이스에 오르는 모습을 보곤 했다. 로비를 돌아다닐 때 운전사는 사타구니에 두 손을 겹쳐 얹고 뒤를 따라다니며 보디가드 노릇을 했다. 르 파빌리온 레스토랑에서 선글라스를 운용용 고글처럼 머리 위로 밀어 올리고 프랑스 신문을 옆에 놓은 채 민트프라페를 마실 때는, 운전사도 옆 테이블에서 소다를 홀짝이곤 했다. 직원들은 그녀를 마담 소피라고 불렀다. 마담 소피는 퀸 네페르티티 호텔을 포함해 카이로의 상당 부분을 소유하고 있는 못생긴 하미드 형제 중 막내 프레디의 애인이었다. 25살 되던 해에 프레디가 거둔 가장 큰 업적은 10분 만에 바카라(트럼프 놀이의 일종—옮긴이)에서 50만 달러를 잃은 일이었다.

"당신이 파인 씨군요." 그녀는 책상 반대편의 팔걸이의자에 앉아 프랑스어 억양으로 말했다. 그리고 머리를 뒤로 젖히고 비스듬히 그를 바라보았다. "영국의 꽃."

새벽 3시였다. 그녀는 실크 소재의 바지 정장 차림이었고, 목에는 토파즈 장신구를 걸치고 있었다. 취했을 수도 있다. 그는 생각했다. 조심하자.

"아, 감사합니다." 그는 기분 좋게 대꾸했다. "오랫동안 그렇게 불린 적이 없습니다. 뭘 도와드릴까요?"

그러나 은밀히 그녀 주위의 공기 냄새를 맡는 순간, 그가 느낄 수 있었던 것은 그녀의 머리카락뿐이었다. 머리카락은 검게 반짝이고 있었지만, 신기하게도 금발 냄새가 났다. 바닐라 향. 따뜻했다.

"난 펜트하우스 3호실에 묵고 있는 마담 소피예요." 그녀는 스스로에게 일깨우기라도 하듯 답했다. "당신을 자주 봤어요, 파인 씨. 매우 자주. 건실한 눈빛을 갖고 계시더군요."

손가락에 낀 반지는 고풍스러웠다. 연한 금장식 안에 다이아몬드가 한 다발 박혀 있었다.

"저도 자주 봤습니다." 그는 선선하게 미소 지으며 대답했다.

"항해도 하시더군요." 그녀는 흥미로운 일탈 행위라도 지적하듯 말했다. 왜 '도'라는 조사를 사용했는지는 알 수 없었다. "지난 일요일에 내 보호자와 함께 카이로 요트 클럽에 갔었어요. 샴페인 칵테일을 마시고 있는데 당신 배가 들어오더군요. 프레디가 당신을 알아보고 손을 흔들었는데, 당신은 배를 조종하느라 정신이 없었는지 아무 반응도 안

했어요."

"부두에 부딪히기라도 할까 봐 정신없었을 겁니다." 조너선은 클럽 베란다에서 샴페인을 들이붓던 시끄러운 이집트 부자들을 떠올렸다.

"영국 국기가 달려 있는 예쁜 파란색 배였어요. 당신 배인가요? 멋지던데요."

"무슨 말씀을……. 아닙니다! 각료님 배입니다."

"목사님과 배를 탔다고요?"

"영국 대사관의 이인자와 같이 타고 있었습니다."

"너무 젊어 보이던데요. 두 분 모두. 인상적이었어요. 밤에 일하는 사람들은 건강하지 않을 거라고 생각했나 봐요. 언제 주무시죠?"

"그 주말은 쉬는 날이었습니다." 갓 말을 튼 사이인데 수면 습관을 논하고 싶지는 않았기에 얼른 대답했다.

"쉬는 주말에는 늘 배를 타세요?"

"초대를 받으면요."

"그 외의 쉬는 주말에는 뭘 하시죠?"

"테니스를 합니다. 달리기도 하고요. 불멸의 내 영혼에 대해 묵상하기도 하지요."

"그게 불멸이던가요?"

"희망 사항입니다."

"그렇게 믿으시나요?"

"행복할 때는요."

"불행할 때는 의심한다는 거군요. 신이 변덕스러운 것도 이유가 있죠. 인간이 이렇게나 믿음이 부족한데, 신이라고 왜 꾸준하겠어요?"

그녀는 금색 샌들이 말썽을 피우기라도 한 듯 발을 내려다보며 미간을 찡그렸다. 조너선은 그녀가 취하지는 않았는데 단지 주위 세상과 다른 리듬을 가진 게 아닐까 하는 생각을 했다. 어쩌면 프레디의 약을 했는지도 몰랐다. 하미드 형제가 레바논산 해시시 오일을 거래한다는 소문이 있었다.

"말은 타세요?"

"아니요."

"프레디는 말을 길러요."

"그렇다고 들었습니다."

"아랍 종, 밋진 아랍 종이죠. 아랍 종 말을 기르는 사람들은 국제적인 상류층이에요. 알고 계세요?"

"그것도 들었습니다."

그녀는 잠시 입을 다물고 생각에 잠겼다. 조너선은 이때라고 생각했다.

"제가 도와드릴 일이라도 있습니까, 마담 소피?"

"그 각료는…… 성함이……."

"오길비입니다."

"오길비 경이요?"

"그냥 오길비 씨입니다."

"당신 친구인가요?"

"항해 친구죠."

"같이 학교에 다녔어요?"

"아니요. 저는 그런 학교에 다닌 적이 없습니다."

"한데 두 분은…… 뭐라고 해야 하나, 같은 계급이죠? 아랍 종 말은 안 기르지만 두 분 다, 아, 뭐라고 해야 하지, 두 분 다 신사분들이죠?"

"오길비 씨와 저는 항해 동료입니다." 그는 최대한 애매한 미소를 지으며 대답했다.

"프레디는 요트도 가지고 있어요. 수상 매음굴이라고. 그렇게 부르나요?"

"그럴 리가요."

"맞을 거예요."

그녀는 다시 입을 다물고 실크로 감싼 팔을 뻗어 손목에 낀 팔찌 안쪽을 점검했다. "커피를 마시고 싶어요, 파인 씨. 이집트 커피요. 그런 뒤에 부탁이 하나 있어요."

야간 웨이터 마무드가 구리 주전자에 커피를 담아 와서 정중하게 두 잔 따랐다. 프레디를 만나기 전에 그녀는 부유한 아르메니아인의 애인이었고, 그전에는 나일 강 변에 수상쩍은 개발권을 따낸 알렉산드리아계 그리스인의 애인이었던 것으로 조너선은 기억했다. 프레디는 시도 때도 없이 난초 꽃다발 세례를 하고, 그녀의 집 밖에 페라리를 세워놓고 잠을 자는 등 열렬한 구애 작전을 펼쳤다. 가십 기자들은 은근한 내용의 기사를 흘렸다. 아르메니아인은 도시를 떠났다.

그녀는 담배에 불을 붙이려 했지만 손이 떨리고 있었다. 그는 대신 라이터를 켜주었다. 그녀는 눈을 감고 담배 연기를 빨아들였다. 나이를 나타내는 주름살이 뺨에 패었다. '프레디 하미드는 고작 25살이지.' 조녀선은 생각했다. 그는 책상 위에 라이터를 올려놓았다.

"나도 영국인이에요, 파인 씨." 마치 두 사람이 비슷한 절망을 공유하기라도 한 듯한 말투였다. "젊고 멋모를 때 여권이 탐나서 당신 동족하고 결혼했죠. 한데 그는 날 깊이 사랑했어요. 고지식한 사람이었죠. 좋은 영국인보다 좋은 남자는 없고, 나쁜 영국 남자만큼 나쁜 사람도 없어요. 난 당신을 관찰했어요. 당신은 좋은 사람 같더군요. 파인 씨, 리처드 로퍼를 아세요?"

"모릅니다."

"아실 텐데요. 유명하거든요. 잘생겼어요. 50살 먹은 아폴로 신이랄까. 프레디처럼 말을 길러요. 같이 종마 농장을 세우자는 얘기도 오가고 있어요. 리처드 온슬로 로퍼라고 유명한 영국인 국제무역상인데, 모를 리가요."

"유감스럽지만, 들어본 적이 없습니다."

"하지만 디키 로퍼는 카이로에서도 사업을 많이 한다고요! 당신처럼 영국인이고, 아주 매력적이고, 돈도 많고, 화려하고, 언변도 좋아요. 우리처럼 단순한 아랍인에게는 지나치게 언변이 좋다고 할까. 프레디보다 두 배는 크고 멋진 모터 요트도 갖고 있어요! 항해를 좋아한다면서 어떻게 모를 수가 있죠? 알잖아요. 모르는 척하는 거지."

"그렇게 멋진 모터 요트를 갖고 있다면, 굳이 호텔에 드나들 필요도 없지 않을까요. 전 신문도 잘 읽지 않습니다. 세상일을 잘 몰라요. 유감입니다."

그러나 마담 소피는 유감이 아닌 것 같았다. 그녀는 마음을 놓았다. 얼굴에 안도감이 떠올랐고, 뭔가 결심이라도 한 듯 핸드백으로 손을 뻗었다.

"개인적인 서류가 있는데 복사 좀 해주세요."

"음, 로비 바로 맞은편에 사무국이 있습니다, 마담 소피. 야간에는 보통 아흐마디가 지키죠." 그는 전화기를 집어 들려고 했으나, 그녀의 목소리가 그를 막았다.

"이건 기밀 서류예요, 파인 씨."

"아흐마디는 신뢰하셔도 될 거라 생각합니다만."

"말씀은 고맙지만, 이곳에서 복사해주셨으면 합니다." 그녀는 구석 카트에 놓여 있는 복사기를 눈빛으로 가리켰다. 조너선은 그녀가 로비를 지나치면서 복사기를, 그리고 그를 미리 봐두었다는 것을 깨달았다. 그녀는 핸드백에서 접지 않고 둘둘 만 흰 종이 한 뭉치를 꺼냈다. 그녀는 반지를 낀 손가락을 꼿꼿하게 펴고 책상 위로 종이를 밀어 그에게 건넸다.

"저건 작은 복사기입니다, 마담 소피." 조너선은 일어서며 경고했다. "수동으로 용지를 넣어야 합니다. 제가 방법을 알려드릴 테니 직접 하시겠습니까?"

"같이 하죠." 말투에는 긴장감이 어려 있었다.

"하지만 기밀 서류라면서요……."

"같이 있어주세요. 난 기계에 대해 잘 몰라요. 제정신도 아니고요." 그녀는 재떨이에서 담배를 집어 들고 빨았다. 커다랗게 열린 눈은 자신의 행동에 충격을 받은 듯했다. "당신이 해줘요." 그녀는 지시했다.

그래서 그가 했다.

그는 복사기 전원을 켜고 서류를 집어넣은 뒤—전부 열여덟 장이었다—복사물이 나오는 대로 훑어보았다. 의식적으로 그런 것은 아니었다. 굳이 보지 않으려고 의식한 적도 없었다. 몸에 배어 있는 관찰 본능 탓이었다.

8월 12일 자로 나소의 아이언브랜드 토지, 광석, 귀금속 회사에서 카이로의 하미드 인터아랍 호텔 및 무역회사에 보낸 서류. 하미드 인터아랍에서 아이언브랜드에 송신한 서류.

다시 아이언브랜드가 하미드 인터아랍에 보내는 편지는 상품 명세 4번부터 7번까지 언급하며 최종 소비자는 하미드 인터아랍의 책임으로 한다, 언제 요트에서 같이 저녁을 먹자는 내용이었다.

아이언브랜드에서 보낸 편지의 서명은 셔츠 주머니에 박힌 모노그램처럼 여기저기 얽힌 도안이었다. 인터아랍 서류에는 서명이 없었지만, 큼지막하게 사이드 아부 하미드라는 대문자가 아래 빈 곳에 찍혀 있었다.

상품 명세가 눈에 들어온 순간, 등에서 식은땀이 흘렀다. 다음 말을 할 때의 목소리가 걱정될 정도의 기분이 엄습했다. 평범한 종이 한 장에 서명도, 출처도 없이 '1990년 10월 1일까지 준비될 물건'이라는 제목이 적혀 있었다. 그 아래에 열거된 내용은 잠들지 않는 조녀선의 과거에서 날아온 악마의 목록이었다.

"한 장씩 복사하면 됩니까?" 전투 중에 시각이 또렷해지듯, 위기 상황에서 유난히 가벼운 목소리가 튀어나왔다.

그녀는 팔을 배 위에 겹쳐 올리고 두 손으로 양 팔꿈치를 감싼 채 담배를 피우며 그를 지켜보고 있었다.

"솜씨가 좋군요." 무슨 솜씨를 말하는지 구체적으로 언급하지는 않았다.

"방법만 알면 전혀 복잡하지 않습니다. 종이가 안에 끼지만 않으면 말이에요."

그는 원본을 한 군데 모으고 복사본을 따로 모았다. 사고가 중단되었다. 시체를 늘어놓을 경우 비슷하게 생각이 정지되었을 것이다. 그는 그녀에게 돌아서서 말했다. "다 됐습니다." 지나치게 자연스럽고, 기분과는 정반대로 대담한 말투였다.

"좋은 호텔에서는 뭐든 부탁하면 다 나오죠. 적당한 봉투가 있나요? 물론 있겠죠."

봉투는 책상 왼쪽 세 번째 서랍에 있었다. 그는 A4 크기의 노란색 봉투를 골라 책상 위에 놓았으나 그녀는 봉투를 집어 들지 않았다.

"복사물을 봉투 안에 넣어주세요. 그리고 아주 단단하게 봉해서 당신 금고에 보관해줘요. 테이프를 사용해도 좋겠죠. 네, 테이프로 봉해주세요. 영수증은 필요 없어요."

조너선은 거절의 뜻으로 온화한 미소를 지었다. "이런, 고객의 물건을 보관하는 것은 금지되어 있습니다, 마담 소피. 아무리 마담의 물건이라 해도요. 개인 보관함과 열쇠를 빌려드릴 수는 있습니다. 유감스럽게도 그게 제가 할 수 있는 최선입니다."

이 말을 하는 동안, 그녀는 이미 원본을 가방 안에 집어넣고 있었다. 그녀는 가방을 탁 닫고 어깨에 걸쳤다.

"원리원칙을 내세우지 마세요, 파인 씨. 당신은 봉투 내용물을 봤어요. 직접 봉했고요. 당신 이름을 적어요. 편지는 이제 당신 것입니다."

고분고분한 자기 자신에게 절대 놀라는 법이 없이, 조너선은 은제 탁상 등에서 붉은색 펠트펜을 꺼내 봉투에 대문자로 'PINE'이라고 썼다.

당신 책임이야. 그는 속으로 중얼거렸다. 내가 부탁한 게 아니라고. 부추기지도 않았어.

"여기에 얼마나 오래 보관하실 겁니까, 마담 소피?" 그는 물었다.

"영원히 보관할 수도 있고, 어쩌면 하룻밤 보관할 수도 있어요. 모르겠어요. 연애 같다고나 할까." 교태가 사라지고, 애원하는 말투가 흘러나왔다. "기밀이에요. 네? 아시겠죠. 네?"

그는 알겠다고 답했다. 당연한 일이라고 말했다. 그런 질문을 굳이 받는 것이 조금 놀랍다는 듯 미소를 지었다.

"파인 씨."

"마담 소피."

"당신 불멸의 영혼 말인데요."

"네."

"물론 인간은 누구나 불멸하죠. 하지만 제가 그렇지 못할 경우, 이 서류를 당신 친구 오길비 씨에게 전해주세요. 그럴 거라고 믿어도 될까요?"

"원하신다면 그러겠습니다."

그녀는 아직도 미소 짓고 있었다. 수수께끼처럼 그와 엇나가는 미소였다. "당신은 상시 야간 지배인인가요, 파인 씨? 늘? 매일 밤?"

"그게 제 직업입니다."

"선택한 건가요?"

"물론이죠."

"당신이?"

"그럼 누가 했겠어요?"

"하지만 당신은 낮에 정말 좋아 보여요."

"감사합니다."

"가끔 전화할게요."

"영광이지요."

"당신처럼 요즘에는 나도 잠자는 데 약간 지쳤어요. 따라오지는 마세요."

문을 열어주자, 다시 바닐라 향이 스쳤다. 그녀를 따라 침대로 가고 싶다는 충동이 일었다.

헤어 마이스터의 늘 공사 중인 어둑어둑한 간이식당 현장에서, 조녀선은 마담 소피의 서류를 분석하는 자신의 모습을 마치 만원 비밀극장에 출연한 단역 배우 바라보듯 응시했다. 훈련받은 군인에게, 훈련받은 지 아무리 오랜 시간이 흘렀다 해도 작전 개시란 놀라울 것이 없다. 로봇처럼 머리를 한쪽에서 다른 쪽으로 움직이는 반복 동작일 뿐이다.

파인은 퀸 네페르티티의 사무실 문간에 선 채 텅 빈 대리석 홀 반대편에서 펜트하우스로 올라가는 엘리베이터 위쪽의 액정 숫자를 응시했다.

빈 엘리베이터가 1층으로 돌아왔다.

손바닥이 바싹 마르고 얼얼했고, 어깨는 가벼웠다.

금고를 다시 열었다. 호텔의 아첨꾼 총지배인이 맞춰놓은 비밀번호는 프레디 하미드의 생일이었다.

복사물을 꺼내 노란색 봉투를 작게 접어 나중에 폐기할 생각으로 안주머니에 집어넣었다.

복사물은 아직 따뜻했다.

그는 해상도를 높이기 위해 잉크 밀도를 더 검게 조절한 뒤 복사물을 다시 복사했다. 미사일명. 유도장치명. 파인이 이해할 수 없는 기술 언어. 발음할 수는 없지만 용도는 알고 있는 화학약품명. 마찬가지로 치명적이지만 보다 발음이 쉬운 이름들. 사린, 소만, 타분.

파인은 새 복사물을 오늘 저녁 메뉴 안에 밀어 넣고, 메뉴를 세로로 접어 반대편 재킷 안주머니에 넣었다. 메뉴 안의 복사물은 아직 따뜻했다.

원복사물은 원래 봉투와 구별할 수 없는 새 봉투에 넣었다. 새 봉투에 'PINE'이라는 이름을 적고 같은 선반, 같은 자리에 넣었다.

그는 다시 금고를 닫고 잠갔다. 바깥 세계는 복원되었다.

여덟 시간 뒤, 파인은 다른 종류의 '서비스업 종사자'로서 마크 오길비와 비좁은 선실에 엉덩이를 나란히 하고 앉아 있었다. 오길비 부인은 디자이너 청바지 차림으로 훈제 연어 샌드위치를 만들고 있었다.

"프레디 하미드가 디키 온슬로 로퍼에게 더러운 장난감을 산다?" 오길비는 두 번째 서류를 넘겨보며 믿기지 않는다는 듯 되풀이하여 말했다. "도대체 뭐 때문일까? 어린 돼지 새끼는 바카라나 계속하는 게 안전할 텐데. 대사가 노발대발하겠군. 여보, 당신한테도 들려줄게."

그러나 오길비 부인은 이미 들어서 알고 있었다. 오길비 부부는 부부 팀이었다. 그들은 아이를 갖는 것보다 첩보 활동을 선호했다.

난 당신을 사랑했어. 조너선은 부질없이 생각했다. 과거의 연인으로.

난 당신을 사랑했어. 하지만 내가 좋아하지도 않는 오만한 영국 첩보원에게 당신을 팔았지.

난 신호가 오면 늘 그들 일을 해주는 사람들 중 하나였으니까.

나는 '우리의 일원'이었으니까. 충성과 신중을 자명한 덕목으로 삼는 '우리' 영국인이었으니까. 좋은 사람들이었으니까.

난 당신을 사랑했지만, 그때는 말할 기회가 없었지.

시빌의 편지가 귓가에서 울렸다. '당신 얼굴에는 그늘이 드리워져 있어요. 내가 당신에게 역겨운 건가요.'

아니, 아니, 역겹지 않아, 시빌. 그는 내키지 않는 편지를 보내온 고객에게 서둘러 대답했다. 그저 아무 관계가 없었을 뿐이야. 역겨운 것은 내 임무지.

2
마이스터 호텔의
야간 지배인

헤어 카스파르는 다시 명성 높은 머리를 들어 올렸다. 바람 소리 너머로 강력한 엔진음이 차츰 뚜렷하게 들려왔다. 그는 침체된 취리히 주식시장 회보를 둘둘 말아 고무줄로 감쌌다. 회보를 투자서랍에 넣고 잠근 뒤 수석 급사 마리오에게 고개를 끄덕였다. 그는 뒷주머니에서 빗을 꺼내 가발을 빗었다. 마리오는 파블로에게 인상을 썼고, 파블로는 루가노 출신의 집어삼키고 싶을 정도로 귀여운 시동 베니토를 향해 씩 웃어 보였다. 세 사람은 눈을 피해 로비 안에 옹기종기 모여 있었지만, 라틴계 특유의 허세로 망토 목단추를 잠그더니 우산과 수레를 끌고 눈보라 속으로 뛰쳐나갔다.

현실이 아닐 거야. 조너선은 자동차가 다가오고 있다는 신호 하나하나를 지켜보며 생각했다. 그냥 앞마당에 눈보라가 밀어닥치는 거야.

꿈이라고.

하지만 꿈이 아니었다. 리무진은 비록 흰색 허공에서 둥둥 흘러들어오는 것 같았지만 엄연한 현실이었다. 호텔보다 더 길어 보이는 리무진이 부두에 정박하는 검은 여객선처럼 현관 앞에 멈춰 섰다. 망토를 뒤집어쓴 급사들이 분주하게 쏘다녔고, 퉁명스러운 파블로는 빗자루를 찾아 붉은 양탄자 위에 내려앉은 눈을 섬세하게 쓸고 있었다. 순간 눈보라가 몰아쳐 모든 일이 허사로 돌아갔다. 여객선이 이대로 조류에 휩쓸려 바다로 밀려가다 주변 산지의 바위에 부딪혀 침몰하지는 않을까, 리처드 온슬로 로퍼와 공식 등록된 보디가드 등 열여섯 명의 손님들도 1991년 1월의 기록적인 눈보라 속에서 타이태닉 호의 탑승객들처럼 비운의 주인공이 되는 것은 아닐까 하는 생각이 들었다.

그러나 리무진은 되돌아왔다. 모피, 덩치 좋은 남자들, 다리가 긴 젊은 미녀들, 다이아몬드와 금팔찌, 그와 어울리는 검은색 짐가방 무더기가 호화로운 자동차 내부에서 약탈물처럼 쏟아져 나왔다. 두 번째 리무진, 세 번째 리무진이 그 뒤를 따랐다. 리무진 부대 전체가 모습을 드러냈다. 헤어 카스파르는 손님들이 움직이는 속도에 맞춰 회전문을 돌렸다. 처음에는 부스스한 갈색 낙타 털 코트가 유리문 안으로 조심스럽게 들어왔다. 목깃에는 때 묻은 실크 머플러가 휘날리고 있었고, 그 위로 눅눅한 담배와 영국 상류층 자제 특유의 축 처진 눈빛이 붙어 있었다. 아니, 50살 된 아폴로 신은 아니었다.

낙타 털 뒤에는 무기를 꺼내기 편한 네이비블루 싱글 브레스트 블레이저 차림의 20대가 있었다. 눈빛은 페인트처럼 얄팍했다. 보디가드 하나. 조너선은 악의적인 시선과 마주치지 않으려고 노력하며 생각했다. 보디가드가 두 명, 세 명 더 들어왔다.

고동색 머리칼의 미녀는 거의 발까지 내려오는 알록달록한 퀼트 코트 차림이었지만, 어째서인지 옷을 덜 입은 것 같은 분위기를 풍겼다. 소피처럼 약간 우스꽝스럽게 찢어진 눈이었고, 머리칼 역시 소피처럼 양 갈래로 늘어뜨리고 있었다. 누군가의 아내일까? 정부? 누구의? 6개월 만에 처음으로, 누군가에게 첫눈에 반하는 비이성적이고 압도적인 욕망이 밀려왔다. 소피처럼 그녀 역시 보석으로 휘황했고, 옷을 입었지만 벌거벗은 것 같았다. 목에는 멋진 진주목걸이가 두 줄 걸려 있다. 퀼트 소매 밑으로 다이아몬드 팔찌가 보였다. 그러나 그녀가 '낙원'의 시민이라는 징표는 어딘가 비틀거리는 듯한 분위기, 허술한 미소, 남의 눈을 신경 쓰지 않는 태도에 배어 있었다. 문이 다시 열리고 사람들이 한꺼번에 쏟아져 들어오더니, 나머지 영국 상류 사교계 대표단이 한꺼번에 샹들리에 불빛 아래로 집합했다. 다들 세련된 차림이었고 볕에 그을려서 마치 질병과 빈곤, 창백한 안색, 늙음과 육체노동을 금하는 기업 이념이라도 공유하고 있는 것 같았다. 단지 품위 없게도 낡은 스웨이드 부츠를 신은 낙타 털 코트만이 자발적인 이방인처럼 툭 떨어져 있었다.

그리고 무리 한가운데에 바로 그 남자가, 소피가 묘사했던 그대로의 모습으로 단연 눈에 띄었다. 키 크고, 날렵하고, 첫눈에 봐도 귀족 계급. 뒤로 빗어 넘겨 귀 위에서 뾰족하게 정리한, 이제 막 희끗거리기 시작한 금발. 카드 게임 상대로는 이길 수 없는 얼굴. 한쪽 무릎은 굽히고 한 손은 엉덩이 근처에서 뒷짐을 진, 오만한 영국인들이 가장 잘 취하는 자세. 프레디는 너무 약해요. 소피는 설명했다. 로퍼는 정말 영국인답죠.

민첩한 사람들이 그렇듯 로퍼는 여러 가지 일을 동시에 수행하고 있었다. 카스파르와 악수하며 같은 손으로 팔을 두드리고, 다시 그 손으로 프로일라인 에버하르트에게 키스를 날리자, 그녀는 폐경기에 접어든 소녀처럼 얼굴을 발그레하게 붉히며 그에게 손을 흔들었다. 마침내 두목의 시선은 조너선에게 고정되었다. 조너선 자신도 기억하진 못했지만, 아델의 마네킹이 있던 위치에서 뉴스 스탠드가 나타나고 다시 안내 데스크에서 얼굴을 붉힌 에버하르트의 얼굴, 이어서 '그 남자'가 시야에 들어온 것으로 보아 그는 로퍼를 향해 걸어가고 있었던 것 같았다. 그는 양심의 가책이라고는 못 느껴요. 소피가 말했다. 그는 세상 최악의 남자예요.

날 알아봤어. 조너선은 공격을 기다리며 생각했다. 그는 내 사진을 봤고, 내 인상착의를 들었어. 곧 미소가 사라질 거야.

"난 디키 로퍼요." 느긋한 목소리로 말하며, 그가 조너선의 손을 감싸더니 잠시 붙잡고 있었다. "내 친구들이 여기 방을 몇 개 예약했지. 아니, 좀 많이 빌렸나. 반갑네." 벨그레이비어 억양, 거부의 프롤레타리아 악센트. 두 사람은 이제 대화를 나누기에 적당한 거리를 두고 서 있었다.

"뵙게 돼서 반갑습니다, 로퍼 씨." 조너선은 중얼거렸다. 영국인의 목소리에 영국인이 응대하는 대화. "다시 오셔서 기쁩니다. 여행이 힘드시진 않았는지요. 이런 날씨에 비행기를 타신 것은 모험이 아니었을까요? 그럴 만한 사람이 많지 않을 텐데요. 제 이름은 파인, 호텔 야간 지배인입니다."

그는 나에 대해 들었어. 조너선은 기다렸다. 프레디 하미드가 내 이름을 말했어.

"늙은 마이스터는 요즘 어떻게 지내나?" 로퍼의 시선은 미인에게 옮겨갔다. 그녀는 뉴스 스탠드 앞에 서서 패션 잡지를 보고 있었다. 팔찌가 손에서 자꾸 미끄러졌고, 다른 한 손으로는 머리카락을 계속 걷어 올리고 있었다. "코코아와 책을 끌어안고 방에 틀어박혀 있나? 책이길 바랄 뿐이야. 제즈, 뭐 하고 있나? 잡지를 좋아하지. 중독자야. 난 싫어하지만."

잠시 후에야 조너선은 제즈가 여자라는 것을 알아챘다. 남자가 아니라, 온갖 치장을 한 여자. 고동색 머리칼의 여자가 이쪽을 힐끗 돌아봤고, 언뜻 미소가 보였다. 장난기 많은, 유쾌한 미소였다.

"난 괜찮아요." 그녀는 마치 한 대 얻어맞고 일어서는 사람처럼 씩씩하게 말했다.

"헤어 마이스터는 오늘 밤에 불가피하게 발이 묶여 계십니다." 조너선은 말했다. "하지만 여독을 푸신 뒤 아침에 인사드리기만을 고대하고 계십니다."

"자네 영국인인가, 파인? 그런 것 같군."

"뼛속부터 영국인이죠."

"현명한 친구로군." 연한 눈빛이 다시 그를 벗어나서 안내 데스크를 향했다. 낙타 털 코트가 에버하르트 앞에서 숙박부를 작성하고 있었다. "숙녀분께 청혼이라도 하고 있나, 코키?" 로퍼가 외쳤다. "어디 잘해 봐." 그는 목소리를 낮춰 조너선에게 덧붙였다. "코코란 소령이네. 내 조수지."

"다 되어갑니다, 두목!" 코키는 느릿하게 대꾸하며 낙타 털로 감싸인 팔을 들었다. 그는 다리를 벌리고 서서 크로케 샷을 날리려는 사람처럼 엉덩이를 죽 뺀 자세였는데, 의도한 것인지 천성적으로 그런지 어딘가 여성적인 느낌이 감도는 자세였다. 팔꿈치에는 여권 한 더미가 놓여 있었다.

"이름 몇 개만 적으면 되잖아. 무슨 50페이지짜리 계약서도 아니고, 코크."

"새로운 보안 방침입니다." 조너선은 설명했다. "스위스 경찰의 요구 사항이죠. 저희도 어쩔 수 없답니다."

아름다운 제즈는 잡지 세 권을 골랐지만 더 필요한 것 같았다. 그녀는 높은 힐 쪽에 한쪽 발 무게중심을 두고는 앞코를 위로 세우고 있었다. 소피 역시 비슷한 자세를 취하곤 했다. 20대 중반이야. 조너선은 생각했다. 언제나 그렇겠지.

"여기서 오래 일했나, 파인? 지난번에 왔을 때는 없었지, 프리스키? 젊은 영국인을 이런 곳에서 만났던 기억은 없는데."

"네." 블레이저 차림의 보디가드가 조너선을 권총 조준기 너머로 바라보듯 훑어보았다. 콜리플라워처럼 변형된 귀가 눈에 띄었다. 희끗거리기 시작한 금발. 도낏자루 같은 손.

"정확하게 여섯 달 정도 됐습니다, 로퍼 씨."

"그전에는 어디 있었지?"

"카이로에 있었습니다." 조너선은 불꽃처럼 가볍게 답했다. "퀸 네페르티티에 있었죠."

폭탄이 터지기를 예감하듯 시간이 흘렀다. 그러나 퀸 네페르티티라는 이름에도 로비의 조각 거울은 산산조각 나지 않았고, 샹들리에와 기둥도 그대로였다.

"좋았나? 카이로는?"

"아주 좋았습니다."

"그렇게 좋았는데 왜 떠났지?"

음, 사실 당신 때문이지. 조너선은 생각했다. 하지만 이렇게 답했다. "아, 방랑벽 같습니다. 아시겠지만 말이죠. 정처 없이 떠도는 삶이 이 직업의 매력 중 하나죠."

갑자기 모든 것이 움직이기 시작했다. 코코란이 안내 데스크에서 떨어지더니 담배를 멀찍이 치켜든 채 무릎을 들어 올려 이쪽으로 걸음을 옮겼다. 제즈는 잡지를 다 고르고 나서 소피처럼, 누가 대신 돈을 내주기를 기다리고 있었다. 코코란이 말했다. "객실 요금 계산할 때 합산해줘요." 헤어 카스파르는 두 번째 블레이저의 팔에 편지 한 무더기를 안겨주었고, 보디가드는 제법 큰 꾸러미들을 손가락 끝으로 보란 듯이 헤집었다.

"드디어 끝났군, 코크. 글 쓰는 손이 어떻게 된 거 아니야?"

"배앓이를 하나 보죠, 두목." 코코란이 말했다. "손목이 뻣뻣해요." 그는 조너선에게 특별히 미소를 지으며 덧붙였다.

"아, 코크." 제즈가 킬킬거렸다.

조녀선의 시야 한구석에 수석 급사 마리오가 고객들의 변덕스러운 마음에 급사로서의 인상을 각인시키기 위해 종종걸음으로 짐 꾸러미를 실은 카트를 엘리베이터로 몰고 가는 것이 보였다. 다음 순간 거울에 비친 자신의 조각난 영상이 스쳐 지나갔고, 바로 옆에서 코코란이 한 손에 담배를, 다른 한 손에 잡지를 들고 있는 모습이 들어왔다. 그는 제즈가 보이지 않자 짐짓 호들갑을 떨었다. 그는 돌아서서 그녀를 보았고, 시선이 마주치자 제즈는 그에게 미소를 지어 보였다. 갑작스레 눈을 뜬 욕망 속에서 그가 원하던 것이 이것이었다. 제즈가 길쭉한 두 손으로 로퍼의 팔에 매달리다시피 걷고 있었기에, 그와도 시선이 마주쳤다. 보디가드와 상류층 손님들이 그 뒤를 따랐다. 머리카락을 목 언저리에서 묶은 금발 미남과 그 옆에서 인상을 쓰고 있는 평범한 아내가 눈에 띄었다.

"조종사도 나중에 올 겁니다." 코코란이 말했다. "나침반에 문제가 생겼다나 뭐라나. 나침반이 아니라면 변기 고장이겠지. 당신은 여기 정규직이요, 아니면 하루 임시직으로 일하는 거요?"

그의 숨에서 하루 종일 즐긴 향락의 냄새가 흘러나왔다. 점심 전에 마신 마티니, 점심에 곁들인 와인과 그 뒤에 마신 브랜디, 마무리로 고약한 프랑스산 담배 냄새.

"아, 이 분야에서 저 정도면 최대한 정규직이라고 말할 수 있겠죠, 소령님." 조녀선은 아랫사람을 향해 약간 태도를 바꿔 대답했다.

"우리 같은 사람들이 다 그렇죠." 소령은 동감한다는 듯 말했다. "영원히 임시직이지."

다시 화면을 건너뛰어, 그들은 피아니스트 막시의 연주에 맞춰 회색 실크 옷차림의 나이 든 여자 둘이 부르는 〈내 여자를 찻집에 데려갈 때〉 곡조에 맞춰 넓은 홀을 가로지르고 있었다. 로퍼와 여자는 아직 뒤엉켜 있었다. 사귄 지 얼마 안 됐군. 조너선은 곁눈질로 바라보며 심술궂게 생각했다. 아니면 싸우고 나서 화해하려는 중이든가, 제즈. 그는 혼잣말로 되뇌었다. 싱글 침대의 안전함이 절실히 필요했다.

다시 화면이 넘어가고, 그들은 화려하게 장식된 헤어 마이스터의 새 타워스위트 엘리베이터 문 앞에 서 있었다. 상류사회 인사들은 뒤에서 수다를 떨고 있었다.

"예전 엘리베이터는 어떻게 됐지, 파인?" 로퍼가 물었다. "마이스터는 전통을 고수해왔는데 말이야. 기회만 되면 스톤헨지도 현대화하겠다고 설칠 스위스인들이야. 안 그래, 제즈?"

"로퍼, 설마 엘리베이터 가지고 난리를 칠 생각은 아니겠죠." 제즈는 무섭다는 듯 답했다.

"못 할 줄 알고."

멀리서 새로운 엘리베이터의 장점을 늘어놓는, 자기 목소리 같지 않은 목소리가 들려왔다. "보안 조치이기도 하지만, 지난가을에 오직 타워스위트 손님의 편의를 위해 추가로 설비한 것입니다, 로퍼 씨." 조너선은 헤어 마이스터가 직접 디자인한 금색 마스터키를 손가락으로 들어 보였다. 열쇠에는 금색 술이 달려 있었고, 재미있는 모양의 금색 왕관이 얹혀 있었다.

"파라오가 연상되지 않으십니까? 파격적인 디자인이지만, 취향이 약간 덜 세련된 분들이 아주 좋아하십니다." 그는 누구에게도 이런 말을 해본 적이 없다는 듯 비밀스러운 미소를 지어 보이며 털어놓았다.

"음, 나는 좋은데." 소령이 멀리서 말을 던졌다. "게다가 나는 아주 취향이 세련된 사람이야."

로퍼는 금의 무게라도 추측하겠다는 듯 손바닥 위에서 열쇠를 가늠해보았다. 양면과 왕관, 술을 차례로 살펴보았다.

"대만제로군." 그는 말했다. 놀랍게도 그는 콜리플라워 모양의 귀를 지닌 금발의 블레이저에게 열쇠를 던졌다. 그는 열쇠를 몸 왼쪽 한참 아래에서 간신히 받으며 "제가 갖고 있죠!"라고 외쳤다.

안전장치가 풀린 베레타 9밀리 자동 권총이 언뜻 보였다. 흑단 몸통으로 된, 오른쪽 겨드랑이 밑에 총집이 있었다. 왼손잡이 보디가드로군. 벨트에 여분의 탄창이 달려 있고.

"아, 잘 받았어, 프리스키. 잘 받았어." 코코란이 느릿하게 말했고, 상류 사회 손님들은 마음이 놓였는지 웃음을 터뜨렸다. 미인은 로퍼의 팔을 쥔 손에 힘을 주며 "왜 그래, 자기"라고 말했지만, 조너선의 몽롱한 귀에는 '점잖게 굴어'라고 들렸다.

이제 모든 것이 슬로모션으로 움직이고 있었고, 마치 물 밑에서 일어나는 일처럼 보였다. 엘리베이터는 한 번에 다섯 명씩 탈 수 있었기에 나머지 사람들은 기다려야 했다. 로퍼가 성큼 들어섰고, 여자가 그 뒤를 따랐다. 로딘 여학교, 모델 학교 출신이겠군. 조너선은 생각했다. 소피도 그랬을 테지만, 걸을 때 엉덩이를 어떻게 움직여야 하는지에 관한 특별 강좌도 들었겠지. 그다음으로 프리스키, 담배를 버린 코코란 소령, 마지막으로 조녀선이 차례로 탔다. 밤처럼 부드러운 머리카락. 게다가 이제는 누드 차림. 아니, 제즈는 퀼트 코트를 벗어서 군대용 외투처럼 팔에 걸치고 있었다. 남성용 흰 셔츠 차림이었고, 풍성한 소매는 팔꿈치까지 걷어 올리고 있었다. 조녀선은 엘리베이터를 작동시켰다. 코코란은 오줌 누는 남자처럼 못마땅하게 위를 올려다보았다. 여자의 엉덩이가 조녀선의 허벅지에 유쾌한 우정의 표현처럼 무심하게 와 닿았다. 떨어져. 짜증스럽게 말하고 싶었다. 수작을 부리는 거라면, 하지 마. 수작이 아니라면, 엉덩이 좀 저리 치워. 그녀에게서는 바닐라 향이 아니라, 사관학교 기념식에서 달았던 흰 카네이션 향이 났다. 로퍼는 그 뒤에 서서 여자의 어깨에 큰 손을 주인처럼 얹고 있었다. 프리스키의 무심한 시선은 여자의 목덜미에 희미하게 남아 있는 이 자국과 브래지어를 하지 않은 비싼 셔츠 속의 젖가슴을 향하고 있었다. 프리스키와 마찬가지로, 조녀선 역시 당연하게도 그중 하나를 꺼내보고 싶은 민망한 충동을 느꼈다.

"지난번에 오신 이후로 헤어 마이스터가 고객님을 위해 새로 마련한 설비들을 소개해드리겠습니다." 그는 말했다.

이젠 삶의 방식으로 예절을 고수하는 일 따윈 그만둬야 할 때가 아닐까요. 소피는 새벽녘에 그의 옆을 스쳐 지나가며 이렇게 말했다.

그는 앞으로 나서서 스위트룸의 값비싼 최신 설비를 가리키며 연설을 시작했다. 이 놀라운 바…… 천년 묵은 과일주…… 양치질 말고는 다 알아서 해주는 초위생적 제트스트림 변기. 리처드 온슬로 로퍼와,

허리가 길고 장난기 어린 표정을 한 용서할 수 없을 정도로 매력적인 여인을 위해 갈고 닦은 자잘한 농담들. 이런 때 감히 저렇게 아름다울 수가 있다니.

마이스터의 전설적인 타워스위트는 마법의 산꼭대기와 계곡 같은 에드워드 시대풍의 호텔 지붕 위로 마치 부푼 새 둥지처럼 둥실 떠 있었다. 두 층에 걸쳐 침실 세 개짜리 궁전이 자리하고 있었고, 조너선이 의미심장하게 '스위스프랑 체제풍'이라고 이름 붙인 파스텔 색조의 실내장식이 되어 있었다. 짐이 도착했고, 급사들은 팁을 받았으며, 제즈는 안방으로 들어갔다. 곧 여자의 노랫소리와 물 흐르는 소리가 희미하게 들려왔다. 노래는 분명하게 알아들 수 없었지만, 노골적인 음탕함에 가까울 정도로 도발적이었다. 블레이저 차림의 보디가드 프리스키는 현관 참의 전화 옆에 서서 누군가 경멸하는 상대에게 중얼중얼 지시를 내리고 있었다. 코코란 소령은 낙타 털 외투를 벗고 새 담배를 손에 쥔 채 식당에서 다른 전화에 대고 자기보다 프랑스어를 못하는 사람을 상대하는 듯 느릿느릿한 프랑스어로 통화를 했다. 뺨은 아기처럼 부드러웠고, 피부 톤도 밝았다. 그의 프랑스어는 의심의 여지 없이 프랑스 원어민의 프랑스어였다. 모국어처럼 자연스러웠다. 어쩌면 진짜 모국어일 수도 있을 것이다. 코코란의 출신 성분을 드러내는 요소에는 복잡하지 않은 부분이 없었다.

스위트룸의 여러 곳에서 서로 다른 사람들이 대화를 나누기 시작했다. 말총머리를 한 키 큰 남자는 샌디라는 이름으로 불렸는데 다른 전

화로 프라하에 있는 그레고리라는 사람과 영어로 통화했고, 샌디 부인
은 외투를 걸친 채 의자에 앉아 벽만 노려보았다. 그러나 조너선은 곧
이 부수적인 인물들을 의식에서 지워버렸다. 여기에 존재하는 사람들
이었고 , 우아한 사람들이었지만, 바하마 제도 나소의 리처드 온슬로
로퍼라는 태양계의 바깥 경계를 돌고 있는 사람들이기도 했다. 그들은
배경음악에 불과했다. 궁전의 호화로움에 대한 조너선의 설명은 끝났
다. 이제 물러날 시간이었다. 평소대로라면 손을 우아하게 흔들며, '그
럼 즐거운 시간 보내십시오'라고 기분 좋게 인사말을 건네고, 세금, 서
비스, 호텔식 조식을 포함해서 1박에 1만5천 프랑짜리 쾌락을 마음껏
누릴 수 있도록 조용히 1층으로 내려왔을 것이다.

　그러나 오늘 밤은 평소와 같지 않았다. 오늘 밤은 로퍼의 밤이자 소
피의 밤이었고, 소피는 묘하게 로퍼의 여자로 둔갑해 있었다. 로퍼가
아닌 다른 사람들은 그녀를 '제즈(Jeds)'가 아니라 '제드(Jed)'라고 불
렀다―온슬로 로퍼는 자기 재산을 부풀리는 것을 좋아하는 것 같았
다. 눈은 아직도 내리고 있었고, 세상 최악의 남자는 춤추는 눈보라 속
에서 어린 시절을 회상하는 남자처럼 창밖을 바라보고 있었다. 그는
일행을 뒤로하고 방 한가운데에서 프랑스식 창문과 눈 쌓인 발코니를
향해 서 있었다. 그는 노래라도 부르려는 듯 소더비즈(크리스티와 함께
세계 경매 시장의 양대 산맥으로 불리는 기업―옮긴이)의 녹색 카탈로그를
찬송가 집처럼 펼쳐 들고, 다른 한쪽 팔을 오케스트라 한쪽 끝에서 침
묵하는 악기에게 지휘하듯 들어 올렸다. 눈에는 법관이나 쓸 법한 납
작한 안경을 끼고 있었다.

"보리스 병사와 그 친구들은 월요일 점심때가 좋답니다." 코코란이 식당에서 외쳤다. "월요일 점심 괜찮으시죠?"

"그렇게 해." 로퍼는 카탈로그 한 장을 넘기며 안경 너머로 다시 눈을 바라보았다. "저것 좀 봐. 영원의 세계야."

"저도 늘 감탄한답니다." 조너선은 성심껏 대꾸했다.

"마이애미 출신의 식성 좋은 친구분은 크로넨할레에서 만나지 않겠느냐고 하는데요. 음식이 더 좋답니다." 코코란이 다시 말했다.

"사람들이 너무 많아. 여기서 먹든가 샌드위치를 싸 오라고 해. 샌디, 요즘엔 스텁스의 괜찮은 말 그림이 얼마쯤 하지?"

말총머리 미남의 얼굴이 문간 뒤에서 나타났다. "크기는요?"

"30×50인치 정도."

예쁜 얼굴에는 주름 하나 잡히지 않았다. "지난 6월 소더비즈에서 팔린 좋은 물건이 하나 있었습니다. 〈어느 풍경의 보호자〉라고. 서명이 있고 1779년 작입니다. 일품이죠."

"쿠안타 코스타(가격은)?"

"마음의 준비는 되셨습니까?"

"그런 말은 집어치우고, 샌즈!"

"120만입니다. 수수료 빼고요."

"파운드로, 달러로?"

"달러로요."

반대편 문간에서 코코란의 불평 소리가 들려왔다. "브뤼셀 친구들이 절반을 현금으로 달라고 합니다, 대장. 배짱을 부리는데요."

"서명을 하지 않겠다고 해." 로퍼는 코코란과 거리를 유지하고 싶은지 한층 무뚝뚝한 말투로 대답했다. "저 위쪽에 있는 저것도 호텔인가, 파인?"

로퍼의 시선은 어린 시절 눈발이 춤추고 있는 검은 유리창 틀에 고정되어 있었다.

"등대입니다, 로퍼 씨. 아마 항해용일 겁니다."

헤어 마이스터의 소중한 황동 시계가 시간을 알려왔지만, 평소라면 민첩했을 조너선의 발길은 좀처럼 출구 쪽으로 떨어지지 않았다. 에나멜로 된 이브닝 구두는 마치 시멘트에 달라붙은 것처럼 응접실 카펫에 깊숙이 파묻혀 있었다. 권투 선수 같은 눈썹 밑에 어울리지 않게 자리 잡은 온화한 시선은 로퍼의 등에 고정되어 있었다. 그러나 한편으로 조너선의 상념은 전혀 다른 곳을 향하고 있었다. 아니, 그는 지금 타워 스위트에 있는 게 아니었다. 카이로의 퀸 네페르티티 호텔 꼭대기 층에 있는 소피의 펜트하우스에 있었다.

소피 역시 그에게 등을 보이고 있었다. 흰 이브닝가운 안에서 더욱 희게 빛나는 등은 언제나처럼 아름다웠다. 그녀는 눈이 아니라 카이로 밤하늘의 거대한 별빛을, 소리 없는 도시 위에 걸린 초승달을 응시하고 있었다. 지붕 정원으로 나가는 문은 열려 있었다. 정원에서 자라는 것은 오직 흰 꽃뿐이었다. 협죽도, 부겐빌레아, 아가판서스. 아랍 재스민 꽃 향기가 방 안으로 흘러들어왔다. 보드카 병이 그녀 옆 탁자 위에 놓여 있었다. 절반 남았다기보다는, 분명히 절반 비었다고 해야 할 상태였다.

"부르셨습니까." 조녀선은 정중한 호텔 직원답게 미소기를 띤 목소리로 말했다. 어쩌면 이게 우리의 밤이 아닐까, 그는 생각했다.

"네, 불렀어요. 그래서 당신이 올라왔고요. 친절하네요. 당신은 늘 그렇겠죠."

곧장 그는 이게 두 사람의 밤이 아니라는 것을 깨달았다.

"한 가지 물어볼 게 있어요. 사실대로 대답해주겠어요?"

"그럴 수 있다면요. 물론입니다."

"그럴 수 없는 상황도 있을 수 있다는 뜻인가요?"

"제가 답을 모를 수도 있다는 뜻입니다."

"아, 당신은 알아요. 내가 맡긴 서류는 어디에 있죠?"

"금고 안에요. 제 이름이 적힌 봉투 안에 들어 있습니다."

"나 말고 본 사람이 있나요?"

"금고는 주로 은행에 넣기 전에 현금을 보관하는 용도로 직원 몇 명이 같이 사용합니다. 제가 아는 한 봉투는 아직 밀봉한 상태 그대로 금고 안에 있습니다."

그녀는 답답하다는 듯 어깨를 축 늘어뜨렸지만, 고개는 돌리지 않았다. "다른 사람에게 보여준 적이 있나요? 있다, 없다, 말해줘요. 비난하려는 건 아니에요. 내가 충동적으로 당신에게 부탁했던 거예요. 내가 실수했다 해도 당신 잘못은 아니죠. 그저 감상적으로 당신이 깨끗한 영국인이라고 생각했던 거니까요."

나도 그랬지, 조녀선은 생각했다. 하지만 자신에게 선택의 여지가 있다는 생각은 들지 않았다. 그의 충성을 비밀리에 소유하고 있는 세계에서, 그녀의 질문에는 한 가지 대답밖에 있을 수 없었다.

"그런 적 없습니다." 그는 다시 말했다. "없어요, 아무에게도요."

"그게 사실이라고 말해주면, 당신을 믿을게요. 지구상에 단 한 사람의 신사는 남아 있다고 믿고 싶어요."

"사실입니다. 맹세합니다. 그런 적 없습니다."

이번에도 그녀는 그의 말을 믿지 않거나, 혹은 시기상조라고 생각하는 것 같았다. "프레디는 내가 자신을 배신했다고 해요. 그가 내게 서류를 맡겼어요. 자기 사무실에도, 집에도 보관할 수 없다면서요. 디키 로퍼가 프레디에게 나를 의심해보라고 한 것 같아요."

"왜 그랬을까요?"

"로퍼는 그 서신을 주고받은 상대방이에요. 오늘까지, 로퍼와 프레디 하미드는 사업 파트너가 되기로 하고 일을 추진하고 있었어요. 난 로퍼의 요트에서 있었던 몇몇 대화에 합석했었고요. 로퍼는 내가 옆에 있는 걸 마땅치 않게 생각했지만, 프레디가 날 자랑하고 싶어서 어쩔 수가 없었죠."

그녀는 조너선의 대답을 기다리는 것 같았지만, 그는 침묵을 지킬 뿐이었다.

"프레디가 오늘 저녁에 날 찾아왔었어요. 평소보다 늦은 시각이었죠. 시내에 있을 때는 원래 저녁 시간 전에 찾거든요. 자기 아내에 대한 예의를 지킨다며, 자동차 엘리베이터를 타고 올라와서 두 시간 머물다 저녁을 먹으러 가족 품으로 돌아가곤 해요. 내 한심한 오만이 그의 결혼 생활이 깨지지 않도록 도왔죠. 하지만 오늘 밤에 그는 평소보다 늦은 시각에 날 찾아왔어요. 전화 통화를 했다더군요. 로퍼가 경고를 받은 것 같아요."

"누구에게 경고를 받았다는 건가요?"

"런던의 좋은 친구들에게서요." 쓸쓸하게 내뱉는 말투. "로퍼에겐 다행스러운 일이죠. 그건 분명해요."

"무슨 경고요?"

"프레디와 진행 중인 사업 내용이 당국에게 알려졌다고요. 로퍼는 통화를 하며 아주 조심스럽게 자신이 프레디의 신중함을 믿었다고 말했어요. 프레디의 형제들은 그렇게 섬세하지 않거든요. 프레디는 형제들에게 세약에 관해 알리지 않았어요. 그들에게 자신을 증명하고 싶어 했죠. 요르단을 통해 상품을 운송한다는 핑계로 하미드 트럭 한 부대를 따로 챙겨놓기까지 했어요. 형제들은 그것도 별로 탐탁지 않게 생각했죠. 한데 일이 이렇게 돌아가니 프레디는 겁을 먹고 형제들에게 다 털어놓았어요. 게다가 소중한 로퍼 씨의 신뢰를 잃어서 화가 머리 끝까지 치밀었고요. 그런데 아니라고요?" 그녀는 여전히 밤을 응시하며 말했다. "아니라고……. 파인 씨는 그 정보가 어떻게 런던이나 로퍼의 친구들 귀에 들어갔는지 전혀 아는 바가 없으시다. 금고, 서류가 있는데…… 한데 아무것도 모르신다."

"모릅니다. 유감입니다."

그때까지 그녀는 그를 돌아보지 않고 있었다. 마침내 그녀가 돌아서서 그에게 얼굴을 보였다. 한쪽 눈이 완전히 감겨 있었다. 양쪽 눈꺼풀이 형체를 알아볼 수 없을 정도로 부어올라 있었다.

"드라이브 좀 시켜주세요, 파인 씨. 프레디는 자존심을 다치면 이성을 잃고 말아요."

시간은 전혀 흐르지 않았다. 로퍼는 아직도 소더비즈 카탈로그에 푹 빠져 있었다. 누구도 그의 얼굴을 곤죽으로 뭉개놓지 않았다. 황동 시계는 여전히 시간을 알리고 있었다. 조너선은 쓸데없이 손목시계 시간이 정확한지 확인했다. 마침내 발을 움직일 수 있었다. 그는 유리 장을 열고 긴 바늘이 작은 바늘에 겹치도록 돌렸다. 몸을 숨기자. 그는 생각했다. 납작하게. 눈에 보이지 않는 라디오에서 알프레드 브렌델이 모차르트 곡을 연주하고 있었다. 무대 밖 코코란은 다시 이야기하고 있었다. 이번에는 이탈리아어였는데, 프랑스어보다는 실력이 좋지 못했다.

그러나 조너선은 몸을 숨길 수가 없었다. 빌어먹을 여인이 장식 계단을 내려오고 있었다. 맨발에 헤어 마이스터의 목욕 가운을 걸치고 있어서 기척이 들리지 않았다. 발소리를 들었을 때는 그녀를 쳐다볼 수조차 없었다. 목욕을 마친 긴 다리는 아기처럼 분홍색이었고, 고동색 머리카락은 착한 소녀처럼 빗질해서 어깨 위로 늘어져 있었다. 카네이션 향 대신 따뜻한 목욕 비누 냄새가 났다. 욕망이 치솟아 올라 현기증이 날 지경이었다.

"필요하시면 개인 바도 추천해드리고 싶습니다." 그는 로퍼의 등에 대고 말했다. "헤어 마이스터가 직접 선정한 몰트위스키와 여섯 국가의 보드카가 마련되어 있습니다." 또 뭐가 있더라? "아, 물론 룸서비스도 24시간 언제나 가동 중입니다."

"음, 난 배고파 죽겠어요." 여자가 무시당하는 느낌이었는지 도중에 끼어들었다.

조너선은 호텔리어 특유의 사무적인 미소를 건넸다. "음, 원하시는 건 뭐든 말씀해주십시오. 메뉴는 단순한 제안이라 생각하시고, 뭐든 만들어달라고 하면 기뻐할 겁니다." 그는 다시 로퍼를 향했다. 악마가 한 걸음 더 그를 떠밀었다. "전쟁 장면을 보고 싶으시면 영어 케이블 뉴스도 준비되어 있습니다. 작은 상자의 녹색 손잡이를 누르고 9번을 선택하시면 됩니다."

"다 알아. 고맙네. 조각상에 대해 아는 바가 있나?"

"잘 모릅니다."

"나도 마찬가지야. 별다를 게 없군. 여, 자기, 목욕은 잘 했어?"

"끝내줘요."

제드는 방을 가로질러 나지막한 팔걸이의자에 몸을 묻고 룸서비스 메뉴를 집어 들더니, 테가 완벽한 원형으로 된, 아무 필요도 없어 보이는 아주 작은 금테 안경을 썼다. 소피라면 머리 위에 얹었을 것이다. 브렌델의 완벽한 강이 바다에 도달했다. 눈에 보이지 않는 라디오의 4번 채널에서 다음으로는 피셔-디스카우가 슈베르트 모음곡을 부른다는 안내가 흘러나왔다. 로퍼의 어깨가 그를 쿡 밀었다. 시야 한편에서 제드는 메뉴를 계속 들여다보며 분홍색 다리를 겹쳐 올려 무심하게 목욕가운 치마를 끌어내렸다. 창녀! 조너선의 마음속에서 목소리가 외쳤다.

더러운 년! 천사! 나는 왜 갑자기 이런 사춘기적인 환상에 빠져버렸나? 로퍼의 조각한 듯한 검지가 전면에 인쇄된 그림 위에 머물렀다.

236번 품목 : 대리석의 비너스와 아도니스, 높이 70인치, 기단 제외. 비너스는 동경하듯 아도니스의 얼굴에 손가락을 갖다 대고 있다. 카노바 현대 복제품, 서명 없음. 원작은 제네바 빌라 라 그랑제 소재. 추정가 60,000파운드~100,000파운드.

50살의 아폴로는 비너스와 아도니스를 사고 싶은 모양이었다.

"로스티가 뭐지?" 제드가 물었다.

"뢰스티를 말씀하시나 봅니다." 조너선은 잘 안다는 듯 대답했다. "스위스 감자 요리입니다. 원래 감자와 양배추 볶음인데, 양배추를 빼고 버터를 많이 넣어 기름에 튀기죠. 배고프시다면 완벽한 요리입니다. 솜씨도 일품이지요."

"자네가 보기에는 어때?" 로퍼가 물었다. "마음에 들어, 안 들어? 얼버무리지 말고. 도움이 안 되니까—해시 브라운이야, 자기. 마이애미에서 먹었던 거 말이야—어떤가, 파인?"

"어떤 곳에 놓아둘 예정인지가 중요하겠습니니만." 조너선은 조심스럽게 답했다.

"꽃길 끝에. 꼭대기에 덩굴이 감겨 있는 정자가 있고, 끝에는 바다가 펼쳐지지. 서향이라 석양을 볼 수가 있어."

"세상에서 가장 아름다운 곳이죠." 제드가 말했다.

순간 조너선은 그녀에게 격분했다. 입 좀 다물어주면 안 되나. 방 건너편에서 이야기하는데도 왜 저 쓸데없는 목소리가 이렇게 가까이에서 들리는 걸까? 빌어먹을 메뉴판이나 읽을 것이지, 왜 말끝마다 끼어

드는 걸까?

"햇빛도 듭니까?" 조너선은 최대한 협조적인 태도로 미소 지었다.

"1년 365일 동안요." 제드가 자랑스럽게 대답했다.

"말해 봐." 로퍼가 재촉했다. "유리로 된 것도 아니잖나. 자네 생각은 어떤가?"

"유감스럽게도 저는 조각상이 아니라서요." 조너선은 생각할 사이도 없이 딱딱하게 답했다.

왜 이런 말을 했을까? 아마 제드 탓일 것이다. 조너선이 어떻게 알겠는가. 그는 조각상에 대해 아는 바가 없었다. 사본 적도, 팔아본 적도 없었고, 어린 시절 군사학교 연병장 연단 옆에서 망원경으로 하느님을 바라보는 흉물스러운 헤이그 백자 청동상을 제외하면 깊이 생각해본 적도 없었다. 그는 그저 제드에게 거리를 유지하라고 말하고 싶었을 뿐이었다.

로퍼의 섬세한 표정은 변하지 않았지만, 순간 조너선의 뇌리에는 그가 유리로 만들어진 것은 아닐까 하는 생각이 스쳤다. "날 비웃는 거야, 제미마?" 그는 완벽하게 유쾌한 미소를 띠며 물었다.

메뉴판이 내려가더니 장난기 많은 얼굴이 표정 하나 변하지 않고 우스꽝스럽게 그 위로 나타났다. "내가 왜요?"

"비행기에서 보여줬을 때 당신이 별 관심을 두지 않던 기억이 났어."

그녀는 무릎 위에 메뉴를 얹곤 양손으로 쓸모없는 안경을 벗었다. 머리 위 독서 등에 금빛으로 물든 팔을 움직이자, 헤어 마이스터에서 준비한 목욕 가운의 짧은 소매가 벌어지며 완벽한 한쪽 젖가슴과 약간 꼿꼿해진 젖꼭지가 이쪽을 향해 모습을 드러냈다.

"자기." 그녀가 다정하게 말했다. "그건 정말 밑도 끝도 없는 헛소리야. 여자 엉덩이가 너무 크다고 내가 분명히 말했잖아요. 엉덩이 큰 여자가 좋으면 사요. 당신 돈인데. 당신 엉덩이고."

로퍼는 씩 웃으며 손을 내밀어 헤어 마이스터가 무료로 제공한 돔 페리뇽 병목을 잡고 비틀었다.

"코키!"

"여기 있습니다, 두목."

잠시 망설임. 목소리는 다시 말했다. "댄비와 맥아서에게 전화해. 여기 와서 샴페인을 들라고."

"그러죠, 두목."

"샌디! 캐롤라인! 샴페인 마셔! 어디 갔지? 또 싸우는군. 지루해. 매번 이 모양이지." 그는 조녀선에게 덧붙였다. "가지 말게, 파인. 파티는 이제 막 시작이야. 코크, 술 두 병 더 주문해!"

그러나 조녀선은 떠났다. 손짓으로 유감이라는 뜻을 표하며, 그는 문간으로 걸음을 옮겼다. 돌아보자 제드가 샴페인 잔 위로 그에게 괴짜처럼 손을 흔들며 작별 인사를 했다. 그는 최대한 얼음장 같은 미소로 답했다.

"가보세요." 코코란이 반대 방향으로 스쳐 지나가며 중얼거렸다. "신경 써줘서 고마워요."

"좋은 밤 되십시오, 소령님."

잿빛 금발 머리를 지닌 보디가드 프리스키는 엘리베이터 옆 태피스트리가 덮인 의자에 앉아 빅토리아 시대의 성애물 관련 서적을 보고 있었다. "골프를 하십니까?" 그는 지나치는 조너선에게 물었다.

"아니요."

"나도 안 합니다."

나는 쉽게 도요새를 쏘았네. 피셔-디스카우는 노래하고 있었다. 나는 쉽게 도요새를 쏘았네.

대여섯 명의 저녁 손님들이 마치 예배당 신도처럼 촛불을 켠 테이블에 머리를 조아리고 있었다. 조너선은 결연한 행복감에 젖어 그들 사이에 앉았다. 이게 내가 살아가는 이유지, 그는 속으로 말했다. 포마르(프랑스산 와인 브랜드—옮긴이) 반병, 그리고 삼색 채소를 곁들인 송아지 간 요리. 다마스크 테이블보 위에서 현명하게 나를 향해 반짝이는 늙고 상한 호텔 은제 식기 표면들.

혼자 식사하는 것은 그에게 늘 특별한 즐거움이었고, 오늘 밤엔 전투에 대한 경의의 뜻으로 베리 주방장이 서비스 문 바로 옆 1인석 자리 대신 창가 높은 제단에 자리를 마련해주었다. 눈 덮인 골프장 너머 호숫가를 따라 반짝이는 도시의 불빛을 바라보며, 조너선은 지금까지 만족스럽도록 완전했던 자신의 인생, 자신이 뒤에 남긴 추악함을 집요하게 자축했다.

지독한 로퍼를 상대하는 일이 쉽지 않았군, 조너선. 잿빛 턱수염을 한 사관학교 지휘관이 최우수 후보생을 향해 흡족한 듯 말했다. 코코란 소령은 정말 물건이군. 내가 보기엔 그 여자도. 걱정하지 마. 자네는 빈틈없었고, 맡은 역할을 잘 수행했어. 수고했어. 조녀선은 스스로가 수치스럽게 늘어놓았던 아첨의 말과 스쳐 지나간 육욕을 순서대로 떠올리며, 실제로 촛불을 밝힌 유리창에 비친 자신의 모습을 향해 자축의 미소를 지었다.

갑자기 송아지 간 요리가 입 안에서 재로 변했고, 포마르에서는 청동 맛이 났다. 위장이 뒤틀렸고, 시야가 흐려졌다. 그는 서둘러 테이블에서 일어나 베리 주방장에게 깜박했던 일이 있다며 대충 주워섬긴 뒤 간신히 화장실로 뛰어들어갔다.

3
펜트하우스의 여인

암에 걸린 독일 미녀와 영국의 수많은 식민지 전쟁 중 하나에서 전사한 영국 보병 하사의 외아들, 보육원과 위탁가정, 양모네 집, 사관학교, 훈련 캠프를 비 오는 군도처럼 전전했던 졸업생, 한때 비가 더 많이 내리는 북아일랜드 특수부대 소속이었던 늑대소년, 식당 점원, 주방장, 방랑하는 호텔리어, 복잡한 감정관계로부터의 영원한 도망자, 자원봉사자, 타인의 언어 수집가, 자의로 망명한 밤의 생물, 목적지 없는 항해사, 조너선 파인은 안내 데스크 뒤에 있는 위생적인 스위스의 사무실에 앉아 자주 피우지 않는 담배를 세 대째 연달아 피우며 존경받는 호텔 설립자의 큼직한 세피아 색 사진 옆에 액자로 걸린 지혜로운 금언에 대해 곰곰이 생각하고 있었다.

지난 몇 달 동안 조너선은 설립자의 금언을 고문 같은 독일 문법에서 해방시키려고 여러 번 펜을 들었지만, 그때마다 늘 옴짝달싹할 수 없는 종속절에 부딪히곤 했다. '진정한 환대가 일상에 선사하는 기쁨은 진정한 요리가 식사에 선사하는 기쁨과도 같다.' 순간적으로 그는 해결했다는 생각이 들어 다시금 펜을 들었다. '그것은 인생이라는 여정에서 잠시 우리에게 몸을 맡긴 모든 개인의 필수적인 기본 가치에 대한 우리의 존중의 표현이다. 그 개인의 조건이나, 같은 인류로서의 상호 책임과 관계없이⋯⋯.' 늘 그렇듯 이 지점에서 다시 막혔다. 어떤 것은 원문 그대로 놓아두는 것이 좋다.

그의 시선은 남성용 가방처럼 앞에 덜렁 놓여 있는 헤어 슈트리플리의 싸구려 텔레비전 세트로 돌아갔다. 텔레비전에서는 15분 전부터 똑같은 진자게임 영상이 흘러나오고 있었다. 폭격기의 시야가 한참 아래 회색 점처럼 찍힌 건물에 집중된다. 카메라가 화면을 클로즈업한다. 미사일이 목표물을 향해 날아가 벽을 꿰뚫고 몇 층 아래로 내려간다. 건물 아랫단이 뉴스캐스터의 번지르르한 감탄사와 함께 종이봉투처럼 터진다. 명중. 추가 요금 없이 두 방 더. 아무도 사상자 이야기는 하지 않는다. 그 높이에서는 없는 거나 마찬가지니까. 이라크는 벨파스트가 아니다.

영상이 바뀌었다. 소피와 조녀선은 드라이브를 하고 있었다.

조녀선이 운전을 했고, 소피의 망가진 얼굴은 헤드 스카프와 검은 안경에 부분적으로 가려져 있었다. 카이로는 아직 잠에서 깨어나지 않은 상태였다. 붉은 새벽이 뿌연 하늘을 물들이고 있었다. 그녀를 호텔에서 몰래 빼돌려 차에 태우기 위해, 비밀 첩보원은 온갖 주의를 기울였다. 그는 피라미드를 향해 출발했지만, 그녀는 다른 풍경을 염두에 두고 있었다. "아뇨. 저쪽으로 가요." 카이로 시 공동묘지의 무너져 가는 묘 위에는 악취를 풍기는 쓰레기들이 널려 있었다. 널린 비닐봉지와 양철 캔 사이로 잿더미가 연기를 뿜어내는 황량한 풍경 속에는 가련한 인간들이 쓰레기를 쪼아 먹는 총천연색 독수리 떼처럼 웅크리고 있었다. 그는 모래가 덮인 갓길에 차를 세웠다. 쓰레기장을 오가는 트럭이 악취를 꼬리처럼 매달고 쏜살같이 지나쳤다.

"내가 그를 데려왔던 곳이에요." 그녀는 말했다. 입 한쪽이 어마어마하게 부어올라 있었다. 그녀는 반대편에 난 구멍을 통해 말했다.

"왜죠?" 조녀선은 물었다. 왜 지금 나를 이곳에 데려왔느냐는 뜻이었다.

"'이 사람들을 봐, 프레디.' 나는 그에게 말했어요. '누군가 아랍의 폭군에게 무기를 팔 때마다, 이 사람들은 점점 더 굶어가게 돼. 왜인지 알아? 내 말 좀 들어봐, 프레디. 굶주린 사람들을 먹이는 것보다 멋진 군대를 이끄는 것이 더 재미있기 때문이야. 당신은 아랍인이잖아, 프레디. 우리 이집트인들이 우리는 아랍인이 아니라고 하는 소리는 신경쓰지 말라고. 우린 아랍인이야. 아랍 형제들이 당신의 꿈을 위해 제 살로 대가를 치르는 게 옳을까?'"

"알겠습니다." 정치적 감정을 마주하는 영국인 특유의 당황스러운 기분이 엄습했다.

"'우리에게 필요한 건 지도자가 아니야.' 나는 말했어요. '겸손한 장인이야말로 그다음의 위대한 아랍인이 될 거야. 일이 차근차근 실현되도록 하고, 사람들에게 전쟁 대신 존엄을 주는 사람. 그 사람은 전사가 아니라 행정가일 거야. 당신이 성장한다면, 당신 같은 사람 말이야, 프레디.'"

"프레디가 뭐라고 하던가요?" 조녀선은 말했다. 쳐다볼 때마다 그녀의 망가진 얼굴이 그를 추궁하는 것만 같았다. 눈 주위의 멍은 파란색과 노란색으로 변해가고 있었다.

"내 일이나 신경 쓰라고 하더군요." 분노가 그녀의 목에 걸렸고, 조녀선의 심장은 한층 가라앉았다. "난 그에게 이건 내 일이라고 했어요! 삶과 죽음은 내 일이라고! 아랍인은 내 일이라고! 그는 내 일이라고!"

경고를 했군, 조녀선은 메슥거리는 기분으로 생각했다. 당신은 그의 마음대로 내다 버릴 수 있는 나약한 여자가 아니라, 경계해야 할 힘을 가진 사람이라고. 당신도 비밀무기를 갖고 있다고. 내가 이미 저질러 버렸지만, 내가 했던 바로 그 일을 할 수도 있다고 협박했군.

"이집트 당국은 그를 건드리지 않을 거예요." 그녀는 말했다. "그가 뇌물을 주니까 당국은 접근하지 않을 거예요."

"떠나세요." 조녀선이 말했다. "하미드 형제가 어떤 사람들인지 알잖습니까. 도망가요."

"내가 파리에 있어도 하미드 형제는 카이로와 마찬가지로 날 쉽게 죽일 수 있어요."

"프레디에게 당신을 도와달라고 하세요. 자기 형제들에게서 당신을 지켜달라고."

"프레디는 나를 겁내고 있어요. 용감한 척하지 않을 때는 겁쟁이예요. 왜 도로를 쳐다보고 있죠?"

당신과 지상의 불쌍한 사람들 외에 볼 건 그것밖에 없으니까.

그러나 그녀는 대답을 기다리지 않았다. 어쩌면 남성의 나약함에 지대한 관심을 가진 이 연구자는 마음 깊은 곳에서 그의 수치를 이해하고 있을 것이다.

"커피를 마시고 싶어요. 이집트산으로." 그녀의 용감한 미소가 세상의 그 모든 비난보다 그의 마음을 더욱 아프게 찔렀다.

그는 거리 매점에서 커피를 사주고 그녀를 호텔 주차장으로 데려다주었다. 오길비의 집에 전화했더니, 가정부가 받았다. "나가셨어요." 그녀는 소리쳤다. 오길비 부인은? "안 계세요." 그는 대사관에 전화를 걸어보았다. 그쪽에도 없었다. 보트 대회가 있어 알렉산드리아에 갔다고 했다.

그는 메시지를 남기려고 요트 클럽에 전화를 걸었다. 약에 취한 남자 목소리가 오늘은 보트 경주가 없다고 답했다.

조녀선은 룩소르에 있는 미국인 친구 래리 커모디에게 전화를 걸었다. "래리, 당신 손님방이 비어 있나?"

그는 소피에게 다시 전화를 걸었다. "내 고고학자 친구가 룩소르에 빈집을 갖고 있어요. 시카고 하우스라는 집입니다. 1, 2주 정도 편히 사용할 수 있을 거예요." 그는 침묵 속에서 유머를 찾아내려 노력했다. "방문하는 학자들에게 내주는 수도사의 독방 같은 곳인데, 집 뒤쪽으로 박혀 있고 옥상도 따로 있습니다. 아무도 당신이 있다는 걸 모를 겁니다."

"당신도 같이 갈 건가요, 파인 씨?"

조너선은 잠시도 망설이지 않았다. "보디가드를 따돌릴 수 있겠습니까?"

"보디가드는 이미 사라져버렸어요. 프레디는 나를 보호할 가치가 없다고 여긴 모양이에요."

호텔과 거래하는 여행사에 전화를 했더니, 걸걸한 목소리의 스텔라라는 영국인 여자가 전화를 받았다. "스텔라, 들어봐요. VIP 손님 두 사람이 오늘 밤에 익명으로 룩소르에 갈 겁니다. 비용은 무관합니다. 운항이 중단됐다는 건 압니다. 비행기가 없겠죠. 방법이 있을까요?"

긴 침묵. 스텔라는 마음을 읽는 것 같았다. 카이로에 너무 오래 있었다. "음, 당신이야 아주 중요한 사람이라는 건 알지만, 여자는 누구죠?" 그녀는 목에 걸리는 듯한 고약한 쉰 웃음소리를 냈다. 전화를 끊은 뒤에도 그 웃음소리는 오랫동안 조너선의 귓전에 남아 있었다.

조너선과 소피는 시카고 하우스의 평평한 옥상에 나란히 앉아 보드카를 마시며 별을 바라보고 있었다. 비행기에서 그녀는 거의 말이 없었다. 그가 음식을 권했지만 손도 대지 않았다. 그는 그녀의 어깨에 숄을 둘러주었다.

"로퍼는 세상 최악의 남자예요." 그녀가 단언했다.

세상의 악당에 대한 조너선의 경험에는 한계가 있었다. 자기 자신을 먼저 탓하라, 그다음에 남을 탓하라, 라는 것이 그의 본능이었다.

"그런 업종에 종사하는 사람이라면 상당히 무시무시하겠죠."

"변명의 여지가 없어요." 그녀는 그의 온건한 말에 누그러지지 않는 듯 쏘아붙였다. "그는 건강해요. 백인이고요. 돈도 많아요. 출신도 좋고, 교육도 잘 받았어요. 우아해요." 로퍼의 장점을 열거하는 동안 그의 거대함은 차츰 증폭되었다. "세상 물정을 잘 알아요. 재미있고, 자신만만해요. 한데 세상을 파괴해요. 대체 뭐가 부족한 걸까요?" 그녀는 조너선이 무슨 말이든 하기를 기다렸지만, 그는 입을 열지 않았다. "어떻게 그런 사람이 됐을까요? 뒷골목에서 질질 끌려다녔던 사람도 아닌데 말이에요. 행운을 타고난 사람인데……. 당신도 남자잖아요. 뭔가 알겠죠."

그러나 조너선은 더 이상 아무것도 알 수 없었다. 그는 밤하늘을 배경으로 그녀의 망가진 얼굴 윤곽을 바라보았다. 당신은 어떻게 할 거지? 그는 그녀에게 속으로 물었다. 나는 뭘 하지?

그는 헤어 슈트리플리의 텔레비전을 껐다. 전쟁은 끝났다. 난 당신을 사랑했어. 카르나크의 사원들 사이를 나란히 거닐 때, 얼굴이 망가진 당신을 사랑했어. 당신은 말했지. 파인 씨, 이제 강물을 거꾸로 흐르게 할 때예요.

새벽 2시. 헤어 마이스터가 조너선에게 순찰을 돌라고 한 시각이었다. 그는 늘 그렇듯 로비부터 시작했다. 로퍼가 서 있던 양탄자 한가운데에 서서, 부산한 낮 시간에는 묻혀서 들리지 않던 호텔의 쉴 새 없는 밤 소리에 귀를 기울였다. 난방기가 돌아가는 소리, 진공청소기가 윙

윙거리는 소리, 룸서비스 주방에서 접시가 부딪치는 소리, 뒤 계단을 오르내리는 웨이터의 발소리. 그는 매일 밤 서 있는 자리에 서서 그녀가 엘리베이터에서 나오는 모습을 상상했다. 얼굴이 회복된 그녀가 검은 머리칼 위로 선글라스를 밀어 올린 채 재미있다는 듯 흥볼 구석을 뜯어보며 로비를 가로질러 그의 앞에 와서는 멈춰 서는 모습. 당신이 파인 씨군요. 영국의 꽃. 날 배신한 사람. 야간 수위인 늙은 호르비츠는 카운터에서 잠들어 있었다. 그는 굽힌 팔 안에 짧은 머리를 묻고 있었다. 당신은 여전히 망명자로군, 호르비츠. 조너선은 생각했다. 행군 후 수면. 행군 후 수면. 그는 노인의 빈 커피 잔을 손이 닿지 않는 곳으로 안전하게 밀어주었다.

안내 네스크의 프로일라인 에버하르트는 머리가 희끗희끗하고 심약한 미소를 지닌 친절한 프로일라인 비프로 교체되어 있었다.

"오늘 밤 늦게 도착한 손님을 볼 수 있을까요, 프로일라인 비프?"

그녀는 그에게 타워스위트 숙박부를 건넸다. 알렉산더, 랭번 경, 분명 샌디일 것이다. 주소 : 토르톨라, 영국령 버진아일랜드. 직업은 (코코란에 따르면) 영지 귀족. 아내 캐롤라인 동반. 목덜미 부근에서 긴 머리칼을 묶었다는 인상착의는 없었고, '영지 귀족'이 '귀족' 노릇 말고 어떤 직업에 종사하는지도 적혀 있지 않았다. 온슬로 로퍼, 리처드. 직업은 회사 임원. 조너선은 나머지 숙박부를 사무적으로 넘겨보았다. 프로비셔, 시릴, 조종사. 맥아서, 모 인사, 그리고 댄비. 다시 모 인사, 회사 중역. 다른 조수들, 다른 조종사들, 보디가드. 오스트레일리아 퍼스 출신인 잉글리스, 프랜시스. 프랜시스는 프리스키일 것이다—운동

강사. 존스, 토비어스, 남아프리카 출신—토비어스는 태비일 것이다—운동선수. 잘 나오지 않은 사진들 중에서 잘 나온 사진 한 장을 아끼듯, 그는 미녀를 의도적으로 마지막까지 남겨놓았다. 마셜, 제미마 W., 주소는 로퍼와 마찬가지로 나소의 사서함이었다. 영국인. 직업은—코코란은 특히 화려한 필체로 적었다—승마 선수.

"이것 좀 복사해주겠어요, 프로일라인 비프? 타워스위트 손님들을 점검하는 중입니다."

"그러죠, 파인 씨." 그녀는 장부를 받아들고 뒤 사무실로 갔다.

"고마워요, 프로일라인 비프."

그러나 상상 속에서 조너선의 눈에 보이는 것은 그 자신이었다. 소피가 담배를 피우며 바라보는 동안, 퀸 네페르티티 호텔 복사기 앞에 몸을 숙이고 복사하던 그 자신. 능숙하군요. 그녀는 말했다. 그래, 난 능숙해. 난 첩보원이거든. 배신자. 너무 늦은 뒤에야 사랑을 하지.

전화 교환수는 또 다른 야간 직원 프라우 메르탄이었다. 그녀의 초소는 안내 데스크 옆의 답답한 칸막이 안이었다.

"구텐 아벤트, 프라우 메르탄."

"좋은 아침이에요, 조너선."

이것은 그들의 농담이었다.

"걸프전은 잘 진행되고 있겠죠?" 조너선은 뉴스 프린터에 매달려 있는 단신들을 바라보았다. "폭격의 기세가 수그러들지 않고 있어요. 이미 1천 대의 작전기가 출동했어요. 물량 공세가 안전하다고 하니까."

"아랍 한 나라에 너무 많은 돈을 쏟아붓고 있죠." 프라우 메르탄은 못마땅하다는 듯 말했다.

　그는 첫 학교 기숙사에서 몸에 밴 본능적인 습관대로 종이를 정리하기 시작했다. 그러는 동안 팩스가 눈에 띄었다. 수신 내용이 출력되는 반질반질한 서류함. 아침에 배포할 내용이었다. 그리고 송신 편지가 들어가는 서류함. 보낸 사람에게 답신할 내용이었다.

　"전화 사용 내역이 많기도 하네요, 프라우 메르탄? 전 지구적 공황 매도라도 벌어지나요? 우주의 중심 같은 기분이겠습니다."

　"뒤포어 공주는 블라디보스토크의 사촌에게 전화하셔야 해요. 러시아 사정이 나아졌기 때문에 매일 밤 블라디보스토크에 전화해서 한 시간 동안 통화하시죠. 그러다 매일 밤 끊기고 다시 연결해야 해요. 아마 왕자님을 찾으시는 것 같아요."

　"타워의 왕자들은 어떻습니까? 들어가자마자 전화에 매달려 사는 것 같던데."

　프라우 메르탄은 키 몇 개를 누르더니 안경 너머로 화면을 바라보았다. "벨그레이드, 파나마, 브뤼셀, 나이로비, 나소, 프라하, 런던, 파리, 토르톨라, 영국 어디, 다시 프라하, 다시 나소. 모두 직통. 곧 모든 통화가 직통이 될 테고, 내 직업도 없어지겠죠."

　"언젠가 우리 모두 로봇으로 대체될 겁니다." 조너선은 농담을 건넸다. 그는 프라우 메르탄의 작업대에 몸을 기울이고 비전문가의 호기심을 가장하며 말했다.

　"당신 화면에는 실제로 상대방 전화번호가 뜨나요?"

　"그럼요. 안 그러면 손님들이 즉각 항의를 해요. 뜨는 게 정상적이랍니다."

"보여줄 수 있어요?"

그녀는 보여주었다. 로퍼는 세계 각지의 사악한 사람들을 안다고, 소피는 말했었다.

식당에서는 잡일을 하는 바비가 알루미늄 사다리 위에 중심을 잡고 밀대로 샹들리에의 물방울 유리를 청소하고 있었다. 조너선은 집중이 필요한 그의 일을 방해하지 않으려고 발소리를 죽였다. 바에서는 헤어 카스파르의 요정 같은 조카들이 작업복에 청바지 차림으로 화초에 물을 주고 있었다. 그중 나이 많은 소녀가 그에게 다가오더니 장갑 낀 손에 진흙 묻은 담배꽁초를 수북이 담아 내밀었다.

"남자들은 집에서도 이러고 사나요?" 그녀는 분개했다는 듯 새침하게 젖가슴을 내밀며 물었다. "화분에다 꽁초를 버려요?"

"그럴 겁니다, 레나테. 남자들은 차마 입에 담을 수 없는 행동을 아무 생각 없이 하곤 하죠." 오길비한테 물어보라고, 그는 생각했다. 딴데 정신이 팔려 있는 중이라 그녀의 당돌한 태도가 이유 없이 짜증스러웠다. "나라면 저 피아노를 조심하겠어요. 긁히기라도 하면 헤어 마이스터가 펄펄 뛸 겁니다."

주방에서는 야간 주방장이 벨 에타주에 묵는 독일인 신혼부부를 위해 정찬을 준비하고 있었다. 신랑은 스테이크 타르타르, 신부는 훈제 연어, 열정을 북돋울 피르소 와인 한 병. 조너선은 오스트리아 야간 웨이터 알프레드가 장미 모양으로 접은 냅킨을 섬세한 손가락으로 배치하고, 낭만을 위해 동백 꽃잎 한 접시도 준비하는 것을 보았다. 알프레드는 실패한 발레 댄서로, 여권에는 '예술가'라고 적혀 있었다.

"바그다드를 폭격한다죠." 그는 분주하게 움직이며 만족스럽다는 듯이 말했다. "맛을 보여줘야 해요."

"오늘 밤에 타워스위트도 식사를 합니까?"

알프레드는 숨을 돌리며 외듯이 말했다. 나이에 비해 너무 젊은 미소가 떠올랐다. "훈제 연어 3인분. 영국식 피시앤드치프스 1인분, 필레 스테이크 미디엄 4인분, '람'이라는 당근 케이크와 슐라그 두 덩이. 당근 케이크는 종교적인 이유로 '폐하'께서 주문하신 겁니다. 그렇게 말씀하셨어요. '폐하'의 지시대로 소령이 50프랑 팁을 보내셨고요. 당신들 영국인은 사랑에 빠지면 늘 팁을 주죠."

"그랬던가요? 기억해야겠군요." 그는 거대한 계단을 올랐다. '로퍼는 사랑에 빠지지 않았어, 발정이 난 거지. 어쩌면 하룻밤 보내려고 소개소 같은 데서 여자를 고용했을 거야.' 그는 그랜드 스위트로 통하는 이중문 앞에 도착했다. 신혼부부는 신발도 새것이었다. 남자는 버클 달린 검은색 에나멜 구두, 여자는 급히 벗어던진 금색 샌들이었다. 조너선은 평생 몸에 밴 복종적인 태도로 허리를 굽혀 신발을 나란히 놓았다.

꼭대기 층에 올라간 그는 프라우 로링의 문간에 귀를 대고 영국군 전문가들이 호텔 케이블 네트워크에서 떠들어대는 소리를 들었다. 그는 노크했다. 그녀는 자신의 나이트 드레스 위에 죽은 남편의 드레싱 가운을 입고 있었다. 커피가 잔에서 찰랑찰랑 흘러넘쳤다. 스위스에서 60년을 살았지만, 고지독일어(독일 중남부에서 사용하는 독일어-옮긴이)

특유의 파열음은 단 하나도 고쳐지지 않았다.

"다 아이들이야. 하지만 싸우고 있으니 남자지." 그녀는 조녀선의 어머니와 똑같은 악센트로 말하며 그에게 커피 잔을 건넸다.

영국 텔레비전 해설자들은 개종자 같은 열정으로 병사 모형을 놀이통 안에 이리저리 옮겨서 배치하고 있었다.

"타워스위트는 오늘 밤에 어떤 사람들로 득실거리고 있다고?" 모든 것을 아는 로링 부인이 물었다.

"아, 어떤 영국인 거물과 그 동반자들이요. 로퍼 씨라고. 로퍼와 그 일행이에요. 그리고 나이가 그의 절반밖에 안 되는 여자분도 있어요."

"직원들 말로는 미인이라던데."

"못 봤습니다."

"고친 데도 없고. 자연스럽고."

"그거야 그 사람들이 잘 알겠죠."

그녀는 그가 가벼운 말투로 말할 때면 늘 짓는 눈빛으로 그를 살펴보았다. 때로 그녀는 그 자신보다 그를 더 잘 아는 것 같았다.

"자넨 오늘 밤에 유난히 표정이 밝군. 도시 전체가 환해질 것 같아. 무슨 일이라도 있어?"

"눈 때문이겠지요."

"러시아가 마침내 우리 편에 서서 다행이야. 그렇지?"

"대단한 외교적 성과입니다."

"기적이야." 프라우 로링은 고쳐 말했다. "그리고 대부분의 기적이 그렇듯, 아무도 믿지 않지."

그녀는 그에게 커피를 건네고 평소 앉던 의자에 앉을 것을 권했다. 그녀의 텔레비전 세트는 전쟁보다 더 거대했다. 행복한 부대원들이 무장한 군인 수송 차량에서 손을 흔들고 있었다. 미사일은 목표물을 향해 멋지게 날아갔다. 탱크가 느릿느릿 굴러가는 날카로운 마찰음. 부시는 경외심으로 바라보는 관객들을 위해 앙코르를 열연하고 있었다.

"전쟁을 볼 때 어떤 기분이 드는지 알아?" 로링 부인이 물었다.

"잘 모르겠습니다." 그는 부드럽게 말했다. 하지만 그녀는 자신이 무슨 말을 하려고 했는지 잊어버린 듯했다.

어쩌면 너무 또렷한 단언이 어쩔 수 없이 소피를 떠올리게 해서, 듣지 못했는지도 모른다. 그녀에 대한 그의 유쾌한 사랑의 결실은 기억에서 사라졌다. 룩소르조차 지워졌다. 그는 끔찍한 종막을 위해 카이로에 돌아가 있었다.

그는 바로 이 디너 재킷 차림으로—내가 뭘 입고 있었는지가 도대체 왜 중요하지?—소피의 펜트하우스에 서 있었다. 이집트 정복 차림의 형사와 사복 차림인 조수가 죽은 사람의 정적을 빌린 시선으로 그를 바라보고 있었다. 온통 피바다였고, 낡은 쇠 냄새가 났다. 벽에서, 천장에서, 긴 의자에서. 피는 와인처럼 드레싱 테이블에 쏟아져 있었다. 옷가지, 시계, 태피스트리, 프랑스어와 아랍어와 영어로 된 책들, 금박을 입힌 거울, 향수, 화장품—모든 것이 몸집만 큰 어린아이가 성질이라도 부린 것처럼 망가져 있었다. 이 참상과 비교하면 소피 자신은 차라리 사소한 풍경의 일부 같았다. 어쩌면 흰 옥상 정원으로 열린 프랑스식 창문을 향해 가려는 듯, 반쯤 기듯이, 그녀는 죽 뻗은 한쪽 팔에 머리를 얹은 채 군 응급처치 설명서에 '회복 자세'라고 소개된 자세로 쓰러져 있었다. 하체에는 침대 시트가 덮여 있었고, 상체에는 블라우스인지 나이트 드레스인지 색깔도 구별할 수 없는 옷가지의 잔해만 남아 있었다. 다른 경찰들은 다른 일을 하고 있었지만, 다들 별 열의는 없어 보였다. 한 사람은 용의자라도 찾으려는지 옥상 정원 난간에 몸을 기댄 채 서 있었다. 다른 한 사람은 박살 난 경첩에 헐렁하게 매달린 벽 금고 문짝을 흔들흔들 소리가 나게 만지작거리고 있었다. 왜 검은색 총집을 차고 있을까? 조너선은 생각했다. 이 사람들도 야간 당직인가?

주방에서 남자 목소리가 아랍어로 통화하고 있었다. 경찰 두 사람이 계단으로 이어지는 현관문을 지키고 있고, 계단참에서는 실크 드레싱가운 차림으로 얼굴에 크림을 바른 1등급 유람선 승객들이 보호자를 분한 얼굴로 응시하고 있었다. 수첩을 든 정복 경찰 한 사람이 증언을 받아 적고 있었다. 프랑스인 한 사람은 변호사를 부르겠냐고 말했다.

"아래층 손님들이 소란스럽다고 항의를 해왔습니다." 조너선은 형사에게 말했다. 그는 자신이 전략적인 실수를 저질렀다는 것을 깨달았다. 살인사건이 발생했을 때는 왜 왔는지 굳이 설명하는 것이 자연스럽지도 않고 예의도 아니다.

"당신 이 여자와 친구였소?" 형사가 물었다. 입술에 담배가 물려 있었다.

룩소르에 대해 알고 있을까?

하미드는?

최고의 거짓말은, 얼굴을 맞대고 약간 오만하게 내뱉는 거짓말이다. "그녀는 호텔에 머무는 걸 좋아했습니다." 조너선은 자연스러운 어조를 유지하려 애쓰며 대답했다. "누가 이런 짓을 한 거죠? 무슨 일이 있었던 겁니까?"

형사는 좀 길게, 관심 없다는 듯 어깨를 으쓱했다. 이집트 당국은 그를 건드리지 않을 거예요. 그가 뇌물을 주니까 당국은 접근하지 않을 거예요.

"이 여자와 섹스를 했소?" 형사가 물었다.

우리가 비행기에 타는 걸 봤을까?

시카고 하우스까지 따라왔을까?

이파트를 도청했을까?

조너선은 침착함을 되찾았다. 그건 할 수 있었다. 상황이 끔찍할수록, 침착함은 분명 도움이 된다. 그는 조금 짜증스럽다는 듯한 태도를 취했다. "커피 한 잔 한 걸 섹스라고 말할 수 있다면요. 보디가드가 붙어 다녔습니다. 하미드가 고용한 사람들이었어요. 그는 어디에 있습니까? 사라졌나요? 어쩌면 그 보디가드 짓일 겁니다."

형사는 대단한 정보라고 생각하지 않는 것 같았다. "하미드? 하미드가 뭐요?"

"프레디 하미드 말이오. 하미드 형제 중 막내."

형사는 그 이름에 동의할 수 없다는 듯, 혹은 관련 없다는 듯, 아니면 아예 모른다는 듯 이마에 주름을 잡았다. 두 조수 중 한 사람은 대머리였고, 다른 한 명은 생강 빛 머리칼이었다. 청바지와 항공 재킷 차림이었으며, 얼굴에 털이 많았다. 둘 다 열심히 귀를 기울이는 중이었다.

"이 여자하고 무슨 이야기를 했소? 정치 이야기도 했소?"

"사소한 이야기."

"사소한 이야기라고요?"

"식당. 뜬소문. 패션. 하미드가 가끔 여기나 알렉산드리아에 있는 요트 클럽에 데리고 다녔습니다. 서로 눈이 마주치면 미소를 주고받았지요. 아침 인사로 손을 흔들기도 하고."

"당신이 이 여자를 죽였소?"

그래, 내가 죽였다. 그는 속으로 생각했다. 당신이 생각하는 방식은 아니겠지만, 그래. 분명 내가 죽인 거야.

"아닙니다." 그는 대답했다.

형사는 검은색 벨트에 두 엄지손가락을 한꺼번에 걸쳤다. 바지도 검은색이었고, 단추와 배지는 금색이었다. 제복을 몹시 사랑하는 것 같았다. 조수 한 사람이 말을 걸었지만, 그는 전혀 신경 쓰지 않았다.

"누구가 자기를 죽이려 한다고 말한 적이 있소?" 형사는 조녀선에게 물었다.

"그럴 리가요."

"왜죠?"

"그런 말을 했다면 제가 경찰에 신고했을 겁니다."

"좋아요. 가도 좋소."

"하미드 씨에게 연락해봤습니까? 어떻게 하실 겁니까?"

형사는 자신의 추론에 권위를 부여하려는 듯 검은색 모자 위를 손으로 건드렸다. "강도요. 미친 강도가 여자를 죽인 거요. 약을 했겠지."

녹색 작업복과 스니커즈 차림인 눈이 충혈된 응급요원이 들것과 시체 운반용 부대를 들고 왔다. 지휘자는 검은 안경을 쓰고 있었다. 형사는 담배꽁초를 양탄자에 문질러 끄고 다른 담배에 불을 붙였다. 라텍스 장갑을 낀 남자가 만지작거리는 카메라에서 플래시가 터져 나왔다. 실내 옷장은 사람들이 뭔가 다른 옷을 입고 싶었는지 다 털어간 뒤였다. 여자를 들것 위에 올린 뒤 몸을 뒤집자, 한층 쪼그라든 한쪽 젖가슴이 찢어진 옷가지 밖으로 드러났다. 조너선은 얼굴을 확인했다. 발로 찼는지, 권총 개머리판으로 때렸는지, 얼굴은 거의 뭉개져 있었다.

"개가 있었습니다. 페키니즈였어요." 그가 말했다.

바로 그 순간, 열린 주방 문간에 있는 개가 눈에 띄었다. 개는 그 어느 때보다 꼿꼿한 자세로 누워 있었다. 지퍼 같은 상처가 목에서 뒷다리까지 배를 따라 나 있었다. 남자 둘이야, 조너선은 멍하니 생각했다. 하나는 붙잡고, 하나는 베고. 하나는 붙잡고, 하나는 때리고.

"그녀는 영국 시민이었습니다." 조너선은 스스로를 벌하기 위해 과거형을 사용했다. "대사관에 연락하는 게 좋을 겁니다."

그러나 형사는 더 이상 듣고 있지 않았다. 대머리 조수가 조너선의 팔을 잡고 문간으로 걸음을 옮기기 시작했다. 순간적으로, 그러나 충분히 긴 순간 동안, 전투 본능이 어깨를 따라 팔로, 손으로 열기처럼 뻗어 나갔다. 조수 역시 감지했는지, 마치 전기 충격이라도 받은 듯 뒤로 물러섰다. 문득 그는 동류의식을 느낀 듯 위험하게 미소 지었다. 공황 상태가 조너선을 사로잡았다. 두려움 때문이 아니라, 위로할 길 없는 영원한 상실감 때문이었다. 난 당신을 사랑했어. 한데 인정조차 하지 않았지. 내게도, 당신에게도.

프라우 메르탄은 전화 교환 장치 앞에서 졸고 있었다. 때로 아주 늦은 시각에 그녀의 여자친구에게 전화를 걸어 음담패설을 속삭일 때도 있었지만 오늘은 아니었다. 타워스위트 앞으로 들어온 팩스 여섯 통이 지난밤에 발신했던 원본과 함께 놓여 있었다. 조너선은 이를 눈여겨보았지만 건드리지는 않았다. 그는 프라우 메르탄의 숨소리에 귀를 기울였다. 그녀의 감은 눈앞에서 조심스럽게 손을 움직여보았다. 그녀는 돼지 울음 같은 소리를 내며 코를 골고 있었다. 그는 어머니의 쇼핑백에서 솜씨 좋게 물건을 훔치는 아이처럼, 쟁반에 놓인 팩스를 집어 들었다. 복사기는 아직 따뜻할까? 엘리베이터는 꼭대기 층에서 빈 상태로 돌아올까? 당신이 이 여자를 죽였소? 그는 프라우 메르탄의 컴퓨터 키하나를 누른 다음 두 번째, 세 번째 키를 눌렀다. 솜씨 좋군요. 컴퓨터가 삑 소리를 냈고, 로퍼의 여자가 타워스위트 계단을 내려오는 당황스러운 상상이 다시금 떠올랐다. 브뤼셀 친구들이란 누구일까? 마이애미의 식성 좋은 친구는? 병사 보리스는? 프라우 메르탄이 고개를 돌리며 이 가는 소리를 냈다. 그녀가 계속 코를 고는 동안, 그는 전화번호를 받아 적기 시작했다.

온갖 기후에서 전투 훈련을 받은 하사관의 아들이자 전직 하급 지휘관 조너선 파인은 물이 졸졸 흐르는 계곡 옆 눈 쌓인 오솔길을 빠드

득빠드득 밟으며 숲을 내려왔다. 디너 재킷 위에 파카를 걸쳤고, 미드나이트블루 양말에 가벼운 등산화를 신고 있었다. 왼쪽 옆구리에는 에나멜 정장 구두가 비닐봉지 안에서 대롱거리고 있었다. 주변에는 온통 숲과 정원뿐이었고, 계곡을 따라 쌓인 눈이 완벽한 파란색 하늘 아래서 반짝거리고 있었다. 그러나 조너선은 풍경의 아름다움 따위엔 관심이 없었다. 그는 클로스바흐슈트라세에 있는 자신의 직원 숙소로 향하고 있었다. 아침 8시 20분이었다. 아침을 잘 먹어야겠다고, 그는 생각했다. 삶은 달걀, 토스트, 커피. 때로는 자기 자신을 접대하는 것도 즐거운 일이었다. 정신을 차리려면 먼저 목욕부터 해야 할까. 그러고 나서 아침을 먹으며 결정해야겠다. 과연 한 가지 길을 선택해서 정착할 수 있을지. 그는 파카 안에 손을 집어넣었다. 봉투는 아직 그대로 있었다. 난 어디로 가는 걸까? 경험을 통해 배우지 않는 자는 바보다. 왜 나는 전투를 예감하는 걸까?

자신의 아파트가 있는 건물에 접근하면서, 조너선은 자신의 걸음걸이가 규칙적인 행진 속도를 유지하고 있다는 것을 깨달았다. 행진의 리듬은 수그러지지 않은 채 뢰머호프까지 이어졌고, 트램의 출입문이 그를 향해 불길하게 열려 있었다. 그는 자기 행동에 대해 생각하지 않고 트램을 잡아탔다. 갈색 봉투가 이질적으로 가슴을 쿡 찔렀다. 주 철도역에서 내린 그는 아까처럼 기계적인 도보로 그의 조국을 포함해 여러 나라 영사관과 상공회가 입주해 있는 블라이허베크의 근엄한 건물로 향했다.

"공군 퀘일 중령과 통화하고 싶습니다." 조너선은 방탄유리 뒤에 있는 턱이 각진 영국인 여자에게 말했다. 그는 봉투를 꺼내 유리 밑으로 건넸다. "개인적인 일입니다. 카이로에 있는 마크 오길비의 친구라고 전해주세요. 같이 항해를 했다고."

헤어 마이스터의 와인 창고 사건이 조너선이 떠나기로 한 결정에 부분적으로 영향을 끼쳤을까? 로퍼가 도착하기 직전에 조너선은 열여섯 시간 동안 그 안에 갇혀 있었고, 그는 그 경험을 죽음의 입문처럼 떠올렸다.

헤어 마이스터가 조너선에게 맡긴 추가 업무 중에는 매달 가장 오래된 호텔 건물 지하 암반 깊숙한 곳에 자리 잡은 고급 와인 창고에서 재고 목록을 만드는 일도 포함되어 있었다. 보통 그는 이 일을 계약상 주말 대신 사용하는 6일 연속 휴가 직전인 매달 첫 월요일에 처리했다. 그달의 첫 월요일에도 일과는 다르지 않았다.

고급 와인의 보험가는 최근 6만5천 스위스프랑으로 책정되어 있었다. 창고의 보안장치도 그에 상응할 정노로 복잡했다. 자물쇠 비밀번호 하나, 이너셔 로크식 잠금장치 두 개를 해제해야, 네 번째로 스프링식 자물쇠가 열리게 되어 있었다. 그 과정 하나하나를 비디오카메라가 눈을 부릅뜨고 지켜보았다. 성공적으로 자물쇠를 푼 뒤, 조너선은 여느 때처럼 올해에 병당 4천5백 프랑으로 매입한 1961년산 샤토 페트뤼스부터 시작하여 1만 프랑짜리 거물급 1945년산 무통 로스차일드를 향해 수를 세기 시작했다. 계산을 한창 하고 있는데, 불이 꺼졌다.

조너선은 어둠을 몹시 싫어했다. 그렇지 않았다면 왜 야간에 일하는 직업을 선택했겠는가? 어린 시절에 에드거 앨런 포의 작품을 읽으면서 그는 〈아몬티야도의 술통〉의 피해자가 겪은 지옥 같은 고통에 공감했다. 광산 사고도 아니고, 터널이 무너지지도 않았고, 크레바스에 갇힌 산악인 이야기도 아니었지만, 그의 기억 속에는 별개의 무덤으로 남아 있었다.

그는 방향감각을 잃은 채 부동의 자세로 우뚝 서 있었다. 몸이 뒤집혔나? 뇌출혈일까? 폭파된 걸까? 산악인의 본능은 충격에 대비했다. 눈먼 항해사의 본능은 잔해를 붙들었다. 훈련받은 군인의 본능은 든든한 무기조차 없이 눈에 보이지 않는 적을 향해 살금살금 다가갔다. 심해 잠수부처럼 허우적거리며, 조너선은 와인 선반을 더듬어 전등 스위치를 찾아 나섰디. 전화. 그는 생각했다. 창고에 전화가 있었나? 평소 관찰하던 습관은 오히려 장해물이 되었다. 너무 많은 영상들이 쏟아져 나왔다. 문. 문 안쪽에 손잡이가 있었던가? 야수 같은 정신력으로 그는 버저를 떠올렸다. 그러나 버저를 누르는 데도 전기가 필요했다.

그는 창고의 내부 구조를 완전히 잊어버리고 검은색 전등갓 안의 파리처럼 선반을 빙빙 돌기 시작했다. 그가 받았던 그 어떤 훈련도 이렇게 끔찍한 상황에는 대비가 되지 않았다. 행군도, 맨손 격투 훈련도, 극기 훈련도 전혀 쓸모가 없었다. 금붕어는 기억력이 워낙 없어서 수조 안을 한 바퀴 돌 때마다 새로운 스릴을 느낀다는 말을 읽은 기억이 났다. 그는 땀을 흘리고 있었다. 아마 눈물도 흘리고 있었을 것이다. 여러 번 고함도 질렀다. 도와줘! 파인이야! 아무런 반응도 없었다. 병이야! 그는 생각했다. 병이 구해줄 거야! 그는 도움을 청하기 위해 어둠 속에서 병을 던져볼까 생각했다. 그러나 혼란스러운 와중에도 통제력이 승리를 거두었다. 한 병에 4천5백이나 하는 샤토 페트뤼스 병을 차례로 깨뜨리는 무책임한 짓을 할 수는 없었다.

그가 사라졌다는 걸 누군가 알아차릴까? 직원들은 그가 엿새간 정기 휴가를 떠난 줄 알 것이다. 헤어 마이스터의 고약한 협상력 때문에, 와인 목록 정리는 원칙적으로 그가 여가 시간에 하는 일로 되어 있었다. 아파트 주인은 방이 비어 있어도 종종 그러듯 그가 호텔에서 자고 온다고 생각할 것이다. 백만장자가 고급 와인을 주문해서 도와주지 않는다면, 그는 다른 사람이 눈치채기 전에 그냥 죽은 목숨이다. 하지만 백만장자들은 전쟁이 임박했기 때문에 몸을 사리고 있다.

조너선은 보다 침착한 상태를 유지하려 애쓰며, 마분지 상자로 짐작되는 물건에 앉아 온 의지를 다 해 죽기 전 최후 정리의 의미로 지금까지의 삶을 정리해보려고 했다. 지금까지 있었던 좋은 순간들, 배웠던 교훈들, 자신의 인격에서 향상된 부분들, 좋은 여자들. 없었다. 순간들, 여자들, 교훈들. 진혀 아무것도 없었나. 소피 외엔 전혀. 그리고 그녀는 죽었다. 그의 인생에는 미봉책과 실패, 품위 없는 후퇴밖에 보이지 않았고, 소피는 그 모든 것의 상징이었다. 어린 시절 그는 부적절한 성인이 되기 위해 밤낮으로 뒹굴었다. 특수 요원으로서 맹목적인 복종에 자신을 유폐하고, 때로 실수가 있더라도 견뎠다. 연인으로서, 남편으로서, 간통 상대로서 그의 이력은 종잇장처럼 빈약했다. 한두 번 조심스러운 쾌락, 그 뒤로는 오랜 학대와 비겁한 사과.

자신의 인생은 자신이 참여하지 않은 연극 연습으로 이루어져 있었다는 생각이, 칠흑 같은 어둠 속에 찾아든 새벽빛처럼 차츰 떠올랐다. 만약 '앞으로'가 있다면 앞으로 그가 해야 할 일은, 명령은 행복의 대용품이 아니었으니 혼돈이 길을 열어줄지도 모른다는 가정 하에, 명령에 대한 병적인 복종을 버리고 자신에게 약간의 혼돈을 허용하는 일이라는 생각을 했다.

마이스터를 떠날 것이다.

배를 살 것이다. 이건 혼자 할 수 있는 일이다.

좋아하는 여자 하나를 찾아서, 소피처럼 배신하지 않고 현재형으로 사랑할 것이다.

친구를 만들 것이다.

집을 찾을 것이다. 부모가 없었으니 내가 부모가 될 것이다.

지금 돌아보면 자신의 인생을, 소피의 인생을 낭비한 행위에 지나지 않았던 비굴한 애매함 속에 어둠침침하게 웅크리지 않고, 무엇이든, 무슨 일이든 할 것이다.

구원자는 프라우 로링이었다. 무엇 하나 놓치는 법이 없는 사람답게 그녀는 망사 커튼 너머로 그가 창고로 내려가는 모습을 보았고, 뒤늦게야 올라오지 않았다는 사실을 깨달았다. 머리 망을 쓴 헤어 마이스터가 12와트짜리 자동차 등을 든 채로 구조대를 거느리고 "헤어 파인! 헤어 조녀선!" 하고 외쳤을 때, 조녀선은 쉽게 예상할 수 있듯 겁에 질린 번들거리는 눈빛이 아니라 더할 나위 없이 침착한 상태였다.

영국인이라서 그렇다고, 그들은 조녀선을 환한 곳으로 데려가며 서로 말을 주고받았다. 영국인이라서 이렇게 평정을 유지할 수 있다고.

4
림페트 작전

전직 정보 요원 레너드 버가 전직 언더커버 군인 조너선 파인을 채용하기로 마음먹은 것은 조너선이 공군 퀘일 중령과 대면한 직후였지만, 점점 노골화되어가는 워싱턴의 요구와 미 의회의 변덕스러운 정가에서 입지를 얻어내려는 화이트홀의 끝없는 욕구 속에서 몇 주에 걸쳐 화이트홀 내부 격론이 있은 뒤였다.

프로젝트에서 조너선이 맡은 역할명은 처음엔 '트로이'였지만 곧 '림페트(Limpet, 삿갓조개 – 역자)'로 바뀌었다 ─ 합동작전부대 구성원 중 일부가 호메로스의 '트로이' 목마는 모를 수도 있지만, 미국에서 가장 유명한 콘돔 브랜드 '트로이'는 다들 알고 있었기 때문이다. 하지만 '림페트'도 괜찮았다. 삿갓조개는 비가 오나 눈이 오나 찰싹 달라붙어 사니까.

조녀선은 하늘이 내린 인재였고, 이 점을 버만큼 잘 아는 사람도 없었다. 버는 마이애미발 보고서가 책상 위에 당도하기 시작한 순간부터 로퍼 진영에 침투할 방법을 어떻게든 생각해내려 고심해온 인물이었다. 한데 어떤 방법으로? 버의 재량권조차 위태로웠다. 그가 자기 계획의 타당성에 대해 처음 들은 의견은 이런 것이었다.

"솔직히 말해 나의 '주인'은 조금 꺼리고 있어, 레너드." 굿휴라는 관료가 기밀 전화를 통해 전전긍긍하며 털어놓았다. "어제는 비용 이야기만 하더니, 오늘은 전 식민지 영토에서 불안한 상황을 악화시키는 게 탐탁지 않다고 말하네."

일요판 신문들은 렉스 굿휴를 다리만 절지 않는 화이트홀의 '탈레랑(Charles Maurice de Talleyrand, 프랑스의 정치가로 '난세의 간웅'이라 알려져 있음-옮긴이)'이라고 불렀다. 하지만 늘 그렇듯 이 말은 사실이 아니었다. 굿휴는 외관상으로 판단할 수 없는 사람이었다. 그에게서 벽이 느껴진다면, 그것은 음모 때문이 아니라 덕성 때문이었다. 추레한 상인의 미소, 납작한 모자, 자전거가 은폐하는 것이 있다면, 그것은 고결한 성공회 신자의 개혁 의지일 뿐이었다. 운 좋게 그의 사생활을 들여다볼 기회를 얻은 사람들은 수수께끼 대신 예쁜 아내와 아버지를 사랑하는 영리한 아이들을 발견했다.

"불안하기는, 렉스!" 버는 폭발했다. "바하마는 지구상에서 가장 쉬운 나라라고. 나소의 거물들 중에는 코카인에 안 절은 사람이 없어. 한 섬 안에만 부패한 정치가와 무기 암거래상이 바글거리는 정도가……."

"진정해, 레너드." 사무실 건너편에서 루크가 경고했다. 희끗거리는 머리칼, 풍상을 견딘 거친 턱을 지닌 50대 퇴역 군인 롭 루크는 버를 다독이는 역할을 맡은 사람이었다. 그러나 버는 그의 말에 귀를 기울일 기분이 아니었다.

"자네가 제시한 나머지 전제 말인데, 레너드……." 굿휴는 흔들림 없이 말을 이었다. "비록 내용보다 수사가 약간 긴 감이 있어도 개인적으로 난 자네가 엄청난 열정을 보여주었다고 생각하지만, 내 주인은 '유리한 주장만 적당히 섞어놓은 찻잎 점술을 읽는 것 같다'고 하시네."

굿휴가 '주인'이라 언급하는 사람은 장관, 아직 마흔도 되지 않은 번질번질한 정치가였다.

"점술이라고?" 버는 격분해서 이해할 수 없다는 듯 되물었다. "무슨 헛소리를 하는 거야? 그건 미국 정부기관 고위 정보원한테서 나온, 논리정연하고 근거가 확실한 별 다섯 개짜리 보고서라고. 스트렐스키가 그걸 우리한테 보여준 게 기적이라고! 도대체 뭐가 찻잎이라는 거야?"

이번에도 굿휴는 버가 장광설을 마칠 때까지 차분히 기다렸다. "이제 다음 질문을 하지. 내가 아니라 레너드, 내 주인이 던진 질문이니까 엉뚱한 사람에게 화살 돌리지 말고! 강 건너편 친구들에게는 언제 알리려는 거야?"

이번에는 사우스뱅크의 우중충한 건물에서 '순수한 정보'를 거래하는, 버의 전 직장이자 현 경쟁자를 가리키는 말이었다.

"안 알릴 거야." 버는 호전적으로 대꾸했다.

"아니, 난 알려야 한다고 생각해."

"왜?"

"내 주인은 자네의 옛 동료들이 현실론자라고 생각해. 이런 말이 어떻게 들릴지 모르지만, 자네들 같은 소규모 신규 기관의 이상론자는 자기 울타리 너머를 보지 않으려는 경향이 있다고 말이야. 강 건너편 친구들이 합류한다면 훨씬 마음이 놓일 거라고 했어."

버의 자제력이 완전히 무너졌다. "자네 주인은 카이로의 어느 아파트에서 맞아 죽는 사람이 또 나오길 바란다는 뜻이로군. 그런 거야?"

루크는 자리를 박차고 일어나 교통 경찰처럼 우뚝 서서 '정지' 신호로 오른손을 올렸다. 수화기 안에서 굿휴의 가벼운 말투가 조금 더 단단해졌다.

"그건 무엇을 암시하는 거지, 레너드? 입 밖에 내지 않는 게 좋을 것 같은데."

"아무 암시도 없어. 그냥 직언하는 거야. 난 자네 주인의 현실론자들과 같이 일해봤던 사람이야, 렉스. 같이 살았었어. 같이 거짓말을 했다고. 난 그 사람들을 알아. 제프리 다커를 알아. 그의 조달 연구 그룹을 알아. 마르베아에 있는 그들 저택을 알고, 차고에 있는 두 번째 포르셰를 알고, '자신의 자유'이고 '타인의 경제'인 경우에만 작동하는 자유 시장경제에 대한 무제한적인 헌신도 알아. 내가 거기에 있었으니까!"

"레너드, 그 말은 듣지 않겠어. 자네도 알 거야."

"내 작전이나 내 기관의 건강을 유지하는 데 좋을 게 없는 협잡, 엉터리 약속, 적과의 점심, 장사꾼으로 둔갑한 관리인들이 바글거린다는 것도 알아!"

"그만해." 루크는 조용히 조언했다.

버가 전화기를 쾅 내려놓자, 내리닫이 창이 오래된 고리에서 해방되며 단두대의 칼날처럼 툭 떨어졌다. 루크는 참을성 있게 사용한 갈색 봉투를 접더니, 창문을 올려 그 사이에 끼워놓았다.

버는 얼굴을 두 손에 묻고 앉은 채 벌린 손가락 사이로 말했다. "그가 원하는 게 도대체 뭐지, 롭? 언제는 제프리 다커와 그의 사악한 행태를 저지하라더니, 이제 와서 다커와 협력하라고. 도대체 그가 원하는 게 뭐야?"

"다시 전화를 걸기를 원할 거야." 루크는 참을성 있게 말했다.

"다커는 사악해. 내가 알아. 내가 잘 안다고. 제정신일 때는 렉스 굿휴도 그 점을 알아. 한데 도대체 왜 다커가 현실론자라는 둥 에둘러 헛소리를 하고 그러는 거지?"

하지만 버는 굿휴에게 다시 전화를 걸었다. 루크가 끊임없이 지적하듯, 굿휴는 그가 가진 최선이자 유일한 투사이기 때문이었다.

겉보기에 루크와 버는 더 이상 다를 수가 없었다. 루크는 거의 완벽한 정장 차림을 한 행진용 군마였고, 버는 말투만큼이나 태도도 단정치 않았다. 버의 어딘가에는 켈트 족 같은 구석이 있었다. 예술가이자 반항아 같은 구석. 굿휴는 집시라고 표현했다. 중요한 자리를 위해 옷을 갖춰 입는다 해도, 신경 쓰지 않을 때보다 오히려 더 격이 떨어져 보이는 차림이 되곤 했다. 버가 생각하기에, 그는 다른 종류의 요크셔 사람이었다. 그의 조상은 광부가 아니라 직공이었는데, 이는 산업 조직에 속한 노동자가 아니라 독립적인 삶을 살았다는 의미였다. 버가 성인이 될 때까지 살았던 검게 그을린 사암 마을은 남쪽 산기슭에 자리

잡고 있어서 집 하나하나가 태양을 마주하고 있었고, 집집이 길쭉한 다락방 창문을 통해 햇빛이 한껏 집 안으로 들어왔다. 그 외로운 다락 방에서 버의 조상들은 홀로 온종일 베를 짰고, 아래층 여자들은 수다를 떨며 물레를 돌렸다. 남자들은 하늘과 소통하며 단조로운 삶을 살았다. 손으로 기계적인 일상을 반복하는 동안, 그들의 머릿속은 온갖 놀라운 방향으로 활개 치고 있었다. 다락방 둥지의 기나긴 햇빛 아래에서의 두뇌 활동이 결실을 보았다는 시인과 체스 선수, 수학자 이야기는 그 작은 마을 한 곳에서만 책 한 권을 메울 수 있을 정도였다. 그리고 옥스퍼드 대학교를 거쳐 그 너머로 진출한 버는 이 근검한 공동체의 미덕과 신비주의를 고스란히 물려받았다.

그러니 굿휴가 버를 리버하우스에서 끌어내서 재정도 부족하고 인기도 없는 자신의 기관을 맡겼을 때부터, 버가 리처드 온슬로 로퍼를 개인적인 적그리스도로 지목하게 된 것은 어쩌면 운명적인 각본이었을 것이다.

물론 로퍼 전에도 여럿 있었다. 냉전 말기에, 새 기관이 굿휴의 눈에 반짝이는 샛별처럼 나타나기 전에, 버가 이미 대처 수상 이후의 예루살렘을 꿈꾸던 시절, '순수 정보' 기관의 가장 고결한 동료들조차 다른 사람들의 적과 일자리에 눈독을 들이던 시절에도, 1980년대의 악명 높은 범죄자들에 대한 버의 복수를 기억하지 못하는 내부자는 거의 없었다. 대기자 명단으로 항공기를 이용하던 회색 정장 차림의 억만장자 '고철 거래상' 타일러, 전화란 전화는 모두 공중전화를 이용하고 단답

형의 문답만 주고받던 '회계사' 로리머, 뉴베리 외곽에 광대한 영지를 갖고 술잔과 푸아그라 샌드위치를 준비한 집사를 말에 태워 대동한 채 사냥을 즐기던, 다커의 소위 '조달 연구 그룹'을 종종 주재하던 역겨운 신사 앤서니 조이스턴 브래드쇼 경.

그러나 리처드 온슬로 로퍼는 언제나 레너드가 꿈꾸던 적이었다고, 버를 지켜봐 왔던 사람들은 말했다. 레너드가 자신의 양심을 만족시키기 위해 찾아 헤매던 모든 것을 디키 로퍼는 한가득 가지고 있었다. 로퍼의 과거에는 노력도, 불이익도 없었다. 계급, 특권, 버가 혐오한 모든 것을 거저 얻은 사람이었다. 버가 그에 관해 이야기할 때는 목소리조차 변했다. '우리 디키.' 그는 요크셔 지역의 악센트를 약간 섞어 말하곤 했다. 혹은 '그 로퍼.'

"그는 신을 유혹하고 있어, 우리 디키 말이야. 신이 가진 모든 걸 두 개씩 가져야 하는 자야. 그게 제 무덤을 파게 될 거야."

이런 집착이 늘 균형을 유지하지는 못했다. 예산이 부족한 기관에 진을 치고 앉은 터라, 버는 사방에서 음모를 보는 경향이 있었다. 파일 하나가 없어지고 승인 한 건이 연기되어도, 버는 다커의 마수를 냄새 맡곤 했다.

"분명히 말하지만, 롭, 로퍼가 영국 대법원장의 눈앞에서 대낮에 무장 강도질을 한다면……."

"대법원장이 쇠막대를 빌려주겠지." 루크가 대꾸했다. "그 막대는 다커가 사줬을 테고. 그만해. 점심이나 들자고."

빅토리아 스트리트의 우중충한 사무실에서, 두 남자는 저녁 늦게까지 어슬렁거리며 생각에 잠기곤 했다. 로퍼의 파일은 열한 권까지 늘어나 있었고, 기밀 주석도 대여섯 권은 달려 있었다. 한데 합치면 이 자료들은 로퍼가 회색, 혹은 애매한 중간 지대의 무기상에서, 버의 표현대로라면 '칠흑'으로 꾸준히 옮겨간 과정에 대한 기록이었다.

그러나 로퍼에게는 다른 파일도 있었다. 국방성, 외무성, 내무성, 영국 은행, 재무성, 해외 개발, 내국세 세무청. 다커의 동맹이 있을 수 있는 집단의 호기심을 불러일으키지 않고 자료를 습득하려면 기밀과 행운, 때로 렉스 굿휴의 의뭉스러운 방조가 필요했다. 평계를 만들어내야 했고, 연막을 피우기 위해 불필요한 서류도 요청해야 했다.

그럼에도 불구하고 차츰 기록은 축적되었다. 아침 일찍 출근하자마자 경찰관의 딸 펄이 전쟁 사상자처럼 깁스를 하고 붕대를 감은 도난 기록들을 철제 카트에 실어 나르면, 헌신적인 조수들로 구성된 버의 작은 팀이 업무를 재개하곤 했다. 바퀴 하나가 삐딱한 카트 하나가 리놀륨 복도 위로 덜덜거리며 굴러오는 소리가 들려왔다. 그들은 그 카트를 '로퍼 호송차'라고 불렀다.

그러나 이 모든 노력을 기울이는 와중에도, 버는 조너선에게 관심을 끊은 적이 없었다. "지금 모험을 하게 하면 안 돼, 레지." 굿휴의 냉소적인 표현대로 '주인'의 최종적인 공식 결정을 초조하게 기다리는 동안, 버는 기밀 전화를 통해 퀘일에게 지시했다. "더 이상 팩스를 훔치거나 무슨 말을 엿듣거나 하면 안 돼, 레지. 조심스럽게, 자연스럽게 행동하라고 해. 카이로 일로 아직 우리에게 화나 있나? 확실하게 우리 편이라는 확신이 들 때까지 난 상대하지 않겠어. 예전에 당해봤어." 그는 루크에게 말했다. "아무한테도 말 안 해, 롭. 그런 사람들에게 그는 잔챙이일 뿐이야. 다커와 그의 친구 오길비가 내게 잊을 수 없는 교훈을 가르쳐줬어."

만에 하나 있을 수 있는 일에 대한 예방책으로, 버는 조너선에 대한 가짜 파일을 만들었다. 가명을 만들고, 가상의 신상명세를 적고, 포식자의 눈을 끌 만한 기밀사항을 눈에 띄게 배치했다. 피해망상이 아니냐고, 루크가 말했다. 버는 합리적인 예방 조치에 지나지 않는다고 대꾸했다. 별 볼 일 없는 팀원일지언정, 그는 다커가 경쟁자를 깎아내리기 위해 어디까지 갈 수 있는지 너무나 잘 알았다.

그러는 동안에도 버는 빠르게 두꺼워지는 조너선의 기록에 또박또박한 글씨로 주석을 계속 덧붙여 나갔다. 진본은 문서 보관함의 가장 따분한 구석 자리에 놓인 제목 없는 폴더에 보관되어 있었다. 중개인을 통해 루크는 조너선 아버지의 군 기록을 찾아냈다. 피터 파인 하사가 아덴 전투에서 '적에 맞서 보여준 탁월한 용기'로 사후에 훈장을 추서 받은 것은 아들이 채 여섯 살도 되지 않았을 때였다. 신문기사에는 궁전의 정문 밖에서 파란색 매킨토시 코트를 입고 가슴에 훈장을 단 음울한 아이 사진이 실려 있었다. 흐느끼는 친척 아주머니가 그 옆에 서 있었다. 어머니는 몸이 좋지 않아 참석하지 못했다. 일 년 뒤, 그녀 역시 죽었다.

"이런 사람들이 보통 군대를 가장 사랑하는 사람들이지." 루크는 특유의 말투로 한 마디 던졌다. "왜 그만두었는지 모르겠어."

33세가 될 때까지 피터 파인은 케냐에서 마우마우(1950년대 영국의 식민통치에 대항했던 무장 투쟁단체 - 옮긴이)와 싸웠고, 키프로스에서 그리바스(1971년 에노시스 독립운동의 지도자 - 옮긴이)를 추적했고, 말레이 반도와 그리스 북부에서 게릴라군과 싸웠다. 누구도 그에 대해 안 좋은 말을 남기지 않았다.

"하사와 신사라." 반-식민주의자 버는 굿휴에게 삐딱하게 말했다.

버는 다시 그 아들에게 돌아가서, 조너선이 전전했던 군 위탁가정과 민간 보육원, 도버의 듀크오프요크 군사학교의 기록을 들여다보았다. 모순되는 표현들 때문에 급속도로 답답해졌다. 소심하다. 한 서류에는 이렇게 적혀 있었다. 용기 있다. 또 다른 서류에는 이렇게 적혀 있었다. 외톨이이다. 사람들과 잘 어울린다. 내성적이다. 외향적이다. 타고난 지휘자다. 카리스마가 없다……. 마치 진자처럼 말이 왔다 갔다 했다. 그리고 뭔가 따로 떼어놓아야 할 병적인 증상처럼, 외국어에 매우 관심이 많다는 표현도 한 번 나왔다. 그러나 버를 정말 짜증 나게 한 것은 융화되지 못한다는 말이었다.

"도대체 정해진 집도 없고, 부모의 사랑을 알 기회조차 없었던 열여섯 살 소년이 '융화'되어야 한다는 법은 누가 정한 거야." 그는 분개하듯 내뱉었다.

루크는 입에서 파이프를 빼내고 미간을 찌푸렸다. 그로서는 추상적인 논쟁이 나왔을 때 최대한으로 개입하는 표현이었다.

"'캐비(cabby)'는 무슨 뜻이지?" 버는 한참 읽다가 물었다.

"여러 가지 뜻이 있지만, 세상 물정에 밝다는 의미야. 추진력이 있다."

버는 곧장 반박했다. "조녀선은 세상 물정에 밝지 않아. 현명하지 않다고. 멍텅구리야. 룰먼트(Roulement)는 또 뭐야?"

"5개월짜리 파견." 루크는 참을성 있게 대답했다.

버는 조녀선의 아일랜드 기록을 찾았다. 연달아 각종 특수 훈련에 자원한 뒤, 그는 남 아마 주 반란지역에 근접감시 임무로 배치되었다.

"밤 부엉이 작전은 뭐지?"

"전혀 모르겠어."

"알아봐, 롭. 우리 중에는 자네가 군인 아닌가."

루크는 국방성에 전화를 걸었지만, '밤 부엉이 작전' 관련 서류는 기밀 등급이 너무 높아서 공인되지 않은 기관에는 공개할 수 없다는 답변이 돌아왔다.

"공인되지 않은 기관이라고?" 루크는 콧수염보다 더 어둡게 얼굴에 핏대를 세우며 소리쳤다. "우리가 뭐라고 생각하는 거야? 무슨 화이트홀 무허가 중개업소라도 되는 줄 아나? 맙소사!"

그러나 버는 너무 집중하고 있었기에, 보기 드문 루크의 폭발을 감상하지 못했다. 그는 아버지의 훈장을 달고 사진사들 앞에서 자세를 취하고 있는 창백한 소년의 사진에 사로잡혀 있었다. 버는 조녀선이라는 인물을 머릿속에서 그리고 있었다. 조녀선이야말로 적임자다, 그는 확신했다. 루크의 조심스러운 말도 그의 확신을 누그러뜨리지 못했다.

"디키 로퍼를 창조한 뒤……." 그는 금요일 저녁 카레를 앞에 놓고 상체를 내밀며 루크에게 말했다. "아마도 신은 심호흡하고는 몸을 약간 떨다가 생태계의 조화를 복구시키기 위해 조녀선을 창조했을 거야."

버가 고대하던 소식은 정확히 일주일 뒤에 날아왔다. 그 소식을 기다리느라 그들은 사무실도 비우지 않고 있었다. 굿휴가 그러라고 지시했다.

"레너드?"

"그래, 렉스."

"이 대화는 없던 걸로 할 수 있지? 적어도 월요일 공동조정위원회 회의가 있기 전까지는."

"자네가 원한다면 그러지."

"일단 전제 조건은 이거야. 그쪽이 시큰둥할 것 같아 우리가 몇 가지 떡고물을 던져줬어. 자네도 재무성이 어떤지 알잖아." 버는 몰랐다. "첫째, 이건 100퍼센트 법 집행 관련 사안이다. 계획과 실행은 독점적으로 자네 책임이고, 리버하우스는 조력만 제공한다. 이유는 묻지 않는다. 만세 삼창 안 하나? 왜 이렇게 조용하지?"

"독점적이란 건 얼마나 독점적이라는 거지?" 경계심 많은 요크셔인 버가 물었다.

"외부 자원을 사용할 경우, 자네가 알아서 해야 한다는 거지. 리버하우스에서 자네를 위해 뭔가 일을 해줬는데 봉투를 봉하기 전에 내용물을 안 들여다보겠나?"

"그건 그렇겠군. 우리의 용맹한 미국 사촌은?"

"버지니아의 랭글리는 템스 강 변의 정보기관과 마찬가지로 직접적으로 관여하지 않는다. 런던의 '순수 정보' 기관이 한 걸음 물러선다면, 랭글리의 동일 기관도 마찬가지로 한 걸음 물러서는 게 합당하다. 내가 주장한 건 이거고, 내 주인도 납득했어. 레너드……? 레너드, 거기서 잠이라도 자나?"

"굿휴, 자넨 천재야."

"세 번째―네 번째던가―결정권을 지닌 장관으로서 내 주인은 명목상 자네의 작은 손을 잡아주겠지만, 장갑은 최대한 두꺼운 걸로 낄거야. 요즘 스캔들 공포증이 있거든." 굿휴의 음성에서 경박스러움이 사라지고, 식민지 총독이 되돌아왔다. "그러니 자네가 장관에게 직접 보고할 일은 절대 없어, 레너드. 내 주인과 소통하는 유일한 길은 나야. 내 평판을 거는 이상, 자넨 절대로 실수하면 안 돼. 알겠나?"

"내가 작성한 자금 추산은?"

"무슨 뜻이야, 그게 왜?"

"그것도 승인됐나?"

영국 바보가 되돌아왔다. "아, 이런, 아니야, 이 친구야! 승인될 리가 있나. 이를 악물고 참아주는 거지. 내가 세 개의 부처 사이에서 억지로 쥐어짜 내고 친척에게 푼돈까지 구걸해야 했다고. 내가 개인적으로 장부를 조작해야 하는 마당이니, 부탁이지만 자넨 내게 지출 내역과 지은 죄의 내역을 보고해줬으면 해."

버는 너무 흥분해서 더 이상 세세한 항목은 신경도 쓰지 않았다. "그럼 파란불이군."

"노란불 깜빡거리는 것도 잊지 마." 굿휴가 대꾸했다. "다커 조달 그룹에 대해 비꼬는 소리 따윈 집어치우고, 기밀 요원들이 제 둥지 꾸미기에 여념이 없다는 쓴소리도 그만둬. 미국 측과 사이좋게 지내야 해.

그러겠지만 말이야. 그리고 내 주인의 안전 좌석과 반짝거리는 자동차도 놓치면 안 돼. 보고는 어떻게 할 건가? 매시간? 아니면 하루 세 번 식전에? 형식적인 절차겠지만, 월요일에 '괴로운' 회의가 열리기 전까지 이 대화는 없었다는 것도 잊지 마."

그러나 미국팀이 실제로 런던에 발을 들여놓은 뒤에야, 버는 자신이 이겼다며 마음을 놓을 수 있었다. 미국 경찰들의 행동력은 부서 간알력의 뒷맛을 씻어냈다. 버는 첫눈에 그들이 마음에 들었고, 그들도마주 앉자마자 뻣뻣이 굴어서 비위 맞추기가 어려운 루크보다 그를좋아했다. 그들은 버의 직설적인 언어와 관료 체계에 대한 반감에 마음을 열었다. 그들은 버가 '순수 정보'라는 맛없는 저장식품 대신 실제 적을 무찌르는 건빵을 택했다는 사실을 알고 더욱 좋아했다. 그들에게 '순수 정보'는 랭글리에 있든 리버하우스에 있든 악이었다. 그것은 지구상의 최대 악당들에게 눈을 감고 다른 데서 모호한 이익을 취한다는 것을 의미했다. 중간에 알 수 없는 이유로 중단되는 작전들, 상부에서 취소하는 명령들을 의미했다. 자기가 남미 최악의 살인마들보다 한 수 위라고 착각하고 언제나 반박 불가능한 여섯 가지 논리를 내세우며 잘못된 길로 걸어가는 풋내기 예일 출신 관료들을 의미했다.

처음 도착한 기관원은 마이애미의 탁월한 경찰 조지프 스트렐스키였다. 슬라브계 미국인인 그는 각진 턱을 하고 있었고, 운동화와 가죽재킷 차림이었다. 버가 그의 이름을 5년 전에 처음 들었을 때, 그는 워싱턴에서 버의 숙적인 불법무기 밀매단 소탕 작전을 지휘하고 있었다.

이 싸움에서 그는 동지로 삼아야 했던 사람들을 정면으로 들이받았다. 급히 다른 임무로 전출된 뒤, 스트렐스키는 남미 코카인 카르텔과 그 미국 내 조직에 대항하는 전쟁에 뛰어들었다. 부정직한 변호사들, 실크 셔츠 차림의 도매상들, 운반책 점조직과 돈세탁 책, '나 몰라라' 슬 그머니 비켜주고 자기 몫을 챙기는 정치가들과 행정가들.

이제 스트렐스키의 강박은 마약 카르텔이었다. 미국은 식량보다 마약에 더 많은 돈을 써, 레너드! 그는 택시 안에서, 복도에서, 세븐업 한 잔을 앞에 놓고 외치곤 했다. 베트남전에 들어간 전체 비용보다 더한 규모야, 롭, 매년, 세금도 없이 말이야! 그런 다음 그는 주식장이들이 다우존스 지수를 읊어대는 열의로 현행 마약 가격을 줄줄이 늘어놓았다. 볼리비아에서 킬로그램당 1달러에 거래되는 생코카 잎 가격은 컬럼비아 기지에서 킬로그램당 2천 달러, 마이애미에서는 도매가로 킬로그램당 2만 달러, 길거리에서는 킬로그램당 20만 달러로 뛴다.

그러다 자신이 재미없는 이야기를 너무 오래 지껄였다는 사실을 다시 깨달았는지, 그는 굳은 미소를 짓고 1달러로 100달러의 이윤을 챙기는 사업을 누가 마다하겠느냐고 중얼거렸다. 그러나 그 미소도 눈동자에서 타오르는 차가운 불꽃을 꺼뜨리지는 못했다.

지속적인 분노 때문에 스트렐스키는 육체적으로 자기 자신을 견딜 수 없을 지경으로 몰아가는 것 같았다. 매일 아침, 그리고 저녁마다 날씨에 아랑곳하지 않고, 그는 공원으로 조깅을 하러 나갔다.

"조, 제발, 큼직한 플럼 푸딩이나 먹으면서 가만히 좀 앉아 있어." 버는 짐짓 엄격하게 말을 건넸다. "자넬 생각하기만 해도 우린 전부 심장

마비가 올 것 같다고."

모두가 웃었다. 기관원들 사이에는 일종의 라커룸 같은 분위기가 있었다. 스트렐스키의 베네수엘라계 미국인 동료 아마토만 웃지 않았다. 회의 중에 그는 입을 심각하게 꾹 다물고 검은 눈동자로 지평선을 바라보며 앉아 있었다. 그러다 목요일에는 갑자기 백치처럼 웃기도 했다. 그의 아내에게는 딸이 있었다.

스트렐스키의 어울리지 않는 다른 동료들 중에는 미국 관세청에서 나온 통통한 얼굴의 과체중 아일랜드인 패트 플린이 있었다. 모자를 쓰고 보고서를 작성하는 그런 종류의 경찰이지, 버는 굿휴에게 재미있다는 듯 말했다. 플린에게는 전설이 따라다녔는데, 그럴 만한 이유가 있었다. 소문에 따르면, 접속 배선함처럼 보이도록 전신주나 송전탑에 몇 초 만에 고정시킬 수 있는 최초의 초소형 카메라를 발명한 것이 패트 플린이라는 것이다. 소형 보트에서 나누는 대화를 물속에서 도청하는 기술을 처음 개발한 것도 패트 플린이었다. 그에게는 다른 기술도 있었다. 스트렐스키가 어느 초저녁에 세인트제임스 파크를 버와 같이 산책하다가 털어놓았다. 스트렐스키는 조깅복 차림이었고, 버는 구겨진 정장을 입고 있었다.

"패트는 아는 사람이 많아." 스트렐스키가 말했다. "패트가 없었다면 우린 마이클 형제에게 접근할 수 없었을 거야."

스트렐스키는 그의 가장 신성하고 민감한 정보원에 대해 말하고 있었다. 이것은 성역이었다. 스트렐스키가 먼저 말을 꺼내지 않았다면 절대로 버가 먼저 캐묻지 않았을 영역이었다.

수사팀이 매일같이 가까워져 가는 동안에도, '순수 정보'의 정보 관료들은 이등 시민으로서의 제 역할을 가볍게 여기지 않았다. 최초로 전투가 벌어진 것은 스트렐스키가 로퍼를 체포하겠다는 자기 기관의 의도를 비쳤을 때였다. 염두에 둔 교도소를 알고 있었기에, 그는 좌중을 상대로 쾌활하게 말했다. "거기면 좋을 겁니다. 일리노이 주 마리온이라는 데가 있죠. 하루 23시간 30분 동안 대화 상대 없이 독방에 갇혀 있어야 하고, 운동할 때는 수갑을 차고, 식판은 문구멍으로 밀어 넣어줍니다. 1층이 가장 괴로워요. 창문이 없거든요. 꼭대기 층이 그나마 나은데, 냄새가 고약하죠."

　얼음장 같은 침묵이 이 말을 맞았다. 국무조정실 변호사가 신랄한 목소리로 대꾸했다.

　"우리가 이런 문제를 논의해야 할까요, 스트렐스키 씨?" 그는 법정에 있는 것처럼 오만하게 물었다. "정체가 알려진 악당은 대체로 풀어놓아야 사회에 더 도움이 되는 것으로 알고 있습니다. 돌아다녀야만 우리도 그를 이용해서 하고 싶은 일을 할 수가 있으니까요. 공모자의 신원을 알아내고, 다시 그 공모자를 알아내고, 엿듣고, 감시하고. 그를 가둬놓으면 누군가 새로운 인물을 찾아 처음부터 똑같은 짓을 다시 해야 합니다. 이런 범죄를 완전히 소탕할 수 있다고 자신하는 게 아닌 이상 말입니다. 여기에 그렇게 생각하는 사람은 아무도 없습니다, 안 그런가요? 이 방에 그렇게 생각하는 사람이 있습니까?"

　"제 견해로는 기본적으로 두 가지 길이 있습니다." 스트렐스키는 모범생처럼 존경 어린 미소를 짓고는 대답했다. "활용하거나, 법을 집행하거나. 활용하자, 이건 끝이 없는 이야기입니다. 다음 적을 잡기 위해 적을 활용한다. 그런 다음 또다시 그다음 적을 잡기 위해 다음 적도 활용한다. 순환 논리죠. 법을 집행하자, 우린 로퍼에 대해 이쪽 입장입니다. 법망을 벗어난 도망자라면, 제 기준으로는 국제 무기거래 규정에 근거해 암거래로 기소해서 잡아넣어야 합니다. 활용하자, 그러다 보면 궁극적으로 착취당하는 쪽이 누구인지 묻지 않을 수 없어요. 도망자인가, 시민인가, 정의인가."

"스트렐스키는 독불장군이야." 굿휴는 우산을 쓰고 보도에 나란히 서서 재미있다는 기색을 숨기지 않고 버에게 털어놓았다. "당신 둘은 쌍둥이처럼 닮았어. 법률가들이 불안해하는 것도 무리는 아니지."

"난 법률가들에게 불안감을 갖고 있어."

굿휴는 비에 젖은 거리를 좌우로 둘러보았다. 그는 몹시 밝은 분위기였다. 전날 딸이 사우스 햄스테드 장학생으로 선발되었고, 아들 줄리언은 캠브리지 대학에 입학 허가를 받았던 것이다. "내 주인은 심한 후두염을 앓고 있어, 레너드. 다시 사람들에게 말하기 시작했거든. 요즘 그는 스캔들보다 골목대장처럼 보일까 봐 걱정하고 있어. 자신이 강력한 양대 정부를 등에 업고 불경기에 발목이 잡힌 영국인 무역상 한 사람을 상대로 대규모의 음모를 교사한다는 인상을 주는 게 마음에 걸리는 거야. 그의 공명정대한 게임 감각으로 볼 때 자네가 균형감각을 잃고 있는 것으로 보이는 모양이야."

"골목대장이라." 버는 로퍼의 파일 열한 권을, 매우 야만적인 사람들에게 아낌없이 나눠주는 극히 정교한 무기들을 떠올리며 부드럽게 말을 받았다. "골목대장이 누구라고? 하느님 맙소사."

"하느님은 내버려두라고. 반박할 말이 필요해. 월요일 아침까지. 엽서에 적을 정도로 간단하게, 미사여구 없이. 그리고 당신 친구 스트렐스키에게 내가 그의 아리아를 몹시 좋아했다고 전해줘. 아, 드디어 왔군. 버스가 왔어."

화이트홀은 정글이지만, 다른 모든 정글이 그렇듯 하루 중 다른 시각에 만났다면 서로를 갈기갈기 찢어발겼을 사람들이 해 질 녘에 모여 술잔으로 위태로운 우정을 나눌 수 있는 바가 몇 군데 있었다. 템스 강 둑길 위쪽에 자리 잡은 피들러 클럽이 그런 곳이었다. 이웃에 있던 피들러 엘보라는 퍼브를 본떠서 지은 이름이었다.

"렉스는 다른 나라를 위해 일하고 있는 것 같아, 안 그래, 제프리?" 구석에 있는 술통에서 파인트 잔을 가득 채우고 전표를 떼며, 국무조정실 변호사가 다커에게 말했다. "안 그러냐고? 난 그가 뒷돈을 챙기면서 영국 정부의 영향력을 약화시킨다고 생각해. 선배."

다커는 권력자들이 종종 그렇듯 덩치가 작았고, 움푹 꺼진 뺨, 푹 꺼진 침착한 시선을 지니고 있었다. 소매 단추가 잔뜩 달린 깔끔한 파란색 정장 차림이었으며, 오늘 저녁에는 갈색 스웨이드 신발까지 신고 있어서 으스스한 미소에 귀족적인 분위기를 더했다.

"아, 로저, 어떻게 알았나?" 굿휴는 기분 좋게 받아들이기로 작정하고 짐짓 쾌활한 말투로 대꾸했다. "난 벌써 몇 년째 단물을 빨아먹고 있다네, 안 그래, 해리?" 그는 해리 펠프리에게 질문을 돌렸다. "안 그러면 내가 어떻게 반짝이는 새 자전거를 샀겠나?"

다커는 계속 미소를 짓고 있었다. 유머 감각이 없기에, 그의 미소는 약간 사악해 보였고 심지어 미친 것 같기도 했다. 남자 여덟 명과 굿휴는 긴 테이블에 앉아 있었다. 외무성 관료, 재무성 고위층, 국무조정실 변호사, 토리 중간 당직자 둘, 정보 관료 셋. 그중에서 다커가 최상급이었고 불쌍한 해리 펠프리는 가장 보잘것없었다. 방 안 공기는 답답했고 담배 냄새가 배어 있었다. 화이트홀과 하원, 강 건너 다커의 콘크리트 제국에 가깝다는 이유 말고는 장점이 없었다.

"렉스는 분할통치를 하려는 거야, 로저." 기밀위원회에 너무 오래 앉아 있어서 가끔 공무원으로 오해받기도 하는 토리 당직자가 말했다. "권력 광이 헌법적 위선으로 분장한 거라고. 용의주도하게 성채를 내부에서 침식시키고 있어. 안 그래, 렉스? 인정하라고."

"말도 안 되는 헛소리." 굿휴는 가볍게 답했다. "내 주인은 그저 정보 서비스를 새 시대에 맞추어 낡은 짐을 벗겨주려는 것뿐이야. 자네가 감사해야 한다고."

"렉스한테 주인이 있는 것 같지는 않아." 외무성 관료가 픽 웃으며 말했다. "그 불쌍한 인간 누가 본 적은 있나? 아무래도 렉스가 만들어 낸 가공의 인물 같아."

"한데 우리가 왜 마약에 이렇게 민감한 거지?" 재무성 관료가 얇은 손톱을 대나무 다리처럼 마주 세우고 불만스럽게 말했다. "서비스 산업이잖아. 자발적으로 사려는 사람이 있고, 자발적으로 팔려는 사람이 있고. 제3 세계에 어마어마한 이익도 생기고. 그중 일부는 좋은 곳에 돌아가겠지, 분명 그럴 거야. 우린 담배, 술, 공해, 매독도 인정하지 않나. 왜 마약에 대해서만 이렇게 엄격하지? 코카인이 조금 들어온다 해도, 무기 몇십억 파운드 주문이라면 좋지 않나?"

취한 목소리가 떠들썩한 분위기에 끼어들었다. 해리 팰프리, 현재 다커의 조달 연구 그룹 고문으로 일하고 있는 리버하우스의 변호사였다. "버는 진짜야." 특별히 말을 꺼낸 사람도 없는데 그가 쉰 목소리로 경고했다. 그는 커다란 잔에 스카치를 마시고 있었다. 첫 잔이 아니었다. "버는 자기가 말하는 대로 행동해."

"세상에." 외무성 관료가 놀랍다는 듯 외쳤다. "그럼 우리 모두 피해야겠네! 그렇지, 제프리? 맞지?"

그러나 제프리 다커는 그저 웃음기 없는 미소만 지은 채 눈으로 듣고 있었다.

그러나 그날 밤 피들러 클럽에 참석했던 사람들 중에서 렉스 굿휴의 십자군 규모에 대해 어느 정도 알고 있는 사람은 변호사 해리 팰프리뿐이었다. 팰프리는 타락한 인간이었다. 모든 영국 조직에는 언제나 악마에게 투항하는 것을 예술로 승화시키는 인간이 한 사람씩 있는데, 이 분야에서 해리 팰프리는 리버하우스의 모범이었다. 인생 전반기에 잘 쌓아 올린 모든 것을, 팰프리는 인생 후반기에 조직적으로 무너뜨렸다—법률사무소, 결혼 생활, 비굴한 미소에 넝마처럼 남아 있는 스스로의 자존심. 다커가, 혹은 다른 사람들이 그를 곁에 계속 두는 이유는 미스터리가 아니었다. 팰프리는 나란히 서 있는 사람이라면 누구든 성공한 인생으로 비칠 정도의 실패작이었다. 그에게는 수치스러워서 못 할 일도, 모욕적인 일도 없었다. 스캔들이 터지면 팰프리는 가장 먼저 나서서 순교할 수 있는 사람이었다. 살인을 저질러야 한다면 핏자국을 지우기 위해 양동이와 걸레를 준비하고, 범인이 현장에 온 적이 없었다고 증언할 수 있는 목격자 세 명을 구해줄 사람이었다. 타락한 인간의 지혜를 지닌 팰프리는 렉스 굿휴의 사연을 자기 이야기처럼 알고 있었다. 어떤 의미에서는 사실이었다. 동일한 결론을 이끌어낼 용기는 없었지만, 오래전 그 역시 굿휴와 같은 경험을 한 적이 있었기 때문이다.

화이트홀 깃대 앞에서 25년을 지내고 난 뒤, 굿휴의 마음속에서 뭔가 툭 하고 끊긴 것이었다. 어쩌면 그 원인은 냉전의 종식일지도 모른다. 굿휴도 몰랐다.

어느 월요일 아침 평소대로 잠에서 깨어난 굿휴는 자신이 너무 오랫동안 위대한 '편의주의'를 위해 자유라는 이름을 오용하고 양심과 원칙을 희생해왔으며, 더 이상 이를 정당화할 이유가 없다는 결론을 내렸다.

자신이 정당화할 수 없는 냉전이라는 나쁜 습관의 중독자였다는 결론을 내린 것이다. 나를 뜯어고치지 않으면 내 영혼이 죽는다. 대문 밖의 위협이 사라졌으므로. 도망쳤으므로. 자취를 감추었으므로.

그렇다면 무엇부터 시작해야 할까? 위태롭게 자전거를 타다 보니 답이 나왔다. 마찬가지로 비 오는 2월의 어느 아침—18일이었다. 렉스 굿휴는 절대로 날짜를 잊는 법이 없었다—주차장 같은 도로를 빽

빽하게 메우고 있는 출근 차량들 사이를 이리저리 누비며 평소대로 켄티시 타운의 집에서 화이트홀까지 자전거를 타고 가던 도중, 고요한 깨달음의 순간이 찾아왔다. 정보 조직의 문어발을 잘라내야겠다. 그 권력을 각기 독립된, 보다 작은 기관에 나누어주고 각자 책임을 지도록 해야겠다. 해체하고, 분권화하고, 인간화해야겠다. 무엇보다 먼저 가장 타락한 영향력부터 시작해야겠다. 리버하우스의 제프리 다커가 주관하는 '순수 정보'와 웨스트민스터, 무기 밀거래의 불경스러운 야합부터.

해리 팰프리가 어떻게 이 모든 것을 알고 있었을까? 추레한 미소만 흘리고 다니는 팰프리가 위험스러운 경계선에 서 있다는 사실을 잘 알던 굿휴는 기독교도다운 품위로 어느 여름날 주말에 팰프리를 켄티시 타운의 집으로 초대해서 정원에서 칵테일을 마시며 아이들과 크리켓을 한 적이 있었다. 저녁을 먹은 뒤 굿휴는 팰프리를 아내와 함께 테이블에 단둘이 남겨놓았고, 그 자리에서 팰프리는 굿휴의 아내에게 자신의 영혼까지 다 털어놓았다. 고결한 숙녀에게 자기 고백을 하는 것만큼 방종한 남자들이 좋아하는 행동도 없기 때문이었다.
푸짐한 고해성사를 끝내고 마음이 홀가분해진 해리 팰프리는 리버하우스의 뻣뻣한 거물들의 막후 책략을 굿휴에게 제보하는 비밀 정보원 역할을 하겠다고, 한심할 정도로 민첩하게 자원했다.

5
작전상 만남

취리히는 호숫가에 낮게 웅크린 채 얼어붙은 회색 구름 아래에서 떨고 있었다.

"내 이름은 레너드라고 해." 버는 몸싸움을 말리려는 사람처럼 퀘일의 사무실 의자에서 몸을 일으켰다. "악당 잡는 사람이지. 담배 피우겠나? 여기. 실컷 피워."

마치 즐거운 모의라도 제안하는 말투였기 때문에, 조너선은 즉각 복종하고—그는 거의 담배를 피우지 않았고 피운 뒤에는 늘 후회했다—담배를 받았다. 버는 주머니에서 라이터를 꺼내 조너선의 얼굴 앞에서 불을 켰다.

"우리가 자네를 저버렸다고 생각할 텐데. 그렇지?" 그는 가장 민감한 문제를 곧장 꺼냈다. "내가 알기로는, 카이로를 떠나기 전에 자네와 오길비가 한판 했다면서."

난 당신들이 그녀를 저버렸다고 생각한다고, 하마터면 조너선은 대꾸할 뻔했다. 하지만 경계심을 늦추지 않고 호텔 직원 특유의 미소를 지어 보였다.

"아, 원수가 된 건 아닙니다."

이 순간에 대해 깊이 숙고했던 버는 최선의 방어가 공격이라는 결정을 내렸다. 그는 그 사건에서 오길비의 역할에 대해 최악의 의구심을 품고 있었지만, 지금은 이쪽 진영이 분열되었다는 인상을 주면 안 되었다.

"우린 관전자 노릇이나 하라고 돈을 받는 게 아닐세, 조너선. 디키 로퍼는 '바그다드의 도적 떼'에게 첨단 하이테크 장난감을 팔았는데, 그중에는 러시아 트럭 짐칸에서 떨어진 무기급 우라늄 1킬로그램도 있었지. 프레디 하미드는 그걸 몰래 싣고 요르단을 통과하기 위해 구호물자 운반트럭 한 부대를 준비하고 있었고. 이런 상황에서 우리가 어떻게 해야 했을까? 정보만 듣고 잊어버려?" 버는 조너선의 얼굴에서 자기 자신을 연상시키는 반항적인 복종심 같은 것을 읽고 만족스러웠다. "자네의 소피가 뒤집어쓰지 않았더라도 정보가 새어나갈 구멍은 수없이 많았어. 그녀가 프레디에게 입을 놀리지만 않았다면 오늘날까지 멀쩡하게 살아 있었을 거야."

"그녀는 저의 소피가 아닙니다." 조너선은 지나치게 빨리 대꾸했다.

버는 못 들은 척했다. "문제는 범인을 어떻게 잡을까 하는 것이겠지? 혹시 자네가 관심이 있다면, 난 이 문제에 대해 몇 가지 의견을 갖고 있네." 그는 따뜻한 미소를 지었다. "맞아. 자네도 눈치챘군. 난 요크셔의 평민이라네. 그리고 우리 친구, 리처드 온슬로 로퍼는 귀족이시고. 참 안됐지!"

조너선은 의무적으로 웃었고, 버는 소피의 살인사건 너머로 육지를 찾아냈다는 안도감에 기뻤다. "이봐, 조너선, 내가 점심을 사겠네. 괜찮겠지, 레지? 한데 시간이 별로 없군. 자넨 좋은 스카우트였네. 내가 소문을 그리 내주지."

서두르다 보니, 버는 퀘일의 재떨이에서 자신의 담배가 타들어 가고 있는 것을 미처 보지 못했다. 조너선이 대신 불을 꺼주었다. 퀘일은 허세가 있고 침착하지 못한 사람이었다. 소매에서 꺼낸 손수건으로 입가를 두드리거나, 주석 통에 담긴 면세 비스킷을 갑작스레 권하는 것이 습관이었다. 기다리는 몇 주 동안, 조너선은 두 사람의 어눌하고 괴팍스러운 만남에 익숙해졌다. 떠나면서 깨달았지만, 레지 퀘일도 마찬가지였다.

"고맙습니다, 레지. 전부 다요."

"무슨 소리! 내가 즐거웠어! 좋은 여행 되시게."

"고맙습니다. 당신도요."

"탈것은 있나? 차? 휘파람으로 마차라도 불러줄까? 옷 단단히 챙겨 입고. 빌립보에서 보세!"

"자넨 남들이 자기 일을 할 때마다 늘 감사 인사를 하나?" 버는 보도 위에 내려서며 물었다. "직업상 그렇겠군."

"아, 전 사람들을 정중하게 대하는 걸 좋아합니다. 하시는 말씀이 그런 뜻이라면."

작전상 만남을 가질 때면 늘 그렇듯, 버의 현장 지휘는 꼼꼼했다. 식당도 미리 선택해서 전날 밤에 정찰해두었다. 마이스터 사람들이 들르지 않을 것 같은 근교 호숫가에 있는 트라토리아였다. 그는 구석 자리를 선택하고 작전명 중 하나인 '벤튼'이라는 이름으로 예약한 뒤 수석 웨이터에게 10요크셔프랑을 건넸다. 그래도 그는 이 순간에 만전을 기했다.

"자네가 알고 내가 모르는 사람하고 마주치면, 조녀선, 분명 자네도 알고 있겠지만, 나를 설명하지 마. 군이 나를 언급해야 할 상황이 되면, 슌클리프의 오랜 군대 동료라고 말하고 날씨 이야기로 넘어가게." 그는 당부한 후, 조녀선의 뒷조사를 철저히 했다는 사실을 두 번째로 드러내며 말했다. "요즘도 등산을 하나?"

"가끔요."

"어디서?"

"주로 베르네제 오버란트죠."

"멋진 풍경이라도 있나?"

"설경을 좋아하신다면 한파가 밀려왔을 때 베터호른 산이 멋지죠. 왜요, 등산을 하십니까?"

조녀선의 질문에서 장난기를 감지했는지는 몰라도, 버는 이를 무시했다. "나 말인가? 난 2층에 올라갈 때도 엘리베이터를 이용하는 사람이야. 항해는 어떤가?" 버는 회색 호수에 물이 수령처럼 가득 차 있는 창밖을 흘긋 보았다.

"이 근처는 애들 장난 같습니다." 조너선이 말했다. "툰은 나쁘지 않아요. 좀 춥긴 하지만."

"그림은? 수채화였던가? 아직도 그리나?"

"그다지 자주는."

"이따금 그리겠지. 테니스는 어떤가?"

"보통입니다."

"진심으로 묻는 걸세."

"동호회 수준은 될 겁니다."

"카이로에 있을 때 무슨 대회에서 우승했다면서."

조너선은 겸손하게 얼굴을 붉혔다. "아, 그건 그냥 체류자 친목대회였습니다."

"힘든 일부터 먼저 하지 않겠나?" 버는 말했다. 즉, 평화롭게 이야기할 수 있도록 음식을 고르자는 뜻이었다. "자네도 요리를 한다지?" 그는 지나치게 큰 메뉴판에 얼굴을 파묻은 채 물었다. "재주가 많은 사람이군. 난 그런 사람을 좋아해. 요즘엔 르네상스적인 사람이 그리 많지 않지. 전문가들만 너무 많아."

조너선은 육류에서 생선, 디저트로 페이지를 넘겼지만, 음식이 아니라 소피 생각을 하고 있었다. 그는 카이로 교외 녹지에 자리 잡은 마크 오길비의 장대한 저택에 있었다. 집 안은 온통 공공건축부에서 수집한 모조 18세기 가구와, 오길비의 아내가 모은 데이비드 로버츠의 그림으로 가득 차 있었다. 그는 디너 재킷 차림이었고, 머릿속에서 그 재킷은 여전히 소피의 피에 흠뻑 젖어 있었다. 그는 소리를 지르고 있었지만, 목소리는 음파 반향처럼 공허하게 들려왔다. 그는 오길비에게 지옥에나 가라며 욕설을 퍼부었고, 땀이 손목 안쪽으로 흘러내렸다. 오길비는 소매에 군악대 의장의 낡은 금술이 달린 칙칙한 갈색 드레싱가운 차림이었다. 오길비 부인은 차를 만들며 대화를 듣고 있었다.

"말조심하지, 친구?" 오길비는 도청당할 위험이 있다는 뜻으로 샹들리에를 가리켰다.

"말조심은 무슨! 당신이 그녀를 죽였어, 듣고 있나? 정보원이 맞아 죽지 않도록 보호하는 게 당신 역할 아니었던가!"

오길비는 자신의 직업상 선택할 수 있는 유일하게 안전한 대답을 찾았다. 은제 쟁반에서 크리스털 술병을 집어 들고, 그는 능숙하게 손가락을 놀려 뚜껑을 따며 말했다.

"이봐. 한잔하지. 자넨 엉뚱한 사람한테 와서 화풀이를 하고 있어. 우리하고는 관계없는 일이야. 자네하고도. 어째서 그녀가 비밀을 털어놓은 사람이 자네 하나라고 생각하지? 아마 친한 친구 열다섯 명쯤에게 떠벌렸을 거야. 오래된 속담도 있지 않나. 두 사람이 비밀을 지키려면 그중 하나가 죽어야 한다고. 여긴 카이로네. 나 말고 모든 사람들이 다 알고 있는 게 비밀이라고."

오길비 부인은 이때를 틈타 찻주전자를 들고 들어왔다. "이 사람은 그냥 자기가 더 낫다고 생각하는 거야, 여보." 그녀는 신중함이 가득 담긴 음성으로 말했다. "흥분했을 때 브랜디를 마시면 더 안 좋다고."

"행동에는 결과가 따르기 마련이야, 친구." 오길비는 그에게 잔을 건네며 말했다. "세 살 난 아이도 다 알아."

다리를 저는 남자가 식당 테이블 사이를 지나 화장실로 향했다. 그는 지팡이 두 개를 짚고 있었고, 젊은 여자가 옆에서 부축하고 있었다. 그의 움직임에 손님들은 불편한 기색을 비쳤고, 그가 안전하게 시야에서 사라진 뒤에야 사람들은 다시 식사를 시작했다.

"그럼 자네가 그를 본 것은 그날 밤 호텔에 도착했을 때가 거의 전부였군." 버는 마이스터에 체류했던 로퍼에게로 화제를 돌렸다.

"아침 인사, 저녁 인사를 한 걸 빼면, 그렇습니다. 퀘일이 과욕을 부리지 말라고 해서 그렇게 했습니다."

"한데 그가 떠나기 전에 일상적인 대화를 한 번 더 했다고."

"로퍼가 내게 스키를 타느냐고 물었습니다. 탄다고 대답했고요. 어디서 타느냐고 해서 뮈렌이라고 말했습니다. 올해 눈이 얼마나 왔느냐고 묻더군요. 상태가 좋았다고 했습니다. 그는 이렇게 대꾸하더군요. '거기에 며칠 머물 시간이 없다는 게 안타깝군. 여자친구는 정말 보고 싶어하는데.' 그러고 나서 대화가 끝났습니다."

"그럼 그때 여자도 있었나? 여자친구 말이야, 제미마? 제드?"

조너선은 기억을 더듬는 척하며 자신을 바라보던 그녀의 시선을 은밀히 떠올렸다. 당신은 아주 잘 타요, 파인 씨?

"그는 그녀를 제즈라고 불렀습니다. 복수로."

"그는 모든 사람들에게 별칭을 붙이지. 그런 식으로 호감을 사."

정말 멋질 것 같아요. 그녀는 아이거 빙벽조차 녹일 만한 미소를 지으며 말했다.

"미인이라고 들었어." 버가 말했다.

"그런 타입을 좋아한다면요."

"난 모든 타입을 좋아해. 그 여자는 어떤 타입인가?"

조너선은 짐짓 시들한 표정을 지었다. "음, 글쎄요. 상위권이죠. 펄럭거리는 검은 모자, 백만장자의 노리개 같은 분위기랄까. 한데 뭐 하는 여자입니까?"

버는 잘 모르거나, 관심이 없는 것 같았다. "상류층의 기생이지. 수녀원 부속학교 출신에, 사냥을 좋아하고. 어쨌든 자넨 그와 시간을 보냈군. 그도 자넬 잊지 않겠어."

"그는 아무도 잊지 않습니다. 모든 웨이터들의 이름을 다 꿰고 있었습니다."

"아무한테나 이탈리아 조각상에 대한 의견을 묻진 않을 것 아닌가. 그 점이 희망적으로 보이는데." 버는 누구에게 왜 희망적인지는 설명하지 않았고, 조너선도 굳이 물어보지 않았다. "어쨌든 그는 조각상을 샀어. 로퍼가 원하는 걸 포기하도록 할 수 있는 인간은 없지." 그는 커다란 송아지 고기를 입 안에 집어넣었다. "고마워." 그는 말을 이었다. "열심히 해줘서 고맙네. 자네가 퀘일에게 보낸 보고서에는 내가 다른데서 본 적이 없는 예리한 내용들이 있었어. 왼손잡이 총잡이, 오른손 목의 시계, 음식을 먹을 때 칼과 포크를 바꿔 쥔다. 훌륭했어."

"프랜시스 잉글리스." 조너선이 외웠다. "오스트레일리아 퍼스 출신의 운동 강사."

"그의 이름은 잉글리스가 아니고, 퍼스 출신도 아니야. 그는 전직 영국인 용병이지. 프리스키. 그 고약한 머리에도 상금이 걸려 있어. 이디 아민(우간다의 전 대통령으로 수십만 명의 양민을 학살, '아프리카의 학살자'로 불림-옮긴이)의 부하들에게 가축용 전기 충격기로 자백을 끌어내는 법을 가르친 사람이 바로 그야. 로퍼는 영국인들을 좋아하고 지저분한 과거를 가진 사람들을 좋아하지. 제 것으로 만들 수 없는 사람을 신뢰하지 않아." 그는 빵을 조심스럽게 반으로 잘라 버터를 발랐다. "그런데 말이야……." 그는 칼로 조녀선의 방향을 가리키며 말을 이었다. "야간에만 일했으면서 손님들 이름은 어떻게 알아냈나?"

"요즘 타워스위트에 묵는 사람은 모두 기록을 남겨야 합니다."

"저녁에는 로비에 계속 있었고?"

"헤어 마이스터가 그렇게 하라고 지시했죠. 난 로비를 돌아다니면서 원하는 건 뭐든 물어볼 수 있습니다. 당연히 있어야 하는 존재죠. 그래서 거기에 있는 겁니다."

"그럼 그의 손님들에 대해 말해주게. 자네 말로는, 그 오스트리아인이 있었다던데. 타워스위트에 세 번에 걸쳐 방문했다고."

"키펠 박사요. 주소는 오스트리아의 빈이고요. 녹색 방수코트 차림이었습니다."

"그는 오스트리아인도 아니고, 키펠 박사도 아니야. 겸손한 폴란드인이지. 폴란드인이 겸손한 적이 있다면 말이야. 폴란드 지하세계의 새로운 차르 중 하나라고들 해."

"로퍼가 도대체 폴란드 지하세계와는 왜 어울리는 거죠?"

버는 유감스러운 듯 미소 지었다. 그의 목적은 조너선에게 정보를 주려는 게 아니라 감질나게 만들려는 것이었다. "그럼 반짝이 회색 정장과 회색 눈썹을 한 몸집 좋은 남자는? 라슨이라던 사람 말이야. 스웨덴인이라 했나?"

"라슨이라는 이름 때문에 스웨덴 사람일 거라 짐작했습니다."

"그는 러시아인이야. 3년 전만 해도 소비에트 국방성의 거물이었지. 지금은 동유럽 물리학자와 기술자를 상대로 잘나가는 직업소개소를 운영하고 있어. 어떤 이는 월 2만 달러까지 벌지. 라슨은 양쪽에서 수수료를 받아 챙기고. 부업으로는 군 장비를 밀매해. 러시아 뒷구멍으로 T-72 탱크 수백 대와 스커드 미사일을 사고 싶다면 라슨을 찾아가면 돼. 생물학 무기도 취급하고 있어. 군인처럼 보였다던 영국인 두 명은 어땠나?"

조너선은 영국 블레이저 차림의 키 크고 마른 남자 두 명을 떠올렸다. "그 사람들은 어떤데요?"

"런던 출신이 맞지만, 이름은 포브스와 러벅이 아니야. 주 활동 무대는 벨기에고, 세계에서 으뜸가는 미치광이들에게 교관을 조달하고 있지."

브뤼셀 친구들. 조너선은 그의 기억의 눈앞에서 버가 의도적으로 엮어가고 있는 실마리를 따라가기 시작했다. 병사 보리스. 다음은 누구지?

"혹시 이건 기억이 안 나나? 자네가 자세히 묘사하지는 않았지만, 로퍼가 1층 회의실에서 맞았던 정장 차림의 신사들 중 한 명이 아니었을까 싶은데……"

버는 그 말을 하며 지갑에서 작은 사진을 꺼내더니 조녀선에게 탁자 위로 밀어주었다. 입을 굳게 다문 40대 남자였다. 움푹 들어간 슬퍼 보이는 눈, 부자연스럽게 구불거리는 검은색 머리카락, 목울대 위로 어울리지 않게 걸린 금제 십자가. 밝은 햇빛 아래에서 찍은 사진이었고, 그림자로 판단하건대 태양이 바로 머리 위에 있었다.

"네." 조녀선이 말했다.

"무슨 뜻이지?"

"다른 사람들보다 키가 많이 작았지만, 다들 경의를 표했습니다. 몸집에 비해 지나치게 큰 검은색 서류 가방을 들고 있었지요. 키높이 구두를 신고 있었습니다."

"스위스인인가 영국인인가? 짐작해보게."

"라틴아메리카계 같았습니다." 그가 사진을 돌려주었다. "확실치는 않아요. 아랍계였을 수도 있죠."

"이름은 아포스톨이야. 믿거나 말거나지만, 별명은 아포고." 그리고 시유. 조녀선은 두목에게 긴넨 코코란의 여담이 떠올랐다. "그리스인이자 1세대 미국인이야. 미시간에서 법학박사 학위를 받고 최고 성적으로 졸업한 사기꾼이지. 뉴올리언스, 마이애미, 파나마시티에 사무실을 갖고 있어. 자네도 알겠지만, 다들 흠잡을 데 없이 점잖은 평판을 가진 곳이지. 랭번 경은 기억하나? 샌디 말이야."

"물론 기억합니다." 조녀선은 기가 꺾일 정도로 잘생긴 말총머리의 남자와 그 뚱한 아내를 떠올렸다.

"그도 변호사야. 디키 로퍼의 변호사. 아포와 샌디 랭번은 사업을 같이 하지. 아주 수익성이 좋아."

"알겠습니다."

"아니, 자넨 몰라. 하지만 감만 잡으라고. 한데 자네 스페인어 실력
은 어떤가?"

"그럭저럭 합니다."

"그 수준은 넘을 텐데. 마드리드 리츠 호텔에서 18개월이나 일했으
니, 자네 정도의 재능이라면 완벽할 거야."

"조금 잊었습니다. 그뿐입니다."

웨이터가 접시를 치우는 동안, 버는 잠시 자리에 등을 기대고 앉았
다. 조녀선은 다시 흥분되는 기분을 느끼고 다소 놀랐다. 비밀의 한복
판으로 다가가는 느낌, 너무 오래 떠나 있었던 전투의 흥분.

"푸딩을 시키는 배신자는 아니겠지?" 웨이터가 각자에게 플라스틱
카드를 건네주는 동안, 버는 공격적으로 물었다.

"그럴 리가요."

그들은 생크림을 얹은 밤 퓌레로 통일했다.

"그리고 코키, 코코란 소령 말이야. 자네와 같은 군인이자, 그의 사
환……." 버는 최고를 마지막으로 남겨놓았다는 투로 말을 이었다. "자
네는 그를 어떻게 봤나? 왜 웃지?"

"재미있는 사람이더군요."

"그리고?"

"말씀하신 대로 사환이었어요. 집사 같은. 서명 담당이었습니다."

버는 마치 점심 내내 이 말을 기다려왔다는 듯 펄쩍 뛰었다. "무슨

서명을 했지?"

"등록 서류예요. 영수증하고."

"영수증, 편지, 계약서, 권리 포기 서류, 보증, 회사 계정, 선적 대금, 수표……." 버는 흥분해서 말을 이었다. "화물 수령장, 운송장, 그리고 그의 주인이 나쁜 짓을 했다고 적힌 수많은 서류에 서명하는 사람은 리처드 온슬로 로퍼가 아니라 바로 그 충직한 하인, 코코란 소령이야. 아주 부자지. 자기 앞으로 수억 파운드를 가지고 있어. 모두 로퍼 것이긴 하지만. 로퍼가 저지른 지저분한 거래는 단 하나도 없어. 다 코키가 이름을 적거든. '코크, 이리로 와봐! 읽을 필요는 없어, 코크, 서명이나 하라고. 이 친구, 싱싱 교도소 10년형을 또 벌었구먼.'"

로퍼의 거친 목소리를 흉내 낸 강렬한 인물 묘사 덕분에, 편안하게 흘러가던 대화의 리듬에 긴장감이 어렸다.

"추적할 서류가 단 하나도 없어." 버는 조너선의 얼굴에 창백한 얼굴을 가까이 들이밀고 말을 쏟아냈다. "20년 전으로 돌아가도 교회 기부금 명단이라면 모를까, 그보다 나쁜 곳에 로퍼의 이름이 적힌 적은 단 한 번도 없네. 난 그를 증오해. 인정하라고. 자네도 마찬가지잖나. 그가 소피에게 한 짓이 있으니."

"아니, 그건 저와 상관없는 일입니다."

"상관이 없다고?"

"없습니다."

"그럼 그렇다고 치세. 곧 돌아오지. 기다리게."

버는 바지 허리춤을 움켜쥐며 화장실로 향했고, 조너선은 묘하게 들뜬 기분으로 혼자 남았다. 그를 증오한다고? 증오는 그가 지금까지 깊이 빠져본 적이 없는 감정이었다. 분노할 수는 있었다. 분명 비통할 수도 있었다. 그러나 증오는 욕망과 마찬가지로 고귀한 맥락이 없다면 저열한 감정 같았고, 로퍼와 소더비즈 카탈로그, 그의 아름다운 정부는 아직 그에게 그런 맥락을 제공하지 않았다. 그럼에도 소피의 살인으로 품위를 얻은 증오라는 개념은—어쩌면 복수심으로 변한 증오—조너선에게 설득력을 가지기 시작했다. 그것은 마치 아득한 곳에 있는 위대한 사랑 같았고, 버는 그 감정을 얻었다.

"한데 왜?" 버는 의자에 돌아와 앉으면서 편안하게 말했다. "내가 계속 자문해왔던 질문이네. 그는 왜 그러고 있을까? 왜 탁월한 호텔 직원 조너선 파인은 귀빈의 팩스를 훔치고 뒷조사를 할까? 처음에는 카이로에서, 그리고 이제는 다시 취리히에서. 특히나 자네가 우리한테 화가 나 있는데도 말이야. 좋아. 나 역시 우리한테 화가 났어."

조너선은 처음으로 그 질문을 생각하는 척했다. "그냥 한 겁니다."

"아니, 그렇지 않아. 자넨 본능대로 움직이는 동물이 아니야. 자넨 그렇게 하기로 결정한 거라고. 그 동기가 뭘까?"

"뭔가에 동요했을 겁니다."

"무엇에 동요한 거지? 그걸 멈추게 하는 건 뭐야? 다시 동요하게 하는 건 뭘까?"

조너선은 숨을 들이마셨지만, 잠시 입을 열지 않았다. 그는 자신이 분노했다는 것을 알았지만, 왜 분노했는지는 알지 못했다. "누군가 이집트의 악당들에게 무기를 밀매하고 있는데…… 그는 영국인이고 나도 영국인이에요. 그러니까 전쟁이 벌어지려는 찰나, 영국인이 적군 쪽에서 싸우고 있으니……."

"자넨 군인이었으니까……."

"그래서 그냥 한 겁니다." 조녀선은 목이 메는 것을 느끼며 반복하여 말했다.

버는 빈 접시를 밀어내고 테이블 위로 몸을 내밀었다. "쥐새끼에게 먹이를 준다, 이게 등반가들의 표현이었나? 속에서 사람을 갉아먹는 쥐가 모험을 하게 한다? 본받아야 할 그런 아버지가 있으니 자네 쥐는 상당히 크겠군. 그도 언더커버였어, 안 그런가? 자네도 알고 있겠지."

"아니요, 저는 모릅니다." 그는 속이 뒤집히는 기분으로 공손하게 답했다.

"총을 맞은 뒤에 그들이 군복으로 갈아입혔어. 정말 몰랐나?"

호텔 직원 특유의 미소가 한쪽 뺨에서 다른 쪽 뺨으로 무쇠처럼 굳게 떠올랐다. 그리고 호텔 직원 특유의 가식적인 음성이 부드럽게 흘러나왔다. "네, 몰랐습니다. 정말 몰랐습니다. 이상하군요. 왜 제가 알았다고 생각하셨을까요?"

버는 공무원답게 수수께끼 같은 여운을 남기며 고개를 저었다.

"자넨 상당히 일찍 은퇴했어." 버는 이성적으로 말을 이었다. "스물다섯 살에 장래가 촉망되는 군 경력을 포기하고 야간 고용인으로 일하는 걸 택하는 건 아무나 하는 게 아니야. 항해며, 등반이며, 온갖 야외 활동을 좋아하는 사람이 말이야. 도대체 무엇 때문에 호텔 일을 택했나? 자네가 갈 수 있는 수많은 길들 중에서 왜 하필 그 길이었지?"

항복하려고.

퇴위하려고.

머리를 식히려고.

당신 일이나 신경 쓰라고.

"아, 모르겠습니다." 그는 자기 부정적인 미소를 지으며 털어놓았다. "조용히 살고 싶었나 봐요. 솔직히 말해, 제 내면에는 향락가 기질이 있거든요."

"음, 난 그런 말 안 믿어, 조녀선. 몇 주간 자네 행적을 아주 면밀히 검토하고 상당히 깊이 생각했어. 군 이야기를 좀 더 해보지. 내가 읽은 자네의 군 경력 중에는 인상적인 게 많았거든."

훌륭하군. 조녀선의 머릿속은 아주 적극적으로 움직이고 있었다. 소피 이야기를 했으니 증오 이야기를 하자. 증오 이야기를 했으니 호텔 이야기를 하자. 호텔 이야기를 했으니 군대 이야기를 하자. 아주 논리적이야. 아주 이성적이군.

한편으로 그는 버에게서 아무런 잘못도 찾을 수가 없었다. 버는 진심이었고, 그것이 그의 미덕이었다. 그는 영리했다. 모의의 문법에 통달했고, 인간의 힘과 약점을 알아보는 눈을 지니고 있었다. 그러나 굿휴가 알고 조녀선도 감지했듯이, 그를 이끄는 것은 심장이었다. 조녀선이 버를 자신의 사적인 왕국에 들인 것은, 버의 사명감이 전시의 북소리처럼 조녀선의 귀에 메아리치기 시작한 것은 바로 그 때문이었다.

6
신뢰의 시간

분위기는 부드러워졌다. 신뢰의 시간이었다. 그들은 커피를 다 마신 뒤 자두주로 입을 헹구기로 했다.

"내게도 소피 같은 여자가 있었어." 버는 회상했다. 전적으로 진실은 아니었다. "지금 생각해보면 결혼하지 않은 게 이상해. 난 보통 그렇게 하거든. 지금 내 곁에 있는 여자는 메리인데, 늘 수준이 조금 낮아졌다고 느끼지. 어쨌든 우린, 어디 보자, 벌써 5년째 같이 지내고 있어. 의사야. 그냥 지역 보건의긴 하지만. 청진기를 두른 교구 성직자라고 생각하면 돼. 좀 큼지막한 호박만 한 지역사회의 양심이라고나 할까. 생활은 그럭저럭 괜찮아."

"오래가시길 바랍니다." 조녀선은 정중하게 말했다.

"메리는 내 첫 번째 아내가 아니야. 솔직히 말해 두 번째도 아니지.

나란 인간은 여자하고 어떻게 된 건지 모르겠어. 턱없이 높게 목표를 잡았다가도 낮추고, 곁눈질도 하고, 제대로 한 적이 없지. 내 잘못일까, 여자들 잘못일까, 늘 자문하곤 해."

"무슨 뜻인지 알겠습니다." 그러나 속으로 그는 방심하지 않았다. 그는 여자들과 자연스러운 대화를 나눠본 적이 없었다. 여자는 책상 서랍 안에 든 밀봉한 봉투 같았다. 여자는 그에게 존재하지 않았던 젊은 시절의 친구이자 자매였고, 그가 알지 못했던 어머니였고, 결혼하지 말았어야 했을 여자였고, 배신하지 않고 사랑해야 했던 여자였다.

"지나치게 빨리 뿌리로 접근해서 못쓰게 만드는 것 같아." 버는 조너선의 마음을 얻기 위해 먼저 마음을 여는 척 다시 투덜거렸다. "아이가 문제야. 우린 각자 애가 둘씩이나 있고, 우리 사이에도 아이가 하나 있거든. 아이가 생기면 재미가 없어. 자넨 애 없지? 피했겠지. 현명해. 영리하다고." 그는 자두주를 한 모금 마셨다. "자네의 소피에 대해 좀 더 말해주게나." 그는 이렇게 물었지만, 조너선은 지금까지 소피에 대해 단 한 마디도 한 적이 없었다.

"소피는 내 여자가 아니었습니다. 프레디 하미드의 여자였어요."

"어쨌든 같이 잤잖아." 버는 차분하게 대꾸했다.

조너선은 룩소르의 작은 아파트 침실에 있었다. 달빛이 반쯤 닫힌 커튼 사이로 비스듬히 새어 들어왔다. 소피는 눈을 감고 얼굴을 위로 한 채 흰 나이트가운 차림으로 침대에 누워 있었다. 그녀는 장난기를 조금 되찾았다. 보드카를 약간 마신 상태였다. 그도 마찬가지였다. 술

병은 두 사람 사이에 놓여 있었다.

"왜 방 반대편에 앉아 있어요, 파인 씨?"

"존중의 의미겠죠." 호텔 직원의 미소. 여러 인간형을 주도면밀하게 합성한 호텔 직원의 음성.

"하지만 날 위로해주기 위해 여기에 데려왔잖아요."

이번에는 파인도 아무 대답이 없었다.

"내가 너무 망가졌나요? 너무 나이가 많아서?"

보통의 경우 말솜씨가 뛰어나지만, 파인은 묵묵히 침묵만 지켰다.

"난 당신의 품위가 걱정스러워요, 파인 씨. 어쩌면 나 자신의 품위도. 난 당신이 뭔가 부끄럽기 때문에 그렇게 멀리 떨어져 앉아 있는 거라고 생각해요. 내가 부끄러운 건 아니길 바라요."

"난 여기가 안전하다고 생각해서 당신을 데려온 겁니다, 마담 소피. 당신에겐 앞으로 어떻게 할지, 어디로 갈지 결정할 수 있는 여유가 필요해요. 내가 도움이 될 거라 생각했습니다."

"파인 씨는요? 당신은 필요한 게 없나요? 당신은 나약한 자를 돕는 건강한 남자인가요? 그렇다면 날 룩소르에 데려와 줘서 고맙군요."

"와줘서 고맙습니다."

그녀의 커다란 눈이 달빛 아래에서 그에게 고정되어 있었다. 그녀는 그의 도움에 감사하는 무력한 여인으로 쉽게 내려가지 않았다.

"당신은 여러 가지 목소리를 갖고 있어요, 파인 씨." 그녀는 지나치게 긴 침묵을 지키다가 입을 열었다. "난 당신이 어떤 사람인지 더 이상 모르겠어요. 분명히 날 바라보고, 눈길로 날 만지는데. 난 당신의 눈길에 무감각하지 않아요. 절대로." 그녀의 음성이 잠시 흐려졌다가 다시 정신을 차리고 초점을 찾았다. "당신은 뭔가 말하면, 그런 사람이 되죠. 난 그 사람에게 감동하고요. 그러다가 그 사람이 어딘가로 불려가고, 아주 다른 사람이 그 자리에 나타나요. 그 사람은 다른 말을 하죠. 난 다시금 감동해요. 위병 교대식이랄까. 마치 당신 안에 있는 여러 사람들은 나를 오래 견디는 게 힘들어서 교대로 돌아가며 쉬어야 하는 것 같아요. 당신은 여자들에게 늘 이런 식인가요?"

"하지만 당신은 내 여자가 아닙니다, 마담 소피."

"그럼 왜 여기에 왔어요? 보이스카우트 노릇이나 하려고요? 그럴 리가요."

그녀는 다시 입을 다물었다. 겉치레를 벗어던질까 말까 고민하는 것 같았다. "당신 중 한 사람이 오늘 밤에 나와 같이 있어줬으면 해요, 파인 씨. 가능할까요?"

"그럼요. 소파에서 자겠습니다. 원하신다면."

"아니, 내가 원하는 건 그런 게 아니에요. 내 침대에서 같이 자고, 사랑을 나누자는 거예요. 적어도 내가 당신 중 한 사람이라도 행복하게 해주었다는, 그래서 당신 안의 다른 사람들이 자신감을 얻을 거라는 기분을 느끼고 싶어요. 내가 당신을 그렇게 부끄럽게 할 수는 없어요. 당신은 스스로를 너무 학대해요. 누구나 나쁜 짓을 하죠. 하지만 당신은 좋은 사람이에요. 당신은 수많은 좋은 사람들이에요. 당신이 내 불행의 책임을 떠안을 필요는 없어요. 만약 당신이 그들 중 하나라 해도……." 그녀는 일어서서 양팔을 늘어뜨리고 그를 마주 보았다. "난 당신이 부끄러움보다 더 좋은 이유로 여기에 있길 바라요. 파인 씨, 왜 굳이 그렇게 멀리 떨어져 있는 거죠?"

희미해져 가는 달빛 아래에서 그녀의 목소리는 더욱 커졌고, 그 모습은 더욱 유령 같았다. 그는 그녀를 향해 한 걸음씩 발을 옮겼다. 그들 사이에 거리가 없어졌다. 그는 그녀의 멍든 부위를 피해 머뭇거리며 팔을 뻗었다. 그녀를 조심스럽게 끌어당기고 두 손을 흰 나이트가운의 목 끈 아래로 가져가 손바닥을 펼치고 맨 등에 가볍게 갖다 댔다. 그녀는 뺨을 그의 뺨에 대었다. 바닐라 향이 다시금 풍겨왔다. 검고 긴 머리칼은 의외로 부드러웠다. 그는 눈을 감았다. 서로를 움켜잡은 채 그들은 부드럽게 침대 위로 쓰러졌다. 새벽이 오자, 그녀는 더 이상 어둠 속에서 사랑하고 싶지 않으니 커튼을 젖혀달라고 했다.

"그게 저의 전부였습니다." 그는 속삭였다. "연대 전체. 장교, 기타 직급, 이탈자, 요리사, 전부 다. 빠진 사람은 아무도 없어요."

"난 그렇게 생각하지 않아요, 파인 씨. 숨겨둔 병력이 또 있을 거예요, 확신해요."

버는 아직 대답을 기다리고 있었다.

"아닙니다." 조너선은 반항적으로 대답했다.

"이유가 뭔가? 나라면 그런 기회를 놓치지 않았을 텐데. 그때 다른 여자라도 있었나?"

"아뇨." 조너선은 얼굴을 붉히며 반복했다.

"내 일이니 신경 꺼라?"

"맞습니다."

버는 이 대답을 듣는 걸 좋아하는 것 같았다. "그럼 자네의 결혼 생활에 대해 말해봐. 사실 자네의 결혼 생활을 상상하니 좀 웃겼어. 뭔가 불편했다고. 이유는 모르겠어. 자네 독신이지? 그렇게 느껴져. 어쩌면 나도 마찬가지일지 몰라. 어땠지?"

"어릴 때였습니다. 여자는 더 어렸고. 저도 뭔가 불편했습니다."

"화가였다면서? 자네처럼?"

"난 땜장이였습니다. 진짜 화가는 그녀였죠. 적어도 그녀는 그렇게 생각했습니다."

"왜 결혼했지?"

"사랑 때문이겠죠."

"자네 생각은 그렇겠지. 난 자넬 아니까, 아마 예의 쪽에 가까웠을 거야. 왜 떠났지?"

"제정신을 유지하려고요."

더 이상 기억이 샘솟는 걸 억누를 수가 없었다. 조너선은 결혼 생활이 죽어가던 모습에 자기 자신을 내맡겼다. 더 이상 존재하지 않는 우정, 더 이상 나누지 않는 사랑, 행복한 사람들이 잡담 나누는 모습을 바라보던 식당, 화병 안의 말라죽은 꽃, 페인트가 말라붙은 채 벽에 기대서 있던 이젤, 눈물이 마른 얼굴로 서로를 응시할 때 테이블 위에 두껍게 내려앉은 먼지, 조너선조차 정돈할 수 없었던 사태. 나 때문이야, 그는 되풀이하여 말하며 그녀의 몸을 향해 손을 뻗었지만, 그녀가 몸을 움츠리자 그의 손도 같이 움츠러들었다. 난 너무 일찌감치 어른이 되어버려서 어릴 때 여자들을 접할 기회가 없었어. 당신 때문이 아니라 전부 다 나 때문이야.

버는 자비롭게 한 번 더 건너뛰었다.

"그럼 아일랜드에는 왜 갔던 거지?" 그는 미소 지으며 물었다. "혹시 그녀에게서 도망치려고 간 건가?"

"일 때문이었습니다. 영국군이라면—진정으로 유용한 군인, 그 모든 훈련을 마치고 실전에 활용할 수 있는 무기가 되고 싶다면—아일랜드야말로 가야 할 곳이죠."

"자넨 유용한 사람이 되고 싶었나?"

"그 나이에 누가 안 그렇겠습니까?"

"난 아직도 그래." 버는 의미심장하게 대답했다.

조녀선은 암시적으로 깔린 질문을 무시했다.

"혹시 죽기를 바랐나?" 버는 물었다.

"말도 안 되는 소리예요."

"말도 안 되는 소리가 아니야. 자넨 결혼 생활을 망쳤어. 게다가 자넨 아직 어린아이에 불과했지. 자넨 세상의 모든 부조리에 대한 책임이 자신에게 있다고 생각했을 거야. 자네가 보다 큰 규모의 용병단 같은 데 뛰어들지 않았다는 게 놀라울 뿐이야. 어쨌든, 거기서 무슨 일을 했지?"

"아일랜드인의 마음과 머리를 얻어내는 게 우리의 임무였습니다. 사람들에게 아침 인사를 잘하고, 아이들 머리를 쓰다듬어주고, 순찰도 좀 했죠."

"순찰에 대해 말해봐."

"VCP의 지루한 시간이었죠. 별것 없습니다."

"무슨 약어인지 잘 모르겠는데, 조너선."

"차량 통제 초소(Vehicle Control Points)요. 언덕배기나 급커브 구역 모퉁이에 자리를 잡고 지나가는 자동차를 세우는 겁니다. 가끔 요주의 인물이 걸리곤 했죠."

"그런 경우에는?"

"장갑차를 통해 지휘관에게 교신하면 어떤 조치를 취할지 지시가 내려옵니다. 차를 세우고 수색하라, 그냥 보내라. 신문하라. 지휘관이 원하는 대로 하죠."

"VCP 말고 다른 임무는?"

조너선은 여전히 따분한 표정으로 기억을 더듬었다. "헬리콥터를 타고 돌아다니기도 했습니다. 팀마다 담당하는 구역이 있었거든요. 헬리콥터에 타고, 침낭을 메고, 이틀 밤 야영하다가 돌아와서 맥주를 마시곤 했죠."

"적과 교전한 경험은?"

조너선은 민망하다는 듯 미소 지었다. "원격조종만으로도 우리의 지프 차 정도는 날려버릴 수 있을 텐데 뭐하러 일부러 와서 싸우겠습니까?"

"글쎄, 왜 그럴까?" 버는 언제나 자신이 가진 최고의 카드를 천천히 꺼내 드는 사람이었다. 그는 술을 한 모금 마시고 고개를 젓더니 전부 다 수수께끼라는 듯 미소 지었다. "자네가 경험했던 그 모든 특수 임무는 무엇이었을까? 그걸 읽는 데만도 사람을 지치게 했던 그 모든 특수 훈련은? 솔직히 말해 난 자네가 스푼과 포크를 집어 들 때마다 무서워. 날 찌를 것 같아서 말이야."

조녀선의 저항감이 갑자기 움츠러들었다. "근접 관찰 소대라는 게 있었습니다."

"그건 뭐지?"

"연대마다 인위적으로 구성된 상급 소대였죠."

"어떤 인력으로?"

"참여하고 싶은 사람들이요."

"엘리트인 줄 알았는데."

짧고, 단호한 문장들에 버는 주목했다. 말하면서 스스로의 말을 통제하는 방식. 내리깐 눈꺼풀과 팽팽한 입술.

"훈련받았습니다. 지켜보는 법을 배웠고, 요주의 인물을 알아보는 법을 배웠습니다. 잠복하는 법, 어둠 속에서 잠복했다 나오는 법을. 며칠 밤 은신하는 법을. 다락방에서, 풀숲에서, 도랑 안에서."

"어떤 무기를 주던가?"

조녀선은 '무슨 상관'이냐는 듯 어깨를 으쓱했다. "우지. 헤클러. 산탄총. 모두 다 가르쳐줍니다. 그리고 선택하는 거죠. 밖에서 듣기에는 흥미진진하죠. 하지만 안에 들어가면 그냥 일입니다."

"자네가 선택한 건 뭔가?"

"헤클러가 가장 많은 기회를 줍니다."

"그럼 밤 부엉이 작전에 대해 말해보게." 버는 말투에 전혀 변화를 주지 않고 물었다. 그리고 조녀선의 표정에도 아무 변화가 떠오르지 않는 것을 바라보며 물러앉았다.

조녀선은 잠든 듯 말하고 있었다. 눈은 뜨고 있었지만, 머릿속은 다른 나라에 가 있었다. 이 점심시간에 자기 인생 최악의 시기로 되돌아가게 될 줄은 미처 생각지 못했다.

"요주의 인물들이 무기를 재배치하기 위해 아마 주 경계를 넘어올 거라는 제보가 있었습니다. RPG." 이번에는 버도 이 약어가 무엇을 의미하는지 묻지 않았다. "며칠 동안 잠복했고, 그들이 나타났습니다. 우린 세 사람을 제거했습니다. 부대는 매우 의기양양했죠. 모두들 '셋'이라고 속삭이며 아일랜드인을 향해 손가락 세 개를 들어 보였죠."

"잠깐." 버는 듣지 못한 듯 되물었다. "여기서 '제거했다'는 건 죽었다는 의미인가?"

"네."

"자네가 직접 제거했나? 독자적으로?"

"저도 그 일부였죠."

"사격팀의?"

"제거팀이요."

"몇 명이었지?"

"한 쌍으로 움직였습니다. 두 명이서. 브라이언과 저요."

"브라이언이라."

"제 동료였습니다. 일병이었죠."

"자네는?"

"상병이었죠. 병장 대리. 우리 임무는 그들이 작전을 진행할 때 저지하는 일이었습니다."

그의 얼굴 피부가 한결 팽팽해진 걸 버는 알아차렸다. 턱 근육은 긴장되어 있었다.

"전적으로 운이 좋았습니다." 조너선은 완벽하게 아무렇지도 않다는 듯 대답했다. "모두들 테러리스트를 제거하겠다는 꿈을 꾸었죠. 우리에게 기회가 주어졌고요. 그냥 끔찍하게 운이 좋았습니다."

"그리고 자넨 셋을 제거했군. 자네와 브라이언 둘이서. 세 사람을 죽였다."

"네. 말씀드렸듯이 운이 좋았습니다."

그의 굳은 얼굴을 버는 관찰했다. 딱딱한 자연스러움, 귀가 먹을 정도로 시끄러운 절제.

"자네가 하나? 아니면 둘? 누가 더 많이 죽였지?"

"각각 하나씩, 하나는 같이. 처음에는 싸웠지만, 절반으로 합의했습니다. 정신없는 전투 와중에 누가 누굴 죽였는지 알 수 없는 일은 흔합니다."

이제 버는 더 이상 말을 끌어내려고 유도할 필요가 없었다. 조너선은 난생처음 이 이야기를 털어놓기로 작정한 것 같았다. 사실이 그랬을 것이다.

"주 경계에 낡은 농장이 있었습니다. 주인은 같은 소를 밀수하면서 농사 보조금을 양쪽에서 받아먹는 업자였지요. 정보과에서 술집이 문을 닫은 뒤 요주의 인물 셋이 남쪽에서 넘어올 거라고 했고, 이름도 알려줬습니다. 우리는 잠복하고 기다렸죠. 상대가 무기를 은닉한 곳은 헛간이었습니다. 우리 은신처는 150미터 떨어진 풀숲이었고. 모습을 드러내지 않고 잠복한 채 감시하라는 게 지시였습니다."

자네가 좋아하는 일이 그거지, 버는 생각했다. 모습을 드러내지 않고 감시하는 일.

"그들이 헛간으로 들어가게 내버려두고 무기를 회수하도록 하는 게 작전이었습니다. 그들이 헛간을 떠난 뒤에는 방향만 보고하고 다시 눈에 띄지 않게 철수한다. 다른 한 팀이 8킬로미터 밖에서 대기하고 있다가 검문하면서 우연히 체포하는 척한다. 정보원 보호를 위해서. 그런 뒤 제거한다. 문제는 요주의 인물들이 무기를 가지고 어딘가로 이동할 생각이 아니었다는 겁니다. 우리 은신처에서 10미터 떨어진 구덩이에 묻기로 하고, 미리 상자를 매설해두었죠."

그는 남 아마 주의 촉촉한 이끼가 낀 땅바닥에 배를 대고 엎드려서 야간 투시경을 통해 녹색 풍경 속에서 녹색 남자 세 명이 녹색 상자를 나르는 모습을 지켜보았다. 왼쪽 남자가 나른하게 발꿈치를 들고 상자를 내려놓더니 우아하게 돌아서서 팔을 십자가 모양으로 치켜들었다. 저 암녹색 잉크는 저자의 피야. 내가 저놈을 제거했는데도 불만 한 마디 없군. 조너선은 헤클러의 반동을 의식하며 생각했다.

"그럼 자네가 그를 쐈군." 버가 말했다.

"이쪽의 주도권을 활용해야 했습니다. 각자 하나씩 쏘고, 세 번째는 같이 쐈죠. 전 과정이 몇 초밖에 안 걸렸습니다."

"그쪽도 맞사격을 했나?"

"아뇨." 조녀선은 미소 지었지만 아직 굳은 얼굴이었다. "우린 운이 좋았습니다. 먼저 사격한 뒤엔 안전했습니다. 알고 싶으신 건 그게 다입니까?"

"그 뒤로 돌아가 본 적이 있나?"

"아일랜드에요?"

"영국에."

"아뇨. 둘 다요."

"이혼은?"

"그건 영국에서 알아서 했습니다."

"누가?"

"아내가요. 아파트와 돈, 친구들까지 모두 그녀에게 넘겼습니다. 그녀는 그걸 50 대 50이라고 하더군요."

"그녀도 영국에 버리고 떠났군."

"맞습니다."

조녀선은 말을 끝냈지만, 버는 아직 그에 귀를 기울이고 있었다. "내가 정말로 알고 싶은 건, 조녀선……." 그가 마침내 다시 입을 열었다. 대화 도중에 대부분 사용했던 평범한 목소리였다. "자네한테 한 번 더 해보자는 의지가 남아 있느냐는 점이야. 결혼 생활 말고. 국가를 위해 봉사하는 일 말이야." 자신의 목소리는 들렸지만, 대답으로 돌아온 것은 마치 화강암으로 된 벽을 쳐다보는 느낌이었다. 그는 계산서를 청했다. 집어치워, 그는 생각했다. 때론 최악의 순간이 최선의 순간이야. 그는 흰 접시에 스위스 지폐를 하나씩 올려놓으며 천성대로 어쨌든 입을 열었다.

"지금까지의 인생을 쓰레기통에 던져버리고 더 나은 인생을 찾아보지 않겠느냐고 권하는 것이라고 생각해도 좋아. 자네를 위해 더 나은 인생은 아닐지 몰라도, 자네와 내가 '공공의 선'이라고 부르는 것을 위해 더 나은 인생. 수많은 인류와 자네의 자금 사정을 향상시킬 수 있는 별 다섯 개짜리 완벽한 대의. 옛 조녀선에게 작별을 고하고 새롭게 향상된 인생으로 거듭나는 거야. 작전 뒤 정착, 새로운 이름, 돈 등의 완전한 보장. 내가 아는 한 상당히 매력적인 조건이라고 생각할 사람들이 많아. 솔직히 나도 비슷할 거야. 메리한테는 미안한 말이지만. 하지만 자네는 주변에 미안해할 사람도 없지 않나. 내가 아는 한 아무도 없잖아. 하루 세 시간씩 쥐에게 먹이를 주어야 하고, 어마어마한 폭풍 속에서 손톱만으로 매달려야 하고, 자신의 모든 것을 다 쏟아부어야 하고, 하루 한 순간도 긴장을 풀 순간이 없을 거야. 아일랜드에 대한 자네 생각은 모르겠지만, 자네 아버지와 마찬가지로 조국을 위해서 일하는 게 되겠지. 키프로스에 대해서도 어떻게 생각하는지는 모르겠어. 하지만 소피를 위해서 일하는 게 될 거야. 영수증을 청해주겠나? 벤튼. 점심 식사 2인분. 얼마나 주면 되지? 5프랑 더? 날 위해서 참여해달라고 부탁하지는 않겠네. 일어나자고."

그들은 호숫가를 거닐었다. 눈은 다 사라졌다. 김이 모락모락 피어오르는 길 위로 오후의 태양이 반짝이고 있었다. 10대 마약중독자가 값비싼 외투 속으로 몸을 웅크린 채 녹아가는 얼음을 바라보고 있었다.

조녀선은 두 손을 외투 주머니에 찔러 넣었다. 소피가 연인으로서 그의 부드러움을 칭찬하던 목소리가 귓가에 들려왔다.

"내 영국인 남편도 아주 부드러웠어요." 그녀는 찬양하듯 그의 얼굴을 손가락으로 더듬으며 말했다. "내가 처녀성을 너무 열심히 지키려고 해서, 그런 건 버리는 게 훨씬 행복할 거라고 며칠 동안 날 설득했죠." 그때 무슨 예감이 들었는지 그녀는 그를 보호하려는 듯 끌어안았다. "당신에게 미래가 있다는 것만 기억해요, 파인 씨. 절대 포기하지 말아요. 나를 위해서든, 누구를 위해서든. 약속해줘요."

그래서 그는 약속했다. 사랑에 빠진 사람들이 무엇이든 약속하듯.

버는 정의에 대해 말하고 있었다. "내가 세상을 다스리게 되면⋯⋯." 그는 아지랑이가 피어오르는 호수를 향해 편안하게 선언했다. "뉘른베르크 전범 재판 2탄을 다시 열 거야. 무기상과 쓰레기 과학자들, 사업에 좋다는 이유로 온갖 미치광이들을 한 걸음 더 내딛게 한 번지르르한 장사꾼들, 거짓말쟁이 정치가들과 변호사들, 회계사들, 은행가들을 모조리 잡아다 법정에 세우고 자기 인생에 대해 해명하게 할 거야. 그럼 그자들이 뭐라고 말할 것 같나. '내가 하지 않았다면 다른 누군가가 했을 것이다.' 그럼 난 이러겠지. '아, 알겠네. 당신이 그 여자를 강간하지 않았다면 다른 사람이 강간했을 것이다. 그게 강간에 대한 당신의 정당화군. 알겠네.' 그런 다음 난 그놈들한테 모조리 네이팜탄(살상력이 큰 화염 무기─옮긴이)을 쏘아댈 거야. 휘익."

"로퍼가 무슨 짓을 했습니까?" 조녀선은 답답한 분노 비슷한 기분을 느끼며 물었다. "하미드⋯⋯ 그 사건 외에."

"중요한 건 지금 그가 하고 있는 짓이야."

"그 짓을 오늘 멈춘다고 하면요. 얼마나 나쁜 놈입니까? 얼마나 나빴습니까?"

무의식적으로 그의 어깨에 와 닿던 로퍼의 어깨가 떠올랐다. 꼭대기에 덩굴이 감겨 있는 정자가 있고, 끝에는 바다가 펼쳐지지. 제드의 대답이 기억났다. 세상에서 가장 아름다운 곳이죠.

"그는 약탈을 해." 버가 말했다.

"어디서? 누구에게서?"

"세계 각지에서. 모든 사람들로부터. 어딘가에서 뒷거래가 이루어지면 로퍼는 이익을 찾으러 가고 코코란은 대신 서명을 해. 멀쩡한 회사도 있는데, 그게 아이언브랜드야. 벤처 자금, 대형 부동산 거래, 광물, 트랙터, 터빈엔진, 기타 상품, 대형 선박 몇 척, 기업 사냥도 약간. 나소의 가장 번듯한 지역에 사무실이 있고, 똑똑하고 단정한 젊은이들이 컴퓨터를 두드리고 있지. 그 회사 사정이 심각하고, 자네가 신문에서 읽는 것도 바로 그 부분이야."

"난 읽어본 적이 없습니다만."

"좀 읽고 다녀. 로퍼의 작년 결과는 끔찍했고, 올해는 더할 거라고. 주가가 160에서 70으로 곤두박질쳤는데, 석 달 전 그는 백금에 과감하게 투자했고 가격은 바닥을 뚫고 내려갔어. 그는 크게 신경 쓰지 않는 게 아니라, 아주 절박해." 그는 숨을 들이쉬었다가 다시 말을 시작했다. "아이언브랜드라는 우산 밑에는 작은 괴물들이 숨어 있어. 카리브 해의 대표적인 사업은 다섯 가지지. 돈세탁, 금, 에메랄드, 우림지 목재, 무기, 또 무기. 엉터리 제약회사도 있고, 부패한 보건 당국이 배급하는 엉터리 구호품도 있고, 부패한 농업 당국이 배급하는 엉터리 비료도 있어." 버의 목소리에는 서서히 발달해가는 폭풍처럼 분노가 이글거리기 시작했다. "그러나 그의 첫사랑은 무기야. 그는 장난감이라고 부르지. 권력에 맛 들인 사람이라면, 그 습관을 충족시키는 데 무기만 한 게 없어. 그저 평범한 상품이라는 둥, 서비스 산업이라는 둥 하는 헛소리는 절대 믿지 마. 무기는 마약이고, 로퍼는 중독자야. 무기의 문제는, 모두가 무기는 불황과 상관없다고들 하는데 그렇지 않다는 거야. 이란-이라크전은 무기상을 위한 것이었고, 그들은 전쟁이 절대 끝나지 않을 거라고 생각했어. 이후 업계는 계속 곤두박질치고 있지. 지나치게 많은 군수업자들이 얼마 되지 않는 전쟁터를 쫓아다니고 있어. 뒤로 빼돌린 군수품이 지나치게 많이 시장에 나오고, 평화 논의는 많고 돈은 충분치 않아. 디키는 세르비아-크로아티아전에도 당연하겠지만 손을 좀 댔어. 아테네를 통해 크로아티아와 거래하고, 폴란드를 통해 세르비아와 거래하고. 하지만 돈은 그의 수준에 미치지 못하고, 시장에 몰리는 잡배가 너무 많지. 쿠바전은 죽었고, 남아프리카도 마찬가지야. 그쪽에서는 직접 무기를 만들어. 아일랜드는 돈이 한 푼도 안 돼. 그렇지 않았다면 거기에도 손을 댔겠지. 페루. 그는 거기에도 가 있어. 무장단체 '빛나는 길'한테 무기를 공급하고 있지. 필리핀 남부의 모슬렘 반란군에도 개입했는데, 거기는 북한이 먼저 가 있어. 아마 큰코다칠 거야."

"음, 그렇게 내버려두는 사람들은 누구입니까?" 조녀선은 공격적으로 물었다. 버는 순간 입을 다물었다. "당신 같은 사람들이 뒤쫓고 있는데, 잘도 빠져나가는군요. 안 그렇습니까?"

버는 잠깐 대답할 말이 없었다. 정확히 똑같은 질문과 수치스러운 답변이 말하는 순간에도 그의 머릿속을 맴돌고 있었다. 리버하우스가 내버려두고 있어. 그는 말하고 싶었다. 화이트홀이 내버려두고 있다고. 조달 연구 그룹의 제프리 다커와 그 동료들이 내버려두고 있어. 굿휴의 주인이 현미경에서 눈을 떼고 내버려두고 있어. 그가 구매하는 장난감들이 영국제라면, 누구든 그가 무슨 짓을 하든 내버려둘 거야. 그러나 다행히도 구세주가 나타났다.

"아, 이런!" 그는 조녀선의 팔을 잡으며 외쳤다. "이 친구 아버지가 누구지?"

남자친구가 보는 앞에서, 열일곱 살 정도 되어 보이는 소녀가 청바지 자락을 걷어 올리고 있었다. 벌레에 물린 듯한 축축한 자국이 종아리를 뒤덮고 있었다. 바늘을 찔러 넣는데도 눈썹 하나 까딱하지 않았다. 그러나 버는 대신 눈썹을 찌푸렸고, 역겨운 감정이 잠시 그를 감쌌다. 그들은 입을 다물고 잠시 걸었다. 조녀선은 순간 소피를 잊고 대신 마이스터의 화려한 중앙계단을 내려오던 제드의 길쭉한 분홍색 다리와 그와 눈이 마주쳤던 제드의 미소를 떠올렸다.

"그럼 그는 뭐죠?" 조녀선은 물었다.

"말해줬잖아. 나쁜 놈이라고."

"배경은요? 무엇 때문에 그러고 있는 겁니까?"

버는 어깨를 으쓱했다. "아버지는 시골 소규모 부동산 경매인이자 감정사였어. 어머니는 지역 교회의 든든한 유지였고. 형제는 하나. 부모가 형편도 안 되는 사립학교에⋯⋯."

"이튼이요?"

"왜 그렇게 생각했지?"

"목소리 때문에요. 대명사를 쓰지 않고, 관사를 쓰지 않고. 발음도."

"난 전화로 엿들은 적밖에 없어. 그 정도로 충분해. 구역질 나는 목소리였네."

"로퍼가 형입니까, 동생입니까?"

"동생."

"대학도 갔습니까?"

"아니. 세상을 망가뜨리고 싶어서 마음이 급했겠지."

"형은요?"

"갔어. 무슨 생각을 하고 있지? 형은 가족 회사에 들어갔어. 회사는 불황에 무너졌고. 지금은 돼지 농장을 해. 그런데 왜?" 그는 조녀선에게 화난 듯한 곁눈질을 보냈다. "그를 위한 변명을 만들지 마, 조녀선." 그는 경고했다. "이튼과 옥스퍼드에 진학해서 자기 힘으로 1년에 50만 파운드를 벌어들인다 해도, 로퍼는 여전히 세상을 망가뜨리고 있을 거야. 그는 악당이고, 그 사실을 믿는 게 좋아. 악은 존재한다고."

"아, 압니다. 알아요." 조녀선은 상대를 달래듯 말했다. 소피도 똑같은 말을 했다.

"그러니까 그가 하는 일이란, 그런 짓을 아주 많이 한다는 거야." 버는 말을 이었다. "최첨단 기술이든, 중간급 기술이든, 저차원 기술이든,

구질구질한 일상제품이든. 그는 내구성이 길다는 이유로 탱크를 싫어하지만, 돈만 된다면 규칙은 얼마든지 깨뜨리지. 부츠, 제복, 독가스, 산탄식 폭탄, 화학약품, 전투식량, 내부 항행 시스템, 전투기, 신호판, 연필, 적린, 수류탄, 어뢰, 주문 제작 잠수함, 고속 어뢰정, 유도 시스템, 족쇄, 휴대용 취사 시스템, 군복 단추, 훈장과 군용 도검, 메츠 섬광기, 타이어, 벨트, 베어링, 미국과 소비에트 양쪽 제품에 호환 가능한 실탄, 휴대용 단거리 지대공 미사일, 기타 스팅어 등 메고 다닐 수 있는 발사체, 시체 운반용 포대……. 아니, 전에는 그랬어. 요즘은 공급과잉, 국가 지급불능상태 운운하면서 각국 정부가 밀매업자보다 더 좋은 조건에 군수품을 팔아넘기는 시대니까. 자네도 그의 창고를 봐야 해. 타이베이, 파나마, 포트오브스페인(트리니다드 토바고의 수도-옮긴이), 그단스크(폴란드 북부 항구도시-옮긴이)에 있는. 그는 가격이 오르는 동안 창고에 적재해놓았던 물건을 반질반질하게 닦는 데만 한때 천 명 가까운 사람들을 고용했었어. 가격은 늘 오르고 절대 내려가지 않았지. 한데 지금은 겨우 60명, 가격은 바닥을 뚫고 내려가고 있어."

"그의 해답은 뭐죠?"

이번에는 버가 모호하게 답했다. "큰 걸 노리고 있어. 마지막으로 사과를 한 입 크게 베어 무는 거지. 그러고는 모든 거래를 끝낼 거래. 아이언브랜드를 호전시켜놓고 영광스럽게 손을 털고 싶은 거야. 궁금한 게 있는데……."

조너선은 아직까지 버의 갑작스러운 화제 전환에 적응하지 못하고 있었다.

"자네가 소피를 데리고 드라이브했던 그날 아침 카이로에서 말이야. 프레디가 그녀를 때린 뒤에."

"그게 왜요?"

"누군가 눈치채고, 그러니까 자네가 그녀와 함께 있는 걸 보고, 둘을 한 팀으로 간주했다고 생각하나?"

조너선도 수없이 자문했던 질문이었다. 한밤중 자신의 내면에서 도피하기 위해 캄캄한 자신의 제국을 서성거릴 때, 잠을 잘 수 없어 대신 한낮에 산을 오를 때, 목적지도 없이 항해를 할 때.

"아니요." 그는 대꾸했다.

"확신해?"

"제가 확신할 수 있는 한."

"그녀와 다른 위험한 짓을 한 적이 있나? 누가 알아볼 수 있는 곳에 같이 갔다든지."

소피를 보호하기 위해 거짓말한다는 건 수수께끼 같은 즐거움이었다. 비록 너무 늦긴 했지만.

"아뇨." 그는 단호하게 대답했다.

"음, 그렇다면 자넨 안전해. 안 그래?" 버는 자기도 모르게 소피와 비슷한 말투로 말했다.

잠시 침묵을 즐기며, 두 사람은 밤낮이 없는 구도심에서 트랄비 모자를 쓰고 크림 케이크를 먹는 돈 많은 여자들 틈에 끼어 같이 스카치를 마셨다. 때로 조너선은 스위스의 가톨릭 문화에 매혹되곤 했다. 오늘 저녁도 마치 스위스라는 나라 전체가 갖가지 미묘한 회색 음영으로 채색되어 있는 것처럼 보였다.

버는 탁월한 변호사 아포스톨 박사에 대해 재미있는 이야기를 하기 시작했다. 이야기는 자기 생각에 깊이 잠겨 있다가 무심결에 불쑥 튀어나온 것처럼 시작되었다. 꺼내지 않았어야 할 이야기였다. 입에서 튀어나온 순간부터 그는 깨달았다. 그러나 때로 거대한 비밀을 지니고 있으면 다른 것은 아무것도 생각나지 않을 때가 있는 법이다.

"아포는 주색가야." 그는 말했다. 전에도 말한 적이 있었다. "아포는 눈에 보이는 거라면 뭐든 범해. 점잖은 겉모습에 절대 속지 말라고. 그는 자신이 모든 덩치 큰 남자들을 다 합쳐놓은 것보다 더 크다는 사실을 증명하지 않고는 못 견디는 작은 남자니까. 비서, 다른 사람의 아내, 소개소에서 나온 창녀, 전부 다 상대한다고.

그러던 어느 날, 딸이 자살했어. 방식도 좋지 않았지. 좋은 방식이란 게 있겠냐만. 자기 자신을 살해했다고 해야 하나. 아스피린 50알을 표백제 반병과 함께 꿀꺽했지."

"무엇 때문에 그랬을까요?" 조녀선은 끔찍하다는 듯 물었다.

"아포가 딸의 18번째 생일에 금시계를 선물했어. 발 하버 쇼핑몰의 까르티에 매장에서 산 9만 달러짜리 시계. 그보다 더 좋은 시계는 어디서도 구할 수 없을 거야."

"금시계를 준 게 뭐가 잘못된 겁니까?"

"잘못된 건 없어. 단지 17살 생일에도 똑같은 시계를 줘놓고 잊었다는 거지. 아이는 버려진 느낌이 들었을 거고, 그 시계가 한계선 밖으로 밀어버린 거지." 그는 사이를 두지 않았다. 목소리를 높이지도 않았고, 어조를 바꾸지도 않았다. 최대한 빨리 이 이야기에서 벗어나고 싶었다. "자네는 한 번이라도 '네'라고 말해본 적이 있나? 기억이 안 나는군."

그러나 조너선은 버가 불편하든 말든 아포스톨의 이야기를 듣고 싶었다. "그래서 어떻게 했습니까?"

"아포? 그런 사람들이 다들 하는 짓을 했어. 다시 태어났지. 예수그리스도에게 귀화했어. 칵테일 파티에서 울음을 터뜨리기도 하고. 그래서 자넨 참여할 건가, 말 건가, 조너선? 끈덕지게 추근거리는 건 내 스타일이 아니야."

한 발 쏠 때마다 핏빛 대신 녹색으로 터지고 갈라지던 소년의 얼굴. 살해당했을 때 다시 한 번 뭉개졌던 소피의 얼굴. 야간 간호사가 손으로 닫고 천으로 묶어주기 전에, 턱을 커다랗게 벌린 채 삐딱하게 기울어져 있던 어머니의 얼굴. 조너선의 사적 영역까지 침범하며 지나치게 가까이 다가오던 로퍼의 얼굴.

그러나 버 역시 자신만의 생각에 잠겨 있었다. 그는 아포스톨을 조너선의 뇌리에 지나치게 크게 박아놓은 일로 자신을 책망하고 있었다. 멍청한 혓바닥 같으니라고, 언제쯤 자제하는 법을 배울 수 있을까.

그들은 클로스바흐슈트라세에 있는 조너선의 작은 아파트에서 스카치와 헤니즈 생수를 마셨고, 술은 두 사람 모두에게 그다지 좋은 효과를 낳지 않았다. 조너선은 유일한 팔걸이의자에 앉아 있었고, 버는 단서를 찾아 방을 돌아다녔다. 등산 장비를 더듬어보고, 조너선의 조심스러운 베르네제 오버란트 수채화 몇 점을 들여다보기도 했다. 지금 그는 책장 앞에 서서 조너선의 책을 훑어보고 있었다. 피곤했고, 자기 자신에 대한, 그리고 조너선에 대한 인내심이 차츰 말라가고 있었다.

"자네는 하디를 좋아하는군." 그는 말했다. "왜 좋아하나?"

"영국에서 유배 온 사람이라는 뜻이겠죠. 향수랄까요."

"향수라고? 하디가? 엉터리. 인간은 쥐새끼, 신은 무정한 나쁜 놈, 그게 하디야. 여기 있는 건 어떤 사람이지? 아라비아의 T. E. 로렌스 장교." 그는 노란색 먼지 방지 케이스에 들어 있는 얇은 책을 꺼내 압수한 깃발처럼 흔들어 보였다. "무리의 일원이 되고 싶었던 외로운 천재. 자신의 나라에서 버림받았지. 이제 우리가 조금씩 가까워지기 시작하는군. 그가 죽은 뒤에 그와 사랑에 빠진 여인이 쓴 책. 자네의 영웅, 아마 그렇겠지. 그 모든 금욕과 흠 있는 노력들. 타고난 사람이야. 자네가 이집트의 그 일을 맡은 것도 우연이 아니지." 그는 속지를 펼쳤다. "이건 누구의 머리글자지? 자네 건 아닌데." 그러나 묻자마자 알 수 있었다.

"제 아버지 것입니다. 아버지 책이었어요. 다시 꽂아주시겠습니까?"

조너선의 목소리에서 불쾌감을 느낀 버는 돌아섰다. "내가 심기를 건드렸나? 그런 것 같군. 병장이 책을 읽을 수도 있다는 생각은 해본 적이 없어." 그는 상처를 조심스럽게 탐색해보았다. "책은 장교 전용인 줄 알았는데."

조너선은 버와 책장 사이를 막아서고 있었다. 그의 얼굴은 돌처럼 창백했고, 손은 본능적으로 전투태세를 갖춰 양 옆구리를 떠나 허공에 올라와 있었다.

"책장에 다시 꽂아주시겠습니까? 사적인 물건입니다."

버는 천천히 다른 책 옆에 책을 올려놓았다. "뭔가를 말해주는군." 버는 조너선 옆을 지나 방 한복판으로 향하며 다시 화제를 전환했다. 마치 조금 전의 대화가 전혀 없었기라고 한 듯한 말투였다. "혹시 호텔에서 자네가 현금을 다루는 일이 있나?"

"가끔요."

"어떤 때?"

"손님이 밤늦게 떠나면서 현금으로 숙박비를 지불할 때는 우리가 취급합니다. 안내 데스크는 자정부터 새벽 5시까지 문을 닫기 때문에 야간 지배인이 처리하지요."

"그럼 자넨 현금을 받아서 금고 안에 넣어두겠군."

조너선은 팔걸이의자에 몸을 다시 묻고 두 손을 머리 뒤로 받쳤다. "그렇겠죠."

"그걸 자네가 훔친다고 가정해보세. 누군가 그 사실을 눈치채기까지 얼마나 걸릴까?"

"그달 말이요."

"회계일 전에 되돌려놓았다가 다시 꺼낼 수도 있겠지." 버는 생각에 잠겨 말했다.

"마이스터는 상당히 관리가 엄격합니다. 스위스 호텔 아닙니까."

"난 자네를 위해 이야기를 만들고 있는 거야."

"뭘 하시는지는 압니다."

"아니, 자넨 몰라. 로퍼의 머릿속에 들어가 보게, 조너선. 자넨 할 수 있을 거야. 난 자네가 그를 내게로 끌고 와줬으면 해. 그러지 않으면 그를 잡아넣을 수가 없어. 그는 필사적이지만, 절대 경계심을 풀지 않아. 똥구멍 안에 도청기를 넣고, 위성으로 감시하고, 편지를 읽고, 전화를 엿들을 수는 있어. 냄새도 맡고, 소리도 듣고, 볼 수도 있어. 코코란에게 500년 형을 매겨 감옥에 보낼 수도 있지만, 로퍼한테는 손을 댈 수가 없다고. 자네가 마이스터에 돌아가기까지 나흘이 더 남았지. 아침에 같이 런던으로 가서 내 친구 루크를 만나고 조건을 들어보자고. 난 자네가 인생을 첫날부터 다시 쓰고, 그 인생이 끝날 때 자신을 사랑할 수 있었으면 좋겠어."

버는 항공권을 침대 위에 던지고 창문 앞에 앉아 커튼을 열고 새벽빛을 바라보았다. 한층 많은 눈이 휘날리고 있었다. 하늘은 낮고 컴컴했다. "생각할 시간 따윈 필요 없어. 군에서, 조국에서 빈들거릴 때부터 시간은 충분하고도 남았을 거 아니야. 싫다고 말해도 납득할 수는 있어. 더 깊이 피신처를 파서 여생을 그 안에 파묻혀 살겠다고 결정하더라도 충분한 이유는 있겠지."

"얼마나 걸릴까요?"

"모르겠어. 자네가 하고 싶지 않다면, 일주일은 너무 길겠지. 설교 더 듣고 싶나?"

"아뇨."

"두 시간 뒤에 나한테 전화 주겠나?"

"아뇨."

"그럼 시간이 얼마나 있나?"

별로. 조너선은 항공권을 보고 출발 시각을 확인했다. 결정이랄 것도 없었다. 그랬던 적이 한 번도 없었다. 단지 일진이 좋냐 나쁘냐가 있을 뿐이다. 뒤에 남은 것이 아무것도 없기에 앞으로 나아갈 뿐이고, 더이상 서 있으면 넘어지는 길밖에 없기에 달릴 뿐이다. 움직임 아니면 정체가 있을 뿐이다. 나를 추동하는 과거가 있고, 복종하는 군인만이 자유롭다고 설교하던 군대 목사가 있고, 당신에게는 아무 감정이 없지만 당신 없이는 살 수 없다던 여자들이 있었다. 영국이라는 감옥이 있고, 내가 배신한 소피가 있고, 내가 얼굴을 날려버릴 때 총도 없이 나를 바라보던 아일랜드인 소년이 있고, 거의 말도 나누어보지 않은, 여권에 '승마 선수'라고 적힌, 만나고 몇 주가 지난 뒤까지 생각하면 아직도 불쑥 화가 치미는 짜증스러운 여자가 있었다. 매장하기 위해 군복으로 갈아입혀야 할 정도로, 내가 뒤따라갈 수 없을 과분한 영웅이 있었다. 돌아와서 그 짓을 처음부터 모조리 다시 하라고 내 귀에 속삭이는 땀투성이 요크셔 출신의 피리 부는 사나이 한 사람이 있었다.

렉스 굿휴는 한창 전투태세였다. 오전 시간의 절반은 주인에게 버의 명분을 성공적으로 설득하는 데 썼고, 나머지 절반은 화이트홀 세미나에서 기밀의 오용을 다룬 뒤 세상 물정 모르는 젊은 리버하우스 관료와 기분 좋은 설전을 하며 끝맺었다. 이제 칼튼 가든스에서 점심을 즐기는 중이었다. 낮게 뜬 태양 빛은 흰 건물을 비추고 있었고, 그가 아끼는 애서니엄 호텔은 잠깐 산책할 수 있는 거리 안에 있었다.

"당신 친구 레너드 버는 일을 너무 많이 벌이고 돌아다니던데." 내무성의 스탠리 패드스토가 초조한 미소를 띤 채 옆에서 말했다. "자네가 우릴 어떤 일에 끌어들이려 하는지 모르겠어."

"저런, 친구." 굿휴가 말했다. "무슨 일 말이지, 정확히?"

패드스토는 정확히 굿휴와 같은 시기에 옥스퍼드를 다녔지만, 그에 대해 굿휴가 기억하는 유일한 것은 평범한 여자들을 쫓아다녔다는 사실이었다.

"아, 별것 아니야." 패드스토는 짐짓 가볍게 덧붙였다. "내 직원들에게 서류 요청기록 세탁을 시키고 있거든. 기록 보관소 직원에게 거짓말을 부탁하고. 경찰 간부를 데리고 심프슨에서 세 시간씩 점심을 먹고. 상대가 겁을 먹으면 우리한테 보증을 시키고." 그는 굿휴 쪽으로 시선을 던졌지만, 눈을 맞추지는 못했다. "하지만 괜찮겠지? 원래 알 수 없는 사람들이니까. 그렇지?"

한 무리의 수녀들이 옆을 스쳐 지나갔고, 그동안 그들은 입을 다물고 있었다.

"그래, 스탠리. 원래 그렇지." 굿휴가 말했다. "하지만 내가 자네한테 승인 내역을 서면으로 보내지 않았나. 일급 기밀로."

패드스토는 애써 대수롭지 않은 말투로 말을 꺼냈다.

"웨스트 컨트리의 악마 같은 까불이들 말이야. 그쪽은 책임지는 거지? 자네가 편지에서 그 점을 완전히 명시하지 않은 것 같아서."

그들은 애서니엄 호텔의 계단에 이르렀다.

"그건 괜찮아 보이는데, 스탠리." 굿휴가 말했다. "편지 세 번째 단락에서 웨스트 컨트리의 까불이들에 관해 철저히 다룬 걸로 기억해."

"살인도 배제하지 않고?" 패드스토는 안으로 들어서며 재빨리 나직하게 물었다.

"아, 그렇겠지. 다치는 사람이 아무도 없는 이상, 스탠리." 굿휴의 어조가 변했다. "구획화해버려. 리버하우스에는 단 한 마디도 하면 안 돼. 레너드 버를 제외하고는 아무에게도. 혹시 걱정이 되면, 내게 연락해. 이 정도면 충분하지, 스탠리? 크게 부담되지는 않지 않나?"

그들은 테이블을 따로 잡았다. 굿휴는 스테이크와 콩팥 파이, 클럽 와인 한 잔을 주문했다. 그러나 패드스토는 한 입 먹을 때마다 시계라도 확인하듯 아주 빠르게 먹었다.

7
아무 데도
아닌 곳에서 온 남자

조너선은 어느 음울한 금요일, 린덴이라는 이름으로 트레서웨이 부인의 우체국에 도착했다. 버가 하나 고르라고 할 때 아무렇게나 떠오르는 대로 고른 이름이었다. 투병 중이던 독일계 어머니가 영원할 것처럼 보였던 병석에서 읊었던 노래나 시구가 머릿속에 무의식적으로 박혀 있었던 게 아니라면, 평생 린덴이라는 이름을 지닌 사람은 만나본 적도 없었다.

　날씨는 흐리고 축축했으며, 아침나절부터 저녁 분위기였다. 마을은 랜즈엔드에서 몇 킬로미터 떨어져 있었다. 트레서웨이 부인의 화강암 울타리에 있는 야생 자두나무는 남서풍을 받아 꼽추처럼 굽어 있었다. 교회 주차장의 범퍼 스티커에는 낯선 사람들에게 집으로 돌아가라는 글귀가 붙어 있었다.

조국을 버린 뒤 은밀히 되돌아가는 것은 도둑이 된 기분이었다. 새로운 신상과 새로운 가명을 사용하는 것은 도둑이 된 기분이었다. 누구 옷을 훔쳤는지, 누구의 그림자를 드리우고 있는지, 전에 다른 사람으로 여기 온 적은 있었는지 계속 자문하게 된다. 정체가 모호한 방랑자로 산 지 6년의 세월이 흘러 이 지역에 처음 발을 디디는 날은 뭔가 특별할 거라는 기대가 있었다. 이 신선한 기대감이 조녀선의 얼굴에 드러났는지, 트레서웨이 부인은 이후 늘 그에게는 어딘가 오만한 데가 있었다고 말하곤 했다. 트레서웨이 부인은 낭만적인 상상에는 취미가 없었다. 영리한 여자였고, 키가 크고 위엄이 있었으며 시골 사람 같지 않았다. 때로 부인이 요즘 사람들이 받는 교육을 받았다면, 혹은 지난 크리스마스 때 펜잰스에서 석공조합 자선사업을 너무 열심히 한 뒤 뇌졸중으로 세상을 떠난 가난한 톰 말고 더 여유 있는 남편을 만났다면 어떤 사람이 되었을까 싶을 때도 있었다.

"잭 린덴, 그는 날카로웠어." 그녀는 설교 조의 콘월 지방 말투로 말하곤 했다. "처음 볼 때도 눈빛은 좋았지. 유쾌했다고 해야 할까. 하지만 상대를 속속들이 들여다보는 눈빛이었어. 네가 생각하는 그런 눈빛 말고, 마릴린. 상대를 아주 먼 곳에서, 동시에 아주 가까이에서 들여다본다고나 할까. 가게에 들어오기도 전에 뭔가 훔쳤다 싶은 눈빛. 음, 사실이 그랬지. 지금은 다들 알지만 말이야. 그 외에도 이제 많은 것들이 알려졌고."

5시 20분이었고, 폐장시간을 10분 남겨두고 있었다. 그녀는 위층에서 어린 딸을 돌보고 있는 자기 딸 마릴린과 함께 텔레비전으로 〈네이

버스〉를 보기 전에 전자계산기로 하루의 정산을 끝내고 있었다. 그때 커다란 오토바이 소리가 들려왔다. "진짜 부르릉거리는 거 있잖아." 그녀는 그가 오토바이를 세워놓고 헬멧을 벗은 뒤 별로 다듬을 필요도 없는 멋진 머리카락을 쓸어내리는 것을 보았다. 긴장을 풀려는 동작 같았다. 얼핏 미소 짓는 것 같기도 했다. 에멧(emmet), 그중에서도 활달한 사람이구나, 그녀는 생각했다. 웨스트 콘월에서 에멧이란 '외지인'을 뜻했고, 외지인이란 타마르 강 동쪽에서 넘어오는 사람을 모조리 통칭하는 말이었다.

그러나 이번 외지인은 마치 달에서 온 것 같았다. 그녀는 문에 건 표지판을 돌려놓을까 생각했지만, 그의 외모가 눈길을 끌었다. 신발도, 남편 톰이 신던 것과 같은 종류였지만 매끈하게 윤이 났다. 그는 들어올 때도 매트에 조심스럽게 진흙을 털었다. 오토바이족에게서는 기대할 수 없는 행동이었다.

그녀가 장부를 계속 정리하는 동안, 그는 바구니를 들지 않고 선반 사이를 돌아다녔다. 남자들은 폴 뉴먼이든 지극히 평범한 남자든 마찬가지다. 면도날 한 세트 사러 들어왔다가 팔에 한 아름 물건을 골라 들지만 절대 쇼핑바구니는 들지 않는다. 발소리도 아주 조용했다. 거의 소리를 내지 않았고, 너무나 가벼운 발걸음이었다. 상식적으로 오토바이족이 이렇게 조용하리라고 생각하기는 어렵다.

"그럼 내륙에서 왔어요?" 그녀는 물었다.

"아, 네. 유감스럽게도 그렇습니다."

"유감스러울 거 없다우. 내륙에서 오는 사람들 중에도 좋은 사람들이 많고, 여기 사람들 중에도 내륙으로 보내고 싶은 사람들이 많아요."
대답이 없었다. 비스킷을 고르느라 바빴다. 장갑을 벗은 그의 손은 아주 말끔하게 손질되어 있었다. 그녀는 늘 손질이 잘 되어 있는 손을 좋아했다. "그럼 어디서 오셨수? 좋은 데서 오신 것 같은데."

"아, 아무 데도 아닙니다, 정말." 그는 약간 당돌하게 털어놓으며, 다이제스티브 두 통과 플레인 크래커 한 통을 집어 들더니, 전에 한 번도 본 적이 없는 것처럼 포장지에 적힌 내용을 읽었다.

"아무 데도 아닌 데서 오는 사람이 어디 있어요." 트레서웨이 부인은 그렇게 대꾸하고는, 시선으로 그의 움직임을 뒤쫓았다. "콘월 사람은 아닌 것 같지만, 그렇다고 하늘에서 뚝 떨어지지는 않았을 거 아니우. 어디 출신이에요?"

트레서웨이 부인이 엄한 목소리를 내면 마을 사람들은 순간 긴장했겠지만, 조녀선은 그저 미소만 지었다. "외국에서 살았습니다." 달래려는 목소리 같기도 했다. "돌아온 방랑자라고 생각하시면 됩니다."

'목소리조차 손이나 신발과 똑같군.' 부인은 생각했다. '유리처럼 반짝반짝해.'

"외국 어디서 사셨수?" 부인은 물었다. "이 동네 사람들도 외국이 많다는 건 안다우. 우리도 원시시대 사람은 아니야. 많은 사람들이 그렇게 생각하는 것 같지만."

한데 이 사람은 도저히 요리할 수가 없었어, 그녀는 말했다. 그는 그저 거기에 서서 미소를 지으며 마술사처럼 침착하게 차와 참치, 오트케이크를 골랐다. 질문을 던질 때마다 오히려 부인이 도를 넘어서는 기분이 들었다.

"래니언에 농가를 구한 사람이 접니다." 그는 말했다.

"그럼 미치광이라는 뜻이군." 루스 트레서웨이는 편안하게 말했다. "제정신을 가진 사람이라면 래니언에 틀어박혀서 돌 틈에서 하루 종일 살고 싶을 리가 있나."

그리고 어쩐지 아주 동떨어진 느낌이 있었어, 그녀는 말했다. 이제 다 알지만, 물론 선원이긴 했지. 과일 통조림의 첨가물을 외우기라도 하듯 한참 살펴보는 동안 얼굴에 고정된 미소. 종잡을 수 없는 사람이 었다. 마치 욕조 안의 비누 거품처럼. 이제 정체를 알겠다고 생각하는 순간, 손가락 사이로 빠져나가 달아나 버리는 사람. 그에게는 뭔가 있었어. 내게 확실한 건 그거야.

"음, 우리 동네에서 같이 살기로 했다면, 이름 정도는 알 수 있겠죠?" 트레서웨이 부인은 답답하고 기가 막힌다는 듯 물었다. "귀국할 때 이름도 외국에 놓고 오셨수?"

"린덴이요." 그는 돈을 꺼내며 말했다. "잭 린덴. 모음 I와 E를 써요." 그는 도움이라도 주겠다는 듯 싹싹하게 말했다. "Lyndon으로 헷갈리시면 안 됩니다."

그녀는 그가 가방 안에 물건들을 얼마나 세심하게 넣었는지 기억했다. 마치 배라도 손질하듯 이쪽 칸에 하나, 저쪽 칸에 하나. 그런 다음 손을 들어 작별 인사를 하며 오토바이에 시동을 걸었다. 래니언에 사는 린덴. 그녀는 그가 교차로까지 달려 능숙하게 좌회전하는 모습을 바라보며 기억해두었다. 아무 데도 아닌 곳에서 온 사람.

"결혼했을 거야." 딸을 기르지만 애 아버지에 대해서는 절대 말하려 하지 않는 마릴린이 말했다.

이리하여 도착한 첫날부터 뉴스에 대대적으로 나오기까지, 조녀선은 이런 사람이 되었다. 래니언의 린덴, 자신의 비밀과 자기 자신으로부터 도피하기 위해 중력에 이끌리는 것처럼 반도에서 점점 더 서쪽으로 가라앉는 종류의 방랑자 영국인.

마을에는 그에 대한 다른 소문도 좋은 네트워크가 자부심으로 삼는 초자연적이라고 말할 수 있는 방식으로 조금씩 쌓였다. 부자다. 현금으로 돈을 내고 거의 외상을 하지 않는다. 5파운드, 10파운드짜리 신권을 카드처럼 세어서 트레서웨이 부인의 계산대 위에 올려놓았다. 그 돈이 어디서 나왔는지는 알잖아—당연히 현금이었지!

"얼마나 드리면 되는지 말씀하세요, 트레서웨이 부인." 조녀선은 돈을 세며 이렇게 말하곤 했다. 그 돈이 그 사람 게 아니었다니! 하지만 돈에는 냄새가 안 난다잖아.

"그건 내 일이 아니우, 린덴 씨." 트레서웨이 부인은 말하곤 했다. "그건 당신 일이잖우. 난 당신이 내놓는 걸 다 챙기면 돼." 이 나라에서는 반복을 통한 농담이 가장 잘 통한다.

그는 세상의 모든 언어를 다 말했다. 아니, 적어도 독일어는 했다. 도라 해리스의 카운트 하우스에 묵던 독일인 여자 하이커가 몸이 안 좋다는 소문을 어디서 들었는지, 잭 린덴은 카운트 하우스까지 가서 품위를 지키기 위해 해리스 부인을 침대에 앉혀놓은 채 여자와 이야기를 나누었다. 린덴은 매던 박사가 올 때까지 그곳을 지키다가 여자의 증상을 통역해주었다. 어떤 증상은 매우 사적인 것이었다고 도라는 전했다. 하지만 잭 린덴은 모르는 단어가 없었다. 매던 박사는 그런 단어를 안다는 것 자체가 매우 특별한 지식을 갖고 있지 않으면 불가능한 일이라고 했다.

이른 아침에 잠 못 드는 사람처럼 절벽 길을 걸어 다녔다. 새벽에 래니언 헤드에서 바닷가재 덫을 확인하기 위해 바다에 나간 피트 호스켄과 그의 동생은 린덴이 저 멀리 절벽 꼭대기에서 군인처럼 걸어 다니는 모습을 어렴풋이 보곤 했다. 대체로 어깨에는 짐을 메고 있었다. 그렇게 이른 시각에 도대체 뭐하러 짐을 메고 다니겠어? 마약이었겠지, 틀림없어. 이제 알잖아.

마치 자신을 낳은 땅에 벌이라도 주려는 것처럼 곡괭이를 짚고 절벽 초지를 끝없이 오르내렸다. 성실한 노동자로도 얼마든지 정직한 생활을 꾸릴 수 있을 것 같았다. 그는 채소를 직접 재배한다고 했지만, 기른 것을 먹을 정도로 오래 머무르지 않았다.

자기가 먹을 음식은 모두 직접 요리해, 도라 해리스가 말했다. 냄새로 미루어볼 때 고급 요리였다. 남서풍이 가볍게 불 때면 몇백 미터 밖에서도 입에 침이 괼 정도로 음식 냄새가 풍겼다고, 바다에 나간 피트와 그 동생도 같은 증언을 했다.

마릴린 트레서웨이에게 다정하게 굴었다, 아니, 마릴린 쪽이 다정하게 굴었다는 편이 옳을 것이다. 음, 린덴은 사실 모든 사람들에게 다정했지만, 마릴린은 잭 린덴이 나타나기 전까지 3년 동안 누구에게도 미소 지은 적이 없었다.

일주일에 두 번씩 늙은 베시 자고의 식료품을 트레서웨이 부인의 가게에서 오토바이에 실어 대신 배달해주었고—베시는 래니언 레인 모퉁이에 살았다—그 모든 물건을 선반에 진열해주고, 나중에 노인이 깡통이나 포장지를 직접 분류해서 버리는 고생을 하지 않도록 테이블 위에 방치해두지도 않았다. 자기 오두막에 대해서 노인과 수다를 떨기도 했고, 지붕에 시멘트를 발랐다는 이야기, 창문에 새 창틀을 맞췄다는 이야기, 현관문 앞에 새 돌길을 깔았다는 이야기도 늘어놓았다.

그러나 이 모든 것은 그가 한 이야기이지 그 자신에 대한 이야기, 어디서 살았으며 무엇으로 먹고살았는지에 대한 이야기는 전혀 아니었다. 그가 팰머스의 항해용 요트 임대 및 대여 전문업체인 시 포니라는 선박회사에 관심이 있다는 소문이 퍼진 것은 우연한 일이었다. 하지만 아주 대단한 회사는 아니고, 그냥 바다에서 빈둥거리는 내륙 한량이나 마약쟁이들이 놀러 다니는 곳이지, 피트 펜젤리는 말했다. 어느 날 그 옆집인 스패로 보트 수리소에 맡긴 선체를 싣고 오려고 밴을 끌고 갔던 피트가 린덴이 시 포니 사무실에 앉아 있는 것을 목격했던 것이다. 린덴은 탁자에 앉아 있었고, 덩치가 크고 뚱뚱하고 땀을 줄줄 흘리는 곱슬머리 턱수염 남자와 이야기를 하고 있었다. 턱수염 남자는 금목걸이를 걸고 있었다. 사무실 주인인 것 같았다. 피트는 스패로에 가서 늙은 제이슨 스패로에게 단도직입적으로 물어보았다. 옆집 시 포니는 뭐하는 곳이야, 제이슨? 마피아가 접수한 것 같은데.

한 사람은 린덴, 다른 한 사람은 할로, 제이슨은 피트에게 말했다. 린덴은 외지인이고, 할로는 뚱뚱하고 덩치 크고 턱수염이 있는 호주인이었다. 제이슨은 두 사람이 현금으로 회사를 샀다, 담배를 피우고 유흥용 요트를 몰고 만을 돌아다니는 것 말고는 아무 짓도 안 한다고 했다. 린덴은 뛰어난 항해사야, 제이슨은 인정했다. 하지만 할로, 저 뚱뚱한 친구는 방향타가 뭔지도 모르더라고. 대체로 서로 말다툼을 해. 제이슨은 말했다. 아니, 할로 쪽이 그랬다고. 황소처럼 고래고래 소리를 지르더라고. 한데 반대쪽 린덴은 그냥 미소만 짓더군. 그게 무슨 동업자라고. 제이슨은 경멸 섞인 목소리로 말했다.

그들이 할로에 관해 들은 것은 그때가 처음이었다. 린덴과 할로. 동업자 겸 원수.

일주일 뒤 점심시간에 할로라는 사람이 식당 스너그를 찾았다. 그 이상으로 덩치 큰 사람은 본 적이 없다 싶을 정도의 덩치였다. 140, 160킬로그램은 족히 될 것 같았다. 잭 린덴이 그와 함께 들어와 윌리엄 찰스가 앉은 다트보드 옆 구석자리에 있는 소나무 테이블에 앉았다. 할로는 덩치에 맞게 의자 전체를 차지하고 앉아, 페스티 파이 세 개를 순식간에 먹어치웠다. 두 사람은 오후 폐장시간까지 지도 위에 머리를 맞대고 앉아 한 쌍의 해적처럼 뭐라고 두런두런 얘기를 나누었다. 이제 왜 그랬는지 알지. 계획을 짜고 있었던 거야.

이제 점보 할로는 죽었다. 그리고 잭 린덴은 누구에게도 작별 인사한 마디 하지 않고 사라졌다.

너무나 빨리 사라져서 대부분 그를 기억 속에 어떻게 남겨놓아야 할지 알 수 없었다. 너무나 철저히 사라져서 스너그 퍼브 벽에 신문기사를 잘라 붙여놓지 않았다면 그가 동네를 스쳐 지나갔다는 사실조차 의심했을 것이다. 캠번에서 파견된 속이 검은 젊은 경찰 둘이 래니언 계곡의 출입을 통제하는 오렌지 색 테이프를 지키고 서 있지 않았다면, 사복형사들이 해 질 녘까지 마을을 싸돌아다니며 탐문하고 다니지 않았다면—차 세 대분이 되는 것 같더군, 피트 펜젤리의 표현이었다—플리머스에서, 심지어 런던에서 기자들이 쏟아져 들어와 루스 트레서웨이부터 하루 종일 자기보다 더 민첩하고 이빨도 더 많은 알사시안 개와 산책이나 하는 노인 러크에 이르기까지 모든 사람들에게 명청한 질문을 하고 다니지만 않았다면 말이다. 어떤 옷차림이었죠, 러크 씨? 그가 무슨 이야기를 하던가요? 당신에게 폭력적이었던 적이 있나요?

"첫날에는 경찰과 기자가 어떻게 다른지도 몰랐어." 피트는 스너그에서 웃음을 터뜨리며 회상하곤 했다. "다들 기자들에게는 '선생님, 선생님' 굽실거렸고, 경찰들에게는 '꺼지라'고들 했잖아. 둘째 날에는 양쪽 모두한테 꺼지라고 말했지만."

"그가 한 짓이 아니야." 쭈글쭈글한 노인 윌리엄 찰스가 다트보드 옆자리에서 투덜거렸다. "그들은 아무것도 증명해내지 못했어. 시체를 발견하지 못하면 살인자도 없는 거야. 그게 법이라고."

"하지만 피는 찾았잖아, 윌리엄." 학교 다닐 때 성적이 좋았던 피트 펜젤리의 동생 제이컵이 말했다.

"피는 무슨. 피 한 방울로 뭘 증명하나. 외지인 놈이 면도를 하다가 베인 걸 보고 경찰이 호들갑을 떨면서 잭 린덴이 살인마라고 몰아붙인 거야. 꺼지라고들 해."

"그렇다면 왜 도망쳤을까? 사람을 안 죽였으면 왜 한밤중에 도망친 거지?"

"꺼지라고들 해." 윌리엄 찰스는 아름다운 기도문처럼 반복하여 말했다.

한데 그는 왜 불쌍한 마릴린을 뱀에 물린 사람 같은 얼굴로 그의 오토바이가 돌아올까 하루 종일 도로를 쳐다보고 있도록 내버려뒀을까? 그녀는 경찰에게 아무 말도 하지 않았다. 그에 대해 들어본 적도 없다며, 꺼지라고 했다.

수수께끼 같은 기억이 강물처럼 밀려왔다 밀려갔다. 하루 일과를 마치고 기진맥진한 상태로 깜빡거리는 텔레비전 앞에 앉아 있을 때도, 안개 자욱한 저녁에 스너그에서 맥주를 석 잔째 기울이며 널빤지 바닥을 응시할 때도. 황혼이 지고, 안개가 밀려와서 내리닫이 창문에 증기처럼 달라붙었다. 공기는 움직이지 않았다. 낮의 바람은 잦아들었고, 까마귀는 잠잠했다. 퍼브를 향해 잠시 걸어가는 길에는 목장의 따뜻한 우유 냄새, 파라핀 난로 냄새, 석탄불 냄새, 파이프 연기 냄새, 사료 냄새, 래니언의 해초 냄새가 풍겼다. 헬리콥터 한 대가 실리로 날아가고 있었다. 화물선 한 척이 바다의 안갯속을 헤치고 들어왔다. 교회 탑의 종소리는 권투경기의 시작을 알리는 징 소리처럼 울려 퍼졌다. 모든 것이 단음이었고, 모든 것이 별개의 냄새, 소리, 기억의 한 조각이었다. 도로 위의 발소리는 목 부러지는 소리처럼 날카로웠다.

"한 가지만 말해봐." 아무도 몇 분 동안 입을 열지 않았는데도, 피트 펜젤리는 마치 활기찬 토론에 끼어들기라도 하듯이 입을 열었다. "잭 린덴에게는 분명히 아주 좋은 이유가 있었을 거야. 잭, 그가 하는 모든 일에는 이유가 있었어. 그렇지 않은 경우가 있었느냐고."

"뱃일도 잘했어요." 형과 마찬가지로 포스과라에서 작은 배로 고기잡이 일을 하는 젊은 제이컵이 인정했다. "어느 토요일 날엔 같이 나갔었지, 피트? 한 마디도 안 했잖아. 생선 한 마리만 갖고 가겠다고 했어. 내가 대신 손질해주겠다고 했는데, 그가 그랬어. 아, 내가 직접 하죠. 살을 뼈에서 아주 깨끗하게 발라냈어. 껍질, 대가리, 꼬리, 살. 물개보다 더 깨끗하게 처리했지."

"항해는 또 어떻고? 채널 제도에서 팰머스까지 단독으로 한 바람에 달렸잖아?"

"호주 놈은 제값을 치렀어." 구석에서 누군가의 목소리가 말했다. "그는 잭하고는 비교할 수 없을 정도로 거칠었어. 그의 손을 본 적이 있나, 피트? 맙소사, 빨래판 같더군."

절대 마릴린의 입장에서 말하는 법이 없었고, 그녀 앞에서 그런 식으로 말하는 사람이 있다면 당장에라도 입을 다물게 했겠지만, 거기에 철학적인 색채를 가미한 것은 루스 트레서웨이였다. "모든 사람들에게는 어딘가에서 자신을 기다리고 있는 개인적인 악마가 있어." 남편이 죽은 후로는 남성 위주의 술자리를 때로 조롱하듯 스너그에 나타나는 루스가 말했다. "오늘 밤 여기에 있는 어떤 남자라도 잘못된 누군가가 도발한다면 살인을 생각하지 않을 사람이 없을걸. 그건 찰스 왕자라 해도 마찬가지야. 잭 린덴은 너무나 정중했어. 그가 가둬놓았던 모든 것들이 한꺼번에 튀어나온 거라고."

"빌어먹을 잭 린덴." 루스 트레서웨이의 탁월한 통찰에 늘 뒤따르는 존경스러운 침묵 속에서, 피트 펜젤리는 갑자기 술에 벌겋게 달아올라 이 말을 내뱉었다. "자네가 오늘 밤 여기에 왔으면 내가 맥주라도 한잔 사고 그날 밤처럼 악수를 나누었을 텐데."

그리고 다음 날이 되면 잭 린덴은, 어쩌면 몇 주가 지나면, 잊힐 것이다. 그가 사라지기 전날 밤—그리고 한두 사람의 증언에 따르면 그 전에도 여러 번—로버를 타고 래니언에 찾아왔다는 두 남자의 수수께끼 역시.

그러나 스너그 벽에는 여전히 신문기사가 붙어 있었고, 푸르게 갈라진 래니언 계곡은 아직도 변함없이 자신을 억누르는 고약한 날씨에 울며 신음하고 있었고, 가시금작화와 수선화는 이제 건장한 남자가 한 걸음에 건널 수 있을 정도로 좁아진 래니언 강 기슭에 나란히 피어 있었다. 그 옆으로 구불구불 나 있는 거무칙칙한 길은 잭 린덴의 집이었던 뭉툭한 오두막으로 이어졌다. 어부들은 여전히 갈색 암초가 얕은 물 안에 악어처럼 도사리고 있는 래니언 헤드를 이리저리 빠져나갔다. 매년 외지인 바보들이 여자친구와 함께 고무보트를 타고 왔다가 난파하거나 물에 빠져 죽거나 컬드로스에서 날아온 구조 헬리콥터로 실려가곤 하는 곳이었다.

잭 린덴이 턱수염 호주인을 추가하기 전부터 래니언 만에는 이미 죽은 사람들이 많았어. 마을 사람들은 말하곤 했다.

그리고 조녀선은?

마을 사람들에게 그랬듯이 잭 린덴은 그 자신에게도 수수께끼였다. 지저분한 가랑비가 내리고 있었고, 그는 오두막의 현관문을 발로 차서 열고 맨바닥에 오토바이 가방을 내려놓았다. 다섯 시간에 걸쳐 530킬로미터를 달려온 참이었다. 그는 오토바이 부츠로 적막한 바닥을 쿵쿵 짓밟으며 다른 방으로 건너가더니, 깨진 창문을 통해 종말론적인 풍경을 바라보면서 꿈꾸던 궁전을 찾아낸 사람처럼 홀로 미소 지었다. 나 자신을 완성하기 위해서. 그는 헤어 마이스터의 고급 와인 창고에서 맹세했던 말을 되새겼다. 내 인생의 잃어버린 부분을 되찾기 위해서. 소피와의 일을 바로잡기 위해서.

런던에서 받은 훈련은 머릿속 다른 곳에 정리되어 있었다. 기억술, 카메라 다루는 기술, 통신술, 버의 체계적이고 끊임없는 지도, 이렇게 해라, 저건 절대 하지 마라, 타고난 자기 자신이 되되 절대 그 이상으로 넘어가지 마라. 조녀선은 그들의 계획에 매혹되었다. 그들의 창의력과 논쟁을 즐겼다.

"린덴은 분명 첫 회는 견뎌낼 거야." 버는 루크의 파이프 담배 연기 사이로 말했다. 세 남자는 리슨 그로브의 스파르타식 훈련가옥에 함께 앉아 있었다. "그걸 견디면 자네가 변신할 다른 인물을 찾아주겠어. 아직도 계속하고 싶나?"

물론이었다! 새로이 타오른 의무감으로 그는 임박한 자기 자신의 파괴에 즐겁게 참여했고, 원본에 보다 충실하다 싶은 자신만의 색깔도 가미했다.

"잠깐만요, 레너드. 난 도망치고 있고 경찰이 날 뒤쫓고 있습니다. 맞죠? 당신은 프랑스로 도망치라고 했지만, 난 아일랜드 사람입니다. 추적당할 때 국경을 믿을 수가 없어요."

그들은 그의 말에 귀를 기울였고, 한 주 더 잠적해 있자고 계획을 짰고, 감탄했고, 등 뒤에서 상의했다.

조녀선의 군인으로서의 인격을 통제하는 사람으로서 루크는 버에게 말했다. "응석을 받아주지 마. 여분의 배급도 안 돼. 격려한다는 이유로 전선까지 불필요한 방문을 해서도 안 돼. 견딜 수 없는 사람이라면, 더 빨리 알아내는 게 좋아."

그러나 조녀선은 견딜 수 있었다. 그는 언제나 그래 왔다. 박탈은 그의 타고난 환경이었다. 그는 여자를, 만나본 적도 없는 여자를, 부유한 후견자가 딸린 경솔한 승마 선수가 아니라 그와 같은 임무를 지닌 사람을 원했다. 소피의 흡인력과 심장을 지닌 여자, 소피의 진솔한 섹슈얼리티를 지닌 여자. 절벽 모퉁이를 돌 때 그는 자신이 만나본 적 없는 이런 여성적 미덕의 귀감이 자신을 기다리고 있을 거라는 생각에 얼굴에 미소를 환히 밝히곤 했다. 아, 안녕, 조녀선. 당신이군. 그러나 그 모습을 보다 자세히 뜯어보면, 여인은 불편할 정도로 제드와 유사한 인상을 지니고 있었다. 제드의 다루기 어려운, 완벽한 몸, 제드의 장난꾸러기 같은 미소.

마릴린 트레서웨이가 처음 조녀선을 찾아간 것은 오토바이에 싣기에는 너무 큰 생수 한 짝을 배달하기 위해서였다. 그녀는 어머니처럼 섬세한 얼굴 윤곽을 지니고 있었다. 군건한 턱, 소피처럼 흑단 같은 머리채, 발그스레한 콘월 여인 특유의 뺨, 탄탄하고 큰 젖가슴, 스무 살보다 하루도 더 나이 들어 보이지 않는 외모. 그녀가 유모차를 끌고 혼자 마을 거리를 걷는 모습을 볼 때마다, 혹은 어머니의 가게 계산대에 서 있는 모습을 볼 때마다, 조너선은 그녀가 자신을 보고 있는 것인지 아니면 다른 생각을 하며 그저 눈길만 보내고 있는 것인지 궁금했다.

그녀는 물병이 든 상자를 혼자 현관까지 나르겠다고 고집했다. 억지로 상자를 빼앗으려 해도 물리칠 뿐이었다. 그래서 그는 그녀가 집 안에 들어가서 부엌 탁자 위에 생수 한 짝을 올려놓고 거실을 한참 둘러본 뒤 다시 밖으로 나올 때까지 현관에 그냥 서 있었다.

"무리에 섞여들어." 버는 충고했다. "온실을 사고, 정원을 꾸미고, 평생을 가져갈 우정을 만들라고. 자네가 거기서 빠져나올 수 있는지 확인해야겠어. 자네에게 안달하는 여자를 남기고 떠날 수 있다면 더 좋아. 이상적인 각본이라면 임신을 시키는 것이겠지."

"고맙습니다."

버는 그의 어조를 눈치채고 얼른 곁눈질했다. "뭐가 문제지? 금욕 서약이라도 했나? 그 소피라는 여자 때문에 정말 마음이 많이 상했군. 그렇지?"

며칠 뒤 마릴린이 다시 찾아왔다. 이번에는 배달할 물건도 없었다. 늘 입던 청바지와 지저분한 셔츠 대신 변호사와 만날 약속이라도 있는 듯 치마와 재킷 차림이었다. 그녀는 초인종을 울렸고, 그가 문을 열자마자 말했다. "들어가도 되죠?" 그는 그녀가 들어올 수 있도록 한 걸음 물러섰고, 그녀는 그가 믿을 수 있는 사람인지 확인하려는 듯 방 한가운데에 섰다. 블라우스의 레이스 단추가 떨리는 것이 눈에 띄었다. 이렇게 오기까지 그녀가 많은 용기를 냈다는 것을 알 수 있었다.

"여기가 좋아요?" 그녀는 도전적으로 물었다. "혼자 이렇게 사는 게?" 그녀는 어머니의 재빠른 시선과 야생의 민첩함을 지니고 있었다.

"난 아주 좋습니다." 그는 호텔 직원의 목소리로 대답했다.

"그럼 뭘 하시죠? 하루 종일 텔레비전만 볼 수는 없잖아요. 텔레비전도 없군요."

"책을 읽고, 걷기도 하죠. 여기저기서 사업도 하고." 그러니까 이제 가. 그는 눈썹을 추어올리며 긴장된 미소를 지었다.

"그림을 그리나요?" 그녀는 바다 쪽 창가 탁자 위에 놓인 수채화 도구를 살펴보았다.

"그리려고 하죠."

"나도 그릴 줄 알아요." 그녀는 붓을 집어 들고 탄력성과 모양을 확인했다. "그림을 잘 그렸어요. 상도 받았죠."

"그럼 지금은 왜 안 그립니까?" 조너선은 물었다.

단순한 질문이었지만, 놀랍게도 그녀는 권유로 받아들였다. 그녀는 싱크대에 남아 있던 물을 비우고 다시 물을 채우더니 탁자 위에 올려놓고 새 종이를 골랐다. 그리고 귀 뒤로 머리카락을 쓸어 넘긴 뒤 완전히 그리는 작업에 몰두했다. 이쪽으로 돌린 긴 등에 검은 머리칼이 늘어져 있었고, 창문에서 들어오는 햇빛이 정수리에서 빛나는 모습이 소피의 영상과 겹쳐졌다. 그를 비난하는 천사라도 찾아온 것 같았다.

그는 잠시 그녀를 바라보며 그 영상이 사라지기를 기다렸지만, 사라지지 않았다. 그는 밖으로 나가서 해가 질 때까지 정원을 파헤쳤다. 돌아와 보니 그녀는 학교에서 했던 것처럼 탁자를 닦고 있었다. 그런 뒤 미완성 상태인 그림을 벽에 기대 세웠다. 바다와 하늘, 절벽 대신, 검은 머리칼의 소녀가 웃고 있었다. 소피의 어린 시절, 여권을 위해 완벽한 영국인 신사와 결혼하기 오래전의 소피 같았다.

"내일 또 올까요?" 그녀는 짤막하게, 공격적으로 물었다.

"물론이에요. 원한다면요. 안 될 거 없죠." 호텔 직원이 답했다. 속으로는 꼭 팰머스에 가야겠다는 생각을 하고 있었다. "외출하게 되면 문을 열어두겠습니다."

팰머스에서 돌아와 보니 소녀 그림은 완성되어 있었고, 그를 위해 그렸다는 퉁명스러운 쪽지가 붙어 있었다. 그 뒤로 그녀는 오후마다 찾아왔고, 그림을 다 그리고 나면 맞은편 벽난로 앞 팔걸이의자에 앉아 《가디언》지를 읽었다.

"세상이 엉망진창이군요. 안 그래요, 잭?" 그녀는 신문을 부스럭거리면서 말했다. 그는 그녀의 웃음소리를 들었다. 이즈음 마을 사람들도 다시 그 소리를 듣기 시작하고 있었다. "돼지우리예요, 잭 린덴. 내 말을 믿어요."

"믿습니다." 그는 지나치게 오래 미소를 돌려주지 않으려고 노력하며 대답했다. "전적으로 그렇게 믿어요, 마릴린."

하지만 제발 가주었으면 하는 생각이 다급하게 들었다. 그녀가 쉽게 상처받는다는 점이 두려웠다. 거리감도 마찬가지였다. 절대 아니

175

야. 그는 소피에게 약속했다. 맹세해.

대체로 해가 뜰 때 일어났기 때문에 이른 새벽에는 아주 가끔, 조녀선의 작전상 결의가 무너지려는 때가 있었다. 그럴 때면 거의 한 시간 동안 소피의 배신보다 더 오래전으로 거슬러 올라가는 과거가 그를 희롱했다. 까칠까칠한 제복이 소년의 피부에 와 닿던 감촉, 목을 파고들던 카키색 옷깃이 느껴졌다. 막사 안 철제 침상에서 기상나팔과 하루의 첫 명령을 기다리며 차렷 자세로 잠들어 있는 자신의 모습이 보였다. 집사처럼 서 있지 마, 파인. 어깨를 뒤로 젖히고! 뒤로! 더! 모든 것에 대한 공포가 되살아났다. 실패했을 때의 조롱과 성공했을 때의 질투. 연병장과 운동장과 권투 링. 안락함을 위해 물건을 훔친 뒤—펜 나이프나, 누군가의 부모 사진—붙잡히면 어쩌나 하는 마음. 환심을 사지 못한다는 것을 뜻하는, 실패에 대한 두려움. 늦거나 너무 이르지 않을까, 너무 깨끗하거나 충분히 안 깨끗하지 않을까, 너무 시끄럽거나 너무 조용하거나, 너무 고분고분하거나 너무 건방지지 않을까. 비겁함 대신 용감해지는 법을 배우던 기억이 떠올랐다. 약점을 강점으로 만드는 법을 배우던 시절, 반격하던 날이, 처음 공격하던 날이 떠올랐다. 뒷날과 그리 다르지 않던 어린 시절의 여인들이, 그가 한 번도 가져본 적이 없던 성스러운 여자로 생각해보려고 몸부림쳐 봐도 지난번 여자보다 더 실망스럽던 여자들이 떠올랐다.

로퍼에 대해서도 끊임없이 생각했다—목적의식과 방향을 되찾고 싶으면 기억의 주머니에서 그를 꺼내기만 하면 되니까. 라디오를 듣거나 신문을 읽을 때마다 모든 갈등에서 로퍼의 숨은 손길이 느껴졌다. 동티모르에서 여자들과 어린아이들이 학살당했다는 소식을 읽으면, 그 짓을 저지른 것은 로퍼의 총이라는 생각을 했다. 베이루트에서 자살폭탄이 터지면 로퍼가 공급한 폭탄이라는 생각, 어쩌면 자동차조차 그랬을 것이다. 나도 거기에 있었어. 직접 봤어.

로퍼 다음에는, 흥미로운 분노의 대상이 된 로퍼의 사람들을 떠올렸다. 그는 지저분한 머플러와 보기 흉한 부츠 차림의 코키, 혹은 코크, 혹은 코코란 소령을 떠올렸다. 서명하는 코키, 버가 마음만 먹으면 언제든지 감옥에서 500년의 세월을 보낼 수 있는 코키.

프리스키와 태비, 금발을 목덜미 부위에서 묶고 있던 샌디 랭번 경. 키높이 구두를 신은, 카르티에 시계 때문에 딸이 자살을 한 아포스톨 박사. 비교적 온건한 축에 속하는 회색 정장 차림의 맥아서와 댄비. 어느덧 그에게 로퍼의 식구들은 괴기스러운 나라의 대통령 가족이 되어 있었고, 제드는 타워스위트의 영부인이었다.

"그녀가 그의 사업에 대해 얼마나 알고 있습니까?" 언젠가 조너선은 버에게 물었다.

버는 어깨만 으쓱했다. "로퍼는 으스대지도 않고 설명하지도 않아. 아무도 그의 필요 이상으론 알지 못해. 디키는 그런 놈이야."

상류 계급의 방랑자, 조너선은 생각했다. 수녀원 학교 졸업생, 거부당한 믿음. 나처럼 감금된 어린 시절.

조너선이 유일하게 마음을 털어놓는 상대는 할로였지만, 작전상 동료 사이에도 서로 털어놓을 수 있는 정보에는 한계가 있었다. "할로는 단역이야." 루크가 밤에 래니언에 찾아왔던 날 경고했다. "그는 자네가 죽일 대상으로 거기에 있는 것뿐이야. 그는 목표물을 모르고, 알 필요도 없어. 지금 관계를 그대로 유지해."

그럼에도 불구하고 여정의 이 단계에서 살인자와 그 목표물은 동지였다. 조너선은 그와 유대를 맺으려고 애썼다.

"결혼했나, 점보?"

그들은 계획했던 대로 스너그에 모습을 보인 뒤 조너선의 부엌에 놓인 매끈한 소나무 테이블에 앉아 있었다. 점보는 유감이라는 듯 고개를 젓고 맥주를 마셨다. 덩치 큰 사람이 종종 그렇듯, 그는 쑥스러움을 많이 탔다. 거대한 술통 같은 가슴을 지닌 배우, 오페라 가수 같은 인물이었다. 검은 턱수염은 배역을 위해 일부러 기른 게 아닌가 싶었고, 연극이 끝나면 반갑게 깎을 것 같았다. 점보는 진짜 호주인일까? 중요하지 않았다. 그는 어디서든 외국인이었다.

"난 성대한 장례식을 원해, 린덴." 점보는 심각하게 말했다. "검은 말, 반짝이는 마차, 모자를 쓴 아홉 살짜리 시동. 자네의 건강을 위하여."

"그리고 자네의 건강을 위해서도, 점보."

여섯 번째 캔을 비운 뒤, 점보는 파란색 데님 모자를 찰싹 치고는 비틀비틀 문으로 향했다. 조너선은 찌그러진 랜드로버가 터덜터덜 길을 돌아 멀어지는 모습을 바라보았다.

"도대체 누구죠?" 신선한 고등어 두 마리를 갖고 도착한 마릴린이 물었다.

"아, 내 사업 파트너입니다." 조너선은 말했다.

"캄캄한 밤에 나타나는 고질라 같아요."

그녀는 생선을 튀기고 싶어했지만, 그는 대신 생허브와 양념을 넣고 포일에 싸서 찌는 법을 알려주었다. 한번은 용기를 내어 그의 몸에 앞치마를 둘러주기도 했다. 생기 있는 검은색 머리칼이 그의 뺨에 와 닿았고, 그는 바닐라 향을 기대했다. 물러서. 난 배신자야. 난 살인자야. 집으로 돌아가.

어느 날 오후 조너선과 점보는 플리머스에서 저지까지 비행기를 타고 가서 세인트헬리어의 작은 항구 건너편에 정박해 있는 8미터짜리 요트를 살펴보는 시늉을 했다. 이 여행은 스너그에서의 만남과 마찬가지로 남들에게 보여주기 위한 연극이었다. 저녁에 점보는 혼자 비행기를 타고 돌아갔다.

그들이 살펴봤던 요트는 '아리아드네'라는 이름이었고, 항해 기록에 따르면 2주 전에 르브레이라는 프랑스 남자가 로스코프에서 항해를 하여 이곳에 도착했다. 조너선은 이틀 동안 장비와 식량을 싣고 해도를 준비했다. 사흘째 되는 날, 그는 배를 끌고 바다로 나가 길을 들이고 직접 방위를 잡았다. 바다에서는 육지와 마찬가지로 자기 자신의 작업이 아니면 믿을 수 없기 때문이다. 나흘째 되던 날 해가 뜨자마자 그는 항해를 시작했다. 일기예보는 좋았고, 열다섯 시간 동안 그는 4노트의 속도로 기분 좋게 항해해서 남서풍을 타고 펠머스로 향했다. 그러나 저녁이 되자 바람이 강풍으로 변했고, 자정에는 강도 6~7로 발달해 거대한 파도가 일었다. 배는 요동을 쳤다. 조너선은 돛을 줄이고 안전한 플리머스로 향했다. 에디스톤 등대를 지날 무렵, 바람은 서풍으로 변하더니 잦아들었다. 그는 다시 팰머스로 기수를 돌리고 서쪽으로 해안선을 따라 항해하며 험한 날씨를 피하기 위해 침로를 자주 변경했다. 항구에 도착할 무렵, 그는 한숨도 자지 못한 채 이틀 동안 고된 항해를 한 상태였다. 때로 폭풍 소리 때문에 귀가 먹을 것 같았다. 때로는 내가 죽었나 싶을 정도로 바람 소리조차 들리지 않았다. 파도가 뱃전에 부딪혀서 돛을 활짝 펴면 그의 몸은 돌멩이처럼 굴렀다. 몸이 삐걱거리고, 바다의 고독 때문에 머리는 텅 빈 것처럼 공허했다. 그러나 나중에 기억을 더듬어보니 그는 여행 내내 아무것도 생각하지 않았다. 자기 자신의 생존 외에는 아무것도 생각하지 않았다. 소피의 말이 맞았다. 그에게는 미래가 있었다.

"좋은 곳에 다녀오셨어요?" 마릴린이 불꽃을 바라보며 물었다. 그녀는 카디건을 벗은 채였다. 등에 단추가 달린 소매 없는 블라우스 차림이었다.

"내륙에 다녀왔습니다."

그는 그녀가 하루 종일 그를 기다렸다는 사실을 알아채고는 마음이 무거워졌다. 벽난로 위 선반에는 새 그림이 놓여 있었다. 첫 작품과 아주 비슷했다. 그녀는 과일을 가져다 놓았고, 꽃병에는 프리지어가 꽂혀 있었다.

"고맙습니다." 그는 정중하게 말했다. "정말 친절하시군요. 진심으로 고맙습니다."

"그럼 저를 원하시나요, 잭 런덴?"

그녀는 두 손을 들어 목 뒤로 가져가더니 블라우스 맨 위의 단추 두 개를 풀었다. 그녀는 그에게 한 발 다가서더니 미소 지었다. 그러고는 울기 시작했고, 그는 어떻게 해야 할지 알 수가 없었다. 그는 팔로 그녀를 감싸고 밴으로 데려가서 집으로 돌아갈 준비가 될 때까지 거기서 혼자 울도록 내버려두었다.

그날 저녁에는 자신의 부정함에 대한 거의 형이상학적인 관념이 조 너선을 사로잡았다. 극도의 외로움 속에서 그는 자신이 저지를 가짜 살인은 자신이 아일랜드에서 이미 저질렀던, 소피에게 저질렀던 진짜 살인의 현현이다, 그를 기다리고 있는 고통은 평생의 참회에 대한 예 고일 뿐이라는 결론을 내렸다.

남은 나날 동안 래니언에 대한 열렬한 사랑이 그의 마음을 사로잡 았고, 그는 절벽의 완벽함을 나타내는 새로운 모습들 속에서 행복을 느꼈다. 바닷새는 어디에 내려앉든 언제나 올바른 곳에 있었고, 매는 바람을 타고 떠다니고 있었으며, 저무는 태양은 검은 구름에 녹아들었 고, 작은 보트들이 저 아래 모래톱 위에 모여 있었으며, 머리 위 갈매기 들은 자기들끼리 한 떼를 이루고 있었다. 어둠이 찾아오면 바다 한가 운데의 작은 도시처럼 다시 배가 나타났다. 시간이 흐를수록 풍경에 녹아들고 싶은 충동이―그 안에 숨고 싶고, 묻히고 싶다―참을 수 없 을 정도로 커졌다.

폭풍이 시작되었다. 부엌에 촛불을 켜놓고, 그는 바람 너머로 요동치는 밤을 응시했다. 창틀이 흔들렸고, 슬레이트 지붕은 우지 기관총처럼 덜컥거렸다. 이른 아침 폭풍이 잦아들자, 그는 밖으로 나가서 간밤의 전쟁터를 배회했다. 그런 뒤 로렌스처럼 헬멧도 없이 오토바이를 타고 낡은 언덕 위 요새로 올라가서 해안을 살펴보며 이곳이 래니언이라는 사실을 알려주는 지형지물을 찾았다. 저곳이 내 집이다. 절벽은 날 받아들였다. 난 영원히 여기서 살 것이다. 깨끗해질 것이다.

그러나 맹세는 허사로 돌아갔다. 그 안의 군인은 이미 세상 최악의 남자를 향한 긴 행군을 대비하여 부츠에 광을 내고 있었다.

피트 펜젤리와 그의 동생 제이컵이 래니언에 사냥을 나가는 실수를 저지른 것은 조녀선이 오두막에서 시간을 보냈던 이 마지막 나날들이었다.

피트는 조심스럽게 이야기를 전했고, 손님들 앞에서는 절대로 말하지 않았다. 일종의 자백이자 유감스러운 자부심이었기 때문이다. 이 지역에서 토끼 사냥을 하는 것은 50년 이상 이어져 온 신성한 전통이었다. 오토바이 배터리 두 개를 작은 상자 안에 넣어 엉덩이에 매달고 낡은 자동차 스포트라이트와 6볼트짜리 전구 한 묶음을 여분으로 비추면, 토끼 떼를 죄다 잡을 수 있을 정도로 오래 홀릴 수 있었다. 어떤 법률도, 갈색 모자와 양말 차림의 엄격한 부인들도 이 전통을 멈출 수 없었고, 래니언은 수세대 동안 인기 있는 사냥터로 자리해왔다. 아니, 피트 펜젤리와 그 동생 제이컵이 이끄는 사냥꾼 네 사람이 총과 램프를 들고 올라갔던 그날 밤까지는 그랬다.

그들은 래니언 로스에 차를 세우고 강변을 따라 걸었다. 피트는 맹세코 토끼처럼 조용했다고, 전등은 사용하지 않고 보름달 빛에 의지해서 올라갔다고, 보름날이라 그날을 선택했다고 말하곤 했다. 그러나 절벽에 올라가자 잭 린덴이 맨손을 양옆으로 들어 올린 채 고작 몇 발짝 위쪽에 서 있었다. 케니 토머스는 그 손에 대해 계속 언급하며 달빛 아래서 매우 창백하게 빛나고 있었다고 말했지만, 그것은 어쩌면 그 순간의 마술이었을 것이다. 아는 사람들은 잭 린덴의 손이 절대 크지 않았다고 회상했다. 피트는 밤하늘을 배경으로 한 린덴의 얼굴이 마치 푸른색 화강암 덩어리 같았다고 말했다. 그 얼굴을 때렸다가는 주먹이 부서질 것 같은 인상이었다. 그 뒤에 어떤 일이 벌어졌을지는 이견이 없었다.

"실례합니다. 한데 여러분, 어디로 가십니까?" 린덴은 평소대로 예의 바르게 물었지만, 얼굴은 미소 짓지 않고 있었다.

"사냥하러." 피트가 말했다.

"여기서는 아무도 사냥을 못 합니다, 피트 씨." 피트 펜젤리와는 고작 몇 번 마주쳤던 사이였지만, 린덴은 이름을 절대로 잊지 않는 것 같았다. "아시겠지만, 이 들판은 제 소유의 땅입니다. 경작하지는 않지만 제 소유이고, 전 이대로 내버려둘 겁니다. 다른 분들도 그렇게 해주셨으면 좋겠습니다. 그러니 사냥은 이제 끝입니다."

"그런가, 린덴 씨?" 피트 펜젤리가 말했다.

"네, 펜젤리 씨. 내 땅에서 유흥을 위해 사냥을 하는 건 두고 볼 수 없습니다. 공정하지 않아요. 그러니 총을 비우고 차로 돌아가서 기분 좋게 집으로 가시지요."

이 말에 피트는 대꾸했다. "집어치워, 친구." 다른 사람들도 피트의 편을 들었다. 네 사람이 한데 뭉쳐 린덴을 올려다보았고, 총 네 개가 달을 등진 한 사람을 향하게 되었다. 그들은 스너그에서 곧장 이곳으로 왔기 때문에 다들 맥주 한두 잔씩 걸친 상태였다.

"비켜, 린덴 씨." 피트가 말했다.

그때 그는 총을 겨드랑이 아래로 만지작거리는 실수를 범했다. 린덴을 향해 겨눈 게 아니었다고, 그는 절대로 그럴 생각이 없었다고 맹세했고, 그를 아는 사람들도 그 말을 믿었다. 게다가 총은 고장 나 있었다. 피트는 밤에 장전한 총을 들고 걸어본 적이 없었다. 그럼에도 불구하고 그는 진심이라는 듯 총을 만지작거렸고, 어쩌면 실수로 약실을 찰칵 닫았는지도 모른다. 그때 있었던 모든 일을 정확하게 기억한다고 장담할 수는 없었다. 이미 그때 세상이 빙그르르 돌았고, 달은 바다 위에 있었고, 제 엉덩이는 얼굴 반대편에 있었고, 발도 엉덩이 밑에 있었다. 피트가 자각한 최초의 쓸모 있는 사실은 린덴이 자신을 내려다보면서 총에서 약실을 비우고 있었다는 것뿐이다. 덩치 큰 사람들이 작은 사람보다 넘어질 때의 충격이 심하다는 점으로 미루어보아, 피트는 아주 세게 넘어졌을 것이다. 무엇에 부딪혔는지는 몰라도 그 충격 때문에 숨을 쉴 수가 없었고, 일어날 의지조차 사라지고 없었다.

폭행의 윤리상 이제 상대편이 공격할 차례였고, 아직 이쪽에는 세 사람이 남아 있었다. 토머스 형제 둘은 언제나 주먹이 빨랐고, 젊은 제이컵은 파이리트 팀에서 윙 포워드로 뛸 정도로 덩치가 버스처럼 단단했다. 그는 형 다음으로 공격할 준비가 되어 있었다. 그러나 물러서라고 지시한 것은 이끼 위에 쓰러져 있던 피트였다.

"건드리지 마. 근처에도 가지 마. 마녀 같은 사람이야. 차로 돌아가, 다들." 그는 천천히 일어섰다.

"총을 먼저 비우세요." 린덴이 말했다.

피트 펜젤리가 고개를 끄덕이자, 세 사람은 약실을 비웠다. 그리고 네 사람은 차로 돌아갔다.

"내가 죽일 수 있었어!" 제이컵은 차가 출발하자마자 소리 질렀다. "내가 다리를 부러뜨릴 수 있었다고, 피트. 형한테 무슨 짓을 했느냔 말이야!"

"아니, 못 했어. 제이컵." 피트는 대답했다. "그쪽이 네 다리를 부러뜨렸을 거야."

마을의 소문으로는 그날 밤부터 피트 펜젤리의 태도가 달라졌다. 물론 그 일이 원인이었다고 단정하는 것은 성급한 일일지도 모른다. 그해 9월에 피트는 제인트저스트에 사는 건실한 농부의 딸과 결혼하기로 했다. 그래서 이제 그는 그 일을 과거로 돌리고 잭 린덴이 뚱뚱한 호주인에게 저질렀던 짓을 자신에게 저지를 뻔한 날에 대해 이야기할 수 있었다.

"한 가지는 분명해. 잭이 그를 해치웠다면, 분명히 아주 깔끔하게 해치웠을 거야. 확실해."

너무나 소중한 추억이라는 듯 피트는 말을 아꼈지만, 그보다 더 멋진 결말이 있었다. 사라지기 전날 밤, 잭 린덴은 스너그 퍼브에 들어가서 피트 펜젤리의 어깨에 붕대를 감은 손을 얹고 맥주를 샀다. 그들은 10분 동안 이야기를 나누었고, 잭 린덴은 집으로 향했다. "분명히 붕대를 감고 있었어." 피트는 자랑스럽게 주장했다. "잘 들어. 잭 린덴은 그 호주인을 처리한 직후에 집으로 곧장 돌아간 거야."

단지 그때 이미 그의 이름은 잭 린덴이 아니었다. 마을 사람들은 익숙해질 수도, 어쩌면 영영 익숙해지지도 않을 이름. 실종되고 나서 며칠이 지나 '래니언의 I와 E를 쓰는 잭 린덴'은 취리히의 조녀선 파인, 고급 호텔의 충실한 직원으로 근무하다가 횡령 혐의로 스위스 경찰에 수배 중인 인물로 밝혀졌다. '수배 중인 항해사이자 호텔 직원', 콘월지방 신문은 파인, 가명 린덴의 사진 위에 큼지막하게 제목을 뽑았다. '경찰은 호주인 실종 사건과 관련하여 팰머스의 선박 업자를 추적 중이다.' "우리는 이 사건을 마약 관련 살인사건 수사로 취급하고 있습니다." 경찰청 범죄수사과 과장이 말했다. "손에 붕대를 감고 있기 때문에 쉽게 눈에 띌 겁니다."

그러나 파인은 그들이 아는 남자가 아니었다.

그래, 붕대. 그리고 상처. 상처와 붕대는 버의 계획상 필수적인 요건이었다.

잭 린덴의 손, 피트 펜젤리의 어깨 위에 얹었던 바로 그 손. 피트 펜젤리뿐만 아니라 많은 사람들이 그 손에 붕대가 감겨 있는 것을 보았고, 버가 부추긴 경찰은 자신들이 뭐 하는 사람인지 떠벌리고는 그게 어느 손이었는지 그 일이 언제 일어났는지 캐묻고 돌아다녔다. 누가,

언제, 무엇을 했는지 알아낸 경찰은 그 이유를 물었다. 그들은 잭이 오른손에 커다란 면 붕대를 감고 있었다, 전문적인 솜씨였다, 손톱은 아스파라거스처럼 한데 묶여 있었다는 등 세세한 정황에 대해 여러 모순되는 증언을 일일이 받아 적었다. 버의 도움으로 경찰은 이 수사 정황을 죄다 언론에 흘렸다.

"오두막에 새 유리창을 끼우려다가요." 잭 린덴은 목요일에 트레서웨이 부인에게 늘 쓰던 손의 반대쪽 손으로 마지막 현금을 건네며 말했다.

"친구를 도우려다가요." 잭은 펜할리곤스 자동차 수리점에서 우연히 만난 늙은 윌리엄 찰스에게 이렇게 말했다. 잭은 오토바이 연료를 넣으러 온 길이었고, 윌리엄은 시간도 때울 겸 놀러 온 참이었다. "집에 들러 유리창을 수리해달라고 하더군요. 한데 이 꼴을 보십시오." 그리고 앞발을 다친 개처럼 다친 손을 윌리엄 찰스 앞에 내밀어 보였다. 잭은 무엇이든 농담거리로 사용할 수 있는 사람이었다.

그러나 경찰이 가장 주목한 사람은 피트 펜젤리였다. "당연히 헛간이었소!" 그는 형사에게 말했다. "유리창 틀을 다듬느라 래니언의 자기 헛간에 있었는데 커터가 미끄러져서 온통 피투성이가 됐어. 그는 붕대를 둘러 단단히 감고는 한 손으로 오토바이를 몰고 병원에 갔소. 트루로까지 가는 길에 피가 소매까지 번져 나왔다고. 그렇게 들었소! 그런 이야기를 만들어낼 수는 없다고. 진짜 그랬단 말이야."

그러나 경찰이 래니언의 헛간을 꼼꼼히 수사한 결과, 유리 조각도, 커터도, 핏자국도 찾을 수 없었다.

살인범은 거짓말을 해, 버는 조녀선에게 설명했다. 너무 일관성이 있으면 위험해. 실수하지 않는 건 범죄자가 아니야.

로퍼는 일일이 확인해, 버는 설명했다. 의심이 안 들더라도 확인한다고. 그러니 살인범의 거짓말을 여기저기 뿌려놓아서 엉터리 살인사건을 진실로 만들어야 해.

멋진 흉터가 많은 것을 말해주었다.

이 마지막 며칠의 어느 시점에서 조녀선은 모든 규칙을 깨뜨리고, 버에게 동의를 구하지도 알리지도 않은 채 속죄를 위해 전처 이사벨을 찾아갔다.

"잠시 지나치는 길이었어." 그는 펜잰스의 공중전화에서 거짓말을 했다. "조용한 곳에서 점심이나 먹자." 붕대를 감은 손 때문에 왼손에만 장갑을 낀 채로 배스까지 오토바이를 타고 가면서, 그는 영웅적인 노래처럼 거듭 대사를 연습했다. 나에 대한 이야기를 신문에서 읽게 될 텐데 그건 사실이 아니야, 이사벨. 안 좋은 기억이 있다면 미안해, 이사벨. 하지만 좋은 시간도 있었잖아. 그런 뒤 행운을 빌면 그녀도 같이 행운을 빌어줄 것이다.

남자 화장실에서 그는 정장으로 갈아입고 다시 호텔 직원으로 변신했다. 5년 동안 만나지 못했기 때문에, 20분 뒤에 그녀가 들어와서 차가 막혀 늦었다고 말했을 때도 얼굴을 알아보지 못할 지경이었다. 침대에 들기 전 벌거벗은 등 뒤로 빗질하던 긴 갈색 머리칼은 실용적인 짧은 커트 머리로 바뀌어 있었다. 몸매를 감추기 위해 두툼한 옷을 입었고, 무선전화기와 손가방을 들고 있었다. 그는 그녀와 대화가 가능하던 상대는 오로지 전화뿐이었다는 사실을 기억해냈다.

"맙소사." 그녀는 말했다. "당신 정말 좋아 보여. 걱정하지 마. 전원을 끌 테니까."

말이 많아졌군. 그는 생각했다. 그녀의 새 남편이 지역사회 사냥 모임에서 어떤 역할을 맡고 있다는 사실이 떠올랐다.

"믿을 수가 없어." 그녀는 외쳤다. "파인 상병. 이렇게 세월이 흘렀는데도 말이야. 손에는 대체 무슨 짓을 한 거야?"

"보트에 부딪혔어." 충분한 설명이었다. 그는 그녀에게 일이 잘되어가느냐고 물었다. 정장 차림으로 묻기에 적절한 질문인 것 같았다. 인테리어 디자인 업계로 진출했다는 소식을 들었던 것이다.

"끔찍해." 그녀는 진심으로 대답했다. "한데 조너선, 당신은 무슨 일을 하는 거야? 하느님 맙소사." 그가 말해주자, 그녀는 말했다. "당신도 유흥 산업에 종사하는군. 우리 둘 다 망했어. 배를 만드는 건 아니지?"

"아니, 아니. 중개 쪽이야. 수송. 우린 출발이 꽤 좋아."

"'우리'라니, 또 누구랑 일하는 거야?"

"오스트레일리아 친구."

"남자?"

"덩치 큰 남자."

"섹스는 누구랑 해? 난 늘 당신이 동성애자일지도 모른다고 생각했어. 하지만 아니지?"

당시 그녀가 자주 추궁했던 질문이었지만, 그녀는 잊은 것 같았다.

"저런, 아니야." 조너선은 웃으며 대답했다. "마일스는?"

"잘 지내. 아주 다정해. 은행도 잘되고. 다음 달 안에 대출금을 갚아 주기로 해서 아주 극진하게 대접하고 있어."

그녀는 따뜻한 오리고기 샐러드와 바두아 탄산수를 주문하고는 담배에 불을 붙였다. "호텔 일은 왜 그만둔 거야?" 그녀는 연기를 그의 얼굴에 뿜어내며 물었다. "지루해서?"

"새로운 일이 끌려서."

우리 도망치자. 대령의 말괄량이 딸이 그의 몸 위에서 자신의 멋진 몸을 벌리며 속삭였다. 군대에서 한 번이라도 더 짬밥을 먹어야 한다면, 차라리 이 막사 전체를 혼자 폭파시키고 말 거야. 날 가져, 조너선. 날 여자로 만들어줘. 날 가지고, 내가 숨 쉴 수 있는 곳으로 데려가 줘.

"그림은 어떻게 돼가?" 그는 그녀의 재능을 두 사람이 함께 칭찬했던 것을, 상대를 높이기 위해 자신의 재능을 낮추었던 것을, 그의 자기부정 속에서 그녀가 더 잘 그릴 거라는 믿음으로 요리하고 운반하고 청소했던 것을 기억했다.

그녀는 코웃음을 쳤다. "마지막 전시회가 벌써 3년 전이었어. 서른 점 중에 여섯 점이 팔렸지. 전부 마일스의 돈 많은 친구들이 사간 거야. 아마 당신 같은 사람들이 날 바보로 만들어주길 바랐겠지. 하, 당신이 날 이끌었다고. 도대체 당신은 뭘 원했던 거야? 난 반 고흐가 되고 싶었어. 당신은 뭘 원했지? 군대에서 람보가 되는 것 말고 말이야."

당신을 원했어. 그는 생각했다. 난 당신을 원했지만, 당신은 거기에 없었어. 하지만 입 밖에 꺼낼 수가 없었다. 좀 더 실례를 범할 수 있다면 얼마나 좋을까. 실례를 범하는 건 자유야. 그녀는 말하곤 했다. 섹스는 실례야. 하지만 이런 논쟁에는 의미가 없었다. 그는 과거가 아니라 미래에 대해 용서를 구하러 왔다.

"어쨌든 마일스에게 왜 날 만난다는 말을 하지 말라고 한 거야?" 그녀는 나무라듯 물었다.

조너선은 몸에 익은 가짜 미소를 지었다. "혹시 불쾌해할까 봐."

마술 같은 한순간, 그녀가 연대 전체에서 미인이었던 시절에 처음 그녀를 가졌을 때의 모습이 눈앞에 떠올랐다. 욕망으로 비스듬히 젖힌 생기 있고 반항적인 얼굴, 반쯤 벌린 입술, 화가 나서 이글거리는 눈빛. 돌아와. 그는 자신의 가슴을 향해 외쳤다. 다시 시작하자.

젊은 유령은 사라지고 늙은 유령이 다시 나타났다.

"왜 카드로 계산하지 않지?" 그녀는 그가 왼손으로 지폐를 세는 걸 보고 물었다. "잔돈을 어디에다 쓰는지 확인하기가 훨씬 쉬울 텐데."

버가 맞았어, 그는 생각했다. 나는 독신 남자야.

8
절벽 위의 관찰자

루크의 자동차 조수석에 앉아 짙어져 가는 콘월의 황혼 속을 달리면서, 버는 외투 깃을 귀 옆으로 좀 더 단단히 세우고 마흔여덟 시간 전에 기밀작전 팀이 '림페트 작전' 출범식을 거행했던 마이애미 외곽의 창문 없는 방을 다시 떠올렸다.

　기밀작전 팀은 보통 정보 관료나 기타 궤변가들을 받아들이지 않았지만, 버와 스트렐스키가 굳이 그렇게 한 데엔 이유가 있었다. 분위기는 마치 전투적인 홀리데이 인 영업회의 같았다. 대리인들은 혼자 도착해서 신원을 밝힌 뒤 엘리베이터를 타고 아래로 내려가서 다시 신원을 밝히고 신중하게 다른 사람들과 인사를 나누었다. 각자 이름과 직책이 적힌 명찰을 옷깃에 달고 있었지만, 어떤 이름은 오늘만 사용하는 가명이었고, 또 어떤 직책은 너무 모호해서 경험 많은 사람들조차 한참 생각을 해야 할 지경이었다. DEP DR OPS CO_ORD와 같은 직책도 있고, SUPT NARCS& FMS SW라는 직책도 있었다. 그리고 그 사이사이에 명쾌해서 신선한 미소처럼 다가오는 '미 상원 의원', '연방 검사', '영국 연락관' 같은 직책이 섞여 있었다.

리버하우스 대변인으로 온 사람은 대처와 쌍둥이처럼 닮은 완벽한 곱슬머리의 덩치 큰 여자였다. 흔히 사용되는 애칭은 달링 케이티, 공식적으로는 캐서린 핸디사이드 덜링 여사였고, 직함은 워싱턴 주재 영국 대사관 경제 자문이었다. 10년 동안 달링 케이티는 미국의 수많은 정보기관과 화이트홀 사이의 특별한 관계망으로 통하는 황금 열쇠를 쥐고 있었다. 육군, 해군, 공군, 연방 정부 및 주 정부, 국무성부터 백악관이라는 전지전능한 궁정을 지키는 경비들의 수군거림에 이르기까지—제정신인 사람부터 해악이 되지 않는 미치광이, 위험한 어릿광대에 이르기까지—미국이라는 강대국의 비밀 상류사회는 케이티가 탐험하고, 강요하고, 협상하고, 자신의 저녁 식탁으로 초대하는 그녀의 교구였다.

"그가 날 뭐라고 부르는지 들었어요, 사이? 여기 있는 이 괴물이?" 케이티는 더블브레스트 정장 차림의 과묵한 상원 의원을 향해 커다랗게 소리 질렀다. 그녀는 손가락을 권총처럼 쥐고는 렉스 굿휴의 관자놀이를 가리켰다. "페미 선동가랍니다! 내가! 페미 선동가! 이보다 더 정치적으로 올바르지 않은 발언을 들어본 적이 있어요? 난 생쥐야, 이 짐승아. 시들고 지친 한 떨기 꽃이라고! 이런 사람이 자기가 기독교도라고 떠들어대다니!"

홍겨운 웃음소리가 방 안을 가득 채웠다. 케이티의 우상 파괴적인 걸걸한 음성은 내부자들끼리의 테마음악이었다. 대리인들이 속속 도착했다. 모여 있던 사람들이 흩어지고, 다시 모였다. "아, 마사, 안녕하세요! ……월트, 잘 지냈어요? ……만나서 반가워요. ……마리, 잘 왔어요!"

누군가 신호를 보냈다. 대리인들이 들고 있던 종이컵을 쓰레기통에 던져 넣는 덜그럭 소리가 울려 퍼지고, 일행은 영사실로 향했다. 아마토가 이끄는 최하급 대리인들은 앞줄로 향했다. 뒤쪽 비싼 자리에는 조달 그룹에서 나온 다커의 대리인 닐 마저럼이 앉아 이름표에 '중앙 아메리카-자금 조달'이라고만 적혀 있는 생강 빛 머리카락의 미국 정보 관료와 편안한 웃음을 나누고 있었다. 불이 꺼지면서 웃음도 잦아들었다. 누군가 우스꽝스러운 목소리로 "액션!"이라고 외쳤다. 버는 마지막으로 굿휴에게 눈길을 주었다. 굿휴는 의자에 등을 기대고 앉아 천장을 바라보며, 마치 지금부터 흘러나올 음악을 환히 아는 콘서트 관객처럼 미소를 짓고 있었다. 조 스트렐스키가 연설을 시작했다.

조 스트렐스키의 허위 정보 유포는 완벽했다. 버는 흡족했다. 10년 동안 속고 속이는 세상에서 살아오면서도 지금 이 순간까지 따분한 사람이야말로 최고의 사기꾼이라는 생각은 해본 적이 단 한 번도 없었다. 스트렐스키는 머리끝부터 발끝까지 거짓말탐지기를 부착한다 해도 바늘이 미동조차 하지 않겠군, 버는 확신했다. 탐지기조차 따분할 거야. 스트렐스키는 50분 동안 이야기했고, 연설이 끝날 때쯤 되자 모두 한계에 이르렀다. 끝없이 쏟아져 나오는 단조로운 단어들 속에서 아무리 선정적인 정보가 나온다 해도 순간 잿더미로 둔갑했다. 리처드 온슬로 로퍼라는 이름은 그의 입에서 거의 나오지 않았다. 런던에서 그는 그 이름을 아무 거리낌 없이 내뱉었다. 로퍼는 우리의 적이야. 로퍼가 거미줄의 핵심이라고. 그러나 오늘 마이애미에 모인 다양한 순수주의자들과 법 집행 요원들 앞에서 로퍼의 존재감은 무명에 가까웠고, 스트렐스키가 성의 없는 태도로 소개한 등장인물들의 슬라이드 쇼에서 스타로 등극한 인물은 폴 아포스톨 박사였다. "지난 7년간 남반구에서 카르텔의 주요 중개인이자 거래자로 알려진 박사는⋯⋯."

이제 스트렐스키는 아포스톨을 '수사의 주요 축'으로 지목하고, 박사의 뉴올리언스 사무실에 도청기를 설치한 '플린 요원과 아마토 요원의 성공적인 활약상'을 일일이 소개하는 따분한 과정을 진행하고 있었다. 플린과 아마토가 물이 새는 남자 화장실의 수도관을 고쳤다는 이야기를 늘어놓는다 해도, 스트렐스키의 말투는 더 이상 덤덤할 수 없을 것이다. 탁월하게 지루한 문장으로 미리 준비된 텍스트를 구두점 없이 엉터리 강세를 잔뜩 넣어 읽으면서, 그는 관객들을 서둘러 꿈나라로 몰고 갔다.

"림페트 작전의 전제는 세 개의 콜롬비아 카르텔 조직이 최우선의 위협에 대항하여 서로에게 자금 지원을 포함한 군사적 방어 구조를 제공하는 전제 조건으로 상호 불가침조약을 맺었다는 사실이 다양한 기술적 원천을 통해 수집한 정보 지표를 통해 확인되었다는 사실입니다." 호흡. "이 최우선의 위협은 첫째⋯⋯." 다시 호흡. "콜롬비아 정부의 요청에 의한 미국의 무력 개입." 거의 다 끝났지만, 아직이야. "둘째,

비-콜롬비아 카르텔 조직, 특히 베네수엘라와 볼리비아 카르텔 조직의 성장. 셋째, 자체적인 명분은 물론 미국 기관의 독려까지 확보한 콜롬비아 정부."

아멘. 버는 감탄의 눈길을 떼지 못했다.

누구도 사안의 역사에는 관심이 없는 것 같았다. 어쩌면 그 때문에 스트렐스키가 이렇게 길게 늘어놓고 있을 것이다. 지난 8년간 다시 관심은 줄어들었다고, 그는 말했다. '카르텔의 무제한적 재정 능력에 이끌린 다양한 주체'에서 위험한 무기 구매를 부추기려는 몇 건의 시도가 있었다. 자체적인 무기 생산 및 거래망을 지닌 프랑스, 이스라엘, 쿠바가 해당국 정부의 무언의 방조를 등에 업고 모두 뛰어들었고, 영국 용병의 지원을 받는 이스라엘은 가릴 자동소총과 훈련 시스템을 판매하는 데 사실상 성공하기도 했다.

"그러나 카르텔은 얼마 지나지 않아 흥미를 잃었습니다." 스트렐스키는 말했다.

좌중은 다들 카르텔의 심정을 공감했다.

스크린에 사진이 떴다. 아포스톨 박사가 토르톨라 섬에서 발견되었다. 길 건너편에서 찍은 원거리 사진이었고, 그는 범죄 조직 공중인인 카리브 해 법률회사 랭번, 로젠 앤드 드 수타 사무실에 앉아 있었다. 합석해 있는 창백한 안색의 두 사람은 그랜드 케이맨에서 온 스위스 은행가로 밝혀졌다. 코코란 소령이 그사이에 앉아 있었고, 서명 전문가가 오른손에 만년필을 쥐고 있는 모습을 보고 버는 남몰래 흡족해했다. 탁자 맞은편에는 신원 불명의 라틴아메리카인이 앉아 있었다. 그 옆에 자리 잡은 목덜미에서 머리칼을 묶은 나른한 분위기의 미남은 다름 아닌 샌디라 알려져 있는 랭번 경, 바하마 제도의 나소 아이언브랜드 토지, 광석, 귀금속 회사의 리처드 온슬로 로퍼의 법률고문이었다.

"누가 이 사진을 찍었습니까, 스트렐스키 씨?" 아주 법률적인 미국 남자 목소리가 어둠 속에서 날카롭게 물었다.

"우리가 찍었습니다." 버는 만족스럽게 대답했고, 좌중은 긴장을 풀었다. 스트렐스키 요원이 관할권을 넘지는 않았구나.

그러나 이제 스트렐스키조차 목소리에서 흥분의 기색을 감추지 못했고, 아주 짧은 순간 로퍼의 이름이 정확하게 언급되었다.

"방금 말씀드린 불가침조약의 직접적인 결과로, 카르텔은 대리인들을 통해 남반구에서 활동하는 몇몇 불법 무기상들을 타진해볼 것을 지시했습니다. 여기 보시는 것은, 비록 무음으로 촬영되었습니다만 우리 정보원에 따르면, 아포스톨이 리처드 로퍼의 대리인과 공공연히 접촉한 최초의 장면입니다."

스트렐스키가 자리에 앉자, 렉스 굿휴가 훌쩍 일어섰다. 굿휴는 오늘 직선적인 방식을 택했다. 농담도 하지 않고, 미국인들이 짜증 내는 영국식 말장난도 사용하지 않았다. 영국 시민권자, 그중 일부는 명망 있는 사람들이 사안에 개입했다는 사실이 통탄스럽다. 그들이 바하마 제도와 카리브 해 영국 보호령의 법률 뒤에 숨어서 활동할 수 있는 현실이 개탄스럽다. 영국과 미국이 서로 힘을 모아 협력할 수 있는 우호적인 관계야말로 희망이다. 나는 피를 원한다. 순수 정보가 피를 흘리는 데 도움이 되어주기를 바란다.

"우리의 공동 목적은 범인을 체포해서 공공의 본보기로 삼는 것입니다." 그는 트루먼 같은 단순함으로 선언했다. "여러분의 도움을 얻어 우리는 법을 집행하고 위험지역에서의 무기 창궐을 방지하고 마약 공급을 차단하고자 합니다." 굿휴의 입에서 '마약'이라는 단어가 나오니 마치 아스피린 정도로 약하게 들렸다. "최종 도착지가 어디든, 우리는 마약이 무기 대금을 결제하는 일종의 화폐라고 믿고 있습니다. 이 목적을 달성하기 위해 우리는 여러분에게 정보 수집 기관으로서 최대한의, 무조건적인 원조를 부탁드리고 싶습니다. 감사합니다."

굿휴 다음에는 구덩이에서 뒤집히는 경주용 자동차 엔진 같은 목소리로 우르릉거리는 연방 검사, 야심 찬 젊은 남자였다. 그는 이 작전을 '기록적인 시간에 법정으로 가져가겠다고' 맹세했다.

버와 스트렐스키는 질문을 받았다.

"이번 작전에서 '휴민트(인간 정보를 뜻하는 말ー옮긴이)'는 어떤가요, 조?" 홀 뒤쪽에서 여자 목소리가 스트렐스키를 지목했다. 영국 대표단은 순간 이 내부자 속어에 긴장했다. 휴민트라니!

스트렐스키는 얼굴이 달아오르는 듯했다. 그는 이 질문을 바라지 않았던 것이 분명했다. 패배를 인정하기 싫은 패자의 표정이 떠올랐다. "작업 중입니다, 조앤. 믿어도 됩니다. 이런 작전에서 인간 정보는 기도하면서 기다리는 수밖에 없어요. 연줄이 있고, 희망이 있고, 정보를 캐내는 사람들이 있습니다. 우리는 거기에 있는 누군가가 곧 증인 보호 프로그램이 필요한 상황이 되어 어느 날 밤 우리에게 연락해올 거라고 믿습니다. 그렇게 될 겁니다, 조앤." 그는 아무도 동의하지 않는 사안에 자기 혼자 동의하듯 힘주어 고개를 끄덕였다. "꼭 그렇게 될 겁니다." 그는 아까처럼 설득력 없는 목소리로 반복했다.

점심시간이었다. 누구도 알아보지 못했지만, 연막은 설치되었다. 아무도 조앤이 스트렐스키의 직속 보좌관이라는 말을 하지 않았다. 출구를 향한 행진이 시작되었다. 굿휴는 달링 케이티와 정보 관료 두 사람과 함께 떠났다.

"잘 들어, 남자들." 떠나는 사람들 사이에서 케이티의 목소리가 들려왔다. "무지방 양상추 두 잎으로 내 입을 막을 생각 따윈 하지 마, 알았어? 난 고기와 건포도 푸딩 세 개를 안 주면 아무 데도 안 가. 페미 선동가 좋다고, 렉스 굿휴. 당신은 동냥 그릇이나 들고 따라와. 그 경건한 목을 부러뜨려 줄 테니까."

저녁이었다. 플린과 버, 스트렐스키는 스트렐스키의 바닷가에 자리한 집 테라스에 앉아서 귀환하는 유람선 뒤로 꼬리를 끄는 물결 위로 달빛이 흔들리는 모습을 바라보았다. 플린 요원은 커다란 부시밀즈 싱글 몰트위스키 잔을 앞에 놓고 있었다. 병은 실용적으로 그의 옆에 놓여 있었다. 대화는 간헐적으로 이어졌다. 아무도 오늘 하루의 일정에 대해 말을 꺼내고 싶지 않았다. 지난달에 내 딸은 채식주의자가 됐어, 스트렐스키가 말했다. 이번 달에는 푸줏간 주인과 사랑에 빠졌지. 플린과 버는 의무적으로 웃었다. 다시 침묵이 내려앉았다.

"자네 요원은 언제 활동을 시작하지?" 스트렐스키가 조용히 물었다.

"금주 말에." 버는 비슷하게 나직한 목소리로 대답했다. "별일이 없다면."

"자네 요원이 안에서 끌어주고 우리 요원이 밖에서 밀어주면, 우린 폐쇄 회로군." 스트렐스키가 말했다.

플린은 껄껄 웃으며 어둑어둑한 밤하늘 아래에서 귀머거리 벙어리처럼 커다란 머리를 주억거렸다. 버는 폐쇄 회로가 뭔지 물었다.

"폐쇄 회로란, 레너드, 돼지의 꽥꽥거리는 소리만 빼고 모든 부위를 이용한다는 거야." 스트렐스키가 말했다. 앉아서 바다를 바라보는 동안 다시 침묵이 흘렀다. 스트렐스키가 다시 입을 열자, 버는 말을 놓치지 않으려고 그쪽으로 몸을 기울었다.

"그 방에는 서른세 명의 성인들이 있었어." 그는 중얼거렸다. "아홉 개의 다른 기관, 일곱 명의 정치인들. 그중 두어 명은 틀림없이 조 스트렐스키와 레너드 버한테 제대로 된 인간 정보원 따윈 쥐뿔도 없더라고 카르텔에 일러바치겠지. 안 그래, 패트?"

플린의 나직한 아일랜드계 웃음소리는 바다에서 밀려오는 파도 소리에 묻혀 잘 들리지 않았다.

그러나 버는, 비록 입 밖에 내지는 않았지만, 동료들의 편안한 안도감을 공유할 수 없었다. 순수주의자들은 그다지 많은 질문을 하지 않았다. 그것은 사실이었다. 버의 불길한 판단에 따르면, 그들은 지나치게 적게 질문했다.

담쟁이로 덮인 화강암 기둥 두 개가 안갯속에서 나타났다. 기둥에는 '래니언 로스'라고 새겨져 있었다. 집은 없었다. 농부는 집을 미처 짓기도 전에 죽은 것 같군, 버는 생각했다.

그들은 일곱 시간째 운전하고 있었다. 화강암과 산사나무 울타리 위로 불길한 하늘이 차츰 황혼으로 기울고 있었다. 구덩이가 팬 길 위에는 그림자가 축축하게 어른거렸고, 차는 얻어맞은 것처럼 계속 덜컹거렸다. 로버는 루크의 자존심이었다. 그의 강한 손은 핸들과 씨름하고 있었다. 그들은 버려진 농장 건물과 켈트 십자가를 지나쳤다. 루크는 헤드라이트를 아주 밝게 조정했다가 다시 낮췄다. 타마르 강을 건넌 뒤로 주변은 줄곧 황혼과 밀려오는 안개뿐이었다.

길은 언덕을 따라 올라갔고, 안개는 사라졌다. 갑자기 바람막이 창밖으로 눈에 보이는 것은 흰 구름뿐이었다. 빗방울이 차체 왼쪽을 후드득 두드렸다. 차는 흔들거리며 정점을 넘었고, 보닛은 대서양을 향해 아래쪽으로 기울었다. 가장 가파른 경사를 지난 것이었다. 전쟁 중인 새들이 머리 위에서 푸다닥 날아올랐다. 루크는 새가 지나치는 동안 속도를 줄였다. 다시 새 빗방울이 차를 때렸다. 비가 물러가자 검은 이끼 위에 자리 잡은 회색 오두막이 보였다.

목을 매달았나, 버는 조녀선의 구부러진 몸의 윤곽이 포치 불빛 아래서 마치 매달린 것처럼 흔들리는 것을 보고 생각했다. 그러나 목을 매단 남자는 환영의 뜻으로 팔을 들고 어둠 속으로 걸어 나오며 손전등을 켰다. 주차장 대신 좁은 화강암 판이 거칠게 깔려 있었다. 루크는 차에서 내렸고, 버는 두 남자가 여행자처럼 서로 인사를 나누는 목소리를 들었다. "만나서 반가워! 멋있군! 휴우, 무슨 바람이!" 버는 초조한 기분으로 고집스럽게 의자에 앉은 채 하늘을 향해 인상을 쓰며 외투 맨 위의 단추를 잠갔다. 대기를 흔드는 바람이 자동차를 휘감고 있었다.

"나와, 레너드!" 루크가 외쳤다. "몸단장은 나중에 하고!"

"이쪽으로 빠져나와야 합니다, 레너드." 조너선이 운전석 쪽 창문을 통해 말했다. "바람이 가려지는 방향으로 움직이는 게 좋아요."

버는 두 손으로 오른쪽 무릎을 짚고 기어 위로 다리를 들어 운전석에 옮겨 앉은 뒤 왼쪽 다리도 마찬가지로 옮겼다. 그는 도시형 신발 한 짝을 자갈 위에 올려놓았다. 조너선이 발밑에다 전등을 비춰주었다. 버는 부츠와 항해사용 모자를 알아보았다.

"어떻게 지냈나?" 버는 몇 년 동안 못 본 사람이라도 만난 듯 외쳤다. "별일 없었나?"

"그럼요, 아주 좋습니다."

"좋아."

루크는 서류 가방을 들고 앞장섰다. 버와 조너선은 울퉁불퉁한 길을 따라 나란히 뒤를 따랐다.

"일은 잘됐고?" 버는 조너선의 붕대 감은 손을 턱으로 가리키며 물었다. "실수로 절단이라도 한 건 아니지?"

"네, 손은 괜찮습니다. 자르고, 꿰매고, 감았어요. 전부 30분도 안 걸렸습니다."

그들은 주방에 서 있었다. 버의 얼굴은 아직 바람 때문에 따끔거렸다. 잘 닦은 소나무 탁자가 눈에 들어왔다. 윤기 나는 판석. 윤기 나는 구리 주전자.

"아프지는 않았고?"

"직무상 감당해야 하는 정도 이상으론 안 아팠습니다."

그들은 서로 모르는 척 히죽 웃었다.

"서류를 가져왔어." 버는 평소처럼 요점을 곧바로 꺼냈다. "나와 루크를 증인으로 해서 자네가 서명하면 돼."

"뭐라고 적혀 있습니까?" 조너선은 물었다.

"사기지." 그는 관료적 요식 체계를 이렇게 불렀다. "피해 대책. 그쪽의 보험약관이야. 우리가 자네에게 강요하지 않았고, 자네는 우리한테 소송을 걸지 않을 것이며, 정부에 태만과 부정행위, 혹은 광견병의 죄를 묻지 않겠다. 혹시 비행기가 추락하면 그건 자네 책임이다, 어쩌고 저쩌고."

"불안한가 보죠?"

버는 질문을 되돌려주었다.

"자넨 어떤가, 조너선? 그게 더 중요한 문제겠지." 조너선은 뭐라 반박하려 했지만, 그가 입을 막았다. "입 다물고 들어. 내일 이 시각에 자넨 수배자가 되어 있을 거야. 아니, 원치 않는 인물이라는 표현이 낫겠지. 자넬 알던 사람들은 다들 '그럴 줄 알았어'라고 말할 거고. 자넬 모르는 사람들은 자네 사진을 놓고 살인 성향 분석을 실시하겠지. 이건 종신형 감이야. 평생 벗을 수가 없어."

조너선은 장대한 룩소르를 배경으로 소피의 기억을 떠올렸다. 그녀는 주추에 앉아 팔을 무릎 위로 두르고 늘어서 있는 기둥을 응시하고 있었다. 난 영원이라는 안락이 필요해요, 파인 씨.

"만약 자네가 원한다면 난 아직 이 일을 중지시킬 수 있어. 그래도 내 자존심 말고 다치는 건 아무것도 없어." 버는 말을 이었다. "만약 자네가 이 일에서 빠져나가고 싶다면, 혹은 레너드 삼촌한테 너무 심한 거 아니냐는 등 말하고 싶다면, 늦기 전에 용기를 내서 지금 당장 말하라고. 맛있게 저녁 식사를 하고, 작별 인사를 하고, 아무런 감정 없이 집으로 돌아가면 되니까. 내일 밤 이후로는 돌이킬 수가 없어."

얼굴에 더욱 무거운 그림자가 드리워졌군, 버는 생각했다. 그가 고개를 돌린 뒤에도 얼굴에 머무르는 감시자의 시선. 우리가 대체 무슨 일을 꾸민 거지? 그는 주방을 다시 둘러보았다. 돛을 활짝 펴고 항해 중인 배 그림. 목제 가정용품, 뉴런 구리 제품. '하느님은 나를 꿰뚫어 보신다'라고 적힌 윤기 나는 접시.

"정말 취소하지 않아도 되겠나?" 버는 물었다.

"네, 정말로요. 괜찮습니다. 그냥 주세요. 제일 쉬운 길로 가죠."

"정착한 뒤에 생각이 바뀔 수도 있어."

"쉽게 가자고요. 그리고 여전하지 않습니까, 목표물은. 여전히 하던 짓을 계속하며 살던 대로 살고, 그렇지요? 변한 건 없지 않습니까?"

"내가 아는 한은 없어, 조너선." 버는 약간 당혹스러운 미소를 지었다. "그간 계속 추적하고 있었어. 로퍼는 카날레토(이탈리아의 화가—옮긴이)의 작품 한 점을 또 샀지. 그리고 아랍 말도 두 마리 더 샀고. 여자에게는 멋진 다이아몬드 목줄을 사줬어. 왜 목줄이라고 부르는지 몰라. 애완용 개 목걸이 같잖아. 물론 그 여자가 그런 존재겠지만."

"어쩌면 그런 존재밖에 될 수 없겠지요." 조너선은 말했다.

그는 붕대를 감은 손을 내밀었다. 잠시 버는 악수를 하자는 건가 생각했다. 그러다 서류를 달라는 말이라는 것을 깨닫고는, 주머니에 손을 넣었다. 처음에는 외투, 그다음엔 재킷, 그리고 나서 철저하게 봉한 봉투를 꺼냈다.

"난 진지해. 이건 자네의 결정이야."

조너선은 왼손으로 주방 서랍에서 꺼낸 스테이크 칼의 손잡이로 봉함 밀랍을 두드려서 뜯어내고는 덮개를 따라 봉투를 잘랐다. 버는 손재주를 자랑하기 위한 게 아니라면 왜 굳이 밀랍을 두드려서 깼을까 생각했다.

"읽어봐." 버는 지시했다. "멍청한 단어들이 잔뜩 적혀 있어. 혹시 모를까 봐 하는 말인데, 자넨 미스터 브라운이야. 우리가 고용한 무명의 자원자. 공식 서류에서 자네 같은 사람은 늘 미스터 브라운이지."

렉스 굿휴를 위해 해리 팰프리가 작성. 레너드 버가 미스터 브라운에게 전달해서 서명.

"이름은 절대로 내게 말하지 마." 굿휴는 고집했다. "내가 본다 해도 잊어버릴 거야. 그런 식으로 하자고."

조너선은 서류를 오일 램프에 가져다 대고 읽었다. 이 친구는 뭐지? 버는 그의 부드럽고 단단한 얼굴 윤곽을 관찰하며 수백 번도 더 이 질문을 되풀이하여 던졌다. 안다고 생각했는데. 모르겠어.

"생각해봐." 버는 다시 권했다. "화이트홀은 다 고민했어. 내가 두 번 새로 쓰게 했고." 그는 마지막으로 권했다. "날 위해 말해주겠나? '나, 조너선은 확신한다.' 자네가 무슨 일을 하려는지 알고 있고, 고민해보았다고. 그러고도 아직 확신한다고."

미소가 다시금 떠올랐다. 버는 더욱 마음이 불편했다. 조너선은 붕대 감은 손을 다시 뻗었다. 이번에는 버의 펜을 달라는 뜻이었다. "레너드, 난 확신합니다. 나, 조너선은 확신해요. 내일 아침에도 그럴 겁니다. 어떻게 서명할까요? '조너선 브라운'으로?"

"'존 브라운'으로." 버는 대답했다. "평소 필적대로." 조너선이 어렵게 존 브라운이라고 적는 모습을 바라보는 순간, 만년필을 꺼내 들고 서명하는 코코란의 영상이 버의 머릿속을 스쳐 지나갔다.

"다 됐습니다." 그는 밝게 말했다.

그러나 버는 아직 더한 뭔가를 원했다. 극적인 사건, 이 순간을 위한 더 큰 감정. 그는 어렵게 일어서서 조너선이 외투 벗는 걸 도와주었다. 조너선이 앞장섰고, 그들은 같이 거실로 나갔다.

테이블 위에는 축하를 위한 준비가 되어 있었다. 리넨 냅킨, 버는 분한 기분으로 생각했다. 로브스터 칵테일이 유리잔 세 개에 놓여 있었다. 은식기와 나이프, 포크는 별 세 개짜리 식당처럼 배치되어 있었다. 괜찮은 포마르 와인 한 병도 숨 쉴 시간을 주기 위해 마개를 미리 따놓은 상태였다. 구운 고기 냄새. 도대체 나한테 무슨 짓을 하려는 거지?

루크는 등을 돌린 채 주머니에 손을 넣고 서서 마릴린의 마지막 수채화 작품을 바라보고 있었다.

"이거 좋군." 그는 그답지 않은 겉치레 인사를 던졌다.

"고맙습니다." 조너선은 말했다.

조너선은 그들이 눈에 보이기 훨씬 전부터 자동차가 다가오는 소리를 들었다. 소리를 듣기 훨씬 전부터 그들이 왔다는 것도 알았다. 절벽 위에서 혼자 살아온 관찰자는 새로운 소리를 감지하는 법을 배우게 된다. 바람은 그의 동지였다. 안개가 내리고 들리는 것이라고는 등대의 신음 소리뿐일 때, 바람은 그에게 바다에 나간 선원들의 목소리를 실어다 준다.

그래서 그는 로버가 우르릉거리며 절벽을 내려오기 훨씬 전부터 엔진의 흔들림을 느끼고 바람 속에서 기다리고 있었다. 다가오는 헤드라이트가 정면으로 비치자, 그는 마음속에서 그들을 마주 겨누었다. 전신주를 기준으로 로버의 속도를 추산하고 로켓 추진 수류탄을 조준할 때의 거리를 계산했다. 그동안에도 시야 한구석은 혹시 추적 차량이 따라붙거나 매복이 있을 경우에 대비해 산꼭대기에 머물러 있었다.

차가 멈춘 뒤 전등을 들고 폭풍 속에서 미소 지으며 다가갈 때, 조너선은 손님들을 전등 불빛으로 쏴서 녹색 얼굴을 터뜨리는 상상을 했다. 관련자를 성공적으로 처단했다. 소피에 대한 복수.

그러나 그들이 떠날 때, 그는 침착했고 다른 것을 보고 있었다. 폭풍은 찢긴 구름 조각만 남기고 물러갔다. 별이 모습을 드러냈다. 달 주위에 총알구멍이 흩뿌려져 있었다. 조너선은 붓꽃 구근을 심어놓은 초원 위로 로버의 미등이 멀어지는 모습을 바라보았다. 몇 주가 지나면, 토끼가 철조망을 통과하지 않는다면, 이곳은 연보라색으로 물들겠지, 그는 생각했다. 미등은 황소 사육장을 지나쳤다. 어느 따뜻한 저녁 날 팰머스에서 돌아오는 길에 벌거벗은 채 뒹굴고 있던 제이컵 펜젤리와 그 여자친구를 놀라게 했던 기억이 떠올랐다. 제이컵은 그녀에게서 물러나려 했고, 여자친구는 곡예사처럼 몸을 둥글게 만 채 그에게 달라붙어 있었다.

다음 달은 블루벨(작은 종 모양의 청색 꽃 – 옮긴이) 때문에 '파란 달'이야, 피트 펜젤리가 그에게 말했다. 하지만 이번 달은, 잭, 차츰 더 금빛으로 물드는 금빛 달이지. 가시금작화와 노란앵초, 야생수선화가 만발할 거야. 두고 보라고, 잭. 건배.

날 완성하기 위해서, 조너선은 자기 자신에게 말했다. 내 잃어버린 부분을 찾기 위해서.

날 남자로 만들기 위해서. 굳이 그렇게 했다고 아버지는 말했다. 나를 한 사람의 남자로 만들기 위해서.

유용한 인간이 되기 위해서. 똑바로 일어서기 위해서. 내 양심에서 짐을 내려놓기 위해서.

속이 메슥거렸다. 그는 주방으로 가서 물을 한 잔 따랐다. 놋쇠 항해용 시계가 문간 위에 걸려 있었고, 그는 이유를 생각하지 않고 시계태엽을 감았다. 그런 다음 보물을 보관한 거실로 향했다. 채플 스트리트의 다프네 가게에서 샀던, 추가 하나 달린 할머니의 긴 과일나무 시계. 그는 추가 꼭대기에 가도록 놋쇠 체인을 잡아당겼다. 그런 다음 진자를 흔들었다.

"잠시 틴머스의 힐러리 아주머니댁에 가 있을 거예요." 마릴린은 더 이상 울지 않았다. "기분 전환이 되겠죠?"

조너선에게도 웨일스의 한 골프 클럽 옆에 사는 힐러리 아주머니가 있었다. 집 안을 돌며 불을 끄는 동안, 아주머니는 그를 따라다니며 어둠 속에서 찬송가를 소리 내어 불러주었다.

 "가지 말아요." 두 사람을 룩소르 공항으로 다시 태워갈 택시를 기다리며, 그는 자신이 아는 방식을 총동원하여 소피에게 애원했다. "가지 말아요." 그는 비행기 안에서 애원했다. "그를 떠나버려요. 그는 당신을 죽일 겁니다. 모험하지 말아요." 그녀가 아파트로, 프레디 하미드에게로 돌아가는 택시를 잡아타는 동안에도, 그는 애원했다.
 "우리 둘 다 인생을 건 약속이 있어요, 파인 씨." 그녀는 망가진 얼굴로 미소 지었다. "아랍 여자에게는 연인에게 얻어맞는 것보다 더한 수모가 많아요. 프레디는 아주 부자죠. 난 그에게 실질적인 약속들을 했어요. 난 내 나이를 생각해야 해요."

9
에스페랑스의
이방인

조녀선이 에스페랑스에 들어간 것은 어머니의 날이었다. 600여 킬로미터를 주파하는 동안 세 번째로 잡아탄 시멘트 트럭이 그를 아르티장 애비뉴 맨 위에 있는 교차로에 내려주었다. 배낭을 흔들며 걷는 거리에는 '고마워요, 어머니. 세상의 모든 어머니를 환영합니다. 중국의 다양한 어머니 음식과 함께'라는 광고판이 걸려 있었다. 북부의 태양은 그에게 영약이었다. 숨을 쉴 때는 공기와 함께 빛을 들이마시는 것 같았다. 고향으로 돌아왔어. 나야.

8개월 동안 눈 속에서 지내다 보니, 지상 최대의 광물 지대를 따라 번성한 자매도시 중 하나인 퀘벡의 태평스러운 금광 마을은 저녁 햇빛 속에서 경쾌하게 뛰어다니고 있었다. 서쪽의 따분한 온타리오 주 티민스보다, 동쪽의 발도르나 아모스보다, 북쪽의 음울한 화이트칼라 수력

전기 기술자들이 정착한 도시보다 훨씬 더 발랄했다. 수선화와 튤립이 납빛 지붕과 좁은 첨탑이 달린 흰색 교회 마당에서 군인처럼 자태를 뽐내고 있었고, 큼직한 민들레가 경찰서 뒤 경사진 잔디밭을 뒤덮고 있었다. 겨우내 눈 밑에서 기다려온 꽃들은 도시처럼 맹렬히 번성하고 있었다. 졸부나 졸부가 될 꿈을 꾸는 자를 위한 가게들은―분홍색 기린 문양의 부티크 베베, 운 좋은 광부와 탐사자의 이름을 딴 피자 가게, 최면요법과 마사지 가게, 비너스와 아폴로의 이름을 딴 네온 서명 바, 사라진 마담들의 이름을 딴 우아한 사창가, 플라스틱 돌이 깔린 정원과 탑이 있는 일본식 사우나, 온갖 색깔과 선전 문구를 두른 은행, 도둑질한 광석을 녹였으며 때로 아직도 녹이고 있는 보석 가게, 순결한 신부 상을 진열한 웨딩숍, 마치 요리 행사라도 알리듯 'XXX 슈퍼 에로틱 영화'를 선전하는 폴란드 식료품 가게, 시간제 노동자들을 위해 24시간 문을 여는 식당, 심지어 유리창을 검게 칠한 공증소―모두 초여름의 찬란한 햇빛 속에서 반짝이고 있었다. 고마워요. 엄마! 즐기자고요!

조녀선이 가게 유리창을 들여다보거나, 감사한 마음으로 고개를 들어 파란 하늘을 올려다보며 창백한 얼굴에 햇볕을 쬐는 동안, 턱수염을 기르고 선글라스를 쓴 오토바이 운전자들은 굉음을 내며 도로를 오가고, 보도에 내놓은 야외 테이블에서 콜라를 마시는 여자들을 향해 가죽 바지 차림의 엉덩이를 뽐냈다. 에스페랑스 여자들은 잉꼬처럼 눈에 띄었다. 옆 동네의 따분한 온타리오 여자들은 장례식 의자 같은 옷차림이었지만, 여기 에스페랑스의 피가 뜨거운 퀘벡 여인들은 화사한 면직물과 금팔찌를 두르고 날마다 카니발인 양 길 건너편에서 미소 짓고 있었다.

에스페랑스에는 나무가 없었다. 주변이 온통 숲이라 도시 사람들은 탁 트인 공간을 성취의 의미로 여겼다. 에스페랑스에는 인디언이 거의 없었고, 있어도 눈에 잘 띄는 분위기는 아니었다.

에스페랑스에는 인디언이 거의 없었고, 있어도 눈에 잘 띄는 분위기는 아니었다.

그래도 관찰자 조너선의 눈에는 아내와 가족을 데리고 슈퍼마켓에서 천 달러치 물건을 픽업트럭에 싣고 있는 인디언 한 사람과 그의 가족이 보였다. 한 사람은 트럭 안에서 지키고 있었고, 나머지는 가까이에 붙어 서 있었다.

샤토 바베트 식당 옆 주차장에 서 있는 7만5천 달러짜리 요트나 보니 앤 클라이드 바 주변에 무리 지어 있는 할리데이비슨 오토바이를 제외하면, 이 도시에는 천박한 부의 상징이 존재하지 않았다. 캐나다 사람들은—프랑스계든, 그 외의 다른 종족이든—돈이나 자신의 감정을 크게 자랑하지 않는다. 행운을 잡은 사람들은 아직도 큰돈을 벌어들이고 있었다. 행운은 이 마을의 진정한 종교였다. 모두가 정원에서 금광을 꿈꾸었고, 몇몇 운 좋은 사람들은 그 꿈을 이루었다. 야구모자와 스니커즈, 항공 재킷 차림의 그런 남자들이 휴대전화에 대고 이야기하고 있었다. 다른 마을이었다면 마약 밀매인, 깡패 두목, 포주였겠지만, 여기 에스페랑스에서는 조용한 30대 백만장자들이었다. 나이든 사람들은 지하 1,500킬로미터 아래에서 깡통에 든 점심을 먹었다.

조너선은 이 모든 것을 도착하자마자 빨아들였다. 약속의 땅에 발을 디딘 항해자의 감사한 마음으로 터질 듯한 심장을 안고, 그는 피로에 젖은 반짝이는 눈빛으로 일시에 모든 것을 흡수했다. 아름답다. 난 이걸 위해 일했어. 이건 내 거야.

그는 뒤도 돌아보지 않고 동틀 녘에 래니언을 떠나 일주일 동안 잠적해 있을 브리스틀로 향했다. 오토바이는 퇴락한 교외 마을에 세워두면 루크가 알아서 도난 차량으로 신고하겠다고 약속했다. 오토바이를 버린 그는 버스를 타고 에이번 모스로 가서, 루크의 말에 의하면 경찰에 협조하지 않기로 유명하다는 나이 든 아일랜드 출신의 동성애자 커플이 운영하는 선원 전용 호스텔을 찾았다. 밤낮으로 비가 내렸고, 사흘째 되는 날 아침을 먹던 조너선은 지역 라디오에서 자신의 이름과 인상착의를 설명하는 말을 들었다. 마지막으로 목격된 곳은 콘월 서부이고, 오른손에 상처가 있습니다. 혹시 보신 분은 이 번호로 전화 주세요. 그가 귀를 기울이는 동안, 두 아일랜드인도 서로 얼굴을 마주 보며 듣고 있었다. 그는 숙박비를 내고 다시 브리스틀을 향해 버스를 타고 갔다.

답답한 구름이 황량한 공업 도시를 뒤덮고 있었다. 그는 주머니에 손을 넣고—붕대를 풀고 간단하게 석고붕대만 두른 상태였다—축축한 거리를 걸었다. 이발소 의자에 앉으니, 누군가 읽고 있는 신문 뒷면에 실린 자신의 사진이 눈에 띄었다. 버의 팀원들이 런던에서 찍었던 바로 그 사진이었다. 용의주도하게 닮지 않은 듯 닮은 얼굴, 그러나 닮은 얼굴이었다. 그는 유령도시를 떠돌아다니는 유령이었다. 카페나 당구장에서는 너무 하얘서 눈에 띄었고, 말끔한 거리에서는 너무 추레해 보였다. 교회에 들어가 보려 했지만 문이 잠겨 있었다. 거울을 들여다 보니 강렬한 공격성 때문에 자기 자신이 무서울 정도였다. 점보의 가 짜 죽음은 그에게 일종의 자극이었다. 살해당한 적도 없고 사냥당한 적도 없는, 어딘가 은밀하고 좋은 곳에서 흥청망청 놀고 있을 피해자 의 모습이 수시로 불쑥불쑥 뇌리에 떠올랐다. 그럼에도 불구하고 그는 상상 속의 범죄에 대한 죄의식을 단호하게 짊어졌다. 그는 가죽 장갑 을 샀고, 붕대를 벗어 던졌다. 비행기 표를 살 때는 아침 내내 여행사를 탐색해서 가장 분주하고 정신없는 곳을 택했다. 이틀 뒤에 그는 '파인' 이라는 이름으로 항공권을 예약하고 돈을 현금으로 지불했다. 자리는 딱 하나 남아 있었다. 출발 탑승구에서 자두색 제복 차림의 여자가 여 권을 보여달라고 청했다. 그는 장갑을 벗고 멀쩡한 손으로 여권을 건 넸다.

"성함이 P로 시작되나요, F로 시작되나요?" 여자가 물었다.

"좋으실 대로요." 그는 예전 호텔 직원의 미소를 지었고, 그녀는 못 마땅한 얼굴로 손짓해서 보내주었다. 혹시 루크하고 말을 맞춘 걸까?

오를리 공항 검문소는 시험할 마음이 없었기 때문에, 파리에 도착 한 뒤에는 밤새도록 환승 구역에 머물렀다. 아침에는 '다인'이라는 이 름으로 리스본행 비행기를 탔다. 루크의 지시대로 컴퓨터의 추적보다 한발 앞서가야 했다. 리스본에서는 다시 행적이 드러나지 않도록 항구 로 향했다.

"'벤엘의 별'이라고 불리는데, 돼지 같은 여자야." 루크가 말했다. "하지만 숙소는 시시하니까, 자네한테 딱 맞는 곳이지."

빗속에서 턱수염을 반쯤 기른 남자가 이쪽 사무실에서 저쪽 사무실로 돌아다니고 있었고, 그 남자는 조너선 자신이기도 했다. 같은 남자는 하룻밤 묵기 위해 여자를 샀고, 그 여자의 방에서 잠을 청했다. 여자는 그가 두려워서 징징거렸다. 내가 그 여자와 잤다면 덜 무서워하지 않았을까? 하지만 그 점을 확인할 정도로 오래 머물지는 않았다. 그는 날이 새기 전에 숙소를 나와서 다시 부두를 거닐며 바깥 항구에 정박해 있는 '벧엘의 별'을 찾아냈다. 노바스코샤 주 퍼그워시로 향하는 지저분한 1만2천 톤급 석탄 운송선이었다. 그러나 선박 대행사에 물어보니 선실은 다 찼고 밤에 출항한다는 대답을 했다. 조너선은 돈을 질러주었다. 선장이 그가 온다는 걸 알고 있었을까? 조너선은 그렇다고 믿었다.

"자넨 뭘 할 수 있나?" 선장이 물었다. 그는 말투가 부드러운 마흔 살난 스코틀랜드 돼지였다. 그 뒤에는 17살짜리 맨발의 필리핀 소녀가 서 있었다.

"요리요." 조너선은 대답했다. 선장은 껄껄 웃었지만 초과 인원으로 웃돈을 받고 그를 태워주었고, 조너선은 항해하는 내내 일을 했다.

이제 그는 최악의 침상에서 자며 선원들의 모욕을 받는 주방 노예였다. 공식 주방장은 헤로인 중독으로 반쯤 죽어가는 수척한 동인도인이었고, 곧 조너선은 선장과 주방장 양쪽의 시중을 들게 되었다. 몇 시간 동안 눈을 붙이면서 그는 죄수들 특유의 다채로운 꿈을 꾸었고, 그 꿈에 주역으로 출연하는 것은 마이스터의 목욕 가운을 벗어던진 제드였다. 그러던 어느 날 화창한 아침이 밝았고, 선원들은 그의 등을 두드리며 바다에서 평생을 살면서 이렇게 맛있는 음식은 먹어본 적이 없었다고 칭찬했다. 그러나 조너선은 그들과 같이 육지에 나가지 않았다. 항구 경찰들을 피해 미리 보관해둔 보급품만 먹으며 화물칸에 이틀 더 숨어 있다가 슬그머니 나갔다.

거대하고 낯선 대륙을 홀로 마주하고 나니 다른 종류의 박탈감이 밀려왔다. 찬란하고 얄팍한 풍경이 그의 결의를 갑자기 빨아들이는 것 같았다. 로퍼는 관념이다. 제드도, 나도. 나는 죽었고, 이건 사후 세계다. 무정한 고속도로변을 따라 터벅터벅 걸으며, 기사 전용 숙소와 헛간에서 잠을 청하며, 이틀 일을 하고 하루 일당을 받으며, 조너선은 사명감이 되돌아오기를 기도했다.

"최선의 목적지는 샤토 바베트야." 루크가 말했다. "크고 엉성한 곳이지. 주인 여자는 폭군이라 직원들이 남아나질 않아. 자네한테 딱 맞는 은신처지."

"새 그림자를 찾아 나서기에는 안성맞춤이야." 버도 말했다.

그림자란 새로운 신원이었다. 그림자란 조너선이 유령이 되어버린 세상에서의 새로운 실체였다.

샤토 바베트는 시끌벅적한 아르티장 애비뉴에 넝마를 두른 늙은 암탉처럼 횃대를 세우고 있었다. 이 도시의 마이스터 같은 곳이라고 할까. 보자마자 루크가 묘사했던 호텔을 알아볼 수 있었다. 조너선은 호텔을 꼼꼼히 살피기 위해 길 건너편으로 다가갔다. 목재로 높이 세운 낡은 건물이었고, 원래 창녀촌이었던 곳치고는 근엄했다. 흉물스러운 포치 구석마다 돌 항아리가 놓여 있었다. 삼림 지대 같은 무대를 배경으로 벌거벗다시피 한 여자들이 돌아다니고 있었다. 신성한 이름이 썩어가는 나무판 위에 수직으로 새겨져 있었고, 길을 건너자 세찬 동풍에 나무판이 철로 위의 기차처럼 덜커덩거렸다. 눈에는 먼지가 가득 차고 콧구멍에는 감자튀김과 헤어스프레이 냄새가 밀려들어 왔다.

그는 계단을 올라가서 자신 있게 낡은 회전문을 밀고 어두운 무덤 속으로 들어섰다. 멀리서, 처음에는 그렇게 느껴졌지만, 남자의 웃음소리가 들려왔고, 실내에는 간밤에 밴 저녁 식사 냄새가 가득했다. 구리로 된 우편함, 래니언을 연상시키는 꽃이 그려진 거대한 벽시계, 꼬마전구가 가득 장식되어 있고 편지와 커피 잔이 여기저기 흩어져 있는 안내 데스크가 차차 시야에 들어왔다. 남자들의 윤곽이 데스크를 둘러싸고 있었고, 웃음소리는 바로 그들에게서 나온 것이었다.

하필 다음 날 북쪽 광산을 둘러보러 떠나기 전에 잠깐 실력 행사를 해볼까 하는 너절한 퀘벡 감독관들이 한 무리 들이닥친 모양이었다. 서류 가방과 여행 가방이 넓은 계단 발치에 무더기로 쌓여 있었다. 귀걸이를 하고 녹색 앞치마를 두른 슬라브계로 보이는 두 남자가 무뚝뚝한 표정으로 이름표를 확인하고 있었다.

"에 부, 무슈, 부 제테 키?(아, 그쪽은 누구시죠?)" 웅성거리는 소음 너머로 여자 목소리가 들려왔다.

연보라색 터번 차림에 화장을 떡칠한 주인 마담 라튈리프의 여왕 같은 자태가 책상 뒤로 눈에 띄었다. 그녀는 손님을 탐문하려는 듯 고개를 뒤로 젖히고 온통 남자만 있는 관객들 앞에서 연기를 했다.

"자크 보르가르입니다." 그는 대답했다.

"*코망, 세르?*(뭐라고요?)"

그는 소음 위로 다시 반복하여 말했다. "보르가르요." 목소리를 높이는 것이 어색했다. 그러나 왠지 이 이름이 린덴보다는 익숙하게 다가왔다.

"*파 드 바가주?*(짐은 없나요?)"

"*파 드 바가주.*(없습니다.)"

"*알로르, 봉수와 에 아뮈제-부 비앵, 무슈.*(잘 오셨어요. 좋은 저녁 보내세요.)" 마담 라틸리프는 열쇠를 건네주며 마주 소리쳤다. 문득 그를 감독관 중 한 사람으로 착각했을지도 모른다는 생각이 스쳤지만, 바로잡아 줄 마음은 없었다.

"*알레-부 망제·아베크 누 자 수아, 무슈 보르가르?*(호텔에서 저녁을 드실 건가요, 무슈 보르가르?)"

계단으로 향하는데, 그의 번듯한 외모가 눈에 띄었는지 마담이 다시 물었다.

아뇨, 괜찮아요, 마담, 이라는 대답이 떠올랐다. 눈을 좀 붙여야 할 시각이었다.

"하지만 빈속으로 자서는 안 돼요, 무슈 보르가르." 마담은 교태라도 부리듯 대꾸했다. 이번에도 시끌벅적한 손님들한테 보라는 듯한 태도였다. "남자라면 잠잘 때도 에너지가 필요한 법이죠. *네-스 파, 메 가르?*(안 그래요, 손님들?)"

계단을 절반 정도 오르던 조너선은 멈춰 서서 대담하게 같이 웃었지만, 그래도 자야 한다고 고집했다.

"*비앵, 탕 피, 다보르!*(좋아요, 마음대로 하세요!)" 마담 라틸리프가 대답했다.

예고에 없던 손님이라는 것과, 그의 꾀죄죄한 외모 따위는 신경 쓰지 않는 것 같았다. 에스페랑스에서는 기본적으로 다들 꾀죄죄한 차림이었고, 이 도시의 문화평론가를 자처하는 마담 라틸리프에게 이는 영혼의 증명이었다. 그는 '거친(farouche)' 남자였다. 하지만 그녀의 사전에 '거칠다'는 것은 고귀함이라는 뜻이었고, 그녀는 그의 얼굴에서 '예술'을 읽었다. 그녀는 억양을 통해 제멋대로 그를 '프랑스인'으로 분류했다. 혹은 어쩌면 벨기에인일 수도. 그녀도 전문가는 아니니까. 그녀는 플로리다로 휴가를 가는 사람이었다. 그녀가 아는 것이라고는 그의 프랑스어를 알아들을 수 있다는 사실뿐이었고, 그녀가 그에게 프랑스어로 대꾸하면 그는 마담 라틸리프가 프랑스인이라 확신하는 다른 진짜 프랑스인들, 타락하지 않은 프랑스어를 말하는 진짜 프랑스인들처럼 잘 못 알아듣겠다는 듯 고개를 갸우뚱거렸다.

그럼에도 불구하고 이 순간적인 판단에 있어 마담 라틸리프는 한 가지 용서 가능한 실수를 범했다. 조너선을 여자 손님들 들이기 편한 층에 배치하지 않고, *그르니에*(지붕 아래의 방—옮긴이), 즉 주로 동료 보헤미안에게나 내주는 맨 위층의 멋진 객실 네 개 중 한 곳에 들였던 것이다. 게다가 자기 딸 이본이 객실 두 개를 사이에 두고 옆방에 잠시 머무르고 있다는 사실도 미처 생각하지 못했다—왜 군이 그런 생각을 했겠는가.

닷새 동안 조너선은 마담 라튈리프의 남자 손님들에 대한 지치지 않는 관심을 지나치게 받지 않으면서 호텔에 머물렀다.

"왜 같이 온 분들과 합류하지 않으셨어요!" 다음 날 아침, 그가 늦게 일어나서 혼자 식사하고 있으니 그녀는 짐짓 놀랐다는 듯이 외쳤다. "이젠 감독관 안 하세요? 사임하셨어요? 시인이라도 되고 싶은 건가요? 에스페랑스에서는 사람들이 시를 많이 씁니다."

그가 저녁에 돌아오는 것을 보고 마담은 오늘 애가라도 작곡했느냐, 명작을 그리진 않았느냐 물었다. 저녁을 먹으라고 다시 권유했지만, 그는 이번에도 사양했다.

"다른 데서 드셨군요, 무슈?" 그녀는 짐짓 책망하듯이 물었다.

그는 고개를 젓고 미소만 지었다.

"탕 피 다 보르.(저런.)" 거의 모든 말에 대한 마담의 습관적인 응답이었다.

안 그러면 그는 그저 306호였다. 목요일에 그가 일자리를 묻자, 그제야 그녀는 조너선을 좀 더 꼼꼼히 살펴보기 시작했다. "어떤 일자리요?" 그녀는 물었다. "디스코텍에서 노래라도 부르시려고? 바이올린을 켜세요?"

그러나 이미 경계심이 발동했다. 그녀는 그를 훑어보고는, 다른 사람들과 분리해서 다시 인상을 파악하고 있었다. 어쩌면 지나치게 분리했는지도 모른다. 셔츠는 그가 도착했던 첫날 입었던 것과 같았다. 마지막 한 푼까지 광산에 털어 넣는 도박사들 중 하나로군, 그녀는 생각했다. 어쨌든 호텔에서 식사는 안 했으니까.

"어떤 일자리든 괜찮아요."

"하지만 에스페랑스에는 일자리가 많아요, 자크." 마담 라튈리프는 말했다.

"다 알아봤습니다." 조녀선은 사흘 동안 거절당한 일자리를 주워섬겼다. "식당도, 호텔도, 항구도, 호수 정박지도. 광산도 네 군데 찾아가 봤고, 벌목회사 두 군데, 시멘트 공장, 주유소 두 군데, 제지회사도 가 봤어요. 다들 날 좋아하지 않더군요."

"왜요? 잘생겼고, 섬세한데. 왜 당신을 좋아하지 않았죠, 자크?"

"서류가 필요하답니다. 사회보장번호요. 캐나다 시민이라는 증명서. 내가 합법 이민자라는 증거."

"그게 없어요? 아무것도? 그 정도로 탐미주의자인가요?"

"여권을 오타와 이민 당국이 갖고 있습니다. 검토 중이죠. 당국은 날 믿지 않습니다. 난 스위스인이에요." 그는 그 사실이 당국의 의심을 설명한다는 듯 말했다.

그러나 이미 마담 라튈리프는 남편을 호출하는 단추를 눌렀다.

앙드레 라튈리프는 원래 라튈리프가 아니라 크비아트코프스키였다. 아내가 아버지에게서 호텔을 물려받은 뒤 에스페랑스 귀족 가문의 방계를 상속한다는 의미에서 아내의 이름으로 바꾼 것이었다. 그는 천사 같은 얼굴과 넓고 환한 이마, 나이에 걸맞은 흰 머리칼이 난 1세대 이민자였다. 몸집은 작고 다부졌으며, 평생 죽도록 일만 한 뒤 내가 왜 그렇게 살았나 인생을 돌아보기 시작하는 50대 남자처럼 신경질적이었다. 어린 시절 안드레이 크비아트코프스키는 창고에 숨어 지내며 눈 덮인 산맥을 통해 한밤중에 몰래 국경을 넘어왔다. 그리고 수감되었다가 수사를 받고 풀려났다. 그는 제복 차림의 사람들 앞에 서서 기도해야 하는 상황이 어떤 것인지 잘 알았다. 그는 아내와 마찬가지로 숙박비 말고 추가 요금이 전혀 발생하지 않은 조녀선의 객실 요금표를 보고 좋은 인상을 받았다. 사기꾼이라면 전화도 사용하고 바와 식당에서도 호텔 영수증을 잔뜩 발행했을 것이다. 라튈리프 부부는 평생에 걸쳐 그런 종자들을 겪어왔다. 사기꾼이라면 예외가 없었다.

라튈리프는 영수증을 손에 든 채 아까 아내가 그랬듯, 하지만 보다 통찰력 있는 시선으로 조녀선을 위아래로 천천히 살펴보았다. 잔뜩 긁힌 자국이 있지만 신기할 정도로 깨끗한 갈색 부츠, 양 옆구리에 공손하게 붙이고 있는 작지만 일꾼다운 손, 반듯한 자세, 풍상을 겪은 이목구비, 필사적인 눈빛. 무슈 라튈리프는 보다 나은 세계를 향해 악착같이 버티는 남자의 모습에 동질감을 느꼈다.

"할 수 있는 일이 뭐요?" 그는 물었다.

"요리를 합니다." 조녀선은 말했다.

이렇게 그는 이 가족에, 이본에게 합류했다.

그녀는 즉각 그를 알아보았다. 그래. 마치 끔찍한 어머니를 통해서였다면 몇 달에 걸쳐 주고받았을 신호가 단 1초 만에 오간 것 같았다.

"이쪽은 자크, 우리의 최신 기밀이란다." 마담 라튈리프는 조녀선이

다니는 복도에서 10미터도 떨어지지 않은 다락방 침실 문을 노크도 없이 활짝 열었다.

당신이 이본이로군, 그는 수수께끼 같은 수치심을 느끼며 생각했다.

방 한복판에는 책상이 있었다. 나무 독서 등이 그녀의 얼굴 한쪽을 비추고 있었다. 그녀는 타자기를 치고 있었다. 어머니라는 것을 알고 다시 고개를 돌려 타자기를 끝까지 쳤기 때문에, 조너선은 그녀가 머리를 들 때까지 아무렇게나 뭉텅이로 늘어진 금빛 머리칼을 바라보며 긴장감을 견뎌야 했다. 벽에는 싱글 침대가 놓여 있었다. 세탁한 침대 시트 바구니가 남은 공간을 차곡차곡 메우고 있었다. 방은 나름대로 정돈이 되어 있었지만, 기념품도 사진도 없었다. 그저 세면대에 스펀지 하나, 침대에는 잠옷 대신 배에 지퍼가 달린 사자 가죽이 있었다. 순간 살해당했던 소피의 페키니즈가 떠올랐다. 나는 개도 죽였지, 그는 생각했다.

"이본은 우리 가족의 자랑이에요. *네-스 파, 마 셰르?*(안 그래, 우리 딸?) 예술을 공부했고, 철학을 공부했고, 세상에 출간된 책이라면 모두 읽었답니다. *네-스 파, 마 셰르?*(안 그래, 우리 딸?) 지금은 객실 매니저 노릇을 하고 있지만, 사실 수녀처럼 살고 있고 두 달 뒤에 토머스와 결혼할 거예요."

"타자기도 치는군요." 조너선은 말했다. 하느님 외에는 그 이유를 모를 것이다.

프린터에서 종이 한 장이 천천히 빠져나왔다. 이본은 그를 바라보고 있었고, 그녀의 얼굴 왼쪽이 벌거벗은 듯 자세히 들여다보였다. 직선적이고 길들지 않은 눈빛, 아버지의 슬라브계 눈썹, 타협하지 않는 턱, 광대뼈 위로 늘어진 실크처럼 가느다란 머릿결, 셔츠 아래로 이어지는 강렬한 목선. 열쇠 꾸러미를 목걸이처럼 걸고 있었고, 몸을 바로 세우자 열쇠고리는 찰그랑거리며 젖가슴 사이로 늘어졌다.

일어서자 키가 컸다. 언뜻 보면 남자 같았다. 그녀가 청해서 두 사람은 악수를 나눴다. 조금의 망설임도 느껴지지 않았다. 왜 느껴야 하겠는가? 보르가르, 목숨을 걸고 막 에스페랑스에 도착한 사람한테? 그녀의 손바닥은 단단하고 메말라 있었다. 청바지를 입고 있었는데, 이번에도 독서 등 불빛에 왼쪽 몸의 윤곽이 또렷이 비쳤다. 왼쪽 허벅지 위로 몸에 붙는 데님 천이 사타구니까지 주름져 있었다. 그리고 형식적이고 정확한 악수.

한때 놀아본 여자로군, 조너선은 침착하게 시선을 마주하는 그녀를 보며 생각했다. 일찌감치 사랑에 눈을 떴어. 마리화나나 그보다 더한 약에 취해서 할리데이비슨 뒷자리에도 타봤고. 이제 20대가 되어 흔히 '타협'이라고 말하는 평탄한 고지에 도달했겠지. 이 지방에 남기에는 너무 교양이 있고, 도시로 나가기에는 너무 촌스럽고. 그래서 지루한 남자와 약혼해서 그 사람을 향상시키려고 노력하고 있겠지. 당신은 경사면을 굴러 내려가는 제드야. 소피의 중력을 지닌 제드.

그녀는 어머니가 바라보는 앞에서 그에게 옷을 입혔다.

직원용 제복은 반 층 내려간 계단참의 벽장 선반에 걸려 있었다. 이본이 앞장섰다. 그녀가 벽장문을 열 때쯤 조너선은 바깥일에 익숙한 태도에도 불구하고 그녀의 걸음걸이가 여성적이라는 사실을 깨달았다. 왈가닥 처녀의 으쓱거리는 걸음도, 10대 특유의 자기 좀 봐달라고 교태 부리는 걸음도 아닌, 성적으로 성숙한 여성의 반듯한 권위가 엉덩이에 배어 있는 걸음이었다.

"주방에서 자크는 흰옷만 입을 거니까 매일 세탁해야 해, 이본. 매일 같은 옷을 입으면 안 돼요, 자크. 이건 누구나 아는 이 집의 규칙이에요. 바베트에서는 위생을 목숨처럼 신경 써요. 탕 피 다보르.(안됐지만.)"

어머니가 떠드는 동안, 이본은 처음 꺼내 든 흰색 재킷을 그의 몸에 대본 뒤 허리에 고무 밴드가 든 흰색 바지도 꺼냈다. 그런 다음 34번 방에 들어가서 입어보라고 지시했다. 퉁명스러운 말투에는, 어머니 때문인지 냉소가 살짝 깃들어 있었다. 그가 돌아오자 어머니는 소매가 너무 길다고 고집했고, 그렇지 않았음에도 이본은 어깨를 으쓱하더니 소매에 핀을 꽂아주었다. 그녀의 손이 무심하게 조너선의 손을 스치며 두 사람의 체온이 섞였다.

"편안해요?" 그녀는 아무 상관 없다는 듯 물었다.

"자크는 언제나 편안하지. 내면에 힘이 있는 사람이야. 안 그래요, 자크?"

마담 라틸리프는 그의 기타 취향에 대해서도 질문했다. 춤추는 걸 좋아하나요? 조너선은 무엇이든 할 준비가 되어 있지만 아직, 이라고 답했다. 노래는 부르나요, 악기는 연주하세요, 연기는요, 그림도 그려요? 에스페랑스에는 이 모든 유흥이 다 있어요, 마담 라틸리프는 말했다. 혹시 여자를 만나고 싶어요? 그건 정상적인 일이에요. 스위스 생활에 관심 있는 캐나다 여자들이 많을 거예요. 정중하게 얼버무리던 조너선은 어느새 흥분해서 미친 소리를 지껄이고 있었다.

"하, 제가 여기까지 어떻게 왔을까요?" 하얀 소매를 이본에게 내민 자세로, 그는 터져 나오는 웃음을 힘겹게 억누르며 커다랗게 소리쳤다. "이런 꼴이었다면 첫 검문소에서 경찰 눈에 띄지 않았겠습니까, 안 그래요?"

라틸리프 부인은 격하게 터져 나온 웃음소리를 유머 감각 없는 사람들 특유의 반응으로 받아들였다. 하지만 이본은 대담한 호기심이 어린 눈으로 조너선과 눈을 마주치며 유심히 바라보았다. 이건 전략이었을까, 지긋지긋한 계산이었을까? 조너선은 나중에 생각해보았다. 아니면, 처음 만나자마자 내가 도주 중이라는 사실을 알린 무분별한 자살행위였을까?

라틸리프 부부는 새 직원이 보여주는 성과에 곧 기뻐했다. 그가 새로운 재주를 하나하나 보여줄 때마다 그들은 그에게 한층 더 마음을 열었다. 탁월한 군인 조너선은 그에 대한 보답으로 깨어 있는 시간 전부를 그들에게 바쳤다. 그의 인생에는 주방을 탈출해서 매니저의 우아한 검은색 재킷을 입기 위해서라면 영혼이라도 팔았을 시절이 있었다. 하지만 이젠 아니었다. 아침 식사는 야간 근무에서 돌아오는 손님들을 위해 새벽 6시에 시작되었다. 조너선은 그들을 기다렸다. 350그램짜리 등심 스테이크와 달걀 두 개, 감자튀김 주문도 전혀 이상할 것이 없었다. 여주인이 사용하던 냉동 감자 포대와 고약한 냄새를 풍기는 전용

기름 대신, 조너선은 생감자의 껍질을 벗기고 데친 다음 최고급 식당처럼 해바라기 기름과 땅콩기름을 섞어서 튀겼다. 육수 냄비도 계속 끓고 있었고, 허브 상자도 들였으며, 캐서롤과 포트 로스트, 경단도 만들었다. 사용하지 않던 쇠칼 세트를 찾아서 완벽하게 칼날을 갈았다—다른 사람은 아무도 만질 수 없었다. 그는 마담 라튈리프가 미친 짓이다, 위험하다, 보기 흉하다, 사용하기에는 너무 비싸다고 판단한 물건들을 모조리 되살렸다. 소금을 칠 때는 진짜 주방장처럼 머리 위까지 소금 병을 들어 올려서 비처럼 흩뿌렸다. 반갑게도 시내의 중고 서점에서 우연히 발견한 《주방 레퍼토리》라는 너덜너덜한 책이 그의 성경이었다.

처음에 마담 라튈리프는 이 모든 것을 흠모하는 눈으로, 거의 강박적인 존경심으로 바라보았다. 그를 위해 새 제복과 새 모자를 주문했고, 필요하다면 노란색 외투와 광택을 낸 부츠, 가터 장식 술까지 주문했을 것이다. 주방에 값비싼 항아리와 이중 냄비를 들였고, 그는 이런 물건들을 최대한으로 활용했다. 그가 크렘 브륄레에 설탕을 뿌리고 그 표면을 그을리기 위해 일반 토치램프를 사용하는 것을 보고는 일상과 예술을 뒤섞는 솜씨에 너무나 감동한 나머지, 보헤미안 부인들을 데리고 주방에 들어와 자랑까지 할 정도였다.

"정말 세련된 분이야, 우리 자크는. 당신은 안 믿을 거야, 미미. 말수가 적고, 미남이고, 재주도 많고, 뭔가 원할 때는 정말 위압적일 거야. 거기! 우리 나이 든 여인들은 이런 말을 해도 돼. 좋은 남자를 보면 어린애들처럼 얼굴을 붉히지 않는다고. 유감이지, 헬렌?"

그러나 높이 평가하는 조너선의 과묵함 때문에 마담은 오히려 생각이 많아질 때도 있었다. 내가 그를 파악하지 못하면 누가 할 수 있을까? 처음에 그녀는 그가 소설을 쓰는 거라고 생각했지만, 책상에 놓여 있는 종이를 슬그머니 보니 오타와의 스위스 대사관에 보내는 항의 편지뿐이었다. 예리한 관찰자가 그녀의 관심을 예측하고 일부러 보란 듯이 써놓은 글이었다.

"혹시 사랑하는 사람이 있나요, 자크?"

"제가 알기론 없습니다, 마담."

"불행해요? 외로워요?"

"더할 나위 없이 지금 이 상태에 만족합니다."

"하지만 만족하는 걸로는 충분하지 않아요! 당신을 버려야 해요. 매일 같이 모든 걸 걸어야 해요. 무아지경이 될 정도로."

조너선은 일이야말로 무아지경이라고 답했다.

점심 식사가 끝나면 오후 시간에는 좀 쉴 수 있었지만, 그는 보통 지하실로 내려가서 무슈 라튈리프가 반입된 물품을 확인하는 동안 빈 상자를 마당에 쌓는 일을 도왔다. 웨이터나 바 여직원들이 몰래 술을 들여와서는 디스코텍 바 가격에 팔거든.

일주일에 세 번씩 조너선은 라튈리프 가족의 저녁 식사를 요리했다. 가족은 주방 테이블에 둘러앉아 일찌감치 저녁을 먹었고, 마담 라튈리프가 지적인 대화를 주도했다.

"당신은 바젤에서 왔나요, 자크?"

"바젤에서 멀지 않은 곳에서 왔습니다, 마담."

"그럼 제네바?"

"네, 제네바에서 더 가깝지요."

"제네바는 스위스의 수도야, 이본."

이본은 고개를 들지 않았다.

"오늘은 기분이 괜찮니, 이본? 토머스와 이야기했어? 하루도 빠지지 말고 만나야 해. 약혼을 하면 그게 당연한 거란다."

11시쯤 디스코텍이 달아오르자, 조녀선은 일손을 보태기 위해 한 번 더 내려갔다. 11시 전의 쇼는 그저 단순한 누드의 향연이라면, 11시가 지나면 보다 활기찬 쇼가 펼쳐졌다. 여자들은 공연 사이사이에 옷을 주워 입는 것도 포기하고 돈을 거둘 싸구려 앞치마와 끈을 죄지도 않은 헐렁한 가운 차림으로 객석을 돌아다녔다. 5달러에 다리를 벌려주는 시간이 되면—테이블을 찾아가 호텔에서 제공하는 의자를 놓고 그 위에서 벌어지는 개인적인 서비스였다—인공조명을 받은 야행성 동물들의 북슬북슬한 털의 향연이 펼쳐졌다.

"우리 디스코텍 쇼 마음에 들어, 자크? 문화적이라고 생각해? 조금은 자극적이지? 아무리 당신이라 해도."

"아주 효과적입니다, 마담."

"기뻐. 인간은 자신의 감정을 부정해서는 안 돼."

드물게 싸움이 벌어지기도 했지만, 강아지들 사이에서 간헐적으로 벌어지는 소규모 전투 같은 느낌이었다. 최악의 싸움도 퇴장 명령으로 끝났다. 의자가 삐걱거리고, 여자가 뛰어내리고, 주먹 한 대 날리거나 남자 둘이 몸싸움을 하는 동안 묵묵한 침묵이 흐를 뿐이었다. 앙드레

라튈리프가 작은 아틀라스 신처럼 그 사이에 파고들어 방 안이 진정될 때까지 두 사람을 떼어놓곤 했다. 처음 이런 일이 있었을 때, 조너선은 앙드레가 자기 방식대로 일을 처리하도록 내버려두었다. 그러나 덩치 큰 남자가 술에 취해 앙드레에게 주먹을 휘둘렀을 때, 조너선은 상대의 팔을 등 뒤로 휘어잡아 신선한 공기를 쐬도록 밖으로 끌고 나갔다.

"그런 건 어디서 배웠나?" 라튈리프는 병을 치우며 물었다.

"군대에서 배웠습니다."

"스위스에도 군대가 있나?"

"의무병역제입니다."

어느 일요일 밤, 때 묻은 흰색 칼라와 누더기 법복 차림의 늙은 가톨릭 사제가 찾아왔다. 여자들은 춤추던 걸 멈췄고, 이본은 사제와 레몬 파이를 먹었다. 사제는 가죽끈으로 매단 지갑을 꺼내 돈을 내겠다고 고집했다. 조너선은 그늘 속에 숨어서 그들을 바라보았다.

또 다른 날에는 흰색 머리칼을 짧게 치고 덩치가 산만 한 남자가 팔꿈치에 가죽을 댄 두꺼운 코듀로이 재킷을 입고 나타났다. 모피 코트를 입은 유쾌한 아내가 그 옆에 붙어 있었다. 라튈리프의 우크라이나 출신 웨이터 두 사람이 그들에게 플로어 옆 테이블을 내주었고, 그는 샴페인과 훈제 연어 두 접시를 주문한 뒤 마음 넓은 아버지처럼 쇼를 지켜보았다. 라튈리프는 호텔 감독관한테 계산서를 요구할 필요가 없다고 경고하기 위해 조너선을 찾았지만, 그는 어디로 갔는지 보이지 않았다.

"자네 경찰한테 감정 있나?"

"제 여권이 돌아올 때까지는, 그렇습니다."

"그가 경찰인 건 어떻게 알았지?"

조녀선은 순한 미소를 지었지만, 라틸리프가 나중에 기억해낼 만한 대답은 전혀 하지 않았다.

"그에게 경고해야 해." 라틸리프 부인은 침대에 말똥말똥 눈을 뜨고 누운 채 수없이 했던 말을 되풀이했다. "이본은 의도적으로 그를 도발하고 있어. 또 옛날 수법을 쓰고 있다고."

"하지만 말은 나누지 않잖아. 서로 쳐다보지도 않던데." 남편은 책을 내려놓으며 말했다.

"이유가 뭔지 몰라서 그래? 범죄자 둘이 서로 좋아하는 거 봤어?"

"그애는 토머스하고 약혼했고, 결혼까지 할 거야. 범죄도 저지르지 않은 사람들이 언제부터 범죄자가 된 거야?" 그는 단호하게 말했다.

"야만인 같은 소리. 직관이란 게 없는 사람이 바로 야만인이야. 그에게 디스코텍 여자하고 자면 안 된다고 혹시 말했어?"

"그럴 생각도 없는 것 같던데."

"또 그 소리! 어쩌면 자는 게 그를 위해서 좋을 거야."

"맙소사, 그는 운동선수야." 라틸리프의 슬라브계 성미가 툭 튀어나왔다. "다른 배출구가 얼마든지 있다고. 달리기도 하고, 숲 속에서 등산도 해. 항해도 한다고. 오토바이도 타고. 요리도 해. 일도 하고. 잠도 자. 모든 남자가 섹스광은 아니라고."

"그럼 *타페트*(동성애자)야." 마담 라틸리프가 선언했다. "처음 보는 순간부터 알았어. 이본은 시간 낭비를 하고 있는 거야. 이 일로 뭔가 배우겠지."

"*타페트*는 아니야! 우크라이나 애들한테 물어보라고! 완전히 정상이야!"

"여권은 아직 못 봤지?"

"여권이 *타페트*하고 무슨 상관이 있어! 여권은 스위스 대사관에 있어. 재발행해서 오타와에서 도장 찍어주기를 기다리고 있다고. 그는 관료 집단 사이에서 오락가락하고 있는 거야."

"관료 집단 사이에서 오락가락하고 있다니! 늘 이런 식이지. 누가 믿는다고! 그 사람이 빅토르 위고라도 돼? 스위스 사람은 그런 식으로 말 안 해!"

"스위스 사람이 어떻게 말하는지 내가 어떻게 알아."

"시시한테 물어봐! 시시 말로 스위스 사람은 천박하다고 했어. 스위스 사람하고 결혼했잖아. 시시가 잘 알아. 보르가르는 프랑스 이름이야, 그건 확실해. 그는 프랑스인처럼 요리하고, 프랑스인처럼 말하고, 프랑스인처럼 오만하고, 프랑스인처럼 교활해. 프랑스인처럼 퇴폐적이라고. 당연히 프랑스인이지! 그는 프랑스인이고 거짓말쟁이야."

무겁게 숨을 내쉬며 그녀는 남편 뒤로 천장을 올려다보았다. 천장에 흩뿌려진 종이 별이 어둠 속에서 빛나고 있었다.

"어머니는 독일인이라고 했어." 라틀리프는 목소리를 진정시켰다.

"뭐라고? 말도 안 되는 소리. 독일인은 금발이야. 누가 그래?"

"그가. 독일 기술자들이 간밤에 디스코텍에 왔어. 나치처럼 독일어로 대화하던데. 그래서 내가 물어봤어. 영어도 하더군."

"당국과 이야기해야 해. 보르가르의 법적 체류 자격을 확인하든가, 아니면 내보내야 해. 이게 내 호텔이야, 그 사람 거야? 불법 체류자야. 확실해. 너무 명백하잖아. *세 비앵 쉬르!(확실하다고!)*"

그녀는 남편에게 등을 돌리고 라디오를 끈 뒤 분한 마음으로 종이별을 응시했다.

이본이 흰색 제복을 입혀준 지 열흘째 되던 날, 조녀선은 북쪽 간선도로변에 있는 간이식당에서 그녀를 할리데이비슨에 태웠다. 겉으로 보기에 그들은 우연인 것처럼 다락방 복도에서 만났다. 조녀선은 내일이 쉬는 날이라고 말했고, 그녀는 뭘 할 거냐고 물었다. 오토바이를 빌릴 겁니다, 그는 대답했다. 아마 호수를 몇 군데 둘러보겠지요.

"아버지 오두막에 보트가 한 대 있어요." 그녀는 어머니란 존재가 없는 것처럼 말했다. 다음 날 그녀는 결의 어린 창백한 얼굴로 준비를 다 마친 채 기다리고 있었다.

굽이치는 푸른 숲과 흐린 하늘, 장대한 풍경이 느리게 스쳐 갔다. 그러나 북쪽으로 더 올라가자 날은 어두워지고 동풍이 부슬비를 흩뿌리기 시작했다. 오두막에 도착했을 때는 이미 비가 본격적으로 내리고 있었다. 그들은 서로의 옷을 벗겼고, 몇 달간 금욕하면서 아주 오래 달래지도 분출하지도 않았던, 영원처럼 느껴지는 시간이 흘러갔다. 그녀는 싸우듯이 그에게서 눈을 떼지 않고 전혀 다른 태도, 전혀 다른 여인처럼 다가왔다.

"잠깐만요." 그녀는 속삭였다.

그녀의 몸이 한숨을 내쉬더니 다시 내려왔다가 올라갔고, 그녀의 얼굴은 일그러졌지만 터지지는 않았다. 항복의 한숨이 입에서 새어 나왔다. 마치 주위를 둘러싼 젖은 숲이나 회색 호수 깊숙한 곳에서 흘러 나오는 소리 같았다. 그녀는 그의 몸 위에 올라탔고, 그들은 봉우리와 봉우리를 연거푸 오르며 함께 침잠했다.

그는 그녀의 옆에 누운 채 그녀가 휴식을 거부하며 숨을 몰아쉬는 모습을 지켜보았다. 내가 배신하고 있는 것은 누구일까? 소피? 혹은 평소의 나? 우리는 토머스를 배신하고 있다. 그녀는 몸을 굴려서 옆으로 누워 그에게 등을 내보였다. 그녀의 아름다움이 그의 외로움을 자극했다. 그는 그녀를 어루만지기 시작했다.

"그는 좋은 남자예요." 이본은 말했다. "인류학과 인디언 인권에 관심이 있어요. 그의 아버지는 크리 족과 일하는 변호사예요. 그도 아버지의 뒤를 따르려고 해요." 그녀는 와인 병을 찾아 들고 침대 위로 올라왔다. 그녀의 머리가 그의 가슴 위에 얹혔다.

"당신이 그를 아주 좋아할 거라 확신합니다." 조너선은 스웨터를 뒤집어쓴 채 재생지에 사랑의 편지를 쓰는 성실한 몽상가의 모습을 떠올리며 정중하게 말했다.

"당신은 거짓말쟁이예요." 그녀는 산만하게 그에게 키스했다. "당신은 거짓이에요. 당신은 전부 진실이지만, 어쨌든 거짓이에요. 난 당신을 이해할 수 없어요."

"난 도망자입니다. 영국에서 문제가 있었어요."

그녀는 그의 몸에 기어올라 그의 머리 옆에 자신의 머리를 놓았다. "이야기해줄래요?"

"난 여권을 얻어야 합니다. 스위스인이라는 건 거짓말이에요. 난 영국인입니다."

"뭐라고요?"

그녀는 흥분했다. 그녀는 그의 잔을 들고 마시며 잔 너머로 그를 바라보았다.

"훔칠 수 있을 거예요. 사진을 바꾸면 돼요. 내 친구들 중에 그런 사람이 있어요."

"그럴 수 있겠군요."

그녀는 눈을 반짝이며 그를 어루만졌다. 생각할 수 있는 건 다 시도해보았다고, 그는 그녀에게 말했다. 객실도 뒤져보고, 주차된 차 안도 들여다보았지만, 이곳에는 여권을 들고 다니는 사람이 없다고. 우체국에 가서 서류를 얻어 절차를 검토해보았다고. 시내에 있는 공동묘지에 가서 내 나이 또래의 죽은 남자들을 알아보고 내가 혹시 명의를 훔칠 수 있는 사람이 있는지 알아보았다고. 하지만 요즘엔 뭐가 안전한지 모르겠다고. 어쩌면 죽은 사람들도 이미 어딘가 컴퓨터에 들어가 있을 거라고.

"당신 본명은 뭐예요?" 그녀는 속삭였다. "당신은 누구죠? 누구예요?"

그녀에게 궁극의 선물을 건네주는 순간, 잠시 황홀한 평화가 그를 덮쳤다. "파인이에요. 조너선 파인."

하루 종일 그들은 벌거벗고 지냈고, 비가 그친 뒤 보트를 타고 호수 한가운데에 있는 섬으로 나가 조약돌이 깔린 호숫가에서 벌거벗은 채로 헤엄쳤다.

"그는 5주 뒤에 논문을 제출해야 해요." 그녀는 말했다.

"그러면요?"

"이본과 결혼하겠죠."

"그다음에는요?"

"숲 속에서 인디언과 일할 거예요." 그녀는 장소를 말했다. 그들은 한참 동안 수영했다.

"당신과 함께 둘이서?"

"그럼요."

"얼마나 오래요?"

"몇 년 정도. 상황 봐서요. 아이도 낳겠죠. 여섯 명 정도."

"당신은 그에게 충실하겠죠?"

"그럼요. 가끔은."

"거기엔 누가 있습니까?"

"주로 크리 족이요. 그는 크리 족을 제일 좋아해요. 말도 상당히 잘하고."

"신혼여행은요?"

"토머스하고요? 그에게 신혼여행이란 맥도날드와 하키 연습일 거예요."

"그는 여행을 좋아합니까?"

"주로 북서부에 가요. 키웨이틴. 옐로나이프. 그레이트슬레이브 호수. 노먼 웰스. 그 인근이요."

"외국 말입니다."

그녀는 고개를 저었다. "토머스가요? 아니에요. 그는 캐나다에 모든 것이 있다고 생각해요."

"뭐가요?"

"인생에 필요한 모든 것이요. 왜 더 멀리 가야 하느냐는 거죠. 사람들이 여행을 너무 많이 한다고 해요. 그의 말이 옳아요."

"그럼 여권은 필요 없겠군요."

"집어치워요. 호숫가로 돌아가요."

그러나 저녁을 먹고 나서 다시 사랑을 나눌 때, 그녀는 그의 말에 귀를 기울이고 있었다.

매일 밤낮으로 그들은 사랑을 나누었다. 그가 디스코텍에서 올라오고 나서 아침나절에도 몇 시간 동안 이본은 그의 문을 스치는 신호를 기다리며 깨어 있었다. 그는 발끝걸음으로 그녀에게 다가갔고, 그녀는 사막으로 들어가기 전에 마지막으로 마시는 물인 것처럼 그를 끌어당겼다. 그들의 섹스는 거의 움직임이 없었다. 다락방은 북 같았고, 모든 움직임이 집 안으로 퍼져나갔다. 그녀가 쾌감에 신음 소리를 내면 그가 손으로 그녀의 입을 막았고, 그녀는 그 손을 물어뜯어서 엄지손가락 주위에 벌겋게 잇자국을 냈다.

당신 어머니가 알게 되면 날 쫓아낼 겁니다, 그는 말했다.

무슨 상관이에요, 그녀는 속삭이며 그의 몸에 자신의 몸을 더 단단히 감았다. 나도 같이 갈 거예요. 그녀는 그에게 말했던 자신의 미래 계획을 모조리 잊어버린 것 같았다.

시간이 더 필요해요, 그는 고집했다.

여권 때문에요?

당신을 위해서요, 그는 어둠 속에서 미소 지었다.

그녀는 그가 자신의 곁을 떠나는 것이 싫었지만 그렇다고 차마 곁에 둘 수도 없었다. 마담 라튈리프는 시도 때도 없이 딸을 감시하고 있었다.

"잠들었니, 코코트(우리 딸)? 행복하니? 결혼식까지 4주밖에 안 남았구나. 신부는 푹 쉬어야 해, 몽 프티 슈(우리 아기)."

어둠 속에서 조녀선이 이본 옆에 누워 있을 때 어머니가 나타난 적도 있었지만, 다행히 마담 라튈리프는 불을 켜지 않았다.

이본의 연파란색 폰티악을 타고 톨레랑스의 모텔에 든 적도 있었다. 그녀가 오두막을 먼저 떠났기에 망정이지, 그녀가 아직 그의 체취를 풍기면서 자동차로 다가가는데 미미 르뒤크가 옆방 주차장에서 미소 지으며 말을 건넸다.

"튀 페 비지트 오 쇼?(쇼 보러 왔니?)" 미미가 차창 문을 내리며 소리쳤다.

"네, 네."

"세 쉬페르, 네-스 파? 튀아 뷔 르 리틀 블랙 드레스? 트레 로, 트레 섹시?(멋있지, 안 그래? 그 검은색 드레스 봤어? 목이 많이 파여서 아주 섹시하지 않니?)"

"네."

"내가 샀어! *투아 오시 포 라슈테! 푸르 통 트루소!*(너도 사! 신부복
으로!)"

그들은 마담 라튈리프가 슈퍼마켓에 간 사이에 빈 객실에서, 벽장
안에서 사랑을 나누었다. 그녀는 성 집착증 특유의 무모한 행동 양식
까지 보였다. 모험은 그녀에게 마약이었다. 하루 종일 그녀는 둘만 있
을 수 있는 순간을 꿈꾸었다.

"사제한테는 언제 갈 겁니까?" 그는 그녀에게 물었다.

"준비가 되면요." 그녀는 소피처럼 변덕스러운 품위를 내비치며 대
답했다.

그리고 다음 날 가기로 결정했다.

늙은 사비니 사제는 소피를 실망시킨 적이 없었다. 어린 시절부터
그녀는 사제에게 자신의 근심과 승리, 고백을 털어놓았다. 아버지가
그녀에게 주먹을 휘둘렀을 때, 검게 변한 눈두덩을 어루만지며 그녀를
설득했던 것도 늙은 사비니 사제였다. 이본이 남자와 자기 시작했을
때, 그는 그런 행동을 삼가라는 말을 한 적이 없었다. 그녀가 신앙을 잃
었을 때 사제는 슬퍼했지만, 그녀는 일요일 저녁마다 더 이상 참석하
지 않는 미사가 끝나고 나면 호텔에서 슬쩍한 물건들을 안고 그를 찾
았다. 와인 한 병, 혹은 오늘 저녁처럼 스카치 병.

"봉(좋구나), 이본! 앉아라. 세상에, 얼굴이 사과처럼 반짝거리는구

나. 세상에, 뭘 가져온 거니? 신부한테 선물해야 하는 건 나일 텐데 말이야."

그는 그녀에게 건배를 청하고 의자에 등을 기대고 앉아 번들거리는 늙은 눈으로 허공을 응시했다.

"에스페랑스에서 우린 서로 사랑할 의무가 있었지." 그는 곧 부부가 될 사람에게 건네는 주례사처럼 말을 꺼냈다.

"알아요."

"이 도시의 모든 사람들이 이방인이던 시절이 어제 같구나. 다들 가족을 그리워하고, 조국을 그리워했어. 다들 인디언과 숲을 조금씩 두려워했고."

"알아요."

"그래서 우린 가까워졌지. 서로를 사랑했어. 자연스러운 일이었지. 필요하기도 했고. 우리는 이 공동체를 신에게 헌납했어. 신에 대한 우리의 사랑에. 우리는 황야에 사는 신의 자식들이었다."

"알아요." 이본은 오지 말걸, 생각하며 다시 말했다.

"오늘날 우리는 좋은 시민들이야. 에스페랑스는 어른으로 자랐어. 좋은 도시, 아름다운 도시, 하느님의 도시로. 하지만 지루하구나. 토머스는 어떠냐?"

"토머스는 잘 지내요." 그녀는 핸드백에 손을 뻗으며 말했다.

"한데 언제 데려올 거니? 네 어머니 때문에 에스페랑스에 데려오지 않는 거라면, 이제 심판의 불을 통과시켜볼 때도 되지 않았나!" 그들은 같이 웃었다. 때로 사비니 노인에게는 이런 통찰력이 번득였고, 그녀는 그 때문에 그를 사랑했다. "너 같은 여자를 낚아챌 만한 놈이겠지. 진지하겠지? 심심풀이로 사랑하는 건 아니고? 하루에 세 번씩 편지를 쓰냐?"

"토머스는 잘 잊어버려요."

그들은 다시 웃었다. 사제는 '잘 잊어버린다'는 말을 되풀이하며 고개를 저었다. 그녀는 핸드백에서 셀로판 봉투에 든 사진 두 장을 꺼내 그에게 건넸다. 그리고 탁자에 놓인 낡은 철테 안경도 건네주었다. 그런 다음 그가 사진을 집중해서 볼 때까지 기다렸다.

"이게 토머스냐? 이야, 잘생겼구나! 왜 이야기하지 않았니? 잘 잊어버려? 이 남자가? 정말 멋있구나! 네 어머니라면 이런 남자 앞에서 당장 무릎이라도 꿇었을 거야!"

여전히 손에 들고 있는 조녀선의 사진을 멀찍이 바라보며, 사제는 창에서 들어오는 불빛에 비춰보려고 안경을 약간 기울였다.

"깜짝 선물로 신혼여행에 끌고 갔다 올 생각인데요, 여권이 없어요." 이본은 말했다. "교구에서 급히 만들어야 해요."

사제는 이미 펜을 찾아 카디건을 뒤지고 있었다. 그녀는 사진을 한 장 더 꺼내 들었다. 사진 두 장을 얼굴이 아래로 가도록 내려놓은 뒤, 퀘벡 주의 법률에 의거하여 결혼을 주관할 권한을 부여받은 종교 기관의 사제로서 노인이 느릿느릿 서명하는 모습을 바라보았다. 그녀는 핸드백에서 파란색 여권 신청서를 꺼냈다. '16세 이상을 위한 신청서 A' 그리고 신청자와 개인적으로 알고 지내는 증인으로서 노인이 다시 서명해야 할 곳을 손가락으로 짚어주었다.

"한데 내가 얼마나 알고 지냈다고 해야 하나. 난생처음 보는 놈인데!"

"그냥 '평생'이라고 적어주세요." 이본은 사제가 '평생'이라고 적는 것을 바라보았다.

그날 밤, 그녀는 의기양양해서 전보를 보냈다. 톰, 교회에서 당신 출생증명서를 확인해야 한대. 바베트에 특급으로 보내줘. 날 계속 사랑해줘. 이본.

조너선이 문을 스치며 신호를 보냈을 때, 그녀는 자는 척 움직이지 않았다. 하지만 그가 침대 옆으로 와서 서자, 그녀는 일어나 앉아 어느 때보다 더 간절하게 그를 끌어안았다. 내가 해냈어요. 그녀는 계속 속삭였다. 얻어냈어요! 잘될 거야!

이 일이 있고 얼마 지나지 않아, 거의 같은 저녁 시간대에, 마담 라틸리프는 약속을 잡고 덩치 큰 경찰 감독관의 호화로운 사무실을 찾았다. 그녀는 상복 같은 연보라색 드레스 차림이었다.

"앙젤리크." 감독관은 의자를 빼주었다. "여기 앉으세요. 잘 오셨습니다."

사제와 마찬가지로, 감독관은 한때 카우보이였다. 벽에는 모피를 두르고 개썰매를 끌던 모습, 숲 속에서 외로운 영웅으로 사람을 뒤쫓던 한창때의 모습이 찍힌 사진들이 서명과 함께 걸려 있었다. 그러나 이런 추억은 감독관에게 별 도움이 되지 않았다. 한때 남자답던 얼굴 윤곽은 이제 흰 턱수염으로 가려져 있었다. 제복의 가죽 벨트 위에는 볼록 나온 배가 갈색 축구공처럼 얹혀 있었다.

"집안 여자들 중 한 명이 또 무슨 일에 휩쓸렸습니까?" 감독관은 잘 안다는 듯 미소 지으며 물었다.

"고맙지만, 루이, 내가 아는 한 이번에는 아니에요."

"누가 금고에 손을 댔나요?"

"아뇨, 루이. 우리 장부는 멀쩡합니다. 물어봐 줘서 고마워요."

감독관은 부인의 말투를 눈치채고 방어벽을 쳤다.

"다행이군요, 앙젤리크. 요즘 워낙 그런 일이 많아서요. 예전 같지가 않아요. 엉 프티 드링크?(마실 것 좀 드릴까요?)"

"고맙지만, 루이, 사교차 들른 것이 아니에요. 앙드레가 호텔에 고용한 젊은 남자에 대해 수사를 해줬으면 해요."

"그가 무슨 짓을 했는데요?"

"앙드레가 무슨 짓을 했는지 묻는 게 순서겠죠. 여권도 없는 사람을 고용했으니. 그가 순진했어요."

"앙드레는 친절한 사람입니다, 앙젤리크. 인간 됨됨이는 최고죠."

"너무 친절한 게 문제예요. 벌써 10주간이나 우리 호텔에서 일했는데, 아직 서류를 제출하지 않았어요. 우릴 불법 고용주로 만들어버렸다고요."

"여긴 오타와가 아닙니다, 앙젤리크. 아시잖아요."

"그는 자기가 스위스인이라고 했어요."

"그럴 수도 있겠죠. 스위스는 좋은 나라입니다."

"처음에는 여권이 이민국에 있다고 앙드레에게 말했다가, 그다음에는 재발급을 위해 스위스 대사관에 갔다고 했다가, 이젠 다른 기관에 들어갔다고 해요. 어디일까요?"

"음, 여기엔 오지 않았습니다, 앙젤리크. 오타와를 알잖아요. 그 친구들은 제 똥구멍을 닦는 데만 석 달이 걸릴 사람들이에요." 감독관은 자기 농담에 경망스러운 미소를 지었다.

마담 라튈리프는 얼굴을 붉혔다. 기분을 맞추려는 안색이 아니라 흙빛으로 붉으락푸르락하는 얼굴이었다. 감독관은 초조해졌다.

"그는 스위스인이 아니에요."

"어떻게 아시죠, 앙젤리크?"

"스위스 대사관에 전화해봤으니까요. 그 사람 엄마라고 하면서요."

"그런데요?"

"여권이 늦어져서 너무 불쾌하다, 내 아들이 일을 할 수가 없다, 빚이 산더미다, 아들은 우울하다, 여권을 보내줄 수 없다면 모든 게 잘 진행되고 있다는 확답이라도 일단 달라."

"잘하셨습니다, 앙젤리크. 정말 대단한 배우예요. 다들 알잖습니까."

"한데 기록이 전혀 없어요. 스위스 출신이고 캐나다에 사는 자크 보르가르라는 사람은 없어요. 전부 거짓이었다고요. 그는 사람을 꾀어냈어요."

"꾀어내요?"

"내 딸 이본을 꾀어냈어요. 그애는 그에게 홀딱 반했어요. 그는 전문 협잡꾼이에요. 그의 계획은 내 딸을 훔치고, 내 호텔을 훔치고, 우리 마음의 평화를 훔치고, 만족스러운 일상을 훔치고, 우리의……."

그녀는 조녀선이 무엇을 훔쳤는지 죄다 알고 있었다. 밤새도록 잠 못 든 채 딸이 도둑놈에게 집착하는 징조를 하나씩 보일 때마다 작성해나간 목록이었다. 그가 훔쳐낸 목록 중에서 유일하게 빠뜨린 것이 있다면 그건 그녀 자신의 마음이었다.

10
카르텔의 주요 중개인

활주로는 갈색 루이지애나의 늪 속에 녹색 리본처럼 뻗어 있었다. 소 떼는 늪 가장자리에서 풀을 뜯고 있었고, 흰 왜가리가 소 등에 올라앉아 있었다. 공중에서 내려다보니 마치 눈송이 같았다. 활주로 저쪽 끝에는 한때 격납고였던 망가진 깡통 같은 헛간이 서 있었다. 붉은 진흙 길이 격납고에서 고속도로로 이어졌지만, 스트렐스키는 여기가 목적지라고 생각하지 않거나 목적지가 마음에 들지 않는 것 같았다. 그는 세스나를 기울여서 활강하다가 대각선으로 늪지를 낮게 가로질렀다. 뒷자리에 앉은 버는 헛간 옆 낡은 연료펌프와 그 뒤 철조망을 두른 입구를 보았다. 입구는 닫혀 있었고 사람의 흔적이 눈에 띄지 않았지만, 잔디 위에 갓 난 타이어 자국이 보였다. 스트렐스키도 동시에 흔적을 읽었는지 스로틀을 열고 다시 서쪽에서 돌아갔다. 그가 플린에게 인터컴을 통해 뭐라고 말한 모양이었다. 플린은 무릎 위에 얹은 반자동소총에서 손바닥을 들어 그답지 않게 라틴계 특유의 어깻짓을 해보였다. 배턴 루지에서 이륙한 지 한 시간이 흐른 상태였다.

세스나는 노인네처럼 끙끙거리는 소리를 내며 착륙한 뒤 덜컹거리며 둑길을 따라 달렸다. 소 떼는 고개를 들지 않았고, 왜가리도 마찬가지였다. 스트렐스키와 플린은 잔디 위에 내려섰다. 둑길은 개펄 사이에 형성된 모래톱으로 되어 있었고, 김이 모락모락 피어오르는 펄은 잇새로 빨아들이는 소리를 내며 부들거리고 있었다. 플린은 가슴 앞으로 비스듬히 총을 찬 채 좌우를 살피며 헛간을 향해 앞장섰다. 스트렐스키가 서류 가방과 자동 권총을 빼 들고 뒤따랐다. 마지막으로 사격 훈련 경험이 거의 없고 총을 싫어하는 버가 빈손으로 기도문을 중얼거리며 그 뒤를 따랐다.

여기 패트 플린은 미얀마 북부에서 경험이 있어, 스트렐스키가 말했다. 여기 패트 플린은 사우바도르에서 경험이 있어. ……믿기지 않게도 여기 패트는 않지만 기독교도야. 스트렐스키는 이런 식으로 경외감을 담아 플린을 언급하곤 했다.

버는 발밑의 타이어 자국을 살폈다. 자동차일까, 비행기일까? 구별할 방법이 있겠지만, 부끄럽게도 그는 몰랐다.

"마이클에게 자네가 영국 거물이라고 했어." 스트렐스키가 말했다. "윈스턴 처칠의 고모쯤 된다고."

"그보다 더 거물이라고 했어." 플린이 말했다.

"이쪽은 루칸 신부, 그리고 이쪽은 마이클 형제야." 스트렐스키는 전날 밤 포트 로더데일의 비치하우스 테라스에 앉아 버에게 말했다. "여기 패트 플린이 지휘하고. 마이클에게 뭔가를 부탁하고 싶으면, 여기 패트에게 말하면 돼. 그자는 건달에다 미치광이거든. 그렇지, 패트?"

플린은 미소를 가리기 위해 커다란 손을 입 앞에 갖다 댔다. "마이클은 멋진 놈이야."

"경건하지." 스트렐스키가 말했다. "마이클은 아주, 아주, 아주 신앙심이 돈독해. 그렇지, 패트?"

"진정한 신자야, 조." 플린이 대답했다.

한참 동안 킬킬거리고 웃다가 스트렐스키와 플린은 '마이클 형제'가 예수에게 귀의해서 최고급 정보원이라는 소임을 맡게 된 사연을 털어놓았다. 플린 요원이 어느 사순절 주말에 아내를 피해 금주를 선언한 다른 두 명의 동료들과 함께 부시밀즈 싱글 몰트 아이리시 위스키 한 박스로 영혼을 달래기 위해 보스턴에 가지 않았다면 시작조차 되지 않았을 이야기였다고, 스트렐스키는 주장했다.

"그렇지, 패트?" 스트렐스키는 플린이 잠이라도 들까 봐 조바심이 났는지 물었다.

"맞아, 조." 플린은 위스키 한 모금을 마시고 피자를 커다랗게 한 입 베어 물었다. 그의 시선은 대서양 위로 떠오르는 보름달을 온화하게 응시하고 있었다.

"여기 패트와 그의 경건한 형제들이 몰트위스키를 채 한 병도 끝내지 못했는데 말이야, 레너드, 애벗 신부가 미국 관세청 특수 요원 패트 플린과 개인 사무실에서 잠시 면담을 해도 되겠느냐고 물어왔던 거지." 스트렐스키는 말을 이었다.

플린 요원은 선선히 이 제안을 받아들였고, 애벗 신부의 개인 사무실에 가보니 귀가 탁구 채처럼 생긴 텍사스 청년이 기다리고 있었다. 교황만 아는 이유로 보스턴의 애벗 신부가 보호하는 뉴올리언스의 '은둔 처녀의 피'라는 교단에서 온 루칸 신부였다.

여드름이 잔뜩 난 루칸 신부는 개인적인 축성을 통해 길 잃은 영혼들을 감화시키는 사업에 전념하고 있었다.

그 과정에서—플린은 킬킬 웃으면서 붉은 얼굴을 끄덕이고 앞머리를 바보처럼 흔들었다—루칸은 한 돈 많은 신자의 회개를 듣게 되었다. 최근 자신의 딸이 아버지의 범죄 행각과 방탕 때문에 처참하게 자살을 감행했다는 것이었다.

이 신도는 극도의 죄책감 속에서 루칸에게 자신의 영혼을 낱낱이 고백했고, 신부는 보스턴의 애벗 신부에게 즉각 달려가서 정신적 인도와 각성을 청했다. 신도는 루칸이 평생 동안 한 번도 만나본 적이 없는 어마어마한 거물급 범죄자였던 것이다…….

"마약쟁이에게 고해란, 아주 짧은 성찬이겠지." 스트렐스키는 철학적인 말투로 중얼거렸다. 플린은 조용히 달을 향해 미소 지었다. "양심의 가책을 느꼈는지는 잘 모르겠어. 패트릭이 갔을 때 마이클은 이미 제정신을 차리고 잠깐의 실수를 후회하며 수정헌법 제1조와 제5조, 할머니의 병환을 내세워 선처를 부탁했어. 잠시 슬픔으로 제정신을 잃었으니 없었던 이야기로 해달라고 말이야. 한데 여기 패트는……." 플린의 미소가 한층 커졌다. "자기 종교에 의거하여 상황을 수습했지. 마이클에게 정확히 두 가지 선택지를 줬던 거야. 첫 번째 선택지는 교도소에서 70~90년 형을 받는 거였고, 두 번째 선택지는 하느님의 뜻에 따라 사면권을 얻고 그가 속한 단체의 앞줄을 휘저어달라는 거였어. 마이클은 자신이 모시는 신에게 20초 정도 기도를 했나, 그러고 나서 자신의 양심에 따라 두 번째 선택지를 택했어."

플린은 헛간에 서서 버와 스트렐스키에게 들어오라고 손짓했다. 헛간 안에서는 박쥐 냄새가 풍겼고, 열기가 오븐처럼 뿜어져 나왔다. 부서진 탁자 위, 나무 의자, 탁자 주위에 넘어져 있는 플라스틱 의자 위에 박쥐 똥이 널려 있었다. 박쥐는 겁먹은 어릿광대처럼 두세 마리씩 서로 바짝 붙어서 쇠 대들보에 거꾸로 매달려 있었다. 부서진 라디오가 한쪽 벽 총구가 한 줄 난 발전기 옆에 놓여 있었다. 누군가 망가뜨려놓은 곳이로군, 버는 생각했다. 우리가 다시 사용하지 않을 장소라면 아무도 못 쓰게 만든다, 그리고 부술 수 있는 모든 걸 부수고 떠났어. 플린은 마지막으로 밖을 내다보고 헛간 문을 닫았다. 종이봉투에는 글자가 찍혀 있었다. '지구를 구합시다. 오늘은 가방 없이 외출합시다.' 플린은 코일에 불을 붙였다. 녹색 연기가 나선을 타고 헛간 지붕으로 이어지자 박쥐들이 들썩이기 시작했다. 벽에는 스페인어로 '양키를 쳐부수자'는 낙서가 적혀 있었다.

스트렐스키와 플린은 의자에 앉았다. 버는 부서진 의자 위에 한쪽 엉덩이를 걸치고 균형을 잡았다. 자동차야, 그는 생각했다. 그것은 자동차 바큇자국이었다. 네 바퀴가 나란히 앞으로 나아간 자국. 플린은 기관총을 무릎 위에 놓고 한 손으로 방아쇠를 휘감은 채 눈을 감고 매미 소리에 귀를 기울이고 있었다. 비행장은 1960년대에 마리화나 밀수업자들이 지은 곳이라고, 스트렐스키가 설명했다. 하지만 오늘날의 밀수 규모와 비교할 때 너무 작았다. 요즘 밀수업자들은 747 민간 항공기에 상품을 화물로 위장해서 운반하고 최신 시설이 갖춰진 공항을 사용한다. 그리고 돌아가는 비행기에는 창녀에게 줄 밍크코트와 친구들에게 줄 파편성 수류탄을 가득 채운다. 밀수업자들은 다른 화물업자들과 똑같다. 빈 비행기로 집에 돌아가는 것을 끔찍이도 싫어한다.

반 시간이 흘렀다. 버는 모기향 때문에 속이 메슥거렸다. 열대의 날씨에 땀이 얼굴에서 샤워기 물 쏟아지듯 솟아나고 있었고, 셔츠는 흥건히 젖어 있었다. 스트렐스키가 미지근한 물병을 건넸다. 버는 한 모금 마시고는 축축한 손수건으로 이마를 닦았다. 밀고자가 이중으로 밀고하면 우리는 다 죽는다, 버는 생각했다. 스트렐스키는 사타구니가 불편한지 겹쳤던 다리를 풀었다. 그는 권총을 무릎 위에 올려놓고 있었고, 발목에도 알루미늄 권총을 차고 있었다.

"자네가 박사라고 했어." 스트렐스키가 말했다. "원래는 귀족이라고 말하려 했는데, 여기 패트가 그러지 말라고 하더군."

플린은 모기향을 하나 더 피우더니 기관총으로 문간을 겨누며 조용히 옆으로 비켜섰다. 버는 스트렐스키가 움직이는 것을 보지 못했지만, 돌아보니 뒤쪽 벽에 납작하게 몸을 붙이고는 자동 권총으로 지붕을 겨누고 있었다. 버는 그 자리에 그대로 서 있었다. 좋은 승객은 움직이지 않고 그대로 앉아 입을 다무는 법이다.

문이 열리고 헛간은 붉은 햇빛으로 가득 찼다. 군데군데 면도한 젊은 남자의 길쭉한 머리가 문간에서 나타났다. 귀가 탁구 채 같군, 버는 생각했다. 겁에 질린 시선은 헛간 안에 있는 사람들을 하나씩 살폈고, 버에게 유독 오래 머물렀다. 문을 열어둔 채 남자의 얼굴은 사라졌다. "어디?", "여기?"라는 소리가 작게 들려왔고, 달래는 듯 중얼거리는 목소리가 대답했다. 문이 안으로 활짝 열렸다. 폴 아포스톨 박사, 일명 아포, 일명 식욕, 일명 마이클 형제의 분한 얼굴이 헛간 안으로 들어왔다. 참회자라기보다는 애마를 잃어버린 아주 덩치 작은 장군 같은 인상이었다. 마법에 걸린 듯 짜증이 사라졌다. 이 사람이 아포스톨이군, 버는 생각했다. 우리에게 로퍼의 계획을 처음으로 알려줬던 사람, 그와 공모를 하고, 그와 막역한 사이며, 같이 요트를 타고, 남는 시간에는 그를 배신하는 인물.

"영국에서 온 박사입니다." 플린은 버를 가리키며 엄숙하게 말했다.

"안녕하십니까, 박사." 아포스톨은 기분이 상한 듯한 정중함을 곁들이며 말했다. "품위 있는 분이니까 격조가 높아지겠지요. 나는 영국이라는 위대한 나라를 존경합니다. 제 선조들 중에도 영국 귀족들이 많으셨지요."

"당신 선조들은 그리스 사기꾼인 줄 알았는데." 스트렐스키는 아포스톨 앞에서 이미 이글거리는 적의를 드러내고 있었다.

"어머니 쪽으로. 내 어머니는 데번셔 공작 집안이었소."

"누가 믿어." 스트렐스키가 말했다.

아포스톨은 그 말을 듣지 않았다. 그는 버에게 말하고 있었다.

"난 원칙을 가진 사람입니다, 박사. 영국인이라면 이해하시리라 믿습니다. 또한 나는 마리아의 자식이고, 그 군단의 인도를 따르는 특권을 누리고 있습니다. 나는 내게 주어진 사실에 따라 조언을 합니다. 제 법률 지식에 기반을 두고 가설에 근거한 추천을 하지요. 그런 다음에 자리에서 일어날 뿐입니다."

열기나 악취, 매미 소리는 잊었다. 이것은 일이었다. 정해진 일상이었다. 세상의 모든 안가에서와 마찬가지로 요원의 임무 보고였다. 플린은 아일랜드인의 평범한 경찰 억양으로, 아포스톨은 법정에 선 변호사의 신랄한 논변으로. 사진과 비교할 때 살이 좀 빠졌군, 버는 날카로운 턱선과 퀭한 눈을 바라보며 생각했다.

스트렐스키는 기관총을 움켜쥐고 보란 듯이 아포스톨에게 등을 돌린 채 열린 문간과 비행장을 바라보고 있었다. 루칸은 고개를 약간 젖히고 눈썹을 추켜세운 채 고해자의 옆모습을 열심히 바라보고 있었다. 루칸은 파란색 청바지 차림이었지만, 아포스톨은 총살을 집행하는 군인 같은 긴 흰색 셔츠와 검은 면바지 차림이었다. 목에는 두 팔을 벌리고 있는 마리아상 금목걸이를 걸고 있었다. 물결치는 검은색 가발은 인위적이었고, 그에게 너무 컸다. 실수로 잘못 고른 게 아닐까 하는 생각이 들었다.

플린은 이중 첩자의 살림살이를 챙기고 있었다. 이 회의에 어떤 변명을 댔느냐, 시외로 나올 때 본 사람이 있느냐, 언제까지 돌아가야 하느냐, 다음에는 언제 어디서 만나느냐. 차로 당신을 미행했다는 사무실의 아네트는 어떻게 됐느냐.

여기서 아포스톨은 루칸 신부를 노려보았고, 루칸은 멍하니 허공만 바라보았다.

"당신이 말했던 그 문제는 해결했소." 아포스톨이 말했다.

"어떻게?"

"문제의 여자는 내게 사적인 관심을 갖고 있었소. 내가 우리 기도단에 들어오라고 권유했는데, 내 목적을 착각했던 거요. 여자는 사과했고, 난 사과를 받아들였소."

그러나 루칸 신부는 더 이상 참을 수가 없던 모양이었다. "마이클, 그건 정확한 진실이 아닙니다." 그는 긴 손을 얼굴 옆에서 떼며 엄하게 입을 열었다. "마이클은 그녀를 속이고 바람을 피웠습니다, 패트릭. 처음에는 아네트와 잠을 자다가 그녀의 룸메이트하고 자기 시작했어요. 아네트가 뭔가 수상하다고 여겨 뒤따랐던 겁니다."

"다음 질문은?" 아포스톨은 날카롭게 화제를 돌렸다.

플린은 주머니에서 테이프 녹음기 두 개를 꺼내 탁자 위에 놓고 녹음 버튼을 눌렀다.

"블랙호크는 아직 있나, 마이클?" 플린이 물었다.

"패트릭, 난 이 질문을 듣지 못했소." 아포스톨이 대답했다.

"난 들었는데." 스트렐스키가 대꾸했다. "카르텔이 아직도 그 빌어먹을 전투용 헬기를 노리고 있나? 그렇다, 아니다, 말하면 돼. 맙소사!"

버는 전에도 좋은 경찰 나쁜 경찰 놀이를 본 적이 있었다. 하지만 스트렐스키의 넌더리는 놀랄 정도로 진심이었다.

"그런 문제를 논할 때는 참석하지 않는 게 나의 원칙이오." 아포스톨이 대답했다. "로퍼 씨의 절묘한 표현을 빌리자면, 발에 신발을 맞추는 게 그의 예술이오. 블랙호크가 로퍼 씨의 비전에 필요하다면, 포함됐겠지."

스트렐스키는 화가 난 듯 수첩에 뭔가를 갈겨썼다. "이 일을 마무리하는 날짜는?" 그는 거칠게 물었다. "워싱턴에다 일 년 더 기다리라고 해야 하나?"

아포스톨은 경멸 섞인 웃음을 터뜨렸다. "당신 친구는 즉각적인 만족감을 위해 애국심을 담아두어야겠소, 패트릭. 로퍼 씨는 서두르지 않을 거라는 점을 분명히 했고, 내 고객들은 그의 말에 동의했소. '잘 되는 일은 천천히 진행되기 마련이다', 스페인의 오래된 금언이지. 라틴계 사람들이 그렇듯 내 고객들은 시간에 대해 아주 성숙한 감각을 갖고 있소." 그는 버를 흘끗 보았다. "마리아 교단 사람들은 금욕적입니다. 비방하는 사람들이 많지요. 그들의 경멸이 마리아의 겸허함을 신성하게 합니다."

대화는 계속되었다. 관련자와 장소…… 주문한 물건, 배달한 물건…… 카리브 해 돈세탁 망에 들어온 돈, 나간 돈…… 카르텔의 최근 마이애미 중심가 빌딩 프로젝트.

마침내 플린은 버를 끌어들이듯 미소 지었다. "음, 박사, 이제 여기 마이클에게 물어보고 싶은 관심사가 있습니까?"

"네, 패트릭, 고맙습니다. 물어보고 싶은 게 있습니다." 버는 정중하게 말했다. "마이클 형제와 처음 만나는 사이이니─물론 이 문제에 대해 들려주신 조언의 질에 대해 아주 감탄했습니다─우선 폭넓은 배경 질문부터 던지고 싶습니다. 가능하다면요. 내용보다는 질감에 관심이 있다고나 할까요."

"얼마든지 물어보십시오." 아포스톨은 플린이 끼어들기 전에 흔쾌히 말했다. "영국 신사와 지성을 교환하는 것은 늘 즐거운 일입니다."

넓게 시작해서 천천히 들어가라고, 스트렐스키가 조언한 바 있었다. 영국 모직 천으로 휘감아버려.

"이 모든 일에는 한 가지 수수께끼 같은 점이 있는데요, 패트릭, 로퍼 씨와 같은 나라 국민으로서 말입니다." 버는 플린에게 말했다. "로퍼의 비결은 뭡니까? 다른 사람이 가지지 못한 무엇을 가지고 있을까요? 이스라엘, 프랑스, 쿠바, 이 모두가 카르텔에 더 효과적인 무기를 공급하겠다고 제안했지만, 이스라엘만 제외하고는 계약을 성사시키지 못했습니다. 어떻게 모두가 마이클 형제의 고객을 설득시키지 못한 사안에 대해 리처드 온슬로 로퍼만 성공했을까요?"

놀랍게도 어울리지 않는 따뜻함이 아포스톨의 앙상한 얼굴에 떠올랐다. 그의 목소리에도 서정적인 떨림이 깃들었다.

"박사, 박사의 동족인 로퍼 씨는 평범한 상인이 아닙니다. 사람을 매혹시키는 분이지요. 비전과 용기가 있는, 피리 부는 사나이라고나 할까요. 로퍼 씨는 표준 너머에 있기 때문에 아름답습니다."

스트렐스키는 나직하게 욕설을 내뱉었지만, 아포스톨의 말은 멈추지 않았다.

"온슬로 로퍼 씨와 시간을 보내는 것은 특권이고 축제입니다. 내 고객을 찾는 많은 사람들은 사실 그들을 경멸하지요. 아양을 떨고, 선물을 주고, 아첨을 하지만, 정직하지 않습니다. 벼락부자가 되고 싶은 뜨내기들이지요. 로퍼 씨는 내 고객을 동등한 인간으로 대접합니다. 신사지만 속물이 아니에요. 로퍼 씨는 그들의 부를 축하합니다. 자연이 선물한 자산을 잘 활용했다는 뜻이니까요. 기술로, 용기로. 세계는 정글이다, 라고 그분은 말합니다. 모든 생물이 살아남을 수는 없지요. 약한 자가 궁지에 몰리는 것은 당연한 일입니다. 문제는, 누가 강하냐 하는 거죠. 그런 다음 자료를 보여주지요. 아주 전문적이고, 아주 잘 구성된 영상 자료입니다. 길지 않아요. 지나치게 기술적이지도 않고요. 딱 적당할 정도입니다."

그렇다면 당신도 그 방에 있었군, 버는 아포스톨이 과장하는 것을 보며 생각했다. 누군가의 목장에서, 누군가의 아파트에서 창녀들, 우지 기관단총을 든 청바지 차림의 남자들에게 둘러싸여서, 표범 가죽 소파와 초대형 텔레비전, 순금 칵테일 셰이커 사이를 돌아다니면서. 당신 고객들과 함께. 매력적인 영국 귀족과 그의 영상 자료에 매혹되어서.

"로퍼 씨는 런던 주재 이탈리아 대사관을 공격하는 영국 특수부대의 영상을 보여주었습니다. 정글에서 훈련하는 미국 특수부대 델타포스의 영상, 세상에서 가장 새롭고 가장 영리한 무기류의 홍보 영상도 보여주었습니다. 그런 다음 다시 물었죠. 누가 강하냐고. 미국이 볼리비아 작물에 제초제를 뿌리고 디트로이트에서 50킬로미터를 압류하는 데 지쳐서, 대신 직접 내 고객을 침대에서 질질 끌어내서 마이애미로 압송한 다음 노리에가 장군처럼 미국 법에 따라 공개재판을 받는 굴욕을 겪게 한다면? 그런 부를 소유한 사람들이 보호받지 못한다는 것이 옳고 자연스러운 일일까? 로퍼 씨는 질문했습니다. '여러분은 낡은 차를 몰지 않습니다. 낡은 옷을 입지 않지요. 늙은 여자와 자지 않습니다. 한데 왜 가장 새로운 무기의 보호는 거부당해야 합니까? 여기 이 용감하고 씩씩한, 충실한 부하들도 있습니다. 얼굴만 봐도 알겠어요. 하지만 내가 제안하는 전투부대에 합격할 만한 사람은 백 명 중 다섯 명도 안 됩니다.' 그런 다음 로퍼 씨는 자신의 훌륭한 회사 아이언브랜드를 소개했습니다. 품위와 다양성, 유조선 함대, 운송 설비, 탁월한 광물 교역 실적, 목재와 농기구. 특별한 상품들에 대한 비공식적 운송 경험. 세계 주요 근거지에 있는 공무원들과의 원만한 관계, 역외 회사를 창조적으로 활용할 줄 안다는 점. 그런 분은 아무리 어두운 구덩이에도 마리아의 메시지를 빛낼 수 있습니다."

아포스톨은 말을 멈추고 루칸 신부가 플라스틱병을 기울여 유리잔에 따라준 물을 조금 마셨다.

100달러짜리 지폐를 가득 채운 서류 가방을 들고 다니던 시절은 지났다고, 그는 말을 이었다. 올리브오일을 바른 콘돔을 삼키고 엑스레이 검색대를 통과하던 시절도, 멕시코 만의 항공 차단 지역을 소형 비행기로 통과하던 시절도 지났다. 로퍼와 그의 동료들은 그런 애로 사항 없이 유럽 중부 및 동부의 신흥 시장으로 문에서 문까지 상품을 배달한다.

"마약이야!" 스트렐스키는 더 이상 아포스톨이 에둘러 말하는 것을 참지 못하고 폭발했다. "당신 고객들의 상품은 마약이라고, 마이클! 로퍼는 최고로 정제된 코카인과 총을 항공료로 밀거래하고 있어! 어마어마한 양을 말이야! 그걸 유럽으로 실어가서 애들을 중독시키고 인생을 망치면서 어마어마한 돈을 벌고 있다고! 그렇잖아?"

아포스톨은 이 폭발에도 냉정했다. "로퍼 씨는 내 고객들에게 현금을 선불로 받지 않습니다, 박사. 모든 거래 비용을 본인이 조달하지요. 손을 내밀지도 않습니다. 그분이 고객에게 보내는 신뢰는 일반적인 인간의 신뢰를 초월합니다. 누군가 계약을 속이면, 자신의 명성을 더럽히게 되니 회사를 파산시키고 투자자를 영원히 돌려세우게 된다고 분명히 말씀하셨지요. 하지만 로퍼 씨는 내 고객에게 신뢰를 갖고 있었습니다. 좋은 사람들로 알고 계셨죠. 가장 위대한 축복은—온갖 참견에서 안전할 수 있는 최선의 보증은—계산하는 날까지 거래 전체를 무조건 본인 주머니에서 조달하는 것이라고 말씀하셨습니다. 그게 그분의 제안이었죠. 내 고객들의 손에 신뢰를 맡긴 겁니다. 로퍼 씨는 한발 더 나아갔습니다. 내 고객이 통상적으로 거래하던 유럽 거래처와 경쟁할 의도는 전혀 없다고 강조하셨죠. 고객의 뜻에 따라 언제든지 개입했다가 손을 털고 나가겠다고 하셨습니다. 일단 고객이 지정한 수령인에게 상품이 배달되면, 임무가 끝난 걸로 간주하겠다고. 내 고객이 수령인의 이름을 입 밖에 내는 것조차 꺼린다면, 익명 거래도 괜찮다고 하셨습니다."

아포스톨은 주머니에서 커다란 실크 손수건을 꺼내 가발 아래로 맺히기 시작한 땀을 닦았다.

지금이다. 버는 그 틈을 타서 생각했다. 시작하자.

"한데 코코란 소령도 그 자리에 있었습니까, 마이클?" 버가 순진하게 물었다.

순간적으로 재빨리 움직이는 아포스톨의 얼굴에 못마땅한 기색이 스쳤다. 목소리는 퉁명스럽고 나무라듯 변했다. "코코란 소령은 랭번 경과 마찬가지로 당연히 그 자리에 계셨습니다. 코코란 소령은 소중한 손님이지요. 프로젝터를 운용하고, 손님들을 접대하고, 숙녀분들께 점잖게 말을 건네고, 음료를 만들고, 분위기를 화기애애하게 만드셨습니다. 내 고객들이 계약이 성사될 때까지 코코란 소령을 인질로 남기라고 반농담조로 제안하니까 여자분들이 정말 좋아하시더군요. 저와 랭번 경이 대략의 합의서를 작성한 뒤에는, 코코란 소령이 익살스러운 말을 건네면서 로퍼 씨를 대행하여 서명하셨습니다. 하루의 고단한 일이 끝나면 내 고객들은 그런 재담가가 분위기를 돋워주는 것을 좋아하지요." 그는 숨을 들이쉬었다. 작은 주먹을 펼치자 묵주가 나왔다. "불행히도, 박사, 패트릭과 여기 입이 거친 친구의 강요 때문에, 나는 코코란 소령에 대한 관심이 떨어지도록 내 고객들 앞에서 그분을 폄하해야 했습니다. 이건 비기독교적인 행위입니다. 중상모략입니다. 나는 개탄스럽습니다. 루칸 신부님도 마찬가지고요."

"그건 정말이지 고약했어요." 루칸도 불평했다. "윤리적이지도 않았습니다."

"궁금해서 그러는데, 마이클, 고객들이 정확히 코코란 소령에 대해 어떤 말을 들었습니까?"

아포스톨의 머리가 화난 닭처럼 툭 튀어나왔다. 목에도 힘줄이 돋았다.

"박사, 고객들이 다른 곳에서 들었을 수도 있는 말에 대해서는 내게 책임이 없습니다. 내가 그들에게 해준 말은, 그 정확한 표현은……." 그는 갑자기 할 말을 찾지 못하는 것 같았다. "나는 고객들에게 코코란 소령의 과거와 관계된, 만약 사실이라면 장기적인 명의자로서 부적합할 수 있는 특정한 사실에 대해 변호사로서 조언했습니다."

"예를 들어서?"

"나는 고객들에게 그가 불규칙한 생활 습관을 갖고 있다고, 알코올과 마약을 지나치게 한다고 조언해야 했습니다. 부끄럽게도 그가 경솔하다고 말했습니다. 소령을 만난 내 경험으로 미루어볼 때 이는 전혀 사실이 아닙니다. 아무리 취했을 때라 해도 자제력을 갖고 계신 분이니까요." 그는 풀린 쪽으로 고개를 기울였다. "이 몰지각한 조종의 목적은 코코란 소령을 대리인 자격에서 밀어내고 로퍼 씨를 직접 사형대 위에 세우고 싶은 것이겠지요. 하지만 그 점에 대해 나는 이분들처럼 낙관하지 않는다고 말씀드릴 수밖에 없고, 설사 그렇다고 해도 이런 것이 진정한 종교인의 이상과 합치하는 행동이라고 생각하지 않습니다. 코코란 소령이 자격을 못 갖추었다면, 로퍼 씨는 그저 다른 대리인을 찾으면 되겠지요."

"로퍼 씨도 코코란 소령에 대한 고객들의 의구심에 대해 알고 있습니까?" 버가 물었다.

"박사, 난 로퍼 씨의 관리자도 아니고 내 고객의 관리자도 아닙니다. 개인적으로 심사숙고하는 일에 대해서는 저와 의논하지 않아요. 나는 그 점을 존중하고요."

버는 땀에 젖은 재킷 안주머니에 손을 넣어서 축 늘어진 봉투를 꺼내 열었다. 플린은 강한 아일랜드 억양으로 거기에 적힌 내용을 설명했다.

"마이클, 박사가 여기에 가져온 것은 코코란 소령이 로퍼 씨에게 고용되기 전에 저질렀던 어마어마한 비행 내역이야. 대부분의 사건들이 성행위와 관련돼 있어. 하지만 공공장소에서의 소란, 음주운전, 마약 복용, 무단이탈, 군자금 횡령 같은 것도 있지. 당신 고객들의 이해관계를 수호하는 사람으로서, 여기저기서 들려오는 소문이 너무 걱정돼서 비밀리에 영국에서 조사를 하지 않았겠나. 이게 그 결과야."

아포스톨은 벌써부터 항의하고 있었다. "난 플로리다와 루이지애나 주에 등록된 충실한 변호사이고, 데이드 카운티 변호사협회의 전직 회장입니다. 코코란 소령은 이중적인 사람이 아닙니다. 결백한 사람에게 누명을 씌우는 데 이용될 수는 없어요."

"입 닥치고 앉아." 스트렐스키가 말했다. "그 변호사협회 이야기는 엉터리야."

"그저 다 꾸며내는군요." 루칸은 단념하고 버에게 말했다. "정말 대단해요. 무슨 말을 할 때마다 반대로 가니까. 사실이라는 증거를 들이댈 때마다, 그게 거짓으로 밝혀지고. 어떻게 그만두게 할 수 있을지."

버는 조용히 간언했다. "타이밍 문제만 의논할 수 있으면 되네, 패트릭."

그들은 세스나로 돌아갔다. 이번에도 플린이 총을 가슴에 걸치고 앞장섰다.

"통했을까?" 버가 물었다. "정말 못 알아챘을까?"

"우린 너무 멍청해." 스트렐스키가 말했다. "그냥 멍청한 경찰들이라고."

"재수 없는 경찰들이지." 플린이 평화롭게 동의했다.

11
댕기물떼새의 꿈

첫 충격은 조녀선이 자고 있을 때 받은 것 같았다. 턱뼈가 우그러지는 소리가 들렸고, 길게 번갯불이 번쩍이다 검은 불이 들어오면서 정신이 나갔다. 라틸리프의 일그러진 얼굴이 그를 바라보고 있었고, 다시 때리려는지 오른팔을 뒤로 젖히고 있었다. 어리석은 짓 같았다. 못을 박는 망치처럼 오른쪽 주먹을 쓰면서 보복에는 스스로를 훤히 열어두다니. 라틸리프의 질문이 들려왔고, 그는 이 질문을 두 번째 듣고 있다는 것을 깨달았다.

"살로!(나쁜 놈!) 넌 도대체 누구냐?"

그때, 그날 오후에 우크라이나인을 도와 마당에 쌓아놓았던 빈 상자들이 눈에 들어왔고, 디스코텍 비상구를 통해 흘러나오는 스트립쇼 음악이 들려왔다. 초승달이 라틸리프의 머리 뒤로 비뚤어진 후광처럼 걸려 있었다. 라뒬리프가 잠깐 밖으로 나와보라고 했던 것이 기억났다. 라뒬리프에게 반격을 가하거나 최소한 두 번째 주먹은 막아야 한다는 생각이 들었지만 무관심 때문이었는지 모종의 기사도 때문이었는지 그의 손은 움직이지 않았고, 두 번째 주먹이 첫 번째와 거의 같은 자리에 치고 들어왔다. 보육원 시절의 기억이 잠시 돌아왔고, 그는 어둠 속에서 소화전에 부딪혔다. 이미 머리에 감각이 없어졌는지, 아니면 진짜 소화전이 아니었는지 이번에는 첫 주먹만큼의 충격은 없었다. 단지 입가가 찢어지고 뜨끈한 피가 턱을 타고 흘러내릴 뿐이었다.

"스위스 여권은 대체 어디 있냐? 네놈은 스위스인이야, 아니야? 말해봐! 대체 넌 누구야? 내 딸의 인생을 망치고, 내게 거짓말하고, 내 아내를 돌아버리게 하고, 내 식탁에서 밥을 먹고, 넌 누구야? 왜 거짓말을 하지?"

라뒬리프가 주먹을 다시 뒤로 가져가는 순간, 이번에는 조녀선도 발로 차서 상대를 때려눕혔다. 하지만 래니언처럼 바람에 날려온 푹신한 잔디가 쌓여 있지 않았기 때문에 심하게 넘어지지 않도록 조심했다. 마당에는 질 좋은 캐나다산 아스팔트가 깔려 있었던 것이다. 라뒬리프는 단념하지 않고 허둥지둥 일어나서 조녀선의 팔을 잡고 호텔 뒤로 난 지저분한 골목으로 끌고 나갔다. 오랫동안 마을에 사는 남성들의 비공식적 화장실로 사용되던 장소였다. 그 끝에 라뒬리프의 체로키 지프가 세워져 있었다. 그쪽으로 끌려가는데, 엔진 돌아가는 소리가 들려왔다.

"타!" 라뒬리프가 지시했다. 그는 조수석 문을 열고 조녀선을 억지로 차 안에 집어넣었지만 기술이 부족했다. 그래서 조너선이 어쨌든 올라타야 했다. 올라타는 도중에 언제든 마음만 먹으면 발로 라틀리프를 넘어뜨릴 수 있다는 것도 알고 있었다. 라틀리프의 슬라브계 넓은 이마가 딱 좋은 높이에 있었으니, 어쩌면 관자놀이를 박살 내서 죽일 수도 있었을 것이다. 그의 가방이 뒷자리에 놓여 있는 것이 지프 실내 등 아래로 보였다.

"벨트 매! 당장!" 안전벨트를 매면 인질이 고분고분해질 거라고 믿었는지, 라틀리프가 외쳤다.

그러나 조너선은 어쨌든 복종했다. 라틀리프는 시동을 걸었고, 에스페랑스의 마지막 불빛이 등 뒤로 사라졌다. 캐나다 밤의 어둠 속으로 들어서서 20분쯤 달렸을까, 라틀리프는 담뱃갑을 꺼내더니 조너선 쪽으로 내밀었다. 조너선은 담배를 꺼내 대시보드 라이터로 불을 붙였다. 그런 다음 라틀리프에게도 불을 붙여주었다. 바람막이 창 너머로 보이는 밤하늘은 광활한 별들의 향연이었다.

"그래서? 말해!" 라틀리프는 자신의 공격성을 유지하려고 애쓰면서 물었다.

"전 영국인입니다." 조너선은 대답했다. "누군가와 다툼이 있었습니다. 그가 내 물건을 훔쳐갔어요. 전 빠져나와야 했습니다. 그래서 여기에 왔고요. 어디든 상관없었습니다."

차 한 대가 그들을 앞질렀지만, 연파란색 폰티악은 아니었다.

"자네가 그를 죽였나?"

"사람들은 그렇게 말하더군요."

"어째서?"

얼굴에 총을 쐈어, 그는 생각했다. 펌프액션 샷건으로. 그를 배신했지. 그리고 단칼에 개를 머리부터 꼬리까지 베었어.

"목이 부러졌다고 하더군요." 다시 거짓말하고 싶지 않다는 불합리한 감정이 밀려왔다. 그는 아까처럼 모호한 말투로 대꾸했다.

"왜 이본을 그냥 내버려두지 않았지?" 라틸리프는 비극적인 분노에 사로잡혀 물었다. "토머스는 좋은 남자야. 완전한 미래가 이본을 기다리고 있다고. 하느님 아버지."

라틸리프는 침을 꿀꺽 삼키는 것 외엔 달리 할 말이 없는 것 같았다. 그들은 북쪽을 향하고 있었다. 몇 번인가 백미러에 헤드라이트 불빛이 비쳤다. 추적하는 자동차 불빛, 볼 때마다 같았다.

"애 엄마가 경찰에 갔었어."

"그게 언제였죠?" 조너선은 물었다. 왜 갔느냐고 묻는 것이 옳았을 것이다. 뒤따르는 차는 거리를 좁히고 있었다. 물러서, 그는 생각했다.

"스위스 대사관에다 자네 신원을 물어봤어. 자네에 대해 들어본 적이 없다고 하더군. 또 그런 짓을 할 텐가?"

"어떤 짓이요?"

"자네에게서 도둑질을 했다는 놈 말이야. 목을 부러뜨렸다면서."

"상대가 칼을 들고 덤볐습니다."

"나한테 왔더군." 라틸리프는 또 다른 모욕을 당하기라도 했다는 듯 말했다. "경찰 말이야. 자네가 어떤 사람인지 캐물었어. 혹시 마약을 파느냐, 시외전화를 많이 하느냐, 어떤 사람들과 어울리느냐. 자네가 알

카포네라고 생각하더군. 여기엔 그런 사람들이 별로 없어. 오타와에서 사진을 받아왔는데, 자네하고 닮은 사람이었어. 그래서 내가 새벽에 손님들이 다 잠들 때까지 기다리라고 했어."

그들은 교차로에 도착했다. 라틸리프는 도롯가에 차를 세웠다. 그는 장기간 달려온 메신저처럼 숨을 가쁘게 쉬며 계속 말했다. "도망자들은 여기서 남쪽 아니면 북쪽으로 가." 그는 말했다. "최선은 서쪽 온타리오로 가는 거야. 돌아오지 마, 알겠나? 돌아오면 내가……." 그는 몇 번 더 숨을 몰아쉬었다. "그때는 내가 살인자가 될지도 몰라."

조너선은 가방을 주워 들고 어둠 속으로 발을 디뎠다. 비가 내리고 있었고, 소나무의 송진 냄새가 풍겨왔다. 뒤따라오던 차는 그들을 스쳐 지나쳤고, 위험한 한순간에 조너선은 폰티악 뒤 번호판을 보았다. 그러나 라틸리프는 조너선에게만 시선을 두고 있었다.

"이건 자네 급료야." 그는 돈뭉치를 건네주었다.

그녀는 반대편 차선을 따라 달려오더니 중앙선을 넘어 유턴했다. 두 사람은 그녀의 차에 앉아 불을 켰다. 뜯지 않은 갈색 봉투가 그녀의 무릎 위에 놓여 있었다. 봉투 한구석에는 발신인 이름이 적혀 있었다. '오타와 외무부 여권국'. 수신인은 토머스 러몬트, 대리인은 샤토 바베트의 이본 라틸리프였다. 캐나다에 모든 것이 있다고 했던 토머스.

"왜 아버지에게 맞서지 않았죠?" 그녀는 물었다.

이본의 얼굴 한쪽이 부어 있었고, 눈은 감겨 있었다. 내 직업이 이거야, 그는 생각했다. 난 얼굴을 뭉개지.

"아버지는 그냥 화가 났을 뿐이니까요."

"어디로 데려다줄까요? 차로? 어디에 내려줄까요?"

"여기부터는 내가 알아서 하겠습니다."

"내가 해줄 일이 있어요?"

그는 고개를 저었다. 그러다 그녀가 보았다는 확신이 들 때까지 다시 저었다.

그녀는 봉투를 그에게 건넸다. "어느 쪽이 좋았어요?" 그녀가 차갑게 물었다. "섹스, 아니면 여권?"

"둘 다 좋았어요. 고맙습니다."

"말해봐요! 난 알아야겠어요! 어느 쪽이 좋았어요?"

그는 문을 열고 차에서 내렸다. 실내등 밑으로 그녀의 밝은 미소가 보였다.

"당신은 나까지 속일 뻔했어요, 알아요? 빌어먹을, 나까지 오해할 뻔했다고요! 당신은 오후 한때 놀기에 딱 좋은 사람이에요, 조녀선. 그보다 더 긴 시간이라면 난 언제든 토머스를 택할 거예요."

"내가 도움이 되어서 기쁩니다."

"당신에게는 뭐였죠?" 그녀는 여전히 밝은 미소를 잃지 않고 물었다. "말해봐요. 우리 솔직해져 봐요. 1에서 9까지. 5점? 6점? 0점? 아니, 도대체, 당신은 점수도 안 매겨요?"

"고맙습니다." 그는 다시 말했다.

그러고는 차 문을 닫아주었다. 그녀가 고개를 앞으로 떨구더니 다시 들고는 어깨를 세우며 시동을 거는 모습이 별빛 아래로 보였다. 엔진을 켜놓은 채, 그녀는 앞만 바라보며 잠시 그대로 앉아 있었다. 그는 움직일 수가 없었다. 말할 수도 없었다. 그녀는 고속도로에 진입해서 몇백 미터를 헤드라이트도 켜지 않은 채 달렸다. 잊었는지, 상관없었는지 알 수 없었다. 그저 어둠 속에서 나침반에 의지해 달리는 것 같았다.

당신이 이 여자를 죽였나?

아니. 하지만 난 여권을 위해 그녀와 결혼했어.

트럭 한 대가 멈춰 섰고, 조너선은 융자 때문에 문제를 겪고 있어서 누구에게든 하소연하고 싶어하는 에드라는 흑인 남자와 다섯 시간 동안 달렸다. 어디쯤에서였나, 그는 토론토의 그 번호로 전화를 걸었고 캐나다 동부 너머로 그의 요청이 전달되는 동안 교환원의 활기찬 잡담을 들어야 했다.

"내 이름은 제러미입니다, 필립의 친구죠." 그는 말했다. 어디 묵든지 위치를 옮길 때마다 서로 다른 공중전화에서 매주 말하던 대사였다. 때로 전화가 다른 곳으로 돌아가는 신호음이 들려올 때도 있었다. 때로 상대가 토론토 내에서 받는 게 맞는지 궁금할 때도 있었다.

"좋은 아침이야, 제러미! 저녁이든가? 요즘은 어떻지?"

지금까지 조너선이 상대한 것은 보다 활기찬 사람이었다. 이번에는 거짓과 오만으로 가득 찬 또 다른 오길비를 상대하는 것 같았다.

"그림자가 생겨서 이동 중이라고 전해줘."

"그럼 우선 대표로 축하 인사를 전하지." 오길비 닮은꼴이 말했다.

그날 밤 그는 래니언과 절벽에서 무리 지어 날아다니는 댕기물떼새의 꿈을 꾸었다. 새들은 위엄 있게 날개를 펄럭이며 수백 마리씩 떼 지어 숫구쳤다가 빙글빙글 아래로 낙하했고, 그러다 느닷없이 계절에 맞지 않는 편동풍을 만났다. 50마리의 새들이 죽었고, 더 많은 새들이 바다로 흩어졌다. 자신이 새들을 초대했다가 세상 최악의 남자를 찾기 위해 길을 떠나는 바람에 죽게 내버려두는 꿈이었다.

안가란 이래야지, 버는 생각했다. 루이지애나의 늪지대처럼 박쥐가 우글거리는 격납고는 됐어. 상한 우유 냄새와 예전에 머물던 사람들의 담배 냄새로 찌든 블룸즈버리의 셋방도 지겨워. 이제부터는 여기 코네티컷에서, 4만 제곱미터의 삼림이 딸려 있고, 가죽 가구가 배치된 서재에 어마어마한 부의 윤리에 대한 책들이 가득 들어차 있는, 이런 하얀 비막이 판잣집에서 만나는 거야. 농구대도 있고, 사슴을 막는 전기 울타리도 있으며, 저녁이 다가오면 어른거리는 보라색 불빛에 이끌린 벌레들을 지지직거리며 태우는 살충 장치도 있었다. 버는 바비큐를 만들겠다고 고집했고, 여러 사람들이 먹기에 충분할 만큼의 고기를 샀다. 그는 타이와 재킷을 벗어 던지고 거대한 스테이크에 진홍색 소스를 잔뜩 발라놓았다. 수영복 차림의 조너선은 풀 옆에서 빈둥거리고 있었다. 전날 런던에서 도착한 루크는 파이프 담배를 피우며 접이식 의자에 앉아 있었다.

"여자가 말할까?" 버가 물었다. 대답이 없었다. "물었잖아. 말할까?"

"뭐에 대해서요?" 조너선이 말했다.

"어권. 어떻게 생각하나?"

조녀선은 다시 몸을 물에 담그더니 몇 바퀴를 수영했다. 버는 그가 나올 때까지 기다렸다가 세 번째로 물었다.

"그렇게 생각하지 않습니다." 조녀선은 열심히 머리를 수건으로 문지르며 말했다.

"왜 그렇게 생각하지?" 루크는 파이프 담배 연기 사이로 물었다. "보통은 다 말해."

"왜 말을 해요? 토머스가 있는데." 조녀선이 말했다.

그들은 하루 종일 조녀선의 과묵함을 참아내고 있었다. 아침 내내 그는 홀로 숲을 거닐었다. 쇼핑하러 나갔을 때는 버가 슈퍼마켓을 약탈하고 루크가 옷 가게에서 아들에게 줄 카우보이모자를 고르는 동안 차에서 기다렸다.

"목에 힘 좀 빼지?" 버가 말했다. "스카치 한 잔 마시라고. 나야, 버. 난 위험을 계산하려는 것뿐이라고."

조녀선은 버의 진 토닉 잔을 가득 채우고 자기 잔에도 술을 따랐다. "런던은 어떻습니까?"

"늘 똑같은 시궁창이지." 버는 대꾸했다. 스테이크에서 연기가 뭉게뭉게 올라왔다. 그는 고기를 뒤집고 탄 자리에 붉은 소스를 더 발랐다.

"사제 양반은 어쩌지?" 루크가 풀 반대편에서 소리쳤다. "자기가 서명하지 않은 사람의 사진을 보게 되면 충격이 클 텐데 말이야, 안 그래?"

"그녀가 알아서 하겠다고 했습니다." 조녀선은 대답했다.

"대단한 처녀로군." 루크가 말했다.

"맞아요." 조너선은 다시 물에 몸을 담그고 다시는 깨끗해지지 않을 사람처럼 풀 안을 끝에서 끝까지 몇 번이나 오갔다.

그들은 살충 기계의 무시무시한 처형 리듬 속에서 저녁을 먹었다. 스테이크는 그렇게 나쁘지 않군, 버가 말했다. 좋은 고기를 망치기도 어려운 일이지. 그는 이따금 촛불 너머로 조너선에게 은밀한 시선을 흘끗흘끗 보냈고, 조너선은 캐나다에서 오토바이 타는 것에 대해 루크와 잡담을 나누고 있었다. 다시 스스로를 열고 있는 거야, 버는 마음을 놓으며 생각했다. 돌아오고 있는 거야. 그저 우리하고 이야기를 나눌 시간이 필요했던 것뿐이야.

그들은 서재에 모여 앉았고, 루크의 모험심은 최고로 발동해 있었다. 그는 나무 난로에 불을 때고 나서, 탁자에 '토머스 러몬트'라는 사람을 칭찬하는 추천서와 개인 모터 요트에 관한 광고 책자들을 죽 펼쳐놓았다.

"여기 이건 '샐러맨더'라는 거야." 조너선은 어깨너머로 들여다보았고, 버는 방 건너편에서 지켜보았다. "길이가 40미터짜리고, 주인은 월 스트리트의 어느 도적놈이야. 지금 이 배에는 요리사가 없어. 이 배는 페르세포네, 하지만 이렇게 돈 많은 사람들 중에는 이걸 어떻게 발음하는지 아는 놈이 없어서 새 주인은 '롤리타'라는 이름을 새로 붙일 계획이야. ……길이 60미터, 승무원 열 명에 보조 여섯 명, 요리사 두 명, 감독 한 명이 필요해. 지금 감독 자리가 비었는데, 우린 자네가 완벽한 후보라고 생각해." 테니스복 차림의 날렵한 남자가 미소 짓고 있는 사진. "이자는 빌리 본이야, 로드아일랜드 뉴포트에서 임대 및 승무원 소개업을 하지. 이들 배 주인이 둘 다 이 사람 고객이야. 그에게 자네가 요리도 하고 항해도 하는 사람이라는 소개서를 보낼 거야. 따로 뒷조사는 안 할 거고, 어차피 이걸 썼다는 사람들은 지구 반대편에 있으니까. 빌이 관심 있는 건 자네가 이 일을 할 수 있느냐, 문명인이냐, 전과가 있느냐 하는 게 다야. 자넨 할 수 있고, 문명인이고, 전과는 없어. 말하자면, 토머스가 그렇다는 거지."

"로퍼도 빌리의 고객입니까?" 조너선은 한 발 앞질러 물었다.

"자네 일이나 신경 써." 구석에서 버가 말했고, 일제히 웃었다. 그러나 즐거운 웃음 저변에는 다들 의식하는 진실이 놓여 있었다. 조너선이 로퍼와 그의 활동에 대해 모르면 모를수록, 조너선의 정체가 탄로날 가능성도 적다는 사실이었다.

"빌리 본은 자네의 으뜸 패야, 조너선." 루크가 말했다. "그에게 잘하라고. 급여를 받자마자 수수료를 보내. 새 일거리를 시작하게 되면, 꼭 빌리에게 전화해서 일이 어떻게 되어가는지 알리고. 빌리 앞에서 성실하게 행동하면 자네가 원하는 문이라면 뭐든 다 열어줄 거야. 빌리가 좋아하는 사람들은 모두 그를 좋아해."

"이게 자네의 마지막 자격 검정 시험이야. 그다음엔 마지막 무대가 기다리고 있지." 버가 말했다.

다음 날 아침 일찍 조너선이 수영을 마친 뒤, 모두가 푹 쉬고 상쾌한 몸으로 모였을 때, 루크가 마술 상자를 열었다. 교체 주파수 기밀 무선 전화였다. 그들은 우선 숲으로 들어가서 돌아가며 상자를 숨기고 찾아내는 숨바꼭질 놀이를 했다. 그런 뒤 회의를 하는 사이사이 휴식 시간에 루크는 조너선이 무선전화에 익숙해지도록 런던과 교신을 주고받는 실습을 시켰다. 배터리 교체하는 법, 재충전하는 법, 전기 공급 시설에서 전력을 훔치는 법도 알려주었다. 무선전화 실습이 끝난 뒤, 루크는 또 다른 신기한 물건을 내놓았다. 지포 라이터처럼 생긴 초소형 카메라였다. 백치라도 다룰 정도의 물건은 아닌데 실제로 사진이 찍혀, 루크는 설명했다. 그들은 코네티컷에서 사흘간 머물렀는데, 이 기간은 버가 예상했던 것보다 길었다.

"전체를 다 털어놓을 수 있는 마지막 기회야." 그는 일정이 늦어진다는 것을 핑계로 계속 루크에게 말했다.

무엇에 대해서? 어디부터 어디까지? 버도 나중에 스스로 인정했지만, 마음속 깊은 곳에서 그는 필수불가결한 장면을 기다리고 있었다. 그러나 조너선을 상대할 때 늘 그렇듯, 그 장면을 어떻게 풀어야 할지 알 수가 없었다.

"승마 선수는 여전히 당당하게 달리고 있어, 위로가 될지 모르겠지만." 그는 조너선에게 격려가 될까 싶어 말을 던졌다. "아직 안장에서 떨어지지 않았어."

그러나 이본에 대한 기억이 너무 무겁게 남아 있는지, 조너선은 미소조차 보이지 않았다.

"카이로에서 소피라는 여자하고 분명히 무슨 일이 있었어. 확실해." 버는 집으로 돌아가는 길에 루크에게 말했다.

루크는 못마땅하게 이맛살을 찌푸렸다. 이따금 튀어나오는 버의 직관에 동의할 수 없었고, 죽은 여자의 이름을 더럽히는 일 역시 탐탁지 않았다.

"달링 케이티는 미친 암탉처럼 펄펄 날뛰고 있어." 해리 팰프리는 켄티시 타운에 있는 굿휴의 집 거실에서 위스키 잔을 앞에 놓은 채 자랑스럽게 말했다. 그는 희끗희끗한 머리칼과 피폐한 얼굴, 푸석푸석한 술꾼 특유의 입술, 퀭한 눈을 지닌 50대 남자였다. 그는 강 건너 리버하우스에서 곧장 오는 길이었다. "워싱턴에서 콩코드 편으로 도착했는데, 마저럼이 히스로 공항으로 마중 나갔어. 전쟁이야."

"왜 다커가 직접 가지 않았지?"

"그는 손을 떼는 걸 좋아해. 마저럼처럼 아무리 자기 대리인이라 해도, 결국 자기는 그 자리에 없었다고 말할 수 있으니까."

굿휴는 뭔가 다른 것을 물으려다가 팰프리가 속을 털어놓을 때 방해하지 않는 게 낫겠다고 생각하고 입을 다물었다.

"케이티는 미국 측이 눈을 뜨고 있다고 해. 스트렐스키가 마이애미에서 자신들을 얼간이로 만들었고, 자네와 버가 방조하고 있다는 결론을 내린 모양이야. 케이티 말로는 포토맥 강 변에 서 있어도 국회의사당에서 연기가 피어오르는 모습이 보일 지경이라는데. 다들 자기 뒷마당에 새로운 '한계'를 설정하자, 권력 공백이다, 이런 논의가 오간다고 했어. 공백이 메워졌다는 건지, 새로 생겼다는 건지, 어느 쪽인지는 나도 모르겠어."

"휴, 난 그놈의 '한계'가 정말 싫어." 굿휴는 대꾸하고 팰프리의 잔을 채우면서 시간을 벌었다. "오늘 아침에는 '정형화'란 말을 들었지. 하루 종일 일진이 안 좋았어. 내 주인은 '악화일로'였고. 어느 것 하나 상승하지도, 증대하지도, 성장하지도, 발전하지도, 진전하지도, 확대되지도, 성숙하지도 않았어. 악화일로지. 건배." 그는 다시 앉으며 말했다.

그러나 이 말을 하는 동안 오한이 온몸을 스치고 지나가며 등의 털이 곤두섰다. 굿휴는 연거푸 재채기를 했다.

"그들이 원하는 게 뭐지, 해리?" 그는 물었다.

팰프리는 눈에 비누 거품이라도 들어간 듯 얼굴을 찡그리며 술잔에 입술을 갖다 댔다.

"림페트."

12
두 남자의 인질극

리처드 로퍼의 모터 요트 '아이언 파샤'는 정확히 6시에 헌터스 아일랜드 동쪽 끝에서 모습을 나타냈다. 공격선처럼 위풍당당한 자태가 구름 한 점 없는 저녁 하늘을 가르며 잔잔한 바다 위에서 딥 베이를 향해 차츰 다가오고 있었다. 파샤라는 사실은 의심할 여지가 없었다. 승무원들이 이미 위성통신으로 외항에 긴 계류용 밧줄과 8시 반에 열여섯 명이 둘러앉을 수 있는 테라스 원탁, 식사 후 게 경주를 볼 수 있는 앞줄 자리를 예약해두었다. 메뉴도 의논했다. 어른들은 모두 해산물을 좋아했다. 아이들은 감자 칩과 구운 닭이었다. 그리고 두목은 얼음이 없으면 날뛴다.

나소나 마이애미에서 출항하는 상업 유람선을 제외하면 카리브 해를 운항하는 대형 요트가 흔치 않은 시즌이었다. 그러나 그런 배들이 헌터스 아일랜드에 입항을 시도한다 해도, 부유한 요트족을 좋아하고 뜨내기 관광객을 혐오하는 마마로의 따뜻한 환영을 받지는 못했을 것이다.

조녀선은 일주일 내내 파샤를 기다리고 있었다. 그럼에도 불구하고 파샤가 눈에 띈 순간, 그는 아주 잠깐 덫에 갇힌 것 같은 착각에 빠져들었다. 내륙에 있는 유일한 도시로 도망칠까, 바다에서 다가오는 파샤를 바라보고 있는 곳에서 채 20미터도 떨어지지 않은 지점에 정박해 있는 마마로의 모터 달린 낡은 행상 보트 하이로를 훔쳐 탈까 하는 생각이 스쳤다. 2천 마력의 트윈 디젤 엔진, 후갑판 헬리콥터 이착륙장, 보스퍼 대형 안정 장치, 선미의 수상비행기 이륙장, 그는 되뇌었다. 파샤는 대단한 배였다.

그러나 미리 지식을 숙지해두었음에도 막연한 불안감을 없애주지는 않았다. 지금 이 순간까지 그는 자신이 로퍼에게 접근하고 있다고 생각했으나, 이제 로퍼가 그에게 다가오고 있었다. 처음에는 현기증이 났고, 그다음에는 허기가 느껴졌다. 그때 희멀건 캐나다산 엉덩이 좀 바삐 움직이라는 마마로의 재촉이 들려왔고, 기분이 좀 나아졌다. 조녀선은 목제 부두를 벗어나서 모래가 깔린 길을 따라 판잣집으로 향했다. 바다에서 몇 주간 지내다 보니 외모는 한결 좋아졌다. 걸음걸이에는 바닷사람 특유의 느긋함이 배었고, 눈빛은 부드러워졌으며, 안색은 건강하게 빛났다. 그가 언덕을 올라가는 동안, 태양은 그 테두리를 구리 링처럼 빛내며 서쪽 하늘에서 커다랗게 부푼 채 가라앉고 있었다.

마마로의 아들 둘이 돌길 위에서 그 유명한 원탁을 굴려 테라스로 옮기고 있었다. 아들들 이름은 웰링턴과 넬슨이었지만, 마마로에게는 스와츠와 웨트아이였다. 스와츠는 열여섯 살이었고 살이 통통했다. 원래 나소에서 공부하고 있어야 했지만, 통 가려고 하지 않았다. 웨트아이는 칼날처럼 말랐고 마리화나를 피웠으며 백인을 싫어했다. 두 형제는 30분 전부터 테이블과 씨름하며 킬킬거리고 있었지만 전혀 진척이 없었다.

"바하마는 사람을 멍청하게 만들어요." 스와츠는 조너선이 지나치자 설명했다.

"네가 한 말이야, 스와츠. 내가 한 말 아니야."

웨트아이는 미소 없는 얼굴로 그를 바라보았다. 조너선은 그에게 느릿한 경례를 붙였다. 웨트아이의 차가운 눈빛이 언덕길을 뒤따라 올라오는 것이 느껴졌다. 내가 아침에 시체로 발견된다면 저놈이 내 멱을 딴 거겠지. 문득 그는 헌터스 아일랜드에서는 잠에서 깨어날 날이 그리 많지 않을 거라는 사실을 떠올렸다. 그는 다시 한 번 파샤의 위치를 머릿속으로 봐두었다. 배는 방향을 바꾸기 시작하고 있었다. 정박하려면 물이 깊어야 한다.

"러몬트 씨, 당신은 캐나다 백인 게으름뱅이야, 들려? 가난한 흑인 밑에서 일할 정도로 세상에서 제일 게으른 백인이야. 이제 아프지도 않잖아, 러몬트 씨. 빌리 번에게 당신은 지독하게 게으르다고 말해줄게."

마마로는 베란다에서 머리에 롤러를 말고 있는 키 큰 흑인 미녀, 미스 아멜리아의 옆에 앉아 있었다. 그는 캔 맥주를 마시면서 동시에 고함치고 있었다. 그는 스스로가 자부하듯 '150킬로그램짜리 키'였고,

'몸통 두께가 120센티미터에 알전구 같은 대머리'였다. 마마로는 미국 부통령에게 '꺼지라'고 말한 적이 있었고, 마마로는 멀리 트리니다드 토바고에서 자식을 만들었고, 마마로는 플로리다에 엄청난 부동산을 가지고 있었다. 그는 두꺼운 목에 금 해골 목걸이를 걸고 있었고, 해 질 무렵에는 머리통에 종이 장미가 달리고 '엄마'라는 글자가 수놓인 교회용 밀짚모자를 꺼내 쓰곤 했다.

"오늘 밤에는 홍합 요리를 할 거요, 러몬트 씨?" 그는 조녀선이 아직도 해변에 있다는 듯 커다랗게 소리 질렀다. "아니면 구라 치는 거요?"

"홍합을 주문하셨으니, 홍합 요리가 나올 겁니다." 조녀선은 기분 좋게 대답했다. 아멜리아는 긴 손가락으로 머리 윤곽을 우아하게 쓰다듬고 있었다.

"홍합을 어디서 구한다는 거지? 생각해봤나? 말도 안 되는 소리. 백인들은 입만 벌리면 다 구라야."

"마마, 당신이 오늘 아침 검스 씨한테서 홍합 한 바구니를 샀잖습니까. 파샤용으로 특별히 게 열다섯 마리하고."

"너구리 검스한테서? 내가? 허, 그랬을지도. 그럼 빨리 가서 요리를 해. 귀족들이 오신다고. 영국 귀족들과 귀부인들이 오셔. 돈 많은 백인 왕자들과 공주들이 오니까, 좋은 흑인 음악도 틀어주고, 진짜 흑인들이 어떻게 사는지 맛을 보여드려야지." 그는 맥주를 다시 한 모금 마셨다. "스와츠, 늙어 죽을 때까지 그 탁자 하나 올리겠나?"

마마로는 '낙원'에서의 힘든 하루를 마치고 매일 저녁 럼주 반병과 아멜리아의 관심으로 원기가 회복되면 아랫사람들을 이런 식으로 지휘하곤 했다.

조녀선은 주방 뒤 욕실로 들어가서 흰옷으로 갈아입으며 이본을 떠올렸다. 이 옷을 입을 때면 늘 그랬다. 이본은 자기혐오의 대상으로 소피를 잠시 대행했던 인물이었다. 초조한 기분이 다급한 성욕처럼 배 속에서 부글거렸다. 베이컨과 마늘을 다지는 손끝이 따끔거렸다. 전기 충격 같은 기대감이 등골을 타고 흘렀다. 스테인리스강 작업대와 호바트 철제 식기세척기가 배치된 주방은 선내 조리실처럼 티끌 한 점 없이 깔끔했다. 조녀선은 요리를 하면서 철창이 쳐진 창문을 통해 아이언 파샤가 다가오는 장면을 영화의 프레임처럼 이따금 확인했다. 전파탐지기와 위성통신 돔, 이어 칼라일 앤 핀치 탐조등. 선미에서 펄럭이는 레드 엔사인 깃발과 객실 창문의 금색 커튼까지 알아볼 수 있었다.

"자네가 좋아하는 사람들이 전부 다 타고 있어." 딥 베이 항구에서 바다로 나가다 왼쪽으로 세 번째에 있는 공중전화에서 통화할 때, 버는 말했다.

멜라니 로스는 싱크대에서 고구마를 씻으며 라디오에서 흘러나오는 복음성가를 따라 부르고 있었다. 멜라니 로스는 성경학교 선생님이었고, 석 달 전 왕복표를 갖고 엘레우테라 섬으로 떠난 뒤 아직 표 절반을 사용하지 않은 세실이라는—'시실'로 발음했다—남자의 쌍둥이 딸을 키우고 있었다. 세실은 언젠가 돌아올지도 모르고, 멜라니 로스는 돌아올 거라는 유쾌한 희망 속에서 살고 있었다. 그동안 조녀선은 마마로에서 세실 대신 이등 요리사 역할을 맡았고, 토요일 밤마다 멜라니 로스는 생선 작업대에서 농어를 다듬는 오툴과 어울리며 스스로를 위안했다.

오늘 밤은 금요일, 그래서 그들은 다시 친목을 도모하고 있었다.

"내일 춤추러 가세요, 멜라니 로스?" 오툴이 물었다.

"혼자서 춤출 이유가 없잖아, 오툴." 멜라니 로스는 도발적으로 코웃음을 쳤다.

마마로가 들어와서 접이식 의자에 앉더니, 마치 머릿속에서 좀처럼 떨칠 수 없는 가락이 떠오른 듯 미소 지으며 고개를 저었다. 항해를 하는 어느 페르시아인이 최근 그에게 염주를 만들어주었는데, 그는 그 염주를 거대한 손가락에 감아 돌리고 있었다. 해는 거의 저문 상태였다. 바다에서 파샤가 인사 표시로 뱃고동을 울려왔다.

"아, 크다." 마마로는 열린 문간으로 배를 응시하며 감탄하듯 중얼거렸다. "진짜 빌어먹을 정도로 돈 많은 백인 백만장자 대마왕이로군, 리처드 온슬로 로퍼는. 러몬트, 오늘 밤 요리는 잘해야 해. 안 그러면 파샤의 로퍼 왕이 당신을 잡아먹을 거야. 우리 가난한 흑인들은 접시에 남은 음식 찌꺼기를 핥아먹듯 남은 뼈다귀를 주워 먹을 테고."

"그 사람은 어디서 돈을 번답니까?" 조녀선은 바삐 일하면서 물어보았다.

"로퍼 말이야?" 마마로는 믿기지 않는다는 듯 대꾸했다. "설마 모른다는 거야?"

"모릅니다."

"러몬트, 당연히 나도 몰라. 물어보지도 않았어. 나소에 큰 회사가 있는데 돈을 깡그리 잃고 있다지. 이런 불황에도 저렇게 돈이 많으니 틀림

없이 대단한 사기꾼 아니겠어.”

잠시 후 마마로는 게 요리에 사용할 매운 칠리소스를 만들기 시작할 것이다. 그러면 주방에는 위험스러운 정적이 감돌 것이다. 요트족들이 헌터스 아일랜드에 오는 데 마마의 칠리소스 말고 다른 이유가 있을 수 있다고 말할 정도로 간이 큰 부주방장은 아직 세상에 없었다.

파샤는 입항했고, 열여섯 명의 승객들도 곧 도착할 것이다. 작은 테이블에 첫 손님이 자리를 잡자, 전투 분위기가 주방을 사로잡았다. 더이상 대담한 엄포도, 마지막 위장도색 점검도, 신경질적인 무기 확인도 없었다. 주방은 말 없는 한 팀으로 뭉쳐 눈과 몸으로 대화하며 벙어리 댄서처럼 서로 주위를 오갔다. 마마로의 화려한 밤이 또다시 시작되자, 스와츠와 웨트아이조차 조용해졌다. 미스 아멜리아는 계산대 뒤에서 첫 계산서를 기다리고 있었다. 유명한 모자 차림의 마마로는 사방을 돌아다니고 있었다. 부하들에게 나직하게 줄줄이 욕설을 퍼붓다가, 적군 앞에 나가 시치미를 떼고 농담을 늘어놓다가, 다시 주방으로 돌아온 뒤에는 억눌렀기 때문에 더욱 효율적으로 들리는 목소리로 주문을 외치기도 했다.

“8번 테이블, 백인 귀부인은 빌어먹을 애벌레야. 양상추 잎밖에 안먹는다니. 마마 샐러드 둘, 오툴! 6번 테이블에 버릇없는 애새끼는 햄버거 말고는 안 먹는대. 애새끼 크기로 만들어서 침을 뱉어줘! 세상이 어떻게 되려는 거야, 오툴? 다들 이빨이 없나? 생선 안 먹어? 웨트아이, 1번 테이블에 세븐업 다섯 잔, 마마 펀치 두 잔. 빨리 러몬트 씨, 당신은 홍합만 계속 만들어. 파샤에 쓸 16인분만 남겨놔. 홍합은 불알로 곧장 내려간다고, 러몬트 씨. 신사 숙녀분들은 오늘 밤 그 홍합 덕분에 열심히 씹을 할 거야. 오툴, 드레싱 어디 있어, 네가 마실 거야? 멜라니 로스, 감자 뒤집어, 눈 벌겋게 뜨지 않으면 다 태울 거야!"

테라스의 널찍한 지붕 위에 자리 잡은 6인조 타악기 밴드 '헌츠맨'의 든든한 음악 소리 아래서 이 모든 소동이 펼쳐지고 있었다. 조명 아래 연주자들의 땀투성이 얼굴이 번들거렸고, 흰 셔츠가 조명 빛에 번득였다. 헨리라는 소년이 칼립소를 부르고 있었다. 코카인 밀매로 나소 교도소에서 5년을 복역한 헨리는 노인 같은 행색으로 고향에 돌아왔다. 멜라니 로스는 헨리가 얻어맞은 뒤로 더 이상 사랑할 수 없다고 말했다. "그 때문에 저렇게 높은음까지 올라간다는 사람들도 있어요." 그녀는 서글픈 미소를 지었다.

분주한 밤, 마마로가 몇 주 만에 맞는 가장 분주한 밤이었고, 그래서 흥분은 더했다. 58인분의 저녁을 내놓아야 했고, 16명이 경사진 길을 올라오고 있었다—마마로는 안경 너머로 일행을 보았다. 그럼에도 아직 비수기였다. 긴장감으로 가득 찬 한 시간이 흐른 뒤에야 소강상태가 찾아왔고, 조너선도 자신이 좋아하는 일을 할 수 있었다. 바로 차가운 물을 머리에 끼얹은 뒤 회전문 구멍을 통해 고객들을 살펴보는 일이었다.

면밀한 관찰자의 시선. 신중하고, 기술적이고, 빈틈없는 눈빛. 접촉 전 비밀리에 사냥감을 심층적으로 읽는 일. 조너선은 이 일이라면 날

마다 할 수 있었다. 얼굴과 손에 위장도색을 바르고 진짜 나뭇잎으로 전투복을 장식한 채 배수로에서, 울타리 뒤에서, 헛간에 틀어박혀서 해왔던 일이었다. 지금 그는 그 일을 하고 있었다. 그에게 가야 할 때, 내가 갈 것이다.

우선 아래쪽 항구, 편자 모양의 흰색 등불과 작은 요트들 하나하나가 마치 안전한 물이라는 유리잔 위에 피워놓은 모닥불 같았다. 눈을 약간 들어 보니 거기에 있었다. 아이언 파샤가. 카니발처럼 단장하고 선수부터 선미까지 금빛으로 물든 자태. 경비들이 눈에 띄었다. 하나는 앞쪽, 하나는 뒤쪽, 하나는 으슥한 함교 위. 프리스키와 태비는 없었다. 오늘 그들의 임무는 육지였다. 그의 시선은 모랫길을 따라 작전 경계를 훑으며 마마로의 성스러운 왕국을 알리는 아치형 입구를 지났다. 조명을 밝힌 히비스커스 풀숲과, 두개골과 뼈다귀가 늘어서 있는 중간쯤에 매달린 너덜거리는 바하마 국기를 훑었다. 그의 시선은 나이 든 부부가 서로 껴안고 놀랍게도 서로 손가락으로 얼굴을 매만지고 있는 댄스 플로어에서 멈췄다. 아마 살아남았다는 사실을 아직도 경이롭게 여기는 망명자일 것이다. 더 젊은 사람들은 정지 상태로 환희에 젖어 서로의 몸을 밀어붙이고 있었다. 무대 앞 탁자에 앉은 40대의 단단한 남자 두 명이 눈에 띄었다. 버뮤다 팬츠, 레슬러 같은 가슴. 팔뚝을 밀어붙이는 방식. 너희들인가? 그는 마음속으로 물었다. 로퍼의 목줄을 찬 개들이?

"그들은 아마 '시거레트'를 사용할 거야." 루크가 말했다. "아주 빠르고 낮은 배지. 물에 잠기는 부분이 거의 없어."

두 남자는 해 지기 직전에 흰색 신형 파워보트로 도착했지만, 시거 레트인지 아닌지 조너선은 알 수 없었다. 어쨌든 그들에게는 전문가다운 침착함이 있었다.

그들은 일어서서 바짓가랑이를 추스르고 가방을 어깨에 멨다. 그중 하나가 마마로 쪽으로 로마식 경례를 붙였다.

"주인이세요? 좋았습니다. 아, 잘 먹었습니다. 훌륭했어요."

팔꿈치를 높이 들고, 그들은 모랫길을 따라 뒤뚱뒤뚱 보트로 향했다.

아무도 아니야, 조너선은 생각했다. 그냥 같이 온 사람이야. 어쩌면. 아닐 수도 있고.

그는 프랑스인 세 사람과 여자 셋이 앉아 있는 테이블 쪽으로 시선을 옮겼다. 너무 취했어. 테이블에는 벌써 마마 펀치 열두 잔이 비어 있었고, 아무도 술을 꽃병에 쏟아붓지 않았다. 그는 중간층 바로 시선을 돌렸다. 요트 깃발과 파란색 청새치, 약탈한 넥타이 끄트머리를 배경으로 알록달록한 면 드레스 차림의 흑인 여자 두 명이 높은 의자에 앉아 10대 흑인 남자 둘과 이야기하고 있었다. 너희들인가, 조너선은 생각했다. 여자일 수도 있지. 넷 다일 수도 있고.

시야 가장자리에 선체가 낮은 흰색 파워보트가 딥 베이를 떠나 바다 쪽으로 출발하는 모습이 들어왔다. 후보 둘은 제거. 아마도.

그의 시선은 테라스 쪽으로 죽 따라 올라가서 가신들과 광대들, 보디가드들, 아이들을 거느린 채 자신만의 카멜롯 안에서 즐기고 있는 세상 최악의 남자에게로 향했다. 배는 항구를 점유하고 있었고, 이제 리처드 온슬로 로퍼는 원형 테이블과 테라스, 식당 전체를 점유하고 있었다. 배와 달리 눈에 띄게 치장하지는 않았지만, 친구에게 문을 열어줄 수 있을 정도로 편한 옷가지 몇 개를 걸쳤다는 느낌이었다. 군청색 스웨터가 어깨에 아무렇게나 걸쳐져 있었다.

그럼에도 불구하고 그는 자리를 압도했다. 귀족적인 머리의 침착함으로. 재빠른 미소와 지적인 표정으로. 말을 하든 듣든 관객들이 아낌없이 쏟아붓는 관심으로. 접시부터 술병, 녹색 병 안에 든 촛불, 아이들의 얼굴까지 테이블 주위의 모든 것이 그를 중심으로 가깝거나 멀게 배열되어 있는 것 같았다. 면밀한 관찰자조차 그 중력을 감지할 수 있었다. 로퍼, 그는 생각했다. 나야, 파인. 이탈리아 대리석상을 사지 말라고 했던 바로 그 친구라고.

이런 생각을 하는데, 한바탕 웃음소리가 테라스에서 일었다. 앞장선 것은 로퍼였고, 그가 퍼뜨린 웃음 같았다. 그는 웃어야 할 시점을 지적하듯 볕에 그을린 오른팔을 뻗은 채 테이블 반대편에서 마주 보고 있는 여자를 향해 고개를 들고 있었다. 여자는 무심하게 헝클어진 갈색 머리칼과 벗은 등밖에 보이지 않았지만, 순간 마이스터 호텔의 목욕 가운 안에서 내보이던 피부와 한없이 긴 다리, 손목과 목에 두른 보석이 떠올랐다. 처음 그녀에게 눈길을 준 순간 솟아올랐던 욕망, 저렇게 젊고 아름다운 사람이 로퍼의 포로가 되기를 자처할 수 있을까 하는 분노가 다시금 치밀어 올랐다. 그녀는 미소 지었다. 괴짜 같고, 눈꼬리가 치켜 올라간, 발칙한 코미디언 같은 미소였다.

머릿속에서 그녀를 지우고, 그는 다시 어린아이 쪽을 훑었다. 랭번 부부는 아이 셋, 맥아서와 댄비는 각각 하나, 버가 말했다. 로퍼는 대니얼을 즐겁게 해주기 위해 그들을 데리고 다니지.

마지막으로 대니얼이 눈에 띄었다. 여덟 살짜리 아이의 헝클어진 머리칼, 창백한 얼굴, 고집 센 턱. 조너선의 시선은 묘한 가책을 느끼며 아이에게 머물렀다.

"다른 사람을 이용하면 안 됩니까?" 그는 루크에게 물었다. 하지만 철벽같은 반응이 돌아왔다.

대니얼은 로퍼에게 눈에 넣어도 아프지 않은 존재야, 루크는 대답했고, 버는 창밖을 내다보았다. 왜 차선을 택해야 하지?

5분이면 돼, 조너선. 버가 말했다. 여덟 살짜리 아이한테 5분 정도가 뭐 어떻겠나.

평생일 수도 있어, 조너선은 자신의 몇 분을 떠올리며 생각했다.

그동안 대니얼은 제드와 심각하게 이야기를 나누었다. 양 갈래로 나뉜 제드의 비죽비죽한 갈색 머리칼이 아이와 눈을 맞추기 위해 아래로 기울어졌다. 촛불이 두 사람의 얼굴에 금빛 띠를 둘러주었다. 대니얼은 그녀의 팔을 잡았다. 그녀는 일어서서 위쪽 밴드를 흘끗 보더니 누군가 아는 사람을 불렀다. 얇은 치맛자락을 획 들어 올리고 10대 시절 정원 문을 뛰어넘듯이 한 다리씩 차례로 돌의자를 넘었다. 제드와 대니얼은 손을 잡고 재빠르게 돌계단을 내려갔다. 상류층 기생이야, 버가 말했다. 안 좋은 기록은 없어. 무엇을 기록했느냐에 따라 다르겠지, 조너선은 그녀가 대니얼을 안아주는 것을 보고 생각했다.

시간은 멈추었다. 밴드는 느린 삼바 곡을 연주하고 있었다. 대니얼은 제드의 몸속에라도 들어가려는 듯 그녀의 엉덩이를 움켜잡았다. 제드의 우아한 움직임은 거의 범죄 수준이었다. 그때 갑작스러운 소란이 조너선의 상념을 깨뜨렸다. 대니얼의 바지에 뭔가 급한 일이 생긴 모양이었다. 제드는 민망해하는 대니얼의 허리춤을 붙잡고 웃음을 터뜨렸다. 바지의 위 단추가 떨어졌지만, 제드는 얼른 멜라니 로스의 앞치마에서 빌린 6인치짜리 안전핀으로 바지를 고정시켜주었다. 로퍼는 난간에 기대서 함대를 시찰하는 자랑스러운 해군 제독처럼 두 사람을 내려다보고 있었다. 시선이 마주치자, 대니얼은 제드를 놓고 팔을 양옆으로 크게 흔들었다. 로퍼는 양손 엄지손가락을 들어 보였다. 제드는 로퍼에게 손동작으로 키스를 날린 뒤 대니얼의 손을 잡고 몸을 기울이며 입으로 따라 하라고 말했다. 대니얼은 긴장을 풀고 조금씩 적응했다. 물 흐르듯 움직이는 제드의 엉덩이는 공공장소의 질서를 해치는 폭동 수준이었다. 세계 최악의 남자는 지나친 행운아였다.

테라스로 다시 시선을 돌린 조너선은 로퍼의 나머지 일행을 의무적으로 둘러보았다. 프리스키와 태비는 각각 테이블 반대편에 앉아 있었다. 프리스키는 왼쪽을, 태비는 식당과 댄스 플로어를 주로 맡았다. 둘 다 조너선의 기억보다 덩치가 더 커 보였다. 랭번 경은 여전히 금발을 말총머리로 묶은 채 영국 장미 같은 미녀와 이야기하고 있었고, 뚱한 아내는 춤추는 사람들을 바라보며 인상을 쓰고 있었다. 그들 맞은편에는 해안경비대의 코코란 소령이 이튼 띠를 두른 우그러진 파나마모자를 쓰고 있었다. 그는 하이네크 드레스 차림의 다루기 어려운 소녀와 용감하게 대화를 이어가고 있었다. 소녀는 얼굴을 찡그리더니 뺨을 붉히고 킬킬거리다가 다시 정신을 차리고 점잖게 아이스크림을 떠먹었다.

타워 꼭대기에서 성불구자 헨리는 '잠들 수 없는 아주 졸린 여자'에 대한 칼립소를 부르기 시작했다. 댄스 플로어에서 대니얼은 제드와 가슴을 마주 대고 얼굴을 그녀의 젖가슴에 묻고 있었고, 두 손은 아직 그녀의 엉덩이를 끌어안고 있었다. 제드는 아이가 평화롭게 춤추도록 내버려두었다.

"5번 테이블 여자는 젖가슴이 귀여운 강아지 같네." 오툴이 마마 펀치를 나르는 쟁반으로 조너선의 등을 쿡 찌르며 말했다.

조너선은 마지막으로 로퍼를 한참 동안 바라보았다. 그는 얼굴을 바다 쪽으로 돌리고 있었다. 조명을 켠 그의 요트에서 수평선까지 길게 달빛이 이어져 있었다.

"러몬트, 할렐루야!" 마마로가 오툴을 당당하게 밀어냈다. 그는 구식 승마 바지와 헬멧 모자 차림이었고, 유명한 검은색 바구니와 말채찍을 들고 있었다. 조너선은 마마로를 따라 발코니로 나갔고, 흰색 요리사 복장과 모자 차림으로 놋쇠 종을 울렸다. 바다로 메아리가 퍼져나갔고, 로퍼의 파티에 참석한 아이들은 테라스에서 길로 뛰쳐나갔다. 어른들은 좀 더 느긋하게 뒤따랐고, 랭번과 폴로 수업을 받는 머리숱 적은 젊은 남자 둘이 앞장섰다. 밴드는 드럼을 연주하기 시작했다. 경내의 불이 꺼지고, 화려한 조명이 댄스 플로어를 아이스링크처럼 물들였다. 마마로가 중앙 무대로 나가서 채찍을 휘두르자, 로퍼와 그 일행은 각각 예약된 앞줄에 앉았다. 조너선은 바다를 바라보았다. 시거레트일지도 모르는 흰색 모터 요트는 사라지고 없었다. 곶을 돌아 남쪽으로 갔겠지, 그는 생각했다.

"내가 서 있는 여기가 시작점! 권총 소리가 나기 전에 출발하는 게 녀석에겐 채찍 열 대!"

마마로는 헬멧을 뒤로 기울인 채 대영제국 식민지 총독 흉내를 내기 시작했다.

"여기 이 역사적인 링이······." 그는 발치의 붉은색 둥근 점을 가리켰다. "이곳이 바로 도착 지점입니다. 이 바구니 안의 모든 게에게는 각각 번호가 붙어 있습니다. 이 바구니 안의 게들은 모두 달려야 하는데, 안 달리는 놈은 혼쭐을 내줄 겁니다. 여기 도착 지점까지 오지 않는 게는 모조리 냄비 안에 넣고 끓일 겁니다."

다시 채찍 소리. 웃음소리가 차차 잦아들며 조용해졌다. 댄스 플로어 가장자리에서 스와츠와 웨트아이가 한때 마마로가 유아 시절에 사용하던 유모차에 공짜 럼 펀치를 날라와서 사람들에게 나누어주고 있었다. 나이 든 아이들은 양반다리를 하고 앉았다. 소년 둘은 팔짱을 끼고 있었고, 소녀들은 무릎을 안고 있었다. 대니얼은 제드에게 기대서 엄지손가락을 빨고 있었다. 로퍼는 그녀 옆에 서 있었다. 랭번 경은 플래시를 터뜨리며 사진을 찍었고, 코코란 소령은 불만을 터뜨렸다. "샌디, 제발, 그냥 기억에만 남겨두면 안 돼?" 그의 중얼거리는 소리가 원형극장 안을 가득 채웠다. 달은 분홍색 양피지 전등처럼 바다 위에 걸려 있었다. 항구의 불빛은 활 모양으로 흔들리며 깜빡이고 있었다. 조녀선이 서 있는 발코니에 오툴이 나와서 멜라니 로스의 엉덩이에 손을 얹었고, 멜라니는 순순히 그 손에 엉덩이를 문질렀다. 미스 아멜리아만 구경거리를 마다했다. 아멜리아는 그들 뒤로 하얗게 불을 밝힌 주방 창문 안에서 열심히 돈을 세고 있었다.

밴드는 다시 드럼을 두드렸다. 마마로는 검은색 등나무 바구니에 절을 하고 뚜껑을 쥐더니 허공으로 들어 올렸다. 게들은 출발선에 섰다. 스와츠와 웨트아이는 유모차를 내버려두더니 표 묶음을 들고 관객들 사이로 뛰어들었다.

"게 세 마리 출발, 모든 게들은 호각입니다!" 스와츠가 외치는 소리가 들렸다.

마마로는 구경꾼들 중에서 자원자를 청했다.

"누구 나오세요! 누구 나와요!" 그는 흑인의 고뇌가 가득 찬 어마어마한 목소리로 외쳤다. "이 멍청한 게들을 감시하고 말대답이나 폭동을 용납하지 않을 순수한 백인 기독교도 어린아이를 찾습니다. 거기! 초라한 제 희망은 당신에게 있습니다!"

그의 채찍은 대니얼을 가리키고 있었고, 대니얼은 희비극적인 비명을 지르며 제드의 치맛자락에 얼굴을 묻더니 관객들 뒤쪽으로 달려갔다. 그러나 소녀들 중 하나가 이미 앞으로 나서고 있었다. 폴로 청년들이 이 소녀를 격려하는 목소리가 들려왔다.

"잘했어, 샐리! 멋지게 해봐. 잘했어!"

여전히 발코니에 선 채 조녀선은 곁눈으로 바를 바라보았다. 두 남자와 두 여자가 댄스 플로어는 안중에도 없이 진지하게 이야기를 나누고 있었다. 그의 시선은 다시 관객으로, 밴드로, 이어서 그 사이의 위험스러운 어둠으로 향했다.

그들은 테라스 뒤쪽에서 올 거야, 그는 결론을 내렸다. 계단 옆 풀숲을 은폐물로 이용할 거야. 자네는 계속 주방 발코니를 지키고 있어, 루크가 말했다.

샐리라는 소녀는 얼굴을 찌푸리며 검은 바구니 안을 들여다보았다. 드럼 연주자가 다시 북을 두드리기 시작했다. 샐리는 대담하게 팔을 바구니 안에 넣고 이어서 다른 팔도 집어넣었다. 까르르 웃으면서 머리까지 집어넣은 그녀는 양손에 게를 한 마리씩 들고 출발선 위에 나란히 놓았다. 랭번의 카메라가 윙 소리를 내며 줌 동작을 하더니 플래시를 터뜨렸다. 소녀는 세 번째 게를 꺼내서 다시 출발선 위에 놓은 뒤 폴로 청년들의 환호를 받으며 자리로 돌아왔다. 타워의 트럼펫 연주자는 사냥꾼의 나팔 소리를 냈다. 나팔의 메아리가 항구에 울려 퍼지는데, 권총 소리가 밤공기를 갈랐다. 프리스키가 놀라서 즉시 몸을 낮추었고, 태비는 상대를 파악하지 못한 채 사격 공간부터 확보하기 위해 관객들을 밀어냈다.

조너선조차 순간적으로 총을 쏜 사람을 찾았다. 그때 그는 헬멧 아래서 땀을 비 오듯 흘리며 밤하늘을 향해 연기를 피워 올리는 권총을 겨누고 있는 마마로를 보았다.

게는 출발했다.

그때, 아무렇지도 않게, 그 일이 일어났다.

형식도, 예고도, 소동도, 비명도 없었다. 프리스키와 태비에게 "침착하게 그대로 있어. 당장"이라고 지시하는 로퍼의 짤막한 한 마디 외엔 아무 소리도 들리지 않았다.

뭔가 특이한 점이 있다면, 그것은 소음이 아니라 정적이었다. 마마로는 입을 다물었고, 밴드는 연주를 중지했고, 폴로 선수들은 환호성을 멈췄다.

리허설에서 아무리 성실히 몰두하는 연주자라도 음표 몇 개 더 연주하다 포기하고 대규모 오케스트라가 멈추듯, 정적은 천천히 발달했다. 그러자 조녀선이 감지한 것은, 사람들의 소음이 중단될 때 헌터스 아일랜드에서 들려오는 온갖 소리들이었다. 새 소리, 매미 소리, 펭귄 포인트의 해류 소리, 공동묘지의 야생마 울음소리, 딥 베이에서 밤늦게 엔진이라도 고치는지 망치로 양철 두드리는 소리. 그러다 아무것도 들리지 않았다. 정적은 광활하고 끔찍해졌다. 그때 조금 전에 일찌감치 식당을 나서서 흰색 신형 시거레트 보트를 타고 떠났던 덩치 큰 전문가 둘이 넓은 시야 안에 들어왔다. 그들은 지금 교회 집사처럼 관중들 가장자리를 돌아다니면서 수첩과 주머니, 지갑, 손목시계, 뒷주머니의 현금 따위를 수집하고 있었다.

그리고 보석, 특히 제드의 장신구. 조녀선이 눈길을 주는 순간, 제드는 맨팔을 들어 왼쪽 귀를 만지더니 고개를 약간 기울이며 머리카락을 밀어내고 오른쪽 귀를 만졌다. 이어서 침대에 들려는 것처럼 목걸이를 벗으려고 목에다 손을 갖다 댔다. 바하마에서 장신구를 걸치고 다닐 정도로 미친 사람은 없어, 버가 말한 적이 있었다. 디키 로퍼의 애인이 아니라면.

하지만 소동은 일어나지 않았다. 모두가 규칙을 이해하고 있었다. 반대하는 사람도, 저항하는 사람도, 불쾌해하는 사람도 없었다. 그럴 만한 이유가 있었다. 도둑 한 사람이 플라스틱 서류 가방을 열고 손님들의 물건을 쓸어 담는 동안, 공범은 얼음 통 안에 럼과 위스키병, 맥주 캔이 들어 있는 유모차를 끌고 다니고 있었다. 그리고 맥주와 병 사이에 여덟 살 난 대니얼 로퍼가 머리에 자동 권총이 겨눠진 채 희생 제물로 바친 부처처럼 앉아서, 버가 그 나이의 아이에게는 별것 아니라던 5분의 첫 순간을 견디고 있었다. 어쩌면 버의 말이 맞았을지도 모른다. 대니얼은 미소 짓고 있었고, 무서운 게 경주에서 벗어났다는 안도감에 젖어 관객들과 장난을 즐기고 있었다.

그러나 조녀선은 아이의 장난이라는 기분을 전혀 공유할 수 없었다. 눈 안쪽 어딘가에서 분노의 붉은 핏자국 같은 불빛이 번득였다. 무기가 없던 녹색 아일랜드인을 향해 헤클러 탄창을 다 비워버리던 그날 밤 이후로 그 어느 때보다 강렬하게 싸워야 한다는 사명감이 솟구쳤다. 더 이상 생각조차 할 수 없었다. 그저 행동할 뿐이었다. 수많은 낮과 밤 동안—두뇌의 의식적인 부분과 무의식적인 부분이 번갈아가며—준비해왔던 순간이었다. 상상하고, 두려워하고, 계획했다. 그들이 이렇게 하면 논리적인 반응은 이것이다. 그들이 여기 있으면 내가 있어야 할 곳은 저기다. 그러나 이런 감정은 계산해본 적이 없었다. 지금까지는. 그의 최초 반응이 계획했던 대로가 아니었던 것은 분명 이

때문이었다.

발코니 공간이 허락하는 한 최대한 멀리 어둠 속으로 물러난 뒤, 그는 하얀색 요리사 모자와 요리사 복장을 벗고 바지 차림으로 주방에 달려가서 미스 아멜리아가 손톱을 다듬고 앉아 있는 현금 계산대로 향했다. 그는 전화를 집어 들고 수화기를 귀에다 갖다 댄 뒤 이미 알고 있는 사실을 확인하기 위해 한참 동안 전화를 흔들었다. 물론 전화선은 끊겨 있었다. 그는 행주를 집어 들고 중앙 테이블로 뛰어 올라가서 주방을 밝히는 네온 선을 뜯어냈다. 한편, 미스 아멜리아에게 지금 당장 계산대를 그대로 놓아두고 위층으로 올라가서 숨어라, 불평하지 말고 그들이 뒤따라갈지도 모르니 돈도 챙기지 말고 도망가라고 지시했다. 그런 다음 바깥 해변의 반원을 그리는 불빛에 의지해서 칼을 보관해두는 작업대로 가서, 가장 단단한 고기용 칼을 골라잡고 설거지 통로를 지나 발코니가 아닌 남쪽 서비스 문을 향해 달렸다.

왜 칼이야? 달리면서 그는 생각했다. 왜 칼이냐고? 칼로 누굴 베려고? 하지만 그는 칼을 버리지 않았다. 칼을 확보한 것이 기뻤다. 어떤 무기든, 무기를 가진 남자는 무기가 없는 남자의 두 배가 된다고, 훈련서에 적혀 있었다.

밖으로 나온 그는 계속 남쪽으로 달렸다. 선인장과 바다포도나무를 뛰어넘고 그 뒤로 숨어 가며 구스 네크를 내려다보는 절벽 꼭대기에 도착했다. 그는 숨을 몰아쉬고 땀을 흘리며 찾던 것을 보았다. 흰색 모터보트가 도주 경로인 동쪽 만에 정박해 있었다. 그러나 그는 그 광경에 감탄하지 않았다. 손에 칼을 든 채, 그는 어두운 주방으로 되돌아갔다. 이 모든 과정은 1분도 걸리지 않았지만, 미스 아멜리아가 위층으로 도망가기에는 충분한 시간이었다.

어두운 북쪽 주방 창문을 통해, 조녀선은 도둑들의 절도가 어디까지 진전되었는지 살폈다. 다행히 그동안 그는 처음 솟아올랐던 살인적인 분노를 억제할 수 있었다. 집중력이 개선되었고, 호흡이 안정되었고, 자제력이 조금 되돌아왔다. 한데 이 분노는 어디서 나왔을까? 그의 내면 아주 멀고 어두운 어딘가에서 분노는 점점 솟아올라 홍수처럼 넘쳐흘렀지만, 그 원천은 수수께끼였다. 그는 칼을 더욱 단단히 붙잡았다. 엄지손가락을 위로 하고, 조녀선, 빵에 버터를 바를 때처럼…… 날을 이리저리 돌리면서 눈을 보라고…… 너무 낮게 꽂지 말고, 다른 손으로 상대를 좀 괴롭혀 줘…….

파나마모자를 쓴 코코란 소령은 의자를 찾아서 두 팔을 등받이 위에 얹고 턱을 팔에 괸 채 앉아 있었다. 그는 패션쇼라도 구경하듯 도둑들을 바라보았다. 랭번 경은 카메라를 내놓았지만, 서류 가방을 든 남자는 카메라를 받자마자 필요 없다는 듯 짜증스럽게 밀어냈다. 느릿한 목소리가 들려왔다. "아, 쓸데없는 거야." 프리스키와 태비는 귀신 들린 남자처럼 목표물에서 5미터 떨어진 위치에 잔뜩 경계 태세로 서 있었다. 그러나 로퍼의 오른팔이 아직 그들을 가로막고 있었다. 로퍼의 시선은 대니얼과 도둑들에게 고정되어 있었다.

장신구를 모조리 벗은 제드는 댄스 플로어 가장자리에서 긴장하여 몸이 굳은 채 대니얼에게 당장에라도 뛰어가고 싶은 마음을 억누르는 듯 활짝 편 두 손을 허벅지 위에 대고 있었다.

"돈을 원한다면 내가 주겠소." 로퍼가 말썽꾸러기 아이를 상대하듯 침착하게 말하는 소리가 들려왔다. "10만 달러면 되겠소? 현금으로 받아서 배를 타고 가시오. 아이는 내게 넘기고. 경찰에 신고하지도 않겠소. 아무 짓도 안 할 테니까, 아이만 돌려줘. 무슨 말인지 알아듣겠나? 영어 할 줄 아시오? 코키, 스페인어로 좀 말해봐."

이어서 점잖은 스페인어로 똑같은 메시지를 전하는 코코란의 목소리가 들려왔다.

조너선은 계산대를 바라보았다. 미스 아멜리아의 금고는 열려 있었다. 반쯤 센 돈다발이 카운터 위에 널려 있었다. 그는 댄스 플로어에서 주방까지 지그재그로 이어지는 길을 내려다보았다. 길은 가파르고 포장은 울퉁불퉁했다. 미치광이나 유모차를 밀고 그 길을 올라올 것이다. 게다가 빛이 환했다. 누구라도 곧장 어두운 주방에 들어서면 앞이 보이지 않을 것이다. 조너선은 고기 칼을 벨트 밑에 찔러 넣고 땀이 밴 손바닥을 바지에 문질렀다.

도둑들은 길을 올라오기 시작했다. 공범이 인질을 붙잡은 방식이 조너선의 관심을 사로잡았다. 그에 따라 행동 방침이 정해지기 때문이었다. 버가 '타당성 확보'라고 부르는 방식이었다. 장님처럼 귀를 곤두세우고 들으라고, 조너선, 귀머거리처럼 유심히 봐. 그러나 그가 기억하는 한, 지금까지 누구도 고기 칼 한 자루로 무장 강도 두 사람에게서 여덟 살짜리 인질을 빼내고 살아남는 법을 가르쳐준 적이 없었다.

그들은 오르막길의 첫 구간을 지났다. 아래에는 손님들이 해변의 반원 불빛 속에서 움직이지 않고 선 채 그들을 응시하고 있었다. 조금 떨어져 있는 곳에서 제드의 머리카락이 구릿빛으로 빛나고 있었다. 조너선은 다시 서서히 자기 자신을 잊어버리기 시작했다. 어린 시절의 나쁜 영상들이 시야를 가득 채웠다. 답변으로 돌아왔던 모욕, 대답 없었던 기도.

먼저 수금원이 나타났고, 20미터 뒤에서 공범이 대니얼의 팔을 잡아끌며 올라오고 있었다. 대니얼은 더 이상 이 일을 장난으로 받아들이지 않았다. 수금원은 돈을 잔뜩 넣은 가방을 옆구리에 끼고 서둘러 걷고 있었다. 그러나 상체를 계속 뒤로 돌려 관객들을 협박하고 자동 권총으로 아이를 겨누느라 움직임은 어색하고 힘들어 보였다. 오른손잡이군, 조너선은 눈여겨보았다. 맨팔이고. 총에는 안전장치가 걸려 있었다.

"나랑 협상하지 않겠나?" 로퍼가 댄스 플로어에서 외쳤다. "내가 그 애 아버지요. 나와 이야기합시다. 협상하자고."

겁에 질렸지만 어딘가 승마 선수다운 권위를 지닌 제드의 목소리가 도전적으로 들려왔다. "어른을 데려가지그래? 한심한 잡놈들. 우리 중 하나를 데려가. 원한다면 날 데려가라고." 공포와 분노가 뒤섞여서, 목소리가 훨씬 커졌다. "애를 돌려줘, 이 나쁜 놈들아!"

제드의 말을 듣고, 남자는 대니얼을 홱 잡아채서 그녀 쪽으로 돌려 세우고는 관자놀이에 권총을 들이댔다. 거친 브롱크스 억양의 범죄인 대사.

"누구라도 뒤따라오거나, 이 길을 올라오거나, 우리 앞을 막아서면 아이가 죽는다. 알겠나? 누구든지 다 죽여 버리겠어. 누구든 상관없어.

다 죽여버릴 거야. 그러니 거기서 입 닥치고 가만히 있어."

앞으로 뻗어 나간 조녀선의 손바닥에서 맥박이 고동치고 있었다. 손톱 끝이 욱신거렸다. 때로 그의 손은 먼저 나서서 조녀선을 끌고 나가 일을 해치우고 싶어할 때가 있었다. 분주한 발소리가 나무 발코니 위에서 쿵쿵 오갔다. 주방 문이 활짝 열리고, 남자 손이 조명 스위치를 더듬어 찾았다. 스위치를 켰지만, 불은 들어오지 않았다. 거친 목소리가 숨을 몰아쉬었다. "빌어먹을, 이런 젠장. 어디 있어? 맙소사!" 덩치 큰 윤곽이 더듬더듬 계산대로 향하다가 중간에 멈춰 섰다.

"다들 나가. 들었나? 이건 경고다. 우리는 아이를 데리고 있어. 누구라도 문제를 일으키면 아이가 무사하지 못할 거야. 시키는 대로 해."

그러나 이미 그는 지폐 다발을 찾아서 서류 가방에 쓸어 담고 있었다. 그런 뒤 문간으로 되돌아와서 열린 문짝 뒤에 서 있는 조녀선을 미처 보지 못한 채 공범에게 소리쳤다.

"난 내려간다, 마이크! 배에 시동을 걸어놓을게, 들었나? 이런, 맙소사." 그는 세상이 자신에게 너무 가혹하다는 듯 소리쳤다. 그런 다음 주방을 지나 설거지 통로 문을 발로 차서 열고 구스 네크로 이어지는 길을 따라 내려가기 시작했다. 동시에 조녀선은 마이크라고 불린 남자가 인질 대니얼을 끌고 다가오는 소리를 들었다. 조녀선은 손바닥을 바지에 한 번 더 닦고, 허리춤에서 칼을 빼낸 뒤, 왼손에 옮겨 쥐고 아래쪽에서 배를 따려는 듯 날을 위로 향하게 했다. 대니얼이 흐느끼는 소리가 들려왔다. 목에 걸리는, 억누른 듯한 울음소리. 소리가 나는 순간 참은 것 같았다. 피로와, 초조와, 지루함과, 갑갑함의 울음소리. 가난뱅이든 백만장자든, 귀가 아프든, 혼자 잠자러 침실로 올라가기 싫든, 어떤 아이든 낼 법한 소리였다.

그러나 조너선에게 그 소리는 자신이 어린 시절에 내질렀던 비명이었다. 그 비명은 그가 거쳤던 모든 지저분한 복도와 막사 오두막, 보육원, 아주머니 집 뒷방들에 메아리쳤다. 그는 조금 더 기다렸다가 공격하는 것이 낫다는 것을 알고 잠시 더 지체했다. 심장이 느리게 뛰고 있었다. 눈앞에 붉은 안개가 드리웠고, 자신의 몸은 무중력의 천하무적 상태로 떠 있는 느낌이었다. 멀쩡한 얼굴로 미소 짓고 있는 소피가 보였다. 성인의 쿵쿵거리는 발소리와 그 뒤를 마지못해 질질 끌려오는 작은 발소리가 들렸다. 남자가 대니얼을 뒤로 끌고 발코니 나무 바닥을 두 계단 내려와 주방 타일 바닥에 내려섰다. 남자의 발이 타일에 닿는 순간, 조너선은 문 뒤에서 한 발 나와 두 손으로 권총을 든 팔을 움켜잡고 무시무시하게 꺾었다. 동시에 조너선은 소리를 질렀다. 도움을 청하는, 상대를 제압하는, 길었던 인내의 순간에 종지부를 찍는 해방의 외침이었다. 권총이 바닥에 떨어졌고, 그는 총을 발로 차냈다. 남자와 그의 망가진 팔을 문간으로 끌고 가서, 그는 문을 잡고 남자의 몸을 그 위에 밀어붙인 뒤 팔을 문과 문지방 틈에다 끼우고 밀어 눌렀다. 마이크라는 남자는 비명을 질렀지만, 땀이 흐르는 목에다 조너선이 칼을 갖다 대자 비명은 멈췄다.

"빌어먹을!" 마이크는 고통과 충격 사이에서 속삭였다. "나한테 무슨 짓을 한 거야? 빌어먹을! 이거 미친놈 아니야! 맙소사!"

"언덕을 내려가서 어머니한테 가거라." 조너선은 대니얼에게 말했다. "가. 지금 당장."

몸속에서 부글거리는 그 모든 감정에도 불구하고, 그는 조심스럽게 단어 하나하나를 골라 내뱉었다. 아이가 평생 마음에 담고 살게 될 말일지도 모르기 때문이었다. 단순한 요리사가 어째서 아이의 이름이 대니얼이라는 사실을, 그의 어머니는 제드가 아니라는 사실을, 대니얼의 진짜 어머니는 수천 킬로미터 떨어져 있는 도싯에 산다는 사실을 알고 있을까? 그 말을 하는 순간, 그는 대니얼이 더 이상 그의 말에 귀를 기울이지 않고 다른 문 쪽을 보고 있다는 사실을 깨달았다. 수금원이 비명 소리를 듣고 동료를 위해 돌아왔던 것이다.

"이 새끼가 내 팔을 부러뜨렸어!" 마이크라는 남자가 소리 질렀다. "내 팔 봐, 이 미친놈아! 칼을 갖고 있어, 게리. 함부로 덤비지 마. 내 팔이 부러졌다고. 두 번이나 부러뜨렸어. 장난 아니야. 미친놈이라고!"

그러나 조너선은 부러진 그의 팔을 계속 붙잡은 채 두꺼운 목에 칼을 대고 있었다. 치과 진료를 받을 때처럼 입이 벌어진 채 머리가 이쪽으로 젖혀졌고, 땀에 젖은 머리카락이 그의 얼굴을 스쳤다. 눈앞에 붉은 안개가 어른거리는 상태였기 때문에, 필요하다고 생각되는 일이라면 무엇이든 아무 거리낌 없이 할 수 있었을 것이다.

"도로 내려가." 그는 대니얼을 겁주지 않으려고 조용히 말했다. "조심해서 내려가. 빨리. 가."

이 말에 마침내 대니얼은 떠나기로 작정했다. 그는 휙 돌아서더니 대단한 일을 했다는 듯 한 손을 머리 위에서 펄럭거리며 반원형 불빛과 얼어붙은 관중들 쪽으로 걸음을 내디디기 시작했다. 그 모습에 마음을 놓는 순간, 게리라는 남자가 권총 손잡이로 그를 때렸다. 두 번째로 오른뺨과 눈 위, 세 번째로 맞는 순간 조너선은 소피의 피로 물든 바닥에 둥둥 떠 있었다. 회복 자세로 바닥에 쓰러져 있는데, 게리가 다시 사타구니를 두 번 발로 세게 걷어차더니 동료 마이크의 남은 팔을 잡고—다시 비명과 욕설이 메아리쳤다—주방 건너편 문을 향해 질질 끌고 갔다. 멀지 않은 지점에 가득 차 있는 서류 가방이 놓여 있는 것을 보고 조너선은 마음을 놓았다. 팔이 없어진 마이크와 약탈품을 동시에 갖고 갈 수는 없었던 모양이다.

그때 새로운 발소리와 목소리가 들려왔다. 조너선은 그들이 돌아와서 똑같은 짓을 더 하기로 작정했나 보다 생각했지만, 혼란스러운 상태였기 때문에 소리가 들려오는 방향을 착각하고 있었다. 지금 그를 둘러싼 채 내려다보고 있는 것은 적이 아니라 그의 친구들이었다. 그가 지키려던 사람들, 그 때문에 죽을 뻔했던 사람들. 태비, 프리스키, 랭번, 그리고 폴로 선수들, 춤추면서 서로 얼굴을 더듬던 노부부, 바에 있던 젊은 흑인 넷, 스와츠와 웨트아이, 그리고 로퍼와 제드, 그 사이에 끼어 있는 대니얼. 그리고 미스 아멜리아는 조너선이 자기 팔까지 부러뜨리기라도 한 듯 계속해서 울고 있었다. 마마로는 미스 아멜리아에게 닥치라고 소리 지르고 있었고, 미스 아멜리아는 '불쌍한 러몬트'라고 외쳤다. 이 말을 들은 로퍼가 이의를 제기했다.

"누굴 러몬트라고 부르는 거야?" 로퍼는 얼룩진 피 아래로 조너선의 얼굴을 더 잘 보기 위해 이쪽으로 고개를 기울이며 투덜거렸다. "마이스터 호텔의 파인이잖아. 거기서 일하던 야간 지배인 말이야. 영국인.

알아보겠나, 태비?"

"그 사람 맞습니다, 두목." 태비가 조너선 옆에 무릎을 꿇고 맥을 짚으며 말했다.

시야 가장자리 어딘가에서, 프리스키가 버려진 서류 가방을 집어들고 안을 확인하는 것이 눈에 띄었다.

"다 있습니다, 두목." 그는 달래듯 말했다. "아무 이상 없어요."

로퍼는 아직 조너선 위에 몸을 구부리고 있었고, 무엇을 보았는지 보석보다 더 인상 깊었던 모양이었다. 그는 상한 와인 냄새라도 맡듯 콧등에 주름을 잡았다.

"내 말 들리나, 파인?" 로퍼가 물었다.

"네." 조너선이 말했다.

"내 손이 느껴지나?"

"네."

"여기도?"

"네."

"여기는?"

"맥박은 어떤가, 태비?"

"상황치고는, 괜찮습니다, 두목."

"아직 내 말 들리나, 파인?"

"네."

"자넨 괜찮을 거야. 도울 사람이 오고 있어. 최선의 치료를 하도록 하지. 저쪽 보트와 연락했나, 코키?"

"통화 중입니다."

무선전화기를 귀에 대고 팔꿈치를 짐짓 권위 있게 세운 채 한 손으로 엉덩이를 짚고 서 있을 코코란 소령의 모습이 막연하게 떠올랐다.

"지금 당장 헬리콥터 편으로 나소에 옮겨야겠어." 로퍼는 코코란에게 말을 건넬 때의 퉁명스러운 음성으로 말하고 있었다. "조종사에게 그렇게 전하고, 병원에도 연락해. 서민 병원 말고. 다른 쪽. 우리가 쓰는 곳 말이야."

"닥터스 병원이요, 콜린스 애비뉴에 있는." 코코란이 말했다.

"예약해. 그 거만한 스위스 외과 의사가 누구였지? 윈더미어 키에 집이 있고, 늘 우리 회사에 투자하겠다고 하는 사람 말이야?"

"마티입니다."

"마티에게 전화해. 대기하라고."

"그러죠."

"그다음에 해양경찰과 경찰 등등 바보들에게도 알리고. 난리를 치라고. 들것 있나, 로? 가서 가져와. 자네 혹시 결혼했나, 파인? 아내나 누구 있나?"

"전 괜찮습니다."

그러나 마지막 말을 보탠 사람은, 늘 그랬듯, 승마 선수였다. 수녀원 학교에서 응급치료를 배웠던 모양이었다. "최대한 덜 움직이도록 해요." 그녀는 꿈결 속에 흘러들어오는 듯한 목소리로 누군가에게 말하고 있었다.

13
낙타가 코를
들이미는 순간

조녀선은 그들의 스크린에서 사라졌다. 아군의 총에 맞아 사망한 것으로 추정되었다. 그 모든 계획, 그 모든 도청과 감시, 그 모든 숙달된 게임 솜씨가 길가에 버려진 리무진처럼 나뒹굴고 있었다. 귀머거리에 맹인이 된 기분이었다. 이 모든 것이 다 터무니없었다. 창문이 없는 마이애미의 지휘 본부는 유령의 집이었다. 버는 유령에 홀린 사람처럼 음침한 복도를 걸어 나갔다.

로퍼의 요트, 비행기, 집, 헬리콥터, 자동차는 계속 감시 중이었고, 아이언브랜드 토지, 광석, 귀금속 회사의 본부가 있는 나소 중심가의 세련된 식민지풍 건물 역시 마찬가지였다. 세계 각지에 흩어져 있는 로퍼의 연락망들이 갖고 있는 전화와 팩스 선도 마찬가지였다. 토르톨라의 랭번 경, 추크의 스위스 은행가들, 바르샤바의 반-익명 협력자들,

리우데자네이루의 수수께끼 같은 라피, 프라하의 미샤, 퀴라소의 네덜란드 공증 회사, 대통령궁 집무실에서 통화하면서도 약에 취한 목소리를 내며 찰리라는 가명을 쓰는 파나마의 정체불명 정부 관료.

그러나 조녀선 파인, 가명 러몬트에게서는 나소의 닥터스 병원 집중 치료실을 마지막으로 아무 연락이 없었다.

"버림받은 거야." 버는 두 손에 얼굴을 파묻고 손가락 사이로 스트렐스키에게 말했다. "처음에는 정신이 나갔던 거고, 그 뒤로는 병원에서 탈출한 거야. 일주일 뒤 일요일자 신문에 그에 관한 뉴스가 실리겠지."

그러나 모든 계획은 완벽했다. 파샤가 나소에서 출항했던 순간부터 마마로에서 가짜 납치극이 벌어졌던 밤까지, 아무것도 우연에 맡긴 것은 없었다. 여객선 손님들과 아이들은—감자 칩을 먹으며 승마 이야기를 하는 열두 살 난 영국의 순수혈통 소녀들, 날렵한 몸매에 세상만사 관심 없다고 삐딱하게 주워섬기는 자신만만한 아들들, 랭번 집안의 뚱한 아내와 지나치게 예쁜 유모—도착하는 순간부터 모두 아마토의 지휘 아래 은밀하게 환영받고, 추적당하고, 미움받았으며, 그들이 파샤에 오르는 모습을 확인할 때까지 방심한 것은 아무것도 없었다.

"그거 아나? 저 돈 많은 애들은 마리화나를 사려고 조스이지 식당까지 롤스로이스를 끌고 갔다고!" 얼마 전 자랑스러운 아버지가 된 아마토는 수화기에 대고 스트렐스키에게 말했다. 이 이야기는 당연히 이번 작전의 으뜸가는 일화로 등극했다.

조개껍데기 사건도 마찬가지였다. 파샤가 출항하기 전날, 아이언브랜드의 영리한 젊은이 중 하나—마이스터에서 말 없는 역할로 처음

등장했던 맥아서였다—가 시내 반대편에 있는 정체불명의 은행 접선책과 통화했다. "제러미, 도와줘요. 요즘 조개껍데기는 어디서 팔죠? 내일까지 천 개가 필요합니다. 제러미, 난 진지해요."

도청하던 사람들은 갑자기 떠들어대기 시작했다. 조개껍데기라고? 문자 그대로 조개껍데기? 혹시 미사일 아냐? 함대공 미사일 같은 것 아닐까? 이전에는 로퍼의 무기 목록 중 누구도 조개껍데기를 언급했던 사람이 없었다. 그날 오후 맥아서가 나소의 고급 상점 주인에게 이 문제에 대해 토로했을 때 수수께끼는 풀렸다. "항해 이틀째가 랭번 경의 쌍둥이 딸 생일입니다. ……두목은 무인도에서 조개껍데기 줍기 대회를 열어서 가장 멋진 조개껍데기를 주운 사람에게 상을 주려고 해요. ……한데 작년에 아무도 조개껍데기를 주운 사람이 없어서, 올해엔 그런 일이 있어서는 안 되겠다고 하십니다. 보안 요원들에게 조개껍데기 천 개를 그 전날 섬에 묻어놓으라고 지시하셨어요. 만치니 씨, 조개껍데기를 대량으로 구할 수 있는 곳이 있을까요?"

이 이야기에 정찰 팀은 배꼽을 붙잡고 웃었다. 프리스키와 태비가 더블백에 조개껍데기를 가득 짊어지고 한밤중에 사람 없는 해변을 급습한다? 이보다 더 통쾌한 상상은 없었다.

납치극도 전 단계에 걸쳐 미리 예행연습을 했다. 우선 플린과 아마토가 요트 족으로 변장하고 헌터스 아일랜드로 현장 답사를 나갔다. 플로리다로 돌아온 그들은 따로 빌린 포트 로더데일 훈련 캠프의 모래사장에다 현장을 재구성했다. 테이블을 배치했다. 테이프로 길을 표시했다. 주방을 가리키는 움막도 세웠다. 저녁 식사 손님들도 모였다. 게리와 마이크, 나쁜 놈으로 섭외된 뉴욕 출신의 전문 깡패들은 지시대로 일을 수행한 뒤 입을 다물기로 했다. 납치범 마이크는 곰처럼 덩치가 컸다. 수금원 게리는 행색이 안쓰러웠지만 날렵했다. 할리우드라 해도 그보다 더 나은 배역을 찾지 못했을 것이다.

"두 사람 다 지시한 내용을 숙지했나?" 아일랜드인 패트 플린이 게리가 오른손 손가락마다 주렁주렁 낀 놋쇠 반지를 바라보며 물었다. "연습 대련이라고 생각하면 돼, 게리. 겉보기에만 거칠게, 우리가 원하는 건 그 정도야. 그다음에는 명예롭게 물러나는 거야. 내 말뜻 알겠지, 게리?"

"알겠습니다, 패트."

만일의 사태에 대한 대비책도 논했다. 모든 경우의 수. 마지막 순간에 파샤가 헌터스 아일랜드에 입항하지 못한다면? 헌터스 아일랜드에 들어와서 정박했지만, 승객들이 배 안에서 식사하기로 한다면? 어른들만 육지에서 식사하고 애들은—예를 들어 장난을 쳐서 벌이라도 받아—배에 남는다면?

"기도해야지." 버가 말했다.

"기도하자고." 스트렐스키도 동의했다.

그러나 그들은 신의 섭리를 믿지 않았다. 파샤가 헌터스 아일랜드에 입항하지 않고 지나친 적은 없다는 걸 알고 있었지만, 무슨 일이든 최초라는 게 있기 마련이고 이번이 그때일지도 몰랐다. 그들은 딥 베이의 로 선창에 파샤가 이용할 최고급 가게들이 있다는 것을 알았고, 늘 그렇듯 선장이 그곳 가게와 로 식당에 밀린 대금이 있다는 것도 알고 있었다. 대니얼이 아버지에게 행사하는 막대한 영향력도 믿고 있었다. 최근 몇 주 동안 대니얼은 이혼한 부모 사이에서 적응하느라 몇 번인가 아버지와 힘든 통화를 했고, 헌터스 아일랜드에 꼭 놀러 가고 싶다고 고집했다.

"올해에는 내가 꼭 바구니에서 게를 꺼내고 싶어, 아빠." 대니얼은 고작 열흘 전에 영국에서 아버지에게 말했다. "더 이상 꿈만 꾸지 않을 거야. 엄마도 정말 좋아했어."

버와 스트렐스키도 각자 자신의 아이들과 비슷한 대화를 나눈 적이 있었다. 그들은 로퍼가 비록 아이를 우선순위 윗줄에 놓는 영국 계급은 아니지만, 대니얼을 실망시키기보다는 차라리 불구덩이에 뛰어들 거라고 추측했다.

그리고 그들은 옳았다. 전적으로 옳았다. 코코란 소령이 미스 아멜리아에게 위성 전화를 걸어 테라스 쪽 테이블을 예약했을 때, 버와 스트렐스키는 서로 포옹이라고 하고 싶은 심정이었다. 안 그래도 요즘 수사팀은 그런 사이였다.

처음 불길한 기운을 느낀 것은 그날 저녁 11시 30분경이 되어서였다. 작전은 23시 3분, 게 경주가 시작된 직후로 예정되어 있었다. 강도질부터 시작해서 주방으로 올라갔다가 구스 네크로 내려가기까지 연습할 때엔 12분 이상 걸린 적이 없었다. 마이크와 게리가 왜 '임무 완수' 신호를 안 보내는 걸까?

그때 붉은 경고등이 켜졌다. 버와 스트렐스키는 통신실 한가운데에 팔짱을 끼고 서서 코코란이 배의 선장과 헬리콥터 조종사, 나소의 닥 터스 병원, 마지막으로 윈더미어 키의 자택에 있는 루돌프 마티 박사 에게 빠르게 지시하는 목소리를 되감아 들었다. 코코란의 목소리는 이 미 경고였다. 긴급 상황인 데도 냉정하고 침착했다.

"두목도 당신이 응급의가 아니라는 건 압니다, 마티 박사. 하지만 두 개골과 얼굴 옆쪽이 심하게 골절돼서, 두목은 재건 수술을 해야 할 것 같다고 합니다. 환자를 맡길 수 있는 의사가 필요해요. 환자가 도착하 면 당신이 병원에서 기다려주었으면 합니다. 비용은 얼마든지 상관없 다고 하십니다. 두목한테 당신이 대기하고 있을 거라고 보고해도 되겠 습니까?"

두개골과 얼굴 옆쪽이 골절됐다고? 재건 수술이라니? 도대체 마이크 와 게리가 무슨 짓을 한 거야? 버와 스트렐스키 사이에 심한 긴장감이 감도는 와중에 마이애미 잭슨 메모리얼 병원에서 전화가 걸려왔고, 그 들은 운전석 옆에 플런을 태운 채 경광등을 켜고 병원으로 달려갔다. 도착해보니 마이크는 수술실에 있었다. 분노에 얼굴이 흙빛으로 물든 게리는 청색 구명조끼 차림으로 대기실에서 줄담배를 피우고 있었다.

"그 빌어먹을 짐승 새끼가 마이크를 문에 때려 박았다고!" 게리가 말했다.

"자네한테는 무슨 짓을 했지, 게리?" 플런이 물었다.

"나한테는, 아무 짓도."

"그에게 무슨 짓을 했기에?"

"입술에다 키스했다. 무슨 짓을 하긴 뭘 해, 멍청한 새끼."

플린은 건방진 꼬마 다루듯 게리를 의자에서 일으켜 세워 얼굴을
세게 한 번 때린 뒤 아까처럼 느긋하게 다시 앉혔다.

"자네가 때렸나, 게리?" 그는 친절하게 물었다.

"그 새끼가 미치광이처럼 굴었어. 진짜로 그랬단 말이야. 마이크의
목에 고기 칼을 대고 무슨 통나무 다루듯 마이크의 팔을 문짝에 찍어
눌렀다고."

작전실로 돌아와 보니 대니얼이 파샤의 위성통신을 통해 영국의 어
머니와 통화하고 있었다.

"엄마, 나야. 난 괜찮아. 정말로."

엄마가 잠에서 깨는 동안 긴 침묵이 흘렀다.

"대니얼? 아가야, 영국에 돌아온 건 아니지?"

"난 파샤에 있어, 엄마."

"대니얼, 거기 몇 시니? 아버지는 어디에 있고?"

"바구니에서 게는 못 꺼냈어, 엄마. 겁을 먹었어. 구역질이 났어. 난
괜찮아, 엄마. 정말."

"대니?"

"응?"

"대니, 무슨 말을 하려는 거야?"

"헌터스 아일랜드에 있는데, 엄마, 마늘 냄새가 나는 사람이 날 인질
로 붙잡았고, 다른 남자가 제드의 목걸이를 가져갔어. 하지만 요리사
가 구해줘서 난 풀려났어."

"대니얼, 아빠 거기에 계시니?"

"폴라, 안녕. 미안해. 직접 괜찮다는 말을 전하고 싶다고 해서 말이야. 마마로에서 권총 강도 둘을 만났어. 대니얼이 10분가량 인질로 잡혀 있었는데, 무사히 풀려났어."

"잠깐만." 폴라가 말했다. 방금 아들처럼 로퍼도 그녀가 정신을 차릴 때까지 기다려주었다. "대니얼이 인질로 붙잡혔다가 풀려났다고. 한데 괜찮다. 계속해봐요."

"강도들이 주방까지 아이를 데리고 갔어. 주방 기억나? 언덕 위에 있던 거?"

"정말 실제로 있었던 일 맞죠? 대니얼이 지어낸 이야기가 아니고."

"당연하지. 내가 직접 봤어."

"총을 겨누고? 아이한테 총을 겨누고 언덕길을 올라갔다고요? 여덟 살 난 애한테?"

"주방에 있는 현금을 가지러 갔어. 한데 거기에 요리사가 있었고, 백인이야, 그 사람이 물리쳐줬어. 한 놈을 때려눕혔는데, 다른 한 놈이 돌아가서 대니얼이 도망치는 동안 요리사를 때렸지. 그들이 대니얼을 데려갔다면 무슨 일이 벌어졌을지 상상조차 하기 싫지만, 어쨌든 그런 일은 없었어. 이제 다 끝났어. 훔친 물건까지 다 되찾았어. 요리사에게 감사해야지. 자, 대니얼. 우리가 네게 무공훈장을 수여한다고 엄마한테 전해라. 자, 대니얼 바꿔줄게."

새벽 5시였다. 버는 부처처럼 작전실 책상 앞에 앉아 있었다. 루크는 파이프 담배를 피우며 《마이애미 헤럴드》지의 십자말풀이를 하고 있었다. 전화기가 울렸고, 버는 신호음이 여러 번 울린 뒤에 간신히 수화기를 집어 들었다.

"레너드?" 굿휴의 목소리였다.

"그래, 렉스."

"뭐가 잘못됐나? 자네가 전화할 거라고 생각했어. 무슨 충격이라도 받은 것 같은 목소리인데. 그들이 미끼를 물었나? 레너드?"

"아, 미끼야 물었지."

"그럼 뭐가 문제인 거야? 의기양양한 목소리가 아닌데. 장례식이라도 참석한 것 같아. 무슨 일이야?"

"우리가 아직 지휘봉을 쥐고 있는지 확인하려는 중이야."

러몬트 씨는 집중 치료실에 있습니다. 병원 측은 말했다. 안정된 상태입니다.

그리고 오랜 시간이 지나지 않았다. 스물네 시간 뒤에, 러몬트 씨는 사라졌다.

퇴원한 건가요? 병원은 그렇다고 답했다. 마티 박사가 자신의 개인 병원으로 옮긴 건가요? 그런 것 같다는 간결한 대답. 병원에서는 퇴원한 환자의 행선지를 밝히지 않았다. 아마토가 신문기자로 가장하고 전화를 걸자, 마티 박사가 직접 전화를 받아서 러몬트 씨는 주소를 남기지 않고 떠났다고 답했다. 작전실에는 갖가지 가설이 난무했다. 조너선이 모든 걸 자백한 거야! 로퍼가 그의 정체를 알아내고 바다에다 버렸어! 스트렐스키의 지시에 따라 나소 공항에 대한 감시는 중단되었다. 아마토 팀이 너무 눈에 띌 수도 있다는 것이 걱정스러웠던 것이다.

"우린 인간의 본성을 상대하는 중이야, 레너드." 스트렐스키가 버의 영혼에서 짐을 내려주려는 듯 말했다. "매번 제대로 될 수는 없어."

"고마워."

저녁이 다가왔다. 버와 스트렐스키는 각자 휴대전화를 무릎 위에 놓고 길가 바비큐 식당에서 갈비와 케이준 밥을 먹으며 피둥피둥한 미국인들이 오가는 모습을 바라보고 있었다. 전화 감시팀에서 연락이 왔고, 그들은 먹다 말고 쏜살같이 본부로 돌아갔다.

코코란이 바하마 주요 신문의 선임 편집자와 전화 통화를 하고 있었다.

"오랜만이야! 나야, 코키. 잘 지내나? 무희들은?"

은밀한 음담패설이 오갔다. 그러다 부탁이 흘러나왔다.

"들어봐. 두목이 잠재웠으면 하는 기사가 있어. ……오늘의 영웅이 주목을 받지 않았으면 해서 말이야. ……어린 대니얼 말이야, 예민한 녀석이지. ……사례는 두둑하게 하겠네. 은퇴 자금이 어마어마하게 불어나겠지. '실패로 돌아간 장난' 정도가 어떨까? 해줄 수 있지?"

코코란은 돈 많은 사람들의 사소한 실수를 너그러이 이해해주기로 유명한 나소의 경찰 간부에게 전화를 걸었다.

"이봐, 잘 지내지? 들어봐. 러몬트 형제 말인데, 어젯밤에 닥터스 병원에서 그쪽 경찰 중 한 사람이 마지막으로 목격했던 환자 말이야. ……그 환자 좀 메뉴판에서 빼줄 수 있겠나? 두목은 가능한 한 일을 조용히 마무리하고 싶어해. 대니얼의 건강을 위해서라도 그쪽이 좋겠지. ……혹시 용의자를 찾는다 해도 기소하지는 말고, 시끄러워지는 건 싫거든. ……고마워. ……아, 아이언브랜드 주가가 바닥을 쳤다는 엉터리 기사 말인데…… 올 크리스마스에 두목이 근사한 배당금을 계획하고 있어. 다들 가장 좋아하는 걸 하나씩 살 수 있을 거야."

법률의 수호자는 손을 떼겠다고 약속했다. 버는 자신이 조녀선의 묘비명을 듣고 있는 게 아닐까 생각했다.

그리고 다른 곳에서는, 아무 소식도 들려오지 않았다.

버가 런던으로 돌아가야 할까? 루크는? 논리적으로는 마이애미에 실낱같은 희망을 품고 있거나, 런던에 있거나 아무 차이가 없었다. 비논리적으로는, 버가 자신의 요원이 마지막으로 목격됐던 장소 근처에 있어야 했다. 결국 그는 루크를 런던으로 보냈고, 같은 날 쇠와 유리로 된 호텔에서 나와 시내의 보다 허름한 지역에 있는 건물에 묵었다.

"레너드는 이번 일이 마무리될 때까지 고행을 하겠대." 스트렐스키는 플린에게 말했다.

"훌륭하군." 플린은 버의 새끼 양 때문에 자신의 요원이 제물로 바쳐진 경험과 타협하려고 아직도 노력 중이었다.

버의 새 독방은 해변 옆 파스텔색의 아르데코 상자 같은 건물이었다. 침대 등은 크롬으로 된 아틀라스가 지구를 떠받치는 모양이었고, 쇠로 된 창틀은 차가 지나갈 때마다 부들거렸다. 코끼리 총을 들고 검은 선글라스를 쓴 약에 취한 경비가 로비에서 어슬렁거리고 있었다. 버는 휴대전화를 여분의 베개 위에 놓고 거기서 선잠을 잤다.

어느 날 새벽, 그는 잠들 수가 없어서 휴대전화를 들고 대로를 걸었다. 코카인 한 무더기가 안개 덮인 바다 위에서 어른거렸다. 그러나 그쪽으로 다가가 보니 건축 현장에 알록달록한 새들이 내려앉아 까악거리고 있었고, 라틴계 노동자들이 불도저를 세워놓고 그 옆에서 전투병처럼 잠들어 있었다.

사라진 것은 조너선만이 아니었다. 로퍼도 더불어 블랙홀로 들어갔다. 의도적인지 아닌지는 몰라도, 그는 아마토의 감시인들을 따돌렸다. 나소의 아이언브랜드 본사를 도청해봐도 두목은 농장을 팔러 출장 중이라는 사실밖에는 알 수 없었다―'농장을 판다'는 말은 로퍼의 관용 어구로 '네 일이나 신경 써라'는 뜻이었다.

플린은 그의 끄나풀인 아포스톨에게 다급하게 연락했지만 위안이 되는 말은 듣지 못했다. 고객이 아루바 섬에서 사업상 회의가 있을 수도 있다는 말을 들은 것 같다, 나는 초대받지 못했다는 대답뿐이었다. 아니, 로퍼가 어디 있는지는 나도 모른다. 나는 변호사지, 여행 대행업체가 아니다. 나는 마리아의 병사다.

다시 저녁이 찾아왔고, 스트렐스키와 플린은 버를 밖으로 끌어내기로 결심했다. 그들은 휴대전화를 움켜쥐고 있는 버를 호텔에서 데리고 나와 사람들이 바글거리는 해변 옆 산책길을 걸었다. 그들은 보도 위의 카페에 앉아 그에게 마르가리타를 먹이고는 지나가는 사람들에게 관심을 갖게 하려고 애썼다. 하지만 허사였다. 알록달록한 셔츠와 금반지 차림의 근육질 백인들이 몸에 붙는 미니스커트와 부츠 차림의 인형 같은 여자들을 끼고 상류사회 분위기를 한껏 풍기며 지나갔고, 머리를 박박 민 보디가드가 잿빛 장옷 차림으로 자동 권총을 숨긴 채 그 뒤를 따랐다. 스케이트보드를 탄 청년들이 빠르게 스쳐 지나갔고, 현명한 부인들은 핸드백을 자기 쪽으로 끌어당겼다. 밀짚모자를 쓴 늙은 레즈비언 두 사람이 범접할 수 없는 분위기를 풍기며 푸들을 끌고 이쪽으로 곧장 다가오다가 옆으로 스쳐 지나갔다. 남자들 뒤로 목이 긴 패션모델 한 무리가 롤러스케이트를 타고 지나갔다. 한 사람씩 지나칠 때마다 더 아름다운 여자들이 뒤따랐다. 이 풍경에 여자를 좋아하는 버는 아주 잠깐 살아나는 듯하다가 다시 우울한 상념에 젖어들었다.

"이봐, 레너드." 스트렐스키는 마지막으로 힘을 냈다. "로퍼가 주말 쇼핑을 즐겨 하는 곳이나 구경해볼까?"

거대한 호텔, 어깨에 패드를 넣은 남자들이 지키는 회의실에서, 버와 스트렐스키는 각국에서 온 구매자들과 뒤섞여 옷깃에 이름표를 붙인 건실한 젊은 남자들의 판촉 연설에 귀를 기울였다. 남자 뒤에는 주문서를 가진 여자들이 앉아 있었다. 여자들 뒤로 쳐진 검붉은 밧줄 뒤에는 아끼는 보물처럼 반질거리게 잘 닦은 상품들이 놓여 있었다. 모두 그것을 소유하는 사람을 남자로 만들어준다고 보증하는 제품들이었다. 가격 대 성능비가 출중한 산탄식 폭탄부터 엑스레이에 걸리지 않는 플라스틱 글록 자동 권총, 최신 휴대용 로켓 발사기, 모르타르와 대인지뢰. 그리고 책을 좋아하는 남성을 위해 뒤뜰에서 로켓 추진 총을 직접 제작하는 방법, 혹은 테니스공을 넣는 원통 캔으로 일회용 소음기 만드는 방법 등이 적혀 있는 기본 매뉴얼이 있었다.

"야포 총구 앞에서 엉덩이를 흔드는 비키니 차림의 여자만 있으면 완벽하겠군." 스트렐스키는 작전실로 돌아가며 말했다.

이 농담에도 아무 반응이 없었다.

하늘이 컴컴해지고 열대성 폭풍이 도시를 뒤덮었다. 바람이 마천루를 휘감았다. 번개가 쳤고, 주차된 자동차에서 저절로 경보음이 울렸다. 호텔은 흔들리고 삐걱거렸고, 전기가 나가면서 마지막 불도 꺼졌다. 빗줄기가 버의 침실 유리창을 두드렸다. 바람에 날리는 흰 안개를 타고 검은 쓰레기들이 밀려왔다. 돌풍이 야자나무를 쓰러뜨리고, 의자와 발코니의 화분을 날렸다.

그러나 버의 휴대전화는 기적적으로 살아남았다.

"레너드." 흥분을 억누르는 스트렐스키의 목소리였다. "지금 당장 이쪽으로 와. 몇 가지 정보가 있어."

도시에 불빛이 다시 들어오더니 한층 화사하게 반짝였다.

코코란이 영국의 어느 난파한 무역 그룹의 부도덕한 회장이자 왕실 조달청에 때로 무기를 조달하는 앤서니 조이스턴 브래드쇼 경에게 건 전화였다.

코코란은 아이언브랜드의 젊고 똑똑한 남자들이 머무는 나소의 아파트들 중 한 곳에서 안전한 줄 알고 전화를 걸고 있었다.

"토니 경입니까? 코코란입니다. 디키 로퍼의 급사요."

"원하는 게 뭐야?" 목소리는 약간 취한 것 같았다. 욕실에서 통화하는 것처럼 울림이 있었다.

"유감스럽지만 중요한 문제입니다, 토니 경. 두목이 도움을 청하셨습니다. 지금 메모할 수 있습니까?"

버와 스트렐스키가 얼어붙은 듯 귀를 기울이는 가운데, 코코란은 정확하게 내용을 전달하려고 애쓰고 있었다.

"아뇨, 토니 경. 파인입니다. 소나무를 뜻하는 'Pine'이요. Peter의 P. Item의 I. Nut의 N. Easy의 E. 맞습니다. 이름은 조너선이에요. 그냥 일반적으로 사용하는 조너선이요." 그는 생년월일과 영국의 여권 번호 등 몇 가지 일반적인 신상을 알려주었다. "두목이 될 수 있으면 내일까지, 머리끝부터 발끝까지 아주 상세한 신원 조회를 원하십니다. 극비로. 절대 극비로."

"조이스턴 브래드쇼가 누구지?" 스트렐스키는 대화를 끝까지 들은 뒤 물었다.

깊은 꿈에서 깨어나듯, 버는 조심스럽게 미소 지었다. "앤서니 조이스턴 브래드쇼 경이야, 조, 영국에서 으뜸으로 재수 없는 놈이지. 현재 불황으로 인한 주요 즐거움 중의 하나가 바로 저 인간의 경제적 곤란이지." 미소가 퍼졌다. "놀라운 일은 아니지만, 리처드 온슬로 로퍼의 전 공범이기도 해." 그의 목소리가 밝아졌다. "사실상 조, 자네와 내가 영국의 왕재수 팀을 하나 만든다면, 앤서니 조이스턴 브래드쇼가 아마 후보군 중 아주 윗자리에 있을 거야. 영국의 다른 고위 왕재수들의 비호를 받고 있기도 하지. 그중 몇몇은 템스 강에서 그리 멀지 않은 곳에서 일하고 있어." 버의 긴장된 얼굴이 풀리면서 웃음이 터져 나왔다. "살아 있어, 조! 시체의 신원을 내일까지 확인하지는 않을 거 아니야!

아주 상세한 신원 조회를 부탁했다고. 뭐, 신원 조회야 우리가 다 준비해놓았잖아. 그걸 로퍼한테 전달하는 데 토니 조이스턴 브래드쇼보다 더 적임자가 어디 있겠나! 그들이 그를 원하는 거야, 조! 저들 틈에 코를 밀어 넣었다고! 베두인 족이 뭐라고 하더라? 낙타가 텐트 안에 코를 집어넣지 못하도록 하라, 그랬다가는 낙타가 몸뚱이 전체를 들이밀 거라고 했던가?"

그러나 버가 기뻐하는 동안, 스트렐스키의 머릿속은 이미 실질적인 다음 단계로 넘어가고 있었다.

"그럼 패트가 들어가나? 패트의 부하들이 마술 상자를 묻으면 되는 거야?"

버는 즉시 정신을 차렸다. "자네와 패트가 괜찮다면, 나도 괜찮아."

그들은 다음 날 밤 동의했다.

잠을 잘 수가 없어서, 버와 스트렐스키는 밤새 문을 여는 미국 1번 국도변의 머가트로이드라는 햄버거집으로 차를 몰았다. 간판에는 '신발 신고 들어오시오'라고 적혀 있었다. 까맣게 그을린 유리창 밖에는 달빛 아래 신발을 신지 않은 펠리컨이 마치 다시는 출정하지 못할지도 모르는 낡은 폭격기처럼 나무로 된 구름다리를 따라 박힌 계선주를 하나씩 차지하고 앉아 있었다. 은색 해변에는 흰 왜가리들이 물에 비친 자신의 모습을 외로이 들여다보고 있었다.

새벽 4시, 스트렐스키의 휴대전화가 울렸다. 그는 전화기를 귀에 갖다 대고 "네"라고 말하더니 귀를 기울였다. "그럼 잠 좀 자." 그는 전화를 끊었다. 대화는 20초밖에 걸리지 않았다.

"해결됐어." 그는 버에게 말하고는 콜라를 한 모금 마셨다.

버는 자신의 귀에 들려온 말을 믿을 수가 없었다. "성공했다고? 된 거야? 숨겼대?"

"해안에 상륙해서, 헛간을 찾았고, 상자를 묻었대. 아주 조용하고 아주 전문가답게, 잘 빠져나왔어. 그 친구가 이제 말만 하면 돼."

14
로퍼의 섬

조너선은 편도선을 제거한 뒤 군사학교의 철제 침상에 누워 있었다—단지 다른 점이 있다면 침대가 거대하고 마이스터 호텔에서 쓰던 가장자리가 수놓인 푹신하고 새하얀 오리털 베개를 베고 있었으며, 향이 나는 작은 쿠션도 딸려 있다는 것이었다.

그는 에스페랑스에서 트럭을 한 번 잡아탄 뒤 모텔 방에 누워서 커튼을 드리운 채 얻어맞은 턱을 어루만지며 열에 들떠 땀을 흘리고 있었다. 이름 없는 목소리에게 전화하여 그림자를 찾았다고 보고한 뒤였다—단지 머리에 붕대가 감겨 있었고, 빳빳한 면 파자마를 입고 있었으며, 주머니에는 구멍 뚫린 물건이 들어 있었다. 그는 점자 읽듯 손가락을 더듬어서 그 형태를 읽어내려 애썼다. 마이스터의 M도, 파인의 P도, 보르가르의 B도, 린덴이나 러몬트의 L도 아니었다. 뾰족한 모서리가 지나치게 많은 다비드의 별 같았다.

그는 전등불을 어둑하게 켜놓은 이본의 다락방에서 마담 라튈리프의 발소리에 귀를 기울이며 누워 있었다. 이본은 없었지만 다락방이었다—단지 이 다락방은 이본의 방보다 컸고, 이사벨이 그림을 그리던 캠든타운의 다락보다 컸다. 낡은 델프트 꽃병에는 분홍색 꽃이 꽂혀 있었고, 신사 숙녀가 사냥하는 장면을 묘사한 태피스트리가 걸려 있었다. 천장 대들보에 매달린 선풍기 날개도 위엄 있게 돌아가고 있었다.

그는 룩소르에 있는 시카고 하우스에서 소피 옆에 누워 있었고, 그녀는 '용기'에 대해 말하고 있었다—단지 콧구멍에서 따끔거리는 냄새는 바닐라 향이 아니라 포푸리 향이었다. 그는 내게 한 수 가르쳐준다고 했어요, 그녀는 말하고 있었다. 뭔가 배워야 할 사람은 내가 아니라 그 사람이에요. 프레디 하미드와 그 무시무시한 디키 로퍼라고요.

그는 닫힌 셔터 틈으로 스며들어오는 햇빛과 얇은 흰색 모슬린 커튼 자락을 알아보았다. 고개를 반대쪽으로 돌리자 마이스터의 은제 룸서비스 트레이와 오렌지 주스 한 병, 유리 세공 물잔, 트레이 위에 덮인 레이스 천이 보였다. 시야가 희미하게 어른거렸지만 양탄자가 깔린 바닥 건너편에 욕실로 향하는 문이 보였고, 수건걸이에는 다양한 크기의 수건이 순서대로 나란히 걸려 있었다.

그때 눈물이 흘러내리면서 열 살 때 차 문에 손가락이 끼였을 때처럼 몸이 펄쩍 뛰며 경련을 일으켰다. 그는 자신이 붕대를 감고 누워 있다는 것을 깨달았다. 붕대는 마티 박사가 치료했던 다친 머리 부위에 감겨 있었다. 그는 관찰을 중단하고 머리를 원래 놓여 있던 곳에 다시

고이 내려놓았다. 통증이 가실 때까지 빙글빙글 돌아가는 선풍기를 바라보았고, 비밀경찰의 자이로스코프가 영점 조정을 시작했다.

이 지점에서 다리를 건너야 해, 버가 말했다.

그들에게 상황을 충분히 보여줘야 해, 루크가 말했다. 그냥 박수갈채를 받으면서 아이를 안고 다가갈 수는 없어.

두개골과 광대뼈 골절, 마티 박사가 말했다. 타박상, 리히터 규모 8, 암실에 10년 감금.

갈비뼈 세 개, 아니, 서른 개였던가.

무거운 훈련용 부츠 앞코로 고환을 차서 거세 시도. 여러 군데 멍.

조녀선이 권총 손잡이를 맞고 쓰러진 직후 남자가 공격했던 것은 사타구니였던 것 같았다. 12사이즈의 부츠 자국이 허벅지 안쪽에 또렷하게 남아 있었고, 간호사들은 시끌벅적 몰려와서 구경을 했다.

흑백의 인물이 시야를 스쳐 지나갔다. 하얀 수술복, 검은 얼굴, 검은 다리, 하얀 스타킹. 찍찍이로 여닫는 고무 밑창의 신발. 처음에는 한 사람이라고 생각했지만, 다시 생각해보니 여러 명의 여자들이었다. 여자들은 유령처럼 다가와서 말없이 닦아주고 털어주고 꽃을 갈아주고 물을 떠주었다. 그중 한 명은 피비라는 이름이었고, 간호사 특유의 손길을 지니고 있었다.

"안녕하세요, 토머스 씨. 오늘은 좀 어떠세요? 난 피비라고 해요. 미란다, 솔을 다시 가져와. 이번에는 토머스 씨의 침대 밑을 쓸어줘. 네, 환자분."

그렇다면 난 토머스로군. 파인이 아니야, 토머스야. 어쩌면 토머스

파인일지도.

다시 졸음이 쏟아져서 잠이 들었다가 문득 깨어보니, 소피의 유령이 하얀 바지 차림으로 굽어보며 종이컵에 알약을 타고 있었다. 다음 순간 그는 새 간호사일 거라고 생각했다. 문득 은색 버클이 달린 굵은 벨트와 화가 치미는 엉덩이 곡선, 헝클어진 고동색 머리카락이 눈에 띄었다. 사냥의 여제 목소리가 들려왔다.

"그러니까 토머스……." 제드는 주위 사람들을 아랑곳하지 않고 떠들었다. "누군가 당신을 정말로 사랑하는 사람이 있을 거 아니에요. 엄마나 애인, 아빠, 친구 말이에요. 아무도 없어요?"

"없습니다." 그는 고집했다.

"그럼 이본은 누구예요?" 그녀는 머리를 그의 머리에 가까이 대고 한쪽 손바닥을 그의 등 위로 펼치더니 다른 손으로 가슴을 받쳐 그를 일으켜 앉혔다. "아주 예뻐요?"

"그냥 친구였습니다." 그녀의 머리칼에서 샴푸 냄새가 났다.

"음, 이본이라는 사람한테 연락하지 않아도 돼요?"

"네. 괜찮습니다." 그는 지나치게 날카롭게 대꾸했다.

그녀는 약과 물 컵을 그에게 건넸다. "음, 마티 박사는 아주 오랫동안 자야 한다고 했어요. 그러니까 아주 천천히 낫는 것 말고는 아무 생각도 하지 마세요. 기분 전환할 만한 거 필요해요? 책이나 라디오 같은 거요. 아직은 무리겠지만, 하루 이틀 뒤엔 얘기하세요. 로퍼가 당신 이름이 토머스라고 한 거 말고 우린 당신에 대해 아는 게 전혀 없으니, 필요한 건 당신 입으로 말해줘야 해요. 병원 본관에 아주 큰 도서관이 있는데, 무시무시하게 어려운 책들이 잔뜩 있어요. 코키에게 물어보면 알 거예요. 원하는 건 나소에서 비행기로 얼마든지 가져올 수도 있고. 그저 소리만 지르면 돼요." 그녀의 눈은 풍덩 빠질 만큼 컸다.

"고맙습니다. 그러도록 하죠."

그녀는 그의 얼굴에 손을 올려놓고 체온을 가늠했다. "당신에게 뭐라 감사해야 할지 모르겠어요." 그녀는 손을 그대로 올려둔 채 말했다. "로퍼가 돌아오면 나보다 훨씬 잘 말해주겠지만, 정말, 당신은 영웅이에요. 어쩌면 그리도 용감한지." 그녀는 문간에서 말했다. "젠장." 문손잡이에 바지 주머니가 걸리자, 수녀원 학교 출신의 여자는 내뱉었다.

조녀선은 여기에 온 뒤로 그녀가 병실에 들어왔던 게 이번이 처음이 아니라 세 번째였다는 것을 깨달았다. 앞서 두 번도 꿈이 아니었던 것이다.

처음 찾아왔을 때 당신은 미소를 지었지. 좋았어. 당신은 침묵을 지켰고, 난 생각할 수 있었지. 뭔가 통했어. 당신은 귀 뒤로 머리카락을 넘기고 있었고, 승마 바지와 데님 셔츠를 입고 있었어. 내가 말했지. "여긴 어디죠?" 당신은 말했어. "크리스털요. 로퍼의 섬이죠. 집이에요."

두 번째로 찾아왔을 땐 가물가물한 기분에 저녁 식사 외출을 기다리는 내 전처 이사벨이라고 생각했어. 당신이 옷깃에 금술이 달린 우스꽝스러운 바지 정장을 입고 있었거든. "물 주전자 바로 옆에 벨이 있으니 필요하면 누르세요." 당신이 말했어. "전화할게." 내가 말했지. 하지만 난 생각했어. 왜 팬터마임 극에 나오는 소년처럼 옷을 차려입었을까?

그녀의 아버지는 이웃들을 쫓아가려다 망했지, 버는 경멸감을 섞어 말했다. 전기 요금도 못 내면서 보르도산 고급 와인을 내놓는 사람이었어. 위신이 떨어진다며 딸을 비서 학교에 보내지 않았지.

태피스트리 쪽으로 안전하게 고개를 대고 누워 있는데, 챙 넓은 모자를 쓴 여자가 보였다. 그는 놀라지 않고 노래하던 친척 아주머니 애니 볼의 모습이라는 것을 깨달았다.

애니는 씩씩한 여성이었고 좋은 노래를 불렀지만, 농사꾼 남편은 늘 술에 취해 있었고 모든 사람들을 싫어했다. 어느 날인가 애니는 모자를 쓰고 조너선을 밴 조수석에 태우더니 가방을 뒷자리에 던져 넣은 뒤 휴가를 가자고 말했다. 그들은 저녁 늦게까지 노래하면서 달리다가 문간 위 화강암 판에 '소년들의 집'이라고 새겨진 건물에 도착했다. 애니 볼은 울기 시작했고 곧 찾으러 돌아오겠다는 약속을 하며 조너선에게 모자를 씌워주었다. 조너선은 다른 소년들이 가득 차 있는 기숙사로 올라가서 애니 아주머니가 돌아오면 그가 어디에 있는지 곧바로 찾을 수 있도록 모자를 자기 침대 한쪽 구석에 걸어두었다. 그러나 아주머니는 돌아오지 않았고, 아침에 깨어 보니 다른 소년들이 번갈아가며 모자를 돌려쓰고 있었다. 조너선은 모자를 내놓으라고 싸웠고 모두 다 물리치고 이겼다. 그는 모자를 신문에 말아서 주소도 쓰지 않고 붉은 우체통에 넣었다. 태웠다면 좋았겠지만, 불을 피울 수가 없었다.

난 밤에 여기 왔어, 그는 생각했다. 파란색 실내와 흰색 트윈엔진을 갖춘 비치크래프트를 타고. 보육원 원장이 아닌 프리스키와 태비가 내 짐을 뒤졌다.

나는 대니얼을 위해서 그를 다치게 했다.
다리를 건너기 위해서 그를 다치게 했다.
기다리며 연기하는 데 지쳐서 그를 다치게 했다.

제드가 다시 방 안에 있었다. 면밀한 관찰자는 그 점을 의심하지 않았다. 향수를 뿌리지 않았으니 냄새 때문에 안 것은 아니었고, 소리를 내지 않았으니 소리 때문에 안 것도 아니었다. 한참 동안 눈에 보이지도 않았으니, 눈으로 봐서 안 것도 아니었다. 그러니 어쩌면 적이 있다는 사실을 감지하고도 어떻게 알았는지는 설명하지 못하는, 직업적인 관찰자의 육감 때문이었을 것이다.

"토머스?"

그는 잠든 척하며 그녀가 이쪽으로 살금살금 다가오는 소리에 귀를 기울였다. 하늘하늘한 옷, 댄서의 몸, 풀어서 늘어뜨린 머리카락이 떠올랐다. 그녀가 머리카락을 뒤로 쓸어 넘기고 호흡을 확인하기 위해 그의 입에 귀를 갖다 대는 것이 느껴졌다. 뺨의 온기가 느껴졌다. 그녀는 다시 몸을 일으켰다. 슬리퍼를 신은 발이 복도 저편으로 사라지는 소리가 들렸고, 잠시 후 밖에서 같은 발소리가 마구간 쪽으로 향하는 소리가 들렸다.

그 여자는 런던에 갔을 때 겁을 먹었다지, 버가 말했다. 상류사회 남자들과 어울리다가 사고를 쳤어. 심적 안정을 취하기 위해 파리로 달아났고, 그곳에서 로퍼를 만났어.

그는 셔터 밖에서 들려오는 콘월의 갈매기 소리와 긴 메아리 소리에 귀를 기울였다. 갈색 해초의 짭짤한 향으로 판단할 때, 썰물이었다. 한동안 그는 제드가 자신을 래니언으로 데려가서 거울 앞 마룻바닥에 맨발로 선 채 여자들이 침대에 들기 전에 하는 행동을 하고 있다고 상상했다. 그때 테니스공 튀기는 소리와 함께 서로를 느긋하게 부르는 영국인들 목소리가 들려왔고, 그중 하나가 제드였다. 잔디 깎는 기계 소리가 들려왔고, 건방진 영국 아이들이 싸우는 소리가 들렸다. 랭번의 아이들 같았다. 전기모터가 윙윙거리는 소리가 들려왔다. 풀장 표면을 청소하는 기계 소리 같았다. 그는 다시 잠들었고 석탄 냄새를 맡았다. 천장이 분홍빛으로 빛나는 것을 보니 저녁이었고, 용기를 내서 고개를 들어 보니 제드가 셔터를 내린 창문 앞에 서서 하루의 마지막 남은 햇빛을 내다보고 있었다. 저녁 햇살이 테니스복을 뚫고 몸의 윤곽을 환히 비춰주었다.

"토머스, 뭐 좀 더 먹는 게 어때요?" 그녀는 학교 여선생처럼 권했다. 고개 돌리는 소리를 들은 것 같았다. "에스메랄다가 소고기 육수와, 빵과 버터를 준비했어요. 마티 박사는 토스트가 좋다고 했지만 습기 때문에 워낙 눅진거려서요. 닭 가슴살도 있고, 사과 파이도 있어요. 토머스, 당신이 원하는 건 뭐든지 다 있어요." 그녀는 이미 조너선이 익숙해진, 놀란 듯한 억양으로 덧붙였다. "벨만 누르라니까요."

"고맙습니다. 그럴게요."

"토머스, 정말 이상한 게. 세상에서 당신을 걱정해줄 사람이 단 한 사람도 없다는 것 말이에요. 이유는 모르겠지만, 내가 무서울 정도로 죄책감이 느껴져요. 형제도 없나요? 다들 형제는 있잖아요."

"없습니다."

"내겐 정말 잘생긴 동생이 있는데, 돼지 새끼예요. 그러니 서로 상쇄하면 좋을 게 없지만, 그래도 없는 것보다는 나아요. 아무리 돼지 새끼라 해도."

그녀는 방을 가로질러 다가왔다. 계속 미소 짓는 얼굴이야, 그는 퍼뜩 놀라 생각했다. 마치 텔레비전 광고에 나오는 미소 같았다. 미소 짓는 걸 멈추면 텔레비전이라도 꺼버릴까 봐 두려운 것이었다. 그녀는 감독을 찾아 헤매는 여배우였다. 턱에 작은 상처가 있었지만, 그 외에 눈에 띄는 흉터는 없었다. 어쩌면 그녀도 누군가에게 맞았을지 모른다. 말에게 차였거나. 그는 숨을 참았다. 그녀는 침대 가에 다다랐다. 그녀는 허리를 굽히고 이마에 차갑게 달라붙는 석고 조각 같은 것을 올려놓았다.

"여기다 데우죠." 미소가 한층 커졌다. 그녀는 침대 가에 앉더니 테니스 치마를 펼치고 맨다리를 아무렇게나 꼬았다. 한쪽 종아리 근육이 그 아래 정강이에 약간 밀려 올라왔다. 피부는 단색으로 부드럽게 그을려 있었다.

"열 감지기라는 거예요." 연기하는 듯한 여주인의 말투였다. "무슨 이유에서인지 이 집 전체를 뒤져봐도 제대로 된 온도계가 없군요. 당신은 정말 수수께끼 같은 사람이에요, 토머스. 당신 물건은 그게 전부예요? 작은 가방 하나?"

"네."

"세상 전체를 통틀어서?"

"그렇습니다." 내 침대에서 내려가! 내 말 안 들려! 옷 좀 제대로 입어! 내가 어떤 사람인지 알아?

"당신은 정말 행운아예요!" 이번에는 순수혈통의 공주 같은 음성이었다. "왜 다들 그렇게 살 수 없을까요? 우린 주말에 며칠 시간을 보내려고 비치크래프트로 마이애미에 가도 창고에 물건을 다 집어넣을 수가 없어요."

안됐군요, 그는 생각했다.

그녀는 대사를 읊었고, 그는 괴롭게 기억했다. 언어가 아니었다. 대사였다. 그녀는 자신이 맡아야 하는 역할이 할 만한 말을 하고 있었다.

"그 배를 타고 가시죠." 그는 농담처럼 말했다.

그러나 그녀는 놀림거리가 되어본 경험이 없는 것 같았다. 미인은 다 그런지도 모른다.

"파셔요? 아, 그건 너무 오래 걸려요." 그녀는 짐짓 겸손하게 설명했다. 그리고 그의 이마로 손을 뻗더니 플라스틱 조각을 떼어내고 셔터로 가서 읽었다. "로퍼는 농장을 팔러 갔어요. 그는 일을 좀 줄이기로 했는데, 정말 좋은 생각이죠."

"그분은 무슨 일을 하십니까?"

"아, 사업이요. 회사를 운영해요. 요즘 안 그런 사람이 어디 있나요?

그래도 어쨌든 자기 회사죠." 그녀는 애인이 무역업에 종사한다는 사실을 사과라도 하듯이 말했다. "그가 설립했어요. 하지만 그는 그저 사랑이 가득한 멋진 남자예요." 그녀는 플라스틱을 기울이고는 이맛살을 찡그렸다. "아주 넓은 농장도 가지고 있는데, 재미있겠죠. 나는 가본 적이 없어요. 파나마와 베네수엘라, 그 외에 소풍을 갈 때도 무장 경비를 대동해야 하는 곳이죠. 내가 생각하는 농장은 아니지만 어쨌든 땅이니까요." 이맛살이 깊어졌다. "더러운 건 알코올로 소독하는 게 일상이고. 코키가 대신해줘요. 귀찮을 일이 없죠." 그녀는 킥킥 웃었다. 그는 그녀의 이런 측면도 보았다. 파티가 흥에 겨우면 신발을 벗어 던지고 춤을 추는 여자.

"저는 곧 길을 떠나야겠습니다. 정말 친절하게 대해주셔서 고맙습니다."

붙잡기 어려운 사람처럼 보여야 해, 버가 조언했다. 그렇지 않으면 일주일 만에 자네한테 싫증을 낼 거야.

"떠나요?" 그녀는 입술을 완벽한 O자 모양으로 벌리고 외친 뒤 잠시 그대로 입을 벌리고 있었다. "무슨 소리를 하는 거예요? 로퍼가 돌아올 때까지는 아무 데도 못 가요. 마티 박사도 최소한 몇 주 동안 요양을 해야 한다고 분명히 말했다고요. 적어도 우리가 할 수 있는 한 당신 몸이 완전히 회복될 때까지 돌봐드려야 해요. 어쨌든 우린 당신이 마이스터에서는 완전히 다른 사람처럼 근무하다가 도대체 어쩌다가 마마스에서 일하게 됐는지 궁금해 죽겠어요."

"별다른 건 없습니다. 그저 판에 박힌 생활을 하고 있다는 기분이 들었어요. 한동안 다 내려놓고 흘러다녀야 할 시기가 됐다고요."

"아, 우리 쪽으로 흘러와 줘서 천운이라는 말밖에는 드릴 수가 없겠네요." 그녀는 말안장을 단단히 죄듯 깊은 목소리로 말했다.

"당신은 어떻습니까?"

"아, 난 그냥 여기에 살고 있죠."

"늘?"

"배를 안 탈 때요. 여행할 때는 빼고요. 네. 여기가 제가 사는 곳이에요."

그러나 이 대답에 그녀도 어리둥절한 것 같았다. 그녀는 시선을 피하며 그를 다시 눕혔다.

"로퍼가 제게 며칠 동안 마이애미에 가 있으라고 해요." 그녀는 방을 나가며 말했다. "하지만 코키가 돌아왔고, 다들 당신한테 뭐라도 해주고 싶어서 안달이고, 마티 박사의 직통전화도 늘 열려 있어요. 그러니 당신은 잘 지내시겠죠?"

"음, 이번에는 짐을 가볍게 꾸리세요."

"아, 난 늘 그래요. 로퍼가 늘 쇼핑을 하자고 해서 짐이 엄청나게 늘어나죠."

너무나 다행히도, 그녀는 방을 나갔다. 피곤했던 것은 그 자신의 연기가 아니었다. 그녀의 연기였다.

페이지 넘어가는 소리에 잠에서 깨어 보니, 대니얼이 목욕 가운 차림으로 바닥에 벌렁 드러누운 채 햇빛을 받으면서 커다란 책을 읽고 있었다. 아침이었다. 브리오슈와 크루아상, 마데이라 케이크, 직접 만든 잼과 은제 찻주전자가 침대 옆에 놓여 있었다.

"대왕오징어는 길이가 20미터나 된대요." 대니얼이 말했다. "오징어는 뭘 먹을까요?"

"다른 오징어겠지."

"원하시면 제가 읽어드릴게요." 아이는 페이지를 넘겼다. "제드가 마음에 드세요?"

"그럼."

"난·아니에요. 별로예요."

"왜?"

"모르겠어요. 감상적이어서. 다들 아저씨가 날 구해줘서 아주 감탄하고 있어요. 샌디 랭번은 돈을 모금하자고 했어요."

"그 여자는 누군데?"

"남자예요. 랭번 경이요. 한데 아저씨가 아직 어떻게 될지 모르니까 확실해질 때까지 미루고 있어요. 그래서 미스 몰로이도 나한테 이 방에 너무 오래 머물지 말라고 하고요."

"미스 몰로이는 누구지?"

"저를 가르치는 분이요."

"학교에서?"

"난 학교 안 다녀요."

"왜?"

"기분이 안 좋아요. 로퍼는 날 위해서 다른 아이들을 집에 부르지만,

난 그애들이 싫어요. 아버지는 나소에서 새 롤스로이스를 샀는데, 제드는 볼보를 더 좋아해요."

"넌 롤스로이스를 좋아하니?"

"흠."

"넌 뭘 좋아하는데?"

"용이요."

"언제 돌아오지?"

"용 말이에요?"

"제드와 로퍼 말이야."

"로퍼는 두목이라고 불러야 해요."

"좋아. 제드와 두목."

"그런데 아저씨 이름은 뭐죠?"

"토머스."

"그게 성이에요, 이름이에요?"

"너 좋을 대로."

"로퍼 말로는 둘 다 아니래요. 가명이래요."

"너한테 그랬니?"

"우연히 들었어요. 목요일이라고 했나. 아포의 파티에 참석할지 말지에 따라 달라요."

"아포는 누구지?"

"안 좋은 사람이에요. 코코넛 그로브에 창녀가 지낼 펜트하우스를 샀어요. 거기서 놀아나죠. 그 집은 마이애미에 있어요."

대니얼은 조녀선에게 오징어에 대해 읽어준 뒤 익룡 이야기도 읽어주었고, 조녀선이 졸기 시작하자 어깨를 두드리더니 마데이라 케이크를 좀 먹어도 괜찮겠냐, 아저씨도 먹겠느냐고 물었다. 대니얼을 기쁘게 해주기 위해 조녀선은 마데이라 케이크를 조금 먹었고, 아이가 위태롭게 따라주는 대로 미지근한 차도 마셨다.

"같이 가지, 토미? 수술은 잘된 것 같군. 아주 전문적인 솜씨야."

문 바로 안쪽 의자에 앉은 프리스키가 말을 걸었다. 그는 티셔츠와 흰 즈크 바지 차림이었고, 베레타 총은 없었으며,《파이낸셜 타임스》를 읽고 있었다.

환자가 쉬는 동안, 면밀한 관찰자는 기지를 활용한다.

크리스털. 엑수마스에 있는 온슬로 로퍼의 섬은 프리스키가 오른손에 찬 손목시계로 확인할 때 나소에서 한 시간 비행 거리였다. 그들이 조녀선을 비행기에 태울 때와 내릴 때 확인해두었다. 퍼즐을 다 맞추지 않은 조각 그림처럼 흩뿌려져 있는 산호초 위를 날아가는 동안, 그는 뒷자리에 푹 파묻힌 채 말똥말똥한 정신으로 흰 달빛을 바라보았다. 외로운 섬 하나가 이쪽으로 다가오고 있었다. 한가운데에 원뿔 모양의 언덕이 솟아 있었다. 달빛에 물든 깨끗한 활주로가 언덕 꼭대기에 있었고, 그 한쪽에 헬리콥터 이착륙장과 나지막한 녹색 격납고, 오렌지색 통신용 안테나가 서 있었다. 묘하게 또렷한 정신으로, 그는 루크가 말했던 숲 속의 쇠락한 노예 주거지를 찾았지만 집은 보이지 않았다. 비행기는 착륙했고, 천 지붕을 댄 도요타 지프가 마중 나와 있었다. 운전자는 사람들 때리기 좋게 관절 부분이 드러난 장갑을 끼고 있는 덩치 큰 흑인 남자였다.

"앉아서 가도 되겠나, 뒤 칸을 열까?"

"그냥 천천히 조심해서 데려가." 프리스키가 말했다.

그들은 구불구불한 비포장도로를 따라 내려갔고, 푸르른 소나무 숲은 저녁 식사 접시만 한 녹색 하트 모양의 잎이 무성한 녹색 숲으로 이어졌다. 길은 직선으로 변했고, 지프의 헤드라이트를 통해 '핀다 거북 공장'이라는 부서진 간판이 보였다. 간판 뒤에는 지붕이 무너지고 창문이 깨진 벽돌 수공업 공장이 있었다. 길가 풀숲에는 면으로 된 천 조각이 낡은 붕대처럼 너절하게 걸려 있었다. 조너선은 이 모든 것을 순서대로 기억했다. 여기에서 도망쳐서 빠져나가야 할 경우 역순으로 찾아가야 하기 때문이었다. 파인애플밭, 바나나 과수원, 토마토밭, 공장. 이글거리는 하얀 달빛 아래, 그는 나무 그루터기가 완성하지 못한 십자가처럼 널려 있는 들판을 보았고, 이어서 갈보리 교회, 그리고 '하느님의 고속도로 교회'라고 적힌 판잣집을 보았다. 고속도로 교회에서 왼쪽으로, 그는 차가 우회전하는 동안 생각했다. 모든 것이 정보였고, 모든 것이 물 밑으로 가라앉지 않기 위해 버둥거리며 붙잡아야 할 지푸라기였다.

원주민들이 길에 둥그렇게 앉아서 갈색 병에 든 뭔가를 마시고 있었다. 운전자는 정중하게 옆으로 돌아갔고, 장갑 낀 손이 침착하게 인사를 건넸다. 도요타는 널빤지 다리를 덜컹거리며 지났다. 달이 오른쪽에 걸려 있었고, 북극성이 그 바로 위에서 반짝였다. 정글 제라늄과

히비스커스가 피어 있었고, 히비스커스 한가운데가 아니라 그 뒤 부근에서 벌새가 물 마시는 풍경을 본 기억이 또렷이 났다. 하지만 더 눈에 들어온 것이 새였는지 식물이었는지는 알 수 없었다.

차는 코모 호숫가의 이탈리아 건물들을 연상시키는 두 개의 대문 기둥 사이를 지났다. 대문 옆에는 철창이 달려 있었고 보안등이 켜진 흰 막사가 있었다. 대문이 다가오자 지프가 속도를 늦추고 두 흑인 경비가 탑승자를 확인하러 느긋하게 다가오는 것으로 보아, 조너선은 이 집이 경비실 같은 것이라고 생각했다.

"소령이 올 거라고 말했던 게 이거요?"

"그럼 뭐겠어?" 프리스키가 물었다. "아랍계 종마?"

"그냥 물어본 거요. 기분 나쁘라고 한 게 아니라. 얼굴은 어쩌다 저렇게 됐지?"

"성형수술을 했어." 프리스키가 대꾸했다.

대문에서 주 건물까지는 프리스키의 시계로 4분 걸렸고, 과속방지턱 때문에 시속 20킬로미터 정도로 달리고 있었다. 도요타는 왼편에 달콤한 향기가 감도는 물을 두고 왼쪽으로 반원을 그리며 도는 것 같았다. 조너선은 인공 호수나 석호 해변을 끼고 둥근 진입로가 1.5킬로미터 정도 이어져 있을 거라고 추측했다. 저 멀리 나무 사이로 보이는 불빛은 아일랜드처럼 할로겐 등이 달린 울타리인 것 같았다. 어둠 속에서 말발굽이 땅에 부딪히는 소리가 들려왔다.

도요타는 다시 방향을 바꾸었고, 조너선은 불을 환히 밝힌 팔라디오 풍의 저택 정면을 보았다. 중앙에 있는 쿠폴라(돔 모양의 둥근 지봉—옮긴이), 거대한 기둥 네 개가 떠받히고 있는 삼각형 모양의 페디먼트(건물 입구 위에 장식하는 삼각형 모양의 박공판—옮긴이)가 눈에 들어왔다. 탑 꼭대기에는 사냥개 두 마리가 환한 조명이 달린 금 화살을 뒤쫓는 모양의 풍향계가 달려 있었다. 거래가가 1천2백만 파운드 이상이야, 버가 말했다. 보험료도, 화재보험만 7백만 파운드고. 로퍼는 도둑 같은 건 별로 신경 쓰지 않는 것 같았다.

저택은 인위적으로 조성한 듯한 잔디 언덕 위에 서 있었다. 수련이 피어 있는 연못과 대리석 분수로 장식한 자갈길이 있었고, 난간과 철제 등이 달린 고리 모양의 대리석 계단이 자갈길에서 현관까지 이어졌다. 철제 등에는 불이 켜져 있었고, 분수도 물을 내뿜고 있었다. 이중문은 유리로 되어 있었다. 유리를 통해 흰 튜닉 차림의 하인이 홀 샹들리에 아래 서 있는 것이 보였다. 지프는 자갈을 가로질러 따뜻한 말 냄새가 풍기는 마구간과 유칼립투스 숲, 조명등을 켠 수영장과 아이용 미끄럼틀, 조명등을 켠 클레이 테니스장 두 개, 크로케 경기장, 골프장을 지난 뒤, 아까보다 크기는 작지만 더 예쁜 두 번째 대문 기둥을 통과해서 삼나무 문 앞에 섰다.

머리가 쪼개지는 듯하고 사타구니의 통증이 미치도록 심해서, 조너선은 거기서 눈을 감아야 했다. 게다가 이제 다시 죽은 척해야 할 시간이었다.

크리스털. 그는 어딘가에 실려 티크 계단을 오르면서 마음속으로 되새겼다. 크리스털. 리츠만큼 큰 크리스털.

이제 호화로운 독방 안에 있게 된 조너선은 깨어 있는 동안 여전히 끙끙 앓으면서 모든 증상을 관찰하여 기록했다. 그는 셔터 밖에서 하루 종일 끊임없이 흘러들어오는 흑인들의 음성에 귀를 기울였고, 나무 구름다리를 수리하던 검스와 정원석을 조각하던 세인트 키츠 풋볼 팀의 열성 팬 얼, 칼립소를 부르던 탤버트의 목소리를 곧 알아들을 수 있었다. 육상의 차량 소리도 들렸지만, 엔진 소리가 아닌 것으로 보아 전기 자동차 같았다. 비치크래프트가 때때로 하늘을 가르는 소리가 들렸고, 그때마다 조너선은 납작한 안경과 소더비즈 카탈로그를 지닌 로퍼가 잡지 읽는 제드를 옆에 태우고 자기 섬으로 돌아오는 장면을 상상하곤 했다. 멀리서 말 울음소리, 마구간 안에서 말발굽 긁는 소리도 들려왔다. 때로 경비견들이 짖는 소리, 그보다 작은 개들, 아마도 비글이 끙끙거리는 소리도 들렸다. 자신의 잠옷 주머니에 새겨진 문양이 크리스털이라는 것도 차츰 깨달았다. 아마도 이건 처음부터 추측했을 것이다.

방이 우아하긴 하지만 열대성 기후와의 전쟁에서 열외는 아니라는 사실도 깨달았다. 욕실을 사용하자, 수건걸이는 하녀들이 매일 닦는데도 하룻밤이 지나면 땀이 묻은 자리에 소금이 맺히는 것이 눈에 띄었다. 유리 찬장을 떠받치는 받침대는 산화되어 있었고, 타일 벽에 부착된 받침대를 고정시킨 못 역시 마찬가지였다. 선풍기로도 어쩔 수 없을 정도로 공기가 답답해서 젖은 셔츠처럼 조너선에게 달라붙어 의지력을 모조리 빼앗을 때도 있었다.

자신의 몸 상태 역시 아직 물음표라는 것도 알고 있었다.

어느 날 저녁, 마티 박사가 소형 여객기 편으로 섬을 찾아왔다. 그는 조녀선에게 프랑스어를 하느냐고 물었고, 조녀선은 한다고 대답했다. 조녀선의 머리와 사타구니를 살펴보고 무릎과 팔을 작은 고무망치로 때려보고 검안경으로 눈을 들여다보는 동안, 마티 박사는 프랑스어로 그리 의례적이지 않은 질문을 몇 가지 던졌다. 조녀선은 의사가 검진 하는 것이 자신의 건강이 아니라 다른 부분이라는 사실을 깨달았다.

"하지만 유럽 사람처럼 프랑스어를 하십니다, 러몬트 씨!"

"학교에서 배운 대로 하는 겁니다."

"유럽에서요?"

"토론토에서요."

"어느 학교였나요? 세상에, 다들 천재였나 봅니다!"

이런 질문들이었다.

쉬세요, 마티 박사는 처방했다. 쉬면서 기다리세요. 뭐를? 당신이 날 간파할 때까지?

"이제 슬슬 몸이 돌아오는 것 같나, 토머스?" 태비가 문 옆자리에서 배려하는 척 물었다.

"조금요."

"그럼 됐어." 태비가 말했다.

조녀선의 몸이 점점 강해지자, 경비들은 한결 유심히 지켜보았다.

그러나 그가 묵고 있는 집에 대해서는, 감각을 곤두세워보아도 아무것도 알아낸 것이 없었다. 현관 벨도, 전화기도, 팩스 기계도, 요리하는 냄새도 없었고, 대화 한 마디도 들려오지 않았다. 가구 광택제의 꿀 냄새와 살충제, 생화, 포푸리 냄새가 풍겼고, 산들바람이 불어오면 말 냄새도 났다. 협죽도와 갓 깎은 잔디 냄새가 났고, 수영장에서는 염소 냄새가 풍겼다.

그럼에도 불구하고 고아이자 군인이자 호텔 지배인은 집 없이 떠돌 던 과거부터 익숙하던 것을 곧 감지해냈다. 수장이 없을 때도 돌아가 는 효율적인 수용소의 리듬이었다. 정원사는 7시 30분부터 일을 시작 했고, 시계를 맞춰도 될 정도로 정확했다. 11시 휴식 시간에 맞춰 경종 소리가 한 번 울리면, 20분 동안 아무것도 움직이지 않았다. 1시에 경 종이 두 번 울렸고, 귀를 쫑긋 세우면 직원 식당에서 원주민들의 잡담 소리가 두런두런 들려왔다.

문 두드리는 소리. 프리스키가 문을 열고 씩 미소 지었다. 코코란은 칼 리큘라처럼 음탕해. 버가 경고한 적이 있었다. 그리고 원숭이처럼 영리하지.

"이봐요." 간밤의 술 냄새와 오늘 아침의 독한 프랑스산 담배 냄새를 내뿜으며 허스키한 영국 상류계급의 목소리가 흘러나왔다. "오늘은 어 떤가요? 뭐 대단한 사건은 없어요. 처음에는 벌겋다가, 원숭이처럼 침 울했다가, 오늘은 썩은 원숭이 오줌처럼 누렇군요. 나아가고 있는 것 맞아요?"

코코란 소령의 외투 주머니에는 펜과 남자용 허접쓰레기가 가득했 다. 겨드랑이부터 배까지 땀자국이 커다랗게 배어 나와 있었다.

"난 얼른 떠나고 싶습니다." 조너선은 말했다.

"그럼요, 원한다면 언제든지요. 두목한테 말해봐요. 돌아오면요. 때가 있는 법이니까. 식사는 잘 하고 있죠? 푹 자요. 내일 봅시다, 그럼."

다음 날 코코란은 다시 담배를 뻐끔뻐끔 피우며 그를 내려다보고 있었다.

"좀 꺼져주겠어, 제발, 프리스키?"

"그러죠, 소령." 프리스키는 씩 웃으며 순순히 방을 나갔고, 코코란은 어둑어둑한 방을 가로지르더니 끄응 소리를 내며 안락의자에 편안히 주저앉았다. 잠시 그는 한 마디도 하지 않고 담배만 피우고 있었다.

"담배는 괜찮죠? 손가락 사이에 담배가 없으면 머리가 돌아가질 않아. 빨아들이고 내뱉고 하는 데 중독된 게 아니라, 그냥 물리적으로 이걸 들고 있어야 한다고."

소속 연대에서 도저히 그를 참아내지 못해서 믿기지 않겠지만 군 정보실 근무를 5년이나 했지, 버가 말했다. 물론 유명무실한 곳이었지만, 코키는 자랑스럽게 복무했어. 로퍼가 외모만 갖고 그 친구를 좋아하는 게 아니야.

"담배 피워요? 몸이 좋을 땐?"

"조금요."

"어떤 때?"

"요리할 때요."

"안 들리는데."

"요리할 때요. 호텔 일에서 손을 떼고 잠시 쉴 때."

코코란 소령은 갑자기 열렬히 입을 열었다. "솔직히 정말 궁금해서 물어보는 건데, 그날 밤 마마스에서 우릴 구하기 전에 내왔던 음식들 정말 좋았어요. 그 소스 뿌린 홍합 요리 전부 당신이 만든 거예요?"

"네."

"손가락을 빨고 싶도록 좋았다니까. 당근 케이크는? 그게 최고였어. 두목이 제일 좋아했지. 배달한 거죠?"

"내가 만들었습니다."

"뭐라고요?"

"내가 만들었다고요."

코코란은 할 말을 잃어버린 것 같았다.

"당신이 직접 당근 케이크를 만들었다고? 그 작은 손으로? 세상에." 그는 담배 연기를 빨아들이고 연기 너머로 조녀선을 존경스러운 듯 바라보았다. "마이스터에서 조리법을 알아낸 거로군." 그는 고개를 내저었다. "천재야." 다시 담배 연기가 뭉게뭉게 뿜어져 나왔다. "말이 나왔으니 말인데, 마이스터에서 그것 말고 딴걸 훔치진 않았소?"

오리털 베개에 머리를 묻고 움직이지 않은 채, 조녀선은 머릿속도 전혀 움직이지 않는 척했다. 마티 박사를 불러줘. 버를 불러줘. 날 내보내 줘.

"솔직히 조금 골치가 아파요. 병원에서 서류를 내가 작성했는데 말이죠. 그게 이 집에서 내가 하는 일이에요. 직업이라고 부를 수 있을지는 모르겠지만. 서류 작성자. 우리 군인 출신이 할 줄 아는 게 그것 말고 뭐가 있나. '어, 어.' 난 생각했죠. '조금 이상한데. 이 친구 이름이 파인이야, 러몬트야? 영웅이라는 거야 다들 알지만, 이름이 없으면 영웅란에 뭐라고 적느냐 말이지.' 그래서 러몬트라고 적었어요. 토머스 알렉산더. 맞죠? 토론토 출생? 다음 친척, 아무도 없다? 확실해, 난 생각했죠. 이 친구는 자기가 러몬트일 때는 파인을 쓰고, 자기가 파인일 때는 러몬트를 쓰고 싶어한다, 내 입장에서는 이 친구 권리다."

그는 조녀선이 뭐라 말하기를 기다렸다. 다시 기다렸다. 그리고 담배 연기를 더 빨아들였다. 아직도 기다리고 있었다. 코코란은 세상의 모든 시간을 다 쓸 수 있는 심문관의 여유를 갖고 있었다.

"한데 두목은 말이지." 그는 마침내 말을 이었다. "조금 다른 사람이라서 말이에요. 두목은 재주가 워낙 많지만, 원칙에는 엄격해요. 늘 그랬죠. 취리히의 마이스터에 전화를 걸었어요. 공중전화 박스에서. 딥 베이에 있는. 누가 듣는 걸 좋아하지 않으시거든. '요즘에 그쪽 직원 파인 씨는 어떻게 지내지?' 두목이 물었죠. 늙은 마이스터가 폭발하더군요. '파인이라고요, 파인? 고트 임 힘멜(하느님 아버지)! 그놈이 도둑질을 하고 달아났습니다! 61,402프랑 19상팀을요. 버튼 두 개를 누르고 야간 금고에서 털어갔어요.' 당근 케이크 요리법에 대한 이야기는 듣지 않았기에 망정이지, 들었다면 산업스파이 추궁까지 했을 텐데. 듣고 있어요? 지루한 거 아니죠?"

잠깐, 조녀선은 스스로에게 말했다. 눈을 감은 채. 몸은 평평히 눕히고, 머리가 아프고, 속이 메슥거렸다. 코코란의 의자가 리듬을 타고 삐걱거리는 소리가 점점 빨라지더니 갑자기 멈췄다. 아주 가까운 데서 담배 냄새가 풍겼다. 코코란이 다가와서 그를 내려다보고 있었다.

"이봐요? 내 신호 듣고 있나요? 보기처럼 상태가 아주 안 좋은 건 아닌 걸로 아는데, 솔직히 말해서. 거머리 말로는 회복 속도가 상당히 빠르다고 했어."

"여기에 데려와 달라고 부탁한 적 없습니다. 당신은 게슈타포가 아니잖습니까. 난 당신들에게 도움을 줬어요. 도로 보내주십시오."

"아니, 그냥 도움이 아니라 어마어마한 도움이었어! 두목은 완전히 당신 편이야! 나도 마찬가지고. 우린 당신에게 빚을 졌어. 아주 큰 빚. 두목은 빚을 안 갚고 그냥 도망치는 사람이 아니라고. 당신에게 아주 신경을 많이 쓰고 있어. 멀리 내다볼 줄 아는 사람들이 고마움을 느낄 때는 그렇다고. 갚아야 하는 처지를 정말 싫어하지. 받을 게 있는 처지를 좋아해. 큰 사람들은 원래 그렇지. 그러니 두목은 무슨 일이 있어도 당신한테 보답해야 해." 그는 주머니에 손을 찔러 넣고 방을 서성거리며 설명했다. "단지 아주 조금 복잡한 것뿐이야. 머리가. 당연히 이해할 수 있지 않나?"

"나가요. 혼자 있고 싶습니다."

"늙은 마이스터 말로는 당신이 그곳 금고를 털어서 영국으로 도망친 뒤에 사람을 죽였다고 했어. 말도 안 되는 소리, 두목은 말했어. 다른 린덴일 거야. 내가 아는 린덴은 영웅이라고. 한데 두목이 따로 뒷조사를 해보니, 원래 그게 두목 방식이니까, 늙은 마이스터 말이 맞더라는 거야." 그는 조녀선이 죽은 척하는 동안 다시 생명수처럼 담배를 빨았다. "두목은 물론 나 말고 아무에게도 이 이야기를 하지 않았어. 살다가 이름이야 바꾸는 사람들이 많고, 어떤 사람은 늘 바꾸기도 하지. 하지만 사람을 죽였다, 이건 좀 민감하잖아. 그래서 두목은 혼자만 알고 있었어. 당연히 독사를 키우면 안 되니까. 가정이 있는 사람인데. 한데 독사는 워낙 종류가 많지 않아. 당신은 독이 없는 독사일 수도 있고. 그래서 두목은 제드와 집을 비우는 동안 나한테 뒷조사를 부탁했어. 제드는 두목의 여자야." 그는 설명했다. "자연의 아이라고나 할까. 당신도 만났지. 키 큰 여자. 요정 같은." 그는 조녀선의 어깨를 흔들었다. "정신 좀 차려보지? 난 당신을 응원해. 두목도 그렇고. 여긴 영국이 아니야. 세상 물정을 아는 사람들끼리 터놓자고. 이봐, 파인 씨."

호소해봤지만 상대는 들었는지 아닌지 반응이 없었다. 조녀선은 보육원에서처럼 깊은 잠에 빠져들었다.

15
원칙에 대한 대화

굿휴는 아내 외엔 아무에게도 말하지 않았다.

말할 사람이 없었다. 반면, 이렇게 괴물 같은 이야기에는 괴물 같은 관객이 필요하다. 슬프게도 사랑하는 헤스터는 누가 봐도 세상에서 가장 괴물 같지 않은 사람이었다.

"제대로 들은 거 맞아?" 그녀는 믿기지 않는다는 듯 물었다. "당신이 어떤 사람인지는 당신이 잘 알잖아. 수많은 이야기를 완벽하게 제대로 들으면서도, 텔레비전 내용은 애들이 해석해줘야 알아듣는 사람이 아니냐고. 금요일 퇴근 시간이라 도로가 아주 시끄러웠을 거야."

"헤스터, 그는 정확히 내가 말한 내용을 그대로 말했어. 도로의 소음 위로 아주 또렷하게, 내 얼굴에 대고 말했다고. 단어 하나하나를 다 들었어. 말하는 동안 입술 움직임도 다 봤다고."

"그럼 경찰에 가보는 게 어때. 그렇게 확신한다면 말이야. 아니, 물론 확신하겠지만. 단지, 아무 일도 안 한다 해도, 최소한 프렌더개스트 박사와는 이야기해보는 게 좋지 않겠어?"

평생 동반자에 대해 드물게 화난 기분으로, 굿휴는 복잡한 머리를 식히기 위해 국회의사당까지 걸었다. 하지만 머리는 전혀 맑아지지 않았다. 이미 수백 번 되풀이했듯, 똑같은 이야기를 스스로에게 한 번 더 들려주었을 뿐.

금요일 날은 여느 날과 마찬가지로 날씨가 맑았다. 주인이 시골로 떠나기 전에 한 주를 마무리하는 걸 좋아했기 때문에, 굿휴는 일찌감치 자전거를 타고 출근했다. 9시에, 주인의 개인 비서실에서 전화가 걸려왔다. 장관이 미국 대사관에 소환되었기 때문에 10시 회의를 취소한다는 내용이었다. 주인의 회의에서 배제되는 데 더 이상 놀라지 않게 된 상황이라, 굿휴는 오전 시간을 이용해서 밀린 개인 업무를 처리하고 책상 앞에서 샌드위치로 점심을 먹었다.

3시 반에, 개인 비서가 다시 전화했더니 곧장 위층으로 올라오라고 했다. 굿휴는 그 말에 따랐다. 주인의 사무실에는 커피 잔과 시가 향이 감돌았고, 굿휴가 초대받지 못한 오찬 파티의 생존자들이 포만감을 즐기는 얼굴로 느긋하게 앉아 있었다.

"렉스. 잘했어." 주인은 흔쾌히 환영했다. "앉지. 모르는 사람 없지? 없어. 잘됐어."

그의 주인은 굿휴보다 스무 살이 어렸다. 안전한 의석을 지니고 있는 논쟁가이자 럭비 선수였고, 굿휴가 지금까지 알아낸 바로는 그것이 그가 학교에서 이룬 성취의 전부였다. 눈빛은 흐릿했지만, 부족한 비전을 야심으로 채웠다. 미국 대사관의 바버라 밴던이 주인의 한쪽 편에 앉아 있었고, 다른 편에는 해군의 복무 기록과 신뢰할 수 있는 눈빛, 조용한 품위 때문에 굿휴가 늘 호의를 갖고 있는 조달 연구 그룹의 닐 마저럼이 있었다. 얼굴에 저렇게 정직하다고 쓰여 있는 사람이 어떻게 제프리 다커의 대역으로 살아남을 수 있을까 하는 점이 늘 굿휴에게는 수수께끼였다. 다커의 또 다른 기관원 골트가 마저럼의 팔꿈치 옆에 앉아 있었다. 골트는 지나치게 잘 차려입고 지나치게 부동산 업자 같다는 점에서 좀 더 다커를 연상시키는 데가 있었다. 리버하우스의 대리인으로 세 번째 나온 사람은 다커와 업무는 물론 침대까지 같이 쓴다는 소문이 도는, 단단한 턱선의 미녀 헤이즐 번디였다. 그러나 굿휴는 이런 종류의 소문에는 절대 귀를 기울이지 않는 것을 원칙으로 하고 있었다.

그의 주인이 이 회의의 이유를 설명하고 있었다. 그의 말투는 지나치게 붕 떠 있었다. "우리 여럿이서 영미 연락 체제를 점검했는데 말이야, 렉스." 그는 시가를 든 손으로 허공에 반원을 그렸다. "솔직히 약간 껄끄러운 결론에 도달해서 당신한테 먼저 시험해봐야겠다는 생각이 들었어. 비밀리에. 잠깐이면 돼. 원칙에 대한 이야기야. 잠시 이야기나 해보자고. 당신도 괜찮지?"

"안 될 이유가 있겠습니까?"

"바버라, 당신부터."

바버라 밴던은 미 정보기관의 런던 지부장이었다. 바사 대학 졸업 생으로, 아스펜에서 겨울을 나고 매사추세츠 앞바다에서 여름을 보내는 사람이었다. 하지만 목소리는 뭔가 부족한 사람처럼 높고 날카로웠다.

"렉스, 이 림페트 건 말인데, 정말 희한해요. 우린 여기서 피그미라고요. 완전히. 진짜 작전은 분명히 벌어지고 있고, 지금 한창 돌아가고 있는데."

굿휴의 어리둥절한 표정을 즉각 읽은 모양이었다. 마저럼이 옆에서 설명했다. "바버라는 우리가 랭글리와 손발이 잘 안 맞는다고 생각해, 렉스."

"우리가 누구지?"

"아, 우리지. 리버하우스."

굿휴는 주인을 날카롭게 돌아보았다. "원칙에 대한 대화라고 하셨는데……."

"잠깐, 잠깐!" 주인은 바버라 밴던을 향해 담배를 까딱해 보였다. "아직 시작도 안 했어. 성질 급하기는."

그러나 굿휴는 물러서지 않았다. "리버하우스가 림페트 건에서 랭글리와 손발이 안 맞는다고?" 그는 믿기지 않는다는 듯 마저럼에게 말했다. "리버하우스는 지원 역 외엔 림페트 건에 개입조차 안 했어. 림페트는 법 집행기관 문제야."

"아, 바버라는 바로 그 점을 우리가 논의해야 한다고 생각하는 거지." 마저럼이 설명했다. 자신은 반드시 동의하지 않는 처지일 수도 있다고 암시하는, 거리를 충분히 둔 말투였다.

바버라 밴던은 빈틈을 밀고 들어왔다. "렉스, 우리는 대대적인 집 안 청소를 실시해야 해요. 단지 랭글리만 이야기하는 게 아니라 여기 영국도." 그녀의 말투는 점점 더 미리 준비한 연설 같은 투로 변했다. "이 림페트 건을 기본부터 다시 논의해서 바닥부터 새로 쌓아야 합니다. 렉스, 랭글리는 강요당했어요. 아니, 강요가 아니라 구경꾼으로 밀려났죠." 이번에는 마저럼도 해설자 역할을 맡지 않았다. "렉스, 우리 쪽 정치가들은 이걸 믿지 않아요. 언제 폭발할지 모릅니다. 이건 아주 천천히 검토하고 조심스럽게 접근할 문제예요. 기본적으로 뭔가요? 이건 합동 작전이에요. 한쪽은 아주 외곽에 있는 영국 신예 기관, 죄송합니다만, 훌륭하고 열정적이지만 어쨌든 외곽 아닌가요. 한쪽은 마이애미 법 집행기관 무법자들. 이건 개와 꼬리예요, 렉스. 개는 여기 있고." 그녀는 손을 머리 위로 들어 올렸다. "꼬리는 여기 있어요. 지금 꼬리가 이기고 있다고요."

자기 질책이 굿휴를 휘감았다. 펠프리가 경고했는데, 내가 진지하게 받아들이지 않았구나. 다커는 잃어버린 자기 영역을 되찾기 위해 쿠데타를 시도하고 있어, 렉스. 펠프리가 말한 적이 있었다. 미국 국기 뒤로 들어가자는 제안을 하고 있다고.

"렉스." 바버라 밴던이 거칠게 외치는 목소리에 굿휴는 의자에서 몸이 딱딱하게 굳었다. "우리 뒷마당에서 대규모의 지정학적 권력 이동이 일어나고 있는데, 이 정도 규모에서 놀 자격이 없는, 사안에 대해 아는 바가 없는 사람들이 주동하면서 패스해야 할 공을 몰고 달리고 있다고요. 카르텔이 마약을 밀매한다, 이건 다른 문제예요. 이건 마약 문제고, 그 문제를 다루는 사람들은 따로 있어요. 우리가 잘 안다고요, 렉스. 우린 그 때문에 큰 대가를 치렀어요."

"아, 큰돈이라죠, 바버라. 내가 듣기로는." 굿휴는 엄숙하게 동의했다. 그러나 런던에서 4년을 지낸 바버라 밴딘은 반어법에 눈 하나 깜빡하지 않았다. 그녀는 계속 말을 이었다.

"카르텔은 서로 협정을 맺고 대형 무기를 사들이고 군대를 훈련시키고 합동작전을 벌이고 있어요. 렉스, 이건 전혀 다른 운동장이라고요. 남미에는 그런 걸 하는 사람이 많지 않아요. 남미에서 합동작전이란 곧 권력이라고요. 간단해요. 이건 법 집행기관이 맡을 일이 아니에요. 경찰과 도둑이 추적극을 벌이며 발에다 총을 쏴대는 일거리가 아니란 말입니다. 이건 지역 정치 문제예요, 렉스. 여기서 우리는 의사당에 가서 '여러분, 이 사안이 긴급한 문제라는 걸 받아들여야 합니다. 법 집행기관과 이야기했는데, 그쪽에서는 겸허하게 물러나기로 했습니다. 그쪽도 때가 되면 경찰로서 자기 의무와 권리대로 할 일을 할 겁니다. 무엇보다 이건 정치 문제이고, 수많은 각도가 있는 정교한 문제이고, 그러므로 순수 정보기관이 합동으로 책임을 져야 하는 문제입니다. 경험 많고 믿을 수 있는 순수 정보 전문가들이 지역 정치적 토대 위에서 보다 정교한 인력을 투입하기로 했습니다.' 이렇게 말할 수 있어야 한다고요."

그녀는 자신의 연기에 만족한 여배우처럼 말을 맺고 '어땠어?'라고 묻는 듯 마저럼을 돌아보았다. 그러나 마저럼은 그녀의 투쟁적인 말에 자비로운 경멸만 은근히 비쳤다.

"음, 나도 바버라의 말에 일리가 있다고 생각해." 그는 품위 있고 솔직한 특유의 미소를 지었다. "정보기관 사이에 책임 분담을 재고해야 한다면 막을 이유가 없지. 하지만 우리가 내릴 결정은 아니야."

굿휴의 얼굴은 돌로 깎은 것 같았다. 손은 몸 앞에 힘없이 늘어져 있었다.

"아니, 그쪽이 내릴 결정이 아니야. 절대로." 그는 동의했다. "공동조정위원회가 내릴 결정이지."

"그 위원회의 의장이 당신 주인이고, 렉스, 당신은 그 비서이자 기획자, 주요 후원자 아니던가." 마저럼은 다시 동료답게 미소 지었다. "또한, 이렇게 말하면 어떨지 모르겠지만, 도덕적 결정권자지."

그러나 굿휴는 닐 마저럼처럼 타고난 중재자의 말에도 누그러지지 않았다. "책임 분담의 재고는 어떤 경우에도 경쟁 관계에 있는 기관들의 재량권이 아니야, 닐." 그는 엄격하게 말했다. "설령 법 집행기관 쪽에서 자발적으로 작전을 그만둘 준비가 되어 있다 쳐도, 이 점도 의심스럽긴 하지만, 정보기관들 쪽에서 공동조정위원회의 재가 없이 마음대로 책임 분담을 변경할 권한은 없어. 뒷거래는 안 돼. 공동조정위원회가 있는 이유 중의 하나지. 의장에게 물어보면……." 그는 주인에게 고갯짓해 보였다.

잠시 아무도, 누구에게도, 아무것도 묻지 않았다. 굿휴의 주인은 의혹과 짜증, 약간의 소화불량이 동시에 뒤섞인 듯한 앓는 소리를 냈다.

"음, 렉스." 그는 보수당 간부 특유의 콧소리를 냈다. "미국 쪽에서 어쨌든 자기 앞마당의 림페트 건을 맡으면, 이쪽에서는 따라갈지 말지 결정하는 편한 입장에 설 수 있지 않겠나. 안 그래? 이건 비공식적인 회의니까 말하는 거지만 말이야. 지금까지는 공식적으로 표면화된 게 없지. 안 그래?"

"있다고 해도 내게 전달된 건 없습니다." 굿휴는 얼음처럼 답했다.

"위원회가 일하는 속도로 봐서는, 크리스마스까지도 답을 얻을 수 없을 거야. 내 말은 말이야, 렉스, 우리가 정족수를 채울 수 있지 않나. 자네, 나, 그리고 여기 닐 셋이서 말이야. 우리끼리 결정할 수 있잖아."

"당신이 결정할 문제야, 렉스." 마저럼은 사근사근하게 말했다. "결국 당신이 입법자라고. 당신이 상황을 전환시킬 수 없으면 누가 하겠나? '동류 결합' 합의를 이끌어낸 건 당신이야. 법 집행기관은 집행기관끼리, 첩보 기관은 첩보 기관끼리, 상호 침해하지 않는다. 렉스 굿휴 안. 우리는 이렇게 말했지만, 자네가 옳았어. 자네가 워싱턴에 제안했고, 내각의 동의도 얻었고, 작전을 이끌었지. '새 시대의 기밀 기관.' 이게 당신 제안서의 제목 아니었나? 우리는 불가피한 상황에서 물러섰을 뿐이야, 렉스. 바버라 말 들었지 않나. 우아하게 물러서는 것과 정면으로 충돌하는 것, 둘 중 하나를 고르라면 난 언제나 우아하게 물러서는 쪽을 택하겠어. 당신이 자기가 판 무덤에 빠지는 건 보고 싶지 않다고."

굿휴는 이제 사실상 화가 나 있었다. 그러나 그는 제 성질을 못 이겨 일을 망치는 성격이 아니었다. 그는 이성적인 목소리로 닐 마저럼의 정직한 얼굴을 향해 말했다. 의장에게 공동조정위원회가 제시한 제안서는—그는 주인 쪽으로 다시 턱짓했다—정족수를 채운 임시 회의가 아니라 전원 참석한 정식 회의를 통해 작성되었다고. 리버하우스가 지나치게 확대되었고 옛 책임 영역을 되찾으려고 노력하기보다는 지금 갖고 있는 책임 범위도 더 내놓는 것이 옳다는 것이 위원회의 의견이었고, 그 점에 장관도 의장으로서 동의했다고. "점심시간 동안 마음이 바뀐 게 아니라면……." 그는 주인을 향해 말을 건넸고, 장관은 시가 연기 너머에서 얼굴을 찡그렸다.

굿휴는 이어서 도전에 효율적으로 대응할 수 있도록 법 집행기관의 역할을 확장하는 것을 개인적으로 선호한다고 말했다. 그리고 비공식 회의이니 덧붙이자면, 개인적으로 조달 연구 그룹의 활동은 새 시대에 적절하지 않고 의회의 권위를 훼손한다고 본다, 다음 공동조정위원회 회의에서는 그룹의 활동을 공식적으로 감시할 것을 제안하겠다고 말을 맺었다.

그런 다음 굿휴는 예배당에서처럼 손을 모은 뒤 상대방의 폭발을 기다렸다.

아무 반응이 없었다.

굿휴의 주인은 아랫입술에서 이쑤시개 조각을 꺼내더니 헤이즐 번디의 드레스 앞면을 바라보았다. "좋아. 알겠어." 주인은 사람들의 시선을 피하며 느릿하게 말했다. "재미있군. 고마워. 무슨 말인지 알겠어."

"생각할 점이 많군요." 골트가 밝게 동의했다. 그는 헤이즐 번디에게 미소 지었지만, 그녀는 미소 짓지 않았다.

그러나 닐 마저럼은 더 이상 인자할 수가 없었다. 윤리적 고매함을 드러내는 영적인 평화가 섬세한 얼굴에 떠올랐다.

"시간 있나, 렉스?" 회의가 끝나자, 그는 조용히 말했다.

굿휴는 마저럼이 건강한 의견 교환을 마친 뒤에 서로 앙금이 없다는 점을 확인하려고 일부러 남은 것이겠거니 생각하고 기뻤다.

굿휴는 마저럼에게 마음 좋게 자기 사무실을 권했지만, 마저럼은 그것조차 속 깊게 거절했다. 렉스, 자네 바람 좀 쐬면서 열을 식혀야 해. 좀 걷자고.

화창한 가을날 오후였다. 플라타너스 잎은 분홍색과 금색으로 반짝이고 있었고, 관광객들은 화이트홀 앞 인도에서 만족스러운 기분으로 어슬렁거리고 있었다. 마저럼은 그들에게 아버지 같은 미소를 지었다. 그래, 헤스터가 옳았다. 금요일 저녁 도로는 아주 혼잡했다. 그러나 소음이 굿휴의 청각에 영향을 끼치지는 않았다.

"바버라가 약간 흥분한 것 같지." 마저럼이 말했다.

"누가 그렇게 만들었을까." 굿휴가 말했다.

"당신이 크게 의견을 바꾸지는 않을 거라고 말했는데, 그래도 시도하겠다고 해서."

"헛소리야. 당신이 부추겼잖아."

"음, 우리가 어떻게 해야 하나? 모자를 벗어 들고 당신한테 가서 공손하게 '렉스, 림페트를 우리한테 줘'라고 말해야 하나? 이건 그냥 프로젝트 하나일 뿐이야." 그들은 템스 강의 북쪽 강둑길에 이르렀다. "꺾이지 않으면 부러진다고, 렉스. 자넨 꺾이기엔 너무 아까워. '동류 결합'이 자네 자식이기 때문에. 범죄는 범죄고, 스파이는 스파이야. 흑백이 너무 뚜렷한 게 자네의 문제야."

"아니, 닐. 난 그렇게 생각하지 않아. 흑백이 너무 뚜렷하지 않은 게 문제야. 내가 혹시 자서전을 쓰게 된다면 제목을 '미봉책'이라고 붙일 거야. 우리는 다들 좀 더 강해져야 해. 더 유연해질 게 아니라."

양쪽의 말투는 아직도 전적으로 동료다웠다. 두 전문가가 템스 강변에서 서로의 차이점을 논하고 있었다.

"때를 잘 골랐어." 마저럼은 동의한다는 듯이 말했다. "새 시대니 어쩌니 하는 이야기로 이곳저곳 점수를 많이 땄지. 굿휴, 열린 사회의 친구. 굿휴, 권한의 양도자. 하지만 자네가 이 일로 멋진 입지를 다졌다는 것도 인정해야 하지 않겠나. 싸움 없이 포기할 수는 없겠지. 자네한테는 이게 어느 정도의 가치가 있지?"

그들은 어깨를 나란히 하고 서서 템스 강을 바라보고 있었다. 굿휴는 난간에 손을 얹고 있었다. 요즘 혈액순환이 잘 안 되는데도 그날따라 자전거용 장갑을 끼고 있었다. 그는 마저럼의 질문을 이해할 수가 없어서 알려달라는 듯이 상대를 돌아보았다. 그러나 성자 같은 옆얼굴은 지나치는 유람선을 자애롭게 바라볼 뿐이었다. 그러다 마저럼도 돌아보았다. 그들은 30센티미터도 채 떨어지지 않은 거리에서 서로의 얼굴을 마주 보고 섰다. 도로의 소음이 문제였다 해도, 굿휴는 이제 소음을 전혀 의식조차 못 하고 있었다.

"다커가 전하는 메시지야." 마저럼은 여전히 미소 사이로 말을 건넸다. "렉스 굿휴는 자신이 손댄 게 뭔지도 모르고 있어. 그가 알 리가 없고, 알 필요도 없는 이해 집단들이 있어. 상위 정치, 초고위급 인사가 연루되어 있는. 그런저런 이야기. 자네가 사는 곳이 켄티시 타운이지? 레이스 커튼이 달린 지저분한 테라스 하우스?"

"왜?"

"자네한테 스위스에서 사는 먼 친척이 생겼거든. 늘 당신의 청렴함을 응원해왔던 사람. 림페트 건을 성사시켰던 날, 그 친척이 갑작스레 죽어서 75만을 자네에게 남겼어. 프랑 말고 파운드로. 세금 없이. 유산이야. 콜롬비아 친구들이 뭐라고 하는지 아나? '선택해. 부자가 되든가, 우리 손에 죽든가.' 다커도 같은 말을 했어."

"미안해. 오늘 머리가 잘 안 돌아가는군." 굿휴가 말했다. "나한테 뇌물을 주고 죽이겠다고 협박까지 하는 건가?"

"우선 자네의 경력을 죽이는 거야. 우린 할 수 있어. 할 수 없으면 다시 생각해봐야겠지. 당혹스럽다면 지금 대답하지 않아도 돼. 아예 대답 안 해도 돼. 그냥 행동하면 돼. 말 이전에 행동. 렉스 굿휴." 그는 공감한다는 듯 미소 지었다. "아무도 자네 말을 안 믿지 않겠나? 렉스가 정신이 나갔군…… 오랫동안 그랬어. 아무 말도 안 하려고 해. 굳이 메모는 보내지 않겠어. 난 아무 말도 안 한 거야. 그저 지루한 회의가 끝나고 강변에서 잠시 산책한 거로 해줘. 좋은 주말 보내고."

자네의 전제는 말도 안 돼. 굿휴는 6개월 전에 저녁 식사 자리에서 버에게 말한 적이 있었다. 파괴적이고, 음흉해. 난 동의할 수 없으니 내게 다시는 말도 꺼내지 마. 여긴 발칸이나 시칠리아가 아니라 영국이야. 자네의 기관을 지키는 건 좋지만, 레너드, 조달 연구 그룹이 제프리 다커와 타락한 은행가, 브로커, 중개인, 기타 대서양 양안의 부패한 정보 관료의 이익을 위해 움직이는 수백만 파운드 규모의 비자금 조직이라는 고딕적 환상은 버리는 게 좋을 거야.

광기는 그런 식으로 도사리고 있으니까. 그는 버에게 경고했었다.

이건 그런 식으로 도사리고 있었다.

아내에게 말한 뒤 일주일 동안 굿휴는 비밀을 머릿속에만 간직했다. 자기 자신을 믿지 않는 사람은 아무도 믿지 않는다. 버는 마이애미에서 림페트 작전이 부활했다는 소식을 전해왔고, 굿휴는 최대한 그의 환희에 동조해주었다. 루크는 빅토리아 스트리트에 있는 버의 사무실 지휘를 맡았다. 굿휴는 그와 애서니엄에서 점심을 먹었지만, 그에게 털어놓지는 않았다.

그러던 어느 날 저녁 팰프리가 들러서 다커가 영국 무기상에게 '남미 기후'에서 사용할 수 있는 특정 하이테크 장비의 물량을 알아보고 있다는 묘한 이야기를 들려주었다.

"영국 업체라고, 해리? 그럼 로퍼가 아니야. 그는 외국에서 산다고."

팰프리는 몸을 비틀며 담배를 빨아들이더니 위스키를 더 청했다. "로퍼일 수도 있어, 실은 말이야, 렉스. 제 흔적을 덮고 있다면 말이야. 내 말은, 영국 장난감이라면, 우리의 인내에는 한계가 없지. 내 말 무슨 뜻인지 알 거야. 눈 감고 모래사장에 고개를 묻는 거지. 영국제 무기라면. 당연히. 영국제라면, 연쇄살인마에게라도 팔아치우지 않겠어." 그는 냉소했다.

날씨가 좋은 저녁이었고, 팰프리에겐 운동이 필요했다. 그래서 그들은 하이게이트 공동묘지 입구까지 걸어가서 조용한 벤치를 찾았다.

"마저럼이 내게 돈을 제안했어." 굿휴는 그의 앞에서 단도직입적으로 말했다. "75만 파운드."

"뭐, 그럴 만하지." 팰프리는 놀라지 않았다. "그 사람들이 외국에서 늘 하는 일이야. 국내에서도 하는 일이고."

"당근도 있고 채찍도 있었어."

"아, 그거. 그것도 보통 그래." 팰프리는 새 담배를 찾아 주머니를 뒤졌다.

"그자들이 누구지, 해리?"

팰프리는 콧등을 찌푸리며 몇 번 눈을 깜빡이더니 묘하게 당황한 것 같았다.

"영리한 몇몇 사람들. 좋은 연줄. 알잖아."

"난 아무것도 몰라."

"좋은 정보원들. 냉전에서 단련된 차가운 두뇌 말이야. 실업자가 된다는 건 두려운 일이지. 자네도 알잖아, 렉스."

굿휴는 팰프리가 자기 자신의 곤경에 대해 마지못해 말하고 있다는 걸 깨달았다.

"이중 첩자 노릇을 훈련받은 사람들." 팰프리는 여느 때처럼 툭툭 끊기는 진부한 문장들로 자진해서 말을 이었다. "시장경제주의자들. 1980년대가 전성기였지. 할 수 있을 때 많이 먹어라, 다들 그렇게 한다. 다음 전쟁이 언제 올지 모르니까. 다들 차려입었는데 갈 곳은 없고……. 자네도 안다고. 아직 권력이 있잖아, 당연히. 아무도 그 권력을 빼앗지 않았으니까. 어디에다 써야 하느냐의 문제야."

굿휴는 아무 말도 하지 않았고, 펠프리는 순순히 말을 이었다.

"나쁜 사람들은 아니야, 렉스. 지나치게 비판적으로 볼 건 없어. 그저 약간 고립된 거지. 더 이상 대처할 것도 없고. 맞서 싸울 러시아 곰도 없고, 국내에는 공산주의자들도 없어. 한때는 세상 전부가 자기들 활동 무대였는데, 어느 날 일어나 보니, 뭐." 그는 어깨를 으쓱했다. "진공 상태를 좋아하는 사람은 없잖아. 자네조차 진공 상태는 싫을 거 아닌가. 안 그래? 솔직해지라고. 싫잖아."

"진공 상태란, 평화를 말하는 건가?" 굿휴는 까다롭게 군다는 인상을 주고 싶지 않았지만 물었다.

"지루함. 왜소함. 누구에게도 좋을 게 없잖아." 다시 키득거리는 웃음소리. 그는 담배를 길게 빨았다. "몇 년 전만 해도 그들은 냉전의 일급 전사들이었어. 클럽에서 최고의 자리에 앉았었다고. 한번 그 자리에 오르면 멈추기가 어려워. 계속 가야 해. 자연스러운 일이지."

"그럼 지금 그들은 뭐지?"

펠프리는 가려운 듯 손등으로 코를 문질렀다. "벽에 붙은 파리 신세지. 난."

"알아. 그들은 뭐냐고."

펠프리는 자신의 판단에서 스스로 거리를 두려는 듯 모호하게 말했다. "대서양에 있는 사람들. 절대 유럽을 신뢰하지 않잖아. 유럽은 독일이 지배하는 바벨탑이라는 거야. 아직도 그들에게는 미국이 유일해.

카이사르가 약간 얼어붙긴 했지만, 워싱턴은 아직 그들의 로마야." 그는 당혹스러운 듯 몸을 비틀었다. "세계의 구세주. 세계 전체를 무대로 정치하는 사람들. 세계 질서. 역사에 이름을 남기고 부업으로 돈 좀 챙기고. 왜 안 돼? 다들 그러는데." 다시 몸을 비틀었다. "약간 썩었어. 그것뿐이야. 그들을 탓할 순 없어. 화이트홀도 그들을 어떻게 제거해야 할지 몰라. 누군가에게 유용할 거라고들 생각해. 아무도 전체 그림을 갖고 있지 않으니, 아무도 그런 게 없다는 걸 몰라." 그는 코를 비볐다. "미국 사촌의 비위를 맞추고, 지출이 과하지 않고, 서로 공공장소에서 싸우지만 않으면 뭐든 할 수 있어."

"미 정보국의 비위를 어떻게 맞추지?" 굿휴는 지독한 두통이라도 오는지 두 손으로 머리를 감쌌다. "자세히 좀 말해줘."

팰프리는 괴팍한 아이 대하듯 관대하게, 하지만 약간 짜증스럽게 말했다. "미국에는 법이 있잖아. 감시자들이 목에 콧김을 내뿜고 있어. 인민재판이 있고, 정직한 첩자가 감옥에 들어가고, 고위 관료가 재판정에 서. 영국인들은 그런 배짱이 없잖아. 공동조정위원회가 있지. 하지만 솔직히 대부분 너무 점잖아."

굿휴는 고개를 들었다가 다시 물었다.

"계속 말해봐, 해리."

"내가 어디까지 말했는지 잊었어."

"미국 사촌이 감시자들과 문제가 생길 때 다커가 어떻게 비위를 맞추는지."

팰프리는 영 내키지 않는 단계로 들어서고 있었다.

"음, 뻔하잖아. 워싱턴의 거물이 미국 정보국에 말하는 거야. '누구누구는 무장시키면 안 된다. 그게 법이다.' 알겠지?"

"지금까지는."

"'알겠습니다.' 미국 사촌이 이렇게 말하는 거야. '잘 알아들었습니다. 누구누구는 무장시키지 않겠습니다.' 한 시간 뒤 다커에게 전화가 걸려와. '제프리, 이 친구야, 부탁 좀 들어주겠어? 누구누구한테 무기가 필요해.' 누구누구는 물론 봉쇄 중이지만, 재무부에 돈이 들어온다면 누가 신경이나 쓰겠어? 다커는 신뢰하는 동지들에게 전화를 걸어. 조이스턴 브래드쇼, 스파이키 로리머, 기타 그달의 친구한테. '좋은 소식이야, 토니. 누구누구 파란 불.' 뒷문으로 들어가야 하는데, 자물쇠는 내가 따두겠어. 그런 다음 PS."

"PS라고?"

굿휴의 순진함이 놀랍다는 듯, 팰프리는 활짝 웃었다. "추신 말이야. 감미료. '말이 나왔으니 말인데, 토니, 소개비는 총액의 5퍼센트, 리히텐슈타인 사기꾼과 그 사촌들 은행에 있는 조달 연구 미망인 및 고아 연금 앞으로 넣어줘.' 책임 소재가 없다면 식은 죽 먹기야. 영국 정보국이 도둑질하다가 잡혔다는 소식 들어봤나? 영국 장관이 자기규정을 어겼다가 법정에 섰다는 소식 들어봤냐고? 그럴 리가. 철통 방어야."

"순수 정보가 왜 림페트를 원하지?"

팰프리는 미소 지으려 했지만 잘 되지 않았다. 그는 담배를 꺼내고 머리통을 긁었다.

"왜 림페트를 원하지, 해리?"

팰프리의 민첩한 눈이 구원의 손길이나 감시자를 찾는 듯 어두워져
가는 숲을 둘러보았다.

"그건 직접 알아내, 렉스. 내 능력 밖이니까. 자네도, 사실 그렇고. 미
안해."

일어서려는데, 굿휴가 소리쳤다.

"해리!"

팰프리의 입이 놀라서 삐딱하게 벌어졌다. 보기 흉한 치아가 드러
났다. "렉스, 맙소사. 사람들 부릴 줄 모르나. 난 겁쟁이야. 지나치게 밀
면 그냥 입 닫아버리거나 가짜 이야기를 만들어낸다고. 집에 가. 잠 좀
자라고. 자넨 지나치게 선해, 렉스. 그것 때문에 언젠가 당할 거야." 그
는 초조하게 주위를 둘러보고 잠시 누그러들었다. "영국을 사. 그게 단
서야. 자네는 나쁜 건 전혀 이해 못 하나?"

루크는 빅토리아 스트리트에 있는 버의 책상에 앉아 있었다. 버는
마이애미의 작전실에 있었다. 둘 다 보안 전화를 움켜쥐고 있었다.

"그래, 롭." 버가 쾌활하게 말했다. "확인했고, 또 확인했어. 하라고."

"그냥 절대적으로 분명히 하자는 거야." 루크는 군인들이 민간인의
명령을 확인할 때 쓰는 어투로 말했다. "내가 딱 한 번만 더 확인해볼게."

"이름을 내보내, 롭. 뿌리라고. 모든 이름을 다. 사방에 던지라고. 파
인, 린덴, 보르가르, 러몬트, 캐나다에서 마지막으로 목격됐다. 살인, 상
습 절도, 마약 밀수, 여권 위조 및 사용, 캐나다 밀입국, 이런 용어가 있
는지는 모르겠지만 밀출국. 재미있어 보이는 건 다 집어넣어."

"그럼 그랜드슬램인 건가?" 루크는 버의 들뜬 기분에 거리를 두며 물었다.

"그래. 그랜드슬램. 사방에 던지라는 말이 그거 아닌가. 토머스 러몬트, 국제 체포 영장. 내가 작성해서 자네한테 보내줄까?"

루크는 수화기를 놓았다가 다시 들고 스코틀랜드 야드에 전화를 걸었다. 숫자를 누르는 손이 유난히 뻣뻣하게 느껴졌다. 불발탄을 갖고 놀던 시절과 비슷한 기분이었다.

그가 다리를 건너면 우리가 태워버리는 거야, 버가 말했다.

16
아이를 구한 대가

"이봐." 코코란은 하루의 첫 담배에 불을 붙이며 재떨이 대용으로 도자기 잉크스탠드를 무릎 위에 올려놓았다. "후추에서 파리똥을 건지자는데."

"당신이 가까이에 안 왔으면 좋겠어." 조너선은 준비했던 대로 대답했다. "난 설명할 게 없고 사과할 것도 없어. 그냥 내버려둬."

코코란은 팔걸이의자에서 고맙다는 듯이 몸을 내밀었다. 침실에는 그들 둘뿐이었다. 프리스키는 이번에도 나가라는 지시를 받았다.

"당신 이름은 조너선 파인이야, 전직 마이스터 호텔, 퀸 네페르티티 호텔 등의 고급 호텔 지배인. 한데 지금은 진짜 캐나다 여권을 가지고 토머스 러몬트라는 이름으로 떠돌아다니고 있어. 진짜 이름이 토머스 러몬트가 아니라는 점만 빼면 말이야. 이의 있어? 없을 거야."

"난 아이를 구했어. 당신들이 날 치료해줬고. 그러니 여권 돌려주고 보내줘."

"한데 마이스터 호텔의 조너선 파인과 캐나다의 토머스 러몬트 사이에, 보르가르라는 이름은 빼고, 당신은 외딴 콘월 지역에서 잭 린덴이라는 이름으로 살았어. 무슨 이유에서인지 친구를 죽였지. 이런저런 마약 밀매 전과가 있는 알프레드, 가명 점보 할로라는 오스트레일리아 출신 보트 광을 말이야. 그 때문에 당국에 잡히기 전에 도망쳤지."

"플리머스 경찰이 용의자 자격으로 날 수배한 것뿐이야. 그 이상은 아무것도 없어."

"할로는 당신 동업자였고." 코코란은 뭔가를 끼적이면서 말했다.

"원하는 대로 표현해."

"마약 밀매?" 코코란은 고개를 들었다.

"정상적인 회사 영업이었어."

"언론에는 그렇게 나와 있지 않던데. 우리 정보통이 알려준 것도 그렇고. 잭 린덴, 일명 조너선 파인, 즉 당신은 할로를 위해서 채널 아일랜드에서 팰머스까지 혼자 다량의 마약을 운반했어. 대단한 항해였다고 하더군. 동업자 할로는 마약을 런던으로 가져가서 팔고는 돈을 떼어먹었지. 당신은 그 때문에 화가 났고. 이해할 수 있어. 그래서 당신은 동업자 때문에 화가 났다면 누구나 했을 법한 일을 한 거야. 죽인 거지. 당신의 전투 솜씨를 감안할 때 아주 깔끔한 처치는 아니었지. 할로가 무례하게도 반항을 했으니까. 그래서 싸웠고, 당신이 이겼어. 이겼으니 죽였지. 만세."

회피해, 버가 말했다. 난 거기에 없었다고, 그냥 다른 두 사람일 뿐이라고, 상대가 먼저 때렸고 그도 동의했다고. 그런 다음 못 이기는 척 항복하고 진짜 신상을 들킨 척해.

"증거가 없어." 조너선이 말했다. "핏자국을 찾았지만, 시체는 찾지 못했어. 그러니 이제 나가줘."

코코란은 대화의 주제를 완전히 잊어버린 것 같았다. 그는 좋지 않은 생각이 완전히 사라진 듯 추억에 잠겨서 허공을 향해 미소 짓고 있었다. "외무부에 지원한 사람 이야기는 알고 있나? '들어봐, 캐러더스. 우린 당신 지원서가 마음에 들어. 한데 당신이 강도, 방화, 강간으로 형을 살았다는 사실을 간과할 수가 없단 말이야.' 정말 모르나?"

조너선은 신음 소리를 냈다.

"'간단하고 완벽한 이유가 있습니다.' 캐러더스가 말했어. '여자를 사랑했는데 같이 자주지 않아서, 머리를 박고 강간하고 그 늙은 아버지의 물건을 훔치고 집에 불을 질렀어요.' 분명히 들어봤을 텐데."

조너선은 눈을 감고 있었다.

"'좋아, 캐러더스.' 면접관이 말했어. '합리적인 이유가 있었다는 건 알겠습니다. 제안 하나 하죠. 여비서들한테 접근하지 말고, 성냥은 갖고 놀지 말고, 우리한테 키스하면 채용하도록 하죠.'"

코코란은 정말 웃고 있었다. 목덜미의 살이 분홍빛으로 부들부들 떨렸고, 즐거운 눈물이 뺨을 타고 흘러내렸다. "정말 나쁜 놈 된 기분이 잖아. 당신은 침대에 누워 있고, 게다가 대단한 영웅인데 말이야. 제임스 캐그니 흉내를 내면서 당신을 환한 방에 끌어다 놓고 딜도로 후려

치는 게 차라리 낫지 않겠나." 그는 법정 경찰관의 높은 목소리를 흉내냈다. "'판사님, 용의자는 오른손에 결정적인 흉터가 있습니다.' 보여줘." 그는 다시 변한 목소리로 지시했다.

조녀선은 눈을 떴다. 코코란은 다시 침대 옆에 서서 담배를 지저분하고 누런 지팡이처럼 한 손으로 치켜든 채 축축한 손으로 조녀선의 오른손목을 잡고 있었다. 커다란 흉터가 그의 손등을 휘감고 있었다.

"세상에." 코코란은 말했다. "면도를 하다가 생긴 상처는 아닐 테고. 좋아. 이 정도로 해두자고."

조녀선은 손을 낚아챘다. "그가 칼을 꺼냈어. 난 그가 칼을 갖고 있는 줄 몰랐고. 정강이에 차고 있더군. 난 배에 뭐가 있느냐고 묻고 있었어. 이미 알고 있었거든. 추측했지. 그는 덩치가 큰 친구였어. 덤비면 이길 수 없을 것 같아서, 목을 노렸어."

"목울대 말이야? 대단한 싸움꾼이군. 아일랜드가 누군가에게 도움이 됐다니 기쁘지 않나. 당신 칼은 물론 아니었겠지? 내가 듣기로는 칼을 상당히 좋아하는 것 같던데."

"그의 칼이었어. 말했듯이."

"할로는 마약을 누구한테 팔려고 했지? 아나?"

"몰라. 전혀. 난 그냥 항해만 했어. 이봐, 이만 가줘. 다른 사람 붙잡고 괴롭히라고."

"노새 같군. 우린 노새라고 하지. 노새처럼 고집이 세."

하지만 조녀선은 계속 공격했다. "그럼 당신들은 뭐지? 당신과 로퍼는? 마약상인가? 완벽해."

그는 다시 베개 위에 머리를 떨어뜨리고 코코란의 반격을 기다렸다. 예기치 않은 격한 공격이 들어왔다. 코코란은 놀랄 만큼 날렵하게 침대 옆에 몸을 던지더니 조너선의 머리칼을 한 움큼 붙잡고 아주 세게 잡아당겼다.

"이봐." 그는 비난하듯 중얼거렸다. "당신 입장이라면 입조심하는 게 좋을 거야. 우린 바나나국 나소에 근거지를 둔 아이언브랜드 가솔린, 전기, 코카인 회사로서 줄여 쓰자면 '노벨 존경 상' 후보거든. 물었잖아. 당신은 누구야?"

코코란의 손이 조너선의 머리칼을 놓았다. 심장이 두근거리고 있었지만, 그는 움직이지 않고 누워 있었다. "할로는 불황기에 하는 일이라고 했어." 그는 쉰 목소리로 말했다. "오스트레일리아에서 누군가한테 배를 팔았는데, 그가 빚 때문에 대금을 못 갚았어. 정보는 친구를 통해 배가 채널 아일랜드에 있다는 걸 알았지. 내가 그 배를 플리머스로 가져오면 팔아서 대금 대신 쓴다고 했어. 그때는 그렇게 얼토당토않은 이야기로 들리지 않았어. 그를 믿은 게 어리석었지."

"그럼 시체는 어떻게 했지?" 코코란은 다시 의자에 앉으며 다정하게 물었다. "어디 주석 광산에라도 묻었나? 위대한 전통에 따라?"

리듬을 바꾸자. 기다리게 하자. 절망으로 가득한 음성이 흘러나왔다. "그냥 경찰에 전화해서 날 송환하고 현상금이라도 받으라고." 조너선은 말했다.

코코란은 임시 재떨이를 무릎에서 치우고 군대용 가죽 폴더를 집어들었다. 안에는 팩스가 가득 차 있었다.

"마이스터는? 그도 무슨 불쾌한 짓을 했나?"

"내게서 뭔가를 훔쳤어."

"아, 이 불쌍한 어린 양 같으니라고. 인생 최악의 희생양이로군. 어떻게?"

"다른 직원들은 모두 보너스를 받았어. 직급과 근속연수에 따라 금액이 정해져 있었지. 신입조차 매달 꽤 많은 돈을 받았다고. 마이스터는 외국인에게 보너스를 줄 수는 없다고 했어. 한데 나 말고 다른 외국인에게는 주고 있더군."

"그래서 금고에서 당신 몫을 찾았다. 죽이지 않은 게 그 사람으로서는 천만다행이로군. 펜나이프로 어딘가를 그어버리거나."

"초과근무도 했어. 주간에는. 쉬는 날에는 고급 와인 재고 정리도 했다고. 그런데 아무것도 없었어. 손님들을 모시고 호수에 항해하러 나갔을 때도. 손님들에게서 어마어마한 돈을 뜯어내면서도 나한테는 1센트도 안 주더군."

"카이로도 좀 급하게 떠났다지. 이유를 아는 사람이 없는 것 같던데. 범죄 흔적은 없었어. 퀸 네페르티티에 따르면, 구린 구석은 전혀 없었어. 그냥 그쪽이 모르고 있을 수도 있겠지만."

그쪽도 이미 사연을 만들어놓았다. 버와 머리를 맞대고 짜낸 이야기였다. "여자하고 얽혔어. 유부녀하고."

"이름은?"

끝까지 저항해, 버가 말했다. "당신한테는 안 알려줘."

"피피? 룰루? 투탕카멘 부인? 아냐? 음, 언제든지 바람을 피울 수 있었을 텐데." 그는 느릿하게 팩스를 넘겼다. "착한 의사는? 그 사람도 이름이 있나?"

"마티 박사."

"그 박사 말고."

"누구 말이야? 무슨 의사? 도대체 뭐 하는 거야, 코코란? 대니얼을 살린 죄로 재판이라도 받는 건가? 무슨 의도로 이러는 거요?"

이번에는 코코란도 태풍이 지나가기를 조용히 기다렸다. "트루로 응급실에서 당신 손을 꿰맸던 의사."

"그 사람 이름은 몰라. 인턴이었소."

"백인이었나?"

"갈색 피부였소. 인도나 파키스탄 쪽."

"거기엔 어떻게 갔지? 병원까지 말이야? 손목에서 피를 흘리면서?"

"행주로 감고 할로의 지프를 몰았어."

"왼손으로?"

"그래."

"다른 곳에서 시체를 옮긴 차였겠지? 경찰은 차에서 핏자국을 찾았어. 하지만 약간 섞여 있었던 것 같은데. 점보의 피도 있었어."

코코란은 대답을 기다리며 바쁘게 뭔가를 적었다.

"나소까지 데려다줘." 조녀선은 말했다. "난 당신들에게 어떠한 나쁜 짓도 저지르지 않았어. 부탁한 것도 없어. 내가 로에서 그런 바보짓을 하지만 않았어도 당신들은 나에 대해 아무것도 몰랐을 거야. 당신들에게서 원한 것도 없고, 직장을 달라고 한 적도 없고, 돈도, 감사 인사도,

당신들의 인정도 다 필요 없어. 그러니 그냥 보내줘."

코코란은 무릎 위에서 페이지를 넘기며 담배를 만지작거렸다. "기분 전환 겸 아일랜드 이야기는 어떤가?" 그는 축축한 오후에 파티용 게임을 입에 올리듯 아일랜드 이야기를 꺼냈다. "노병끼리 좋던 시절에 대해 수다나 떨어보자고. 그보다 더 재미있는 일이 어디 있겠어?"

진실을 이야기할 때도 긴장을 풀지 마, 버는 말했다. 당황하기도 하고, 조금 잊어버렸다가 정정하는 게 좋아. 상대가 여기에 거짓말이 있나 보다 생각하게 해야 해.

"그 친구한테 무슨 짓을 했지?" 프리스키가 직업적인 관심을 보이며 물었다.

한밤중이었다. 그는 문간에 깔아놓은 방석 위에서 몸을 죽 편 채로 머리 옆에 빛을 가린 독서 등을 켜놓고는 포르노 잡지를 쌓아두고 읽고 있었다.

"누구 말이야?" 조녀선이 물었다.

"저녁에 대니 녀석을 잠시 빌려 갔던 친구. 주방에서 칼에 찔린 돼지처럼 울부짖던데. 마이애미까지 들릴 것 같더라고."

"팔이 부러졌을 거야."

"부러져? 아주 천천히 비틀어서 돌려 뺐나 보지? 혹시 아마추어 일본 무사라도 되나?"

"그냥 붙잡고 잡아당겼어."

"당신 손 안에서 결딴이 난 거로군." 프리스키는 이해한다는 듯 말했다. "솜씨가 좋아."

가장 위험한 순간은 친구가 필요할 때다. 버가 말한 적이 있었다.

아일랜드 다음에는 코코란이 '하인으로 계층 상승하던 시절'이라고 칭하는 이야기가 흘러나왔다. 즉, 조녀선의 요리 대학 시절, 부주방장 시절, 주방장 시절, 호텔 직원으로 일하던 시절을 뜻하는 말이었다.

그 뒤에는 샤토 바베트 시절에 대해 물었다. 조녀선은 이본의 이름을 거론하지 않으려고 세심하게 노력하며 설명했지만, 알고 보니 코코란은 이미 그 이야기도 알고 있었다.

"그럼 마마로에는 어쩌다가 오게 됐나?" 코코란은 다시 담배에다 불을 붙였다. "마마로는 두목이 가장 좋아하는 술집인데 말이야."

"그냥 몇 주 정도 어디에 잠적해 있어야겠다고 생각했어."

"고개를 숙이고?"

"일단 메인에서 요트 일을 했어."

"수석 주방장이자 허드레꾼으로?"

"집사."

코코란이 팩스를 뒤지는 동안 침묵이 흘렀다.

"그리고?"

"전염병에 걸려서 육지에서 쉬어야 했지. 보스턴의 호텔에 누워 있다가, 뉴포트의 빌리 본에게 전화를 했어. 빌리가 일을 구해줬고, 몇 달 정도 로에서 저녁이나 만들면서 좀 쉬는 게 어떻겠냐고 하더군."

코코란은 손가락에 침을 바른 뒤 찾던 팩스를 찾았는지 불빛에 비춰보았다.

"맙소사." 조녀선은 잠들기 전에 기도하는 것처럼 중얼거렸다.

"당신이 아팠던 그 배 말인데…… 롤리타 말이야, 원래는 페르세포네지, 제조국은 폴란드고. 소유주는 니코스 아케르칼리안이야. 유명 연예인이지. 전도사이자 사기꾼이고. 선체는 60미터. 취향은 형편없고. 니코스가 그렇다는 건 아니야, 그는 난쟁이니까."

"직접 만난 적은 없어. 배는 대여 중이었으니까."

"누구한테?"

"캘리포니아 치과 의사 네 명과 그 여자들."

조녀선은 자진해서 이름 몇 개를 댔고, 코코란은 통통한 허벅지 위에 지저분한 수첩을 눌러 펴더니 이름을 받아 적었다.

"재미있던가? 많이 웃었어?"

"나한테는 별 해를 끼치지 않았어."

"당신도 해를 끼친 거 없고?" 코코란은 친절하게 말했다. "금고를 털었다거나, 목을 부러뜨렸다거나, 누구한테 칼질을 했다거나."

"꺼져." 조녀선은 말했다.

코코란은 이 말에 대해 잠시 생각하는 듯하더니 좋은 생각이라고 여긴 모양이었다. 그는 서류를 챙겨 들고 재떨이를 휴지통에 비워서 엉망진창으로 만들어놓았다. 거울에 자신의 모습을 힐끗 비춰보고, 얼굴을 찡그리더니, 손가락으로 머리칼을 가지런히 빗어 넘겼지만 별 소용은 없었다.

"너무 훌륭해." 그는 선언했다.

"뭐가?"

"당신 이야기 말이야. 이유는 모르겠어. 어째서 그런지도 모르겠고. 어디가 그런지도 모르겠어. 당신 때문이겠지. 어쩐지 부적절한 기분이 들어." 그는 자신의 머리칼을 다시 헝클어뜨렸다. "사실 난 부적절한 사람이지. 난 어른들의 세상에서 놀고 있는 미개한 동성애자야. 반면 당신은, 당신은 그저 부적절한 척할 뿐이고." 그는 욕실로 들어가서 오줌을 쌌다. "한데 태비가 당신이 입을 옷을 가져왔어." 그는 열린 문간을 통해 말했다. "대단한 건 아니지만, 아르마니가 도착할 때까지는 몸을 가릴 게 있어야 할 거 아냐." 그는 물을 내리고 다시 침실에 나타났다. "생각 같아서는 당신을 불에 구워버리고 싶어." 그는 지퍼를 올렸다. "아무것도 안 먹이고, 눈을 가리고, 중력 때문에 진실이 흘러내리도록 발목을 매달아 걸고 싶어. 하지만 인생이란 모든 걸 가질 수는 없는 법이지. 안 그래?"

다음 날이었다. 대니얼은 조너선에게 오락거리가 필요하다고 생각한 모양이었다.

"그리스 단지가 뭘까요?"

"도기야. 항아리 같은 거. 고대 그리스인의 예술품이지."

"일주일에 50달러. 메르세데스에 치이면 거북이 뇌에 뭐가 흘러갈까요?"

"느린 노래?"

"거북이 껍데기요. 코키와 로퍼가 서재에서 이야기하고 있어요. 코키는 할 만큼 다 했대요. 아저씨가 티끌 하나 없이 깨끗한 게 아니라면,

기독교계 최악의 범죄자라는데요."

"언제 돌아왔지?"

"새벽에요. 로퍼는 늘 해 뜨자마자 비행기를 타요. 둘이서 아저씨의 물음표에 대해 이야기하고 있어요."

"제드는?"

"제드는 사라를 타는 중이에요. 늘 돌아오자마자 사라를 타죠. 찾아가지 않으면 사라가 인기척을 듣고 발광을 하거든요. 로퍼 말로는 다이크 한 쌍이래요. 다이크가 뭐죠?"

"여자를 사랑하는 여자."

"로퍼는 퀴라소 섬에서 샌디 랭번과 함께 아저씨에 대해 이야기했대요. 전화로는 절대 아저씨 이야기를 하지 말라고 했어요. 차후 지시가 있을 때까지 토머스에 대한 이야기는 무전으로도 하지 마라. 두목 명령이에요."

"남의 이야기를 너무 엿듣는 거 아니야. 그러다 지칠 거다."

대니얼은 등을 뒤로 젖히고 고개를 들더니 선풍기를 향해 외쳤다. "난 엿듣지 않아요! 이건 불공평해요! 일부러 그러려고도 하지 않았어요! 그냥 들리는 걸 어떡해요! 코키가 아저씨는 위험한 수수께끼의 인물이라고 했어요, 그것뿐이에요! 아니잖아요! 아니라는 걸 난 알아요! 난 아저씨가 좋아요! 로퍼가 직접 아저씨를 탐색해보겠다고 했어요!"

새벽이 오기 직전이었다.

"사람 입을 열게 하는 가장 좋은 방법이 뭔지 알아, 토미?" 태비가 방석에서 유용한 조언을 던졌다. "예외 없이? 100퍼센트? 절대로 실패하지 않는 방법? 탄산음료 기법이지. 코로만 숨을 쉴 수 있도록 입을 막는 거야. 깔때기가 있으면 더 좋지. 그리고 코에다 탄산음료를 부어. 뇌가 끓어넘치는 것처럼, 곧장 튀어나오지. 사악하다고."

아침 10시였다.

코코란 옆에서 크리스털의 자갈길 위로 조심조심 발을 옮기는데, 문득 죽은 아버지의 훈장을 받으러 갔던 날 독일인 아주머니 모니카의 팔을 잡고 버킹엄 궁전 앞뜰을 가로질렀던 기억이 정확하게 떠올랐다. 죽었는데 훈장이 무슨 소용이지? 그는 생각했다. 사는 동안 학교는 무슨 소용이야?

다부진 흑인 경비가 두 사람을 들였다. 그는 녹색 조끼와 검은색 바지 차림이었다. 줄무늬 면 조끼 차림의 점잖은 흑인 집사가 그들을 맞으러 나왔다.

"두목한테 가는 거야, 아이삭." 코코란이 말했다. "지킬 박사와 하이드. 기다리고 계셔."

거대한 홀에 교회당처럼 발소리가 메아리쳤다. 금박 손잡이가 달린 대리석 곡선 계단이 파랗게 칠한 둥근 지붕 쪽으로 세 번 꺾이며 올라갔다. 대리석은 분홍색이었고, 햇빛이 장밋빛으로 반사되고 있었다. 진짜 사람 크기의 이집트 전사 둘이 아치 모양의 돌문을 지키고 서 있었다. 그들은 돌문을 지나 태양신 라의 금빛 머리가 버티고 있는 전시실로 들어갔다. 그리스 흉상, 대리석 머리, 손, 단지, 상형문자가 새겨진 돌 받침이 서 있거나 이리저리 널려 있었다. 벽을 따라 놋쇠로 보강한 유리 찬장이 늘어서 있었고, 안에는 작은 조각상이 가득 차 있었다. 손으로 인쇄한 서명이 출처를 알려주었다. 서아프리카, 페루, 콜럼버스 미 대륙 발견 이전, 캄보디아, 미노스, 러시아, 로마, 한 상자에는 그냥 '나일'이라고 적혀 있었다.

그는 약탈자야, 버가 말했다.

프레디는 훔친 공예품을 파는 걸 좋아해요, 소피가 말했다.

로퍼가 직접 아저씨를 탐색해보겠다고 했어요, 대니얼이 말했다.

그들은 도서실 안으로 들어갔다. 가죽 장정의 책들이 바닥에서 천장까지 가득 차 있었다. 사람이 없는 나선형 계단도 장식되어 있었다.

그들은 아치 모양의 지하 감옥 사이로 난 교도소 복도로 들어섰다. 독방 안에는 으슥한 불빛을 받아 고대 무기들이 번들거리고 있었다. 도검, 창, 철퇴, 나무 말 위에 세워진 갑옷, 머스킷 총, 미늘창, 포탄, 아직 바다 따개비가 붙어 있는 녹색 화포.

그들은 당구실을 지나 저택의 두 번째 중심으로 들어섰다. 대리석 기둥이 마차 지붕을 떠받치고 있었다. 가장자리에 대리석 통로가 있고 타일이 깔린 파란색 풀장에 그들의 모습이 비쳤다. 벽에는 과일과 농장, 벌거벗은 여인을 그린 인상주의 회화가 걸려 있었다. 고갱의 진품일까? 대리석 마차 위에 셔츠와 헐렁한 바지 차림의 젊은 남자 두 명이 열린 서류 가방을 앞에 놓고 사업 이야기를 하고 있었다.

"코키, 안녕, 오랜만이야." 그중 한 사람이 말했다.

"반가워." 코코란이 말했다.

그들은 윤기 나는 높다란 청동 문 앞에 도착했다. 문 앞에는 프리스키가 작은 의자를 놓고 앉아 있었다. 아줌마 같은 숙녀가 속기록을 들고 나왔다. 프리스키는 발을 거는 척 여자 앞에다 얼른 다리를 뻗었다.

"아, 이 장난꾸러기." 부인은 기분 좋게 말했다.

문이 다시 닫혔다.

"이야, 소령 아닌가." 프리스키는 지금 막 알아차렸다는 듯 익살맞게 소리 질렀다. "오늘은 좀 어때? 거기, 반가워, 토미. 그거야."

"닥쳐." 코코란이 말했다.

프리스키는 벽에 달린 경내 전화를 집어 들고 번호 하나를 눌렀다. 문이 열리더니 복잡한 가구로 가득 찬 거대한 방이 나타났다. 방 안 가득 햇살이 워낙 눈부시게 비치는 반면 그림자는 너무나 어두워서, 어딘가에 도착했다는 느낌이 아니라 올라간다는 느낌이 들었다. 스테인드글라스 벽 너머 테라스에는 괴상한 형태의 흰 테이블이 놓여 있었고, 각각 흰 파라솔이 딸려 있었다. 그 너머로 좁은 모래사장과 검은 산호초로 둘러싸인 에메랄드빛 석호가 보였다. 산호초 너머에는 흰 물결이 이는 파란 바다가 펼쳐졌다.

첫눈에는 방의 화려함밖에 느낄 수가 없었다. 눈부심과 어둠 속에서 방주인은 있는지 없는지 눈에 들어오지도 않았다. 그때 코코란이 그를 앞으로 떠밀었고, 그제야 거북 등딱지와 놋쇠로 된 소용돌이 모양의 금빛 책상, 그 뒤로 약간 닳아서 올이 풀린 풍성한 태피스트리가 덮인 두루마리 모양의 의자가 보였다. 책상 옆 넓은 팔걸이와 발 받침대가 딸린 대나무 의자에, 세상 최악의 남자가 흰 항해용 바지와 에스파드리유 신발, 주머니에 문장이 수놓인 남색 짧은 소매 셔츠 차림으로 비스듬히 누워 있었다. 다리는 겹쳐서 꼬고 있었고, 납작한 안경을 쓰고 있었으며, 셔츠와 같은 문장이 붙은 가죽 정장의 폴더에서 뭔가를 읽고 있었다. 그는 읽으면서 미소 짓고 있었다. 여비서가 그 뒤에 서 있었다. 아까 본 여자와 쌍둥이 같은 인상이었다.

"괜찮아, 프리스키." 놀랄 정도로 귀에 익은 목소리가 들려왔다. 그는 가죽 폴더를 접어서 비서에게 건넸다. "테라스에는 아무도 없네. 내 해안에서 보트를 타고 있는 건 누구지?"

"탤버트가 수리를 하는 중입니다, 두목." 뒤쪽에서 아이삭이 말했다.

"고치지 말라고 해. 코크, 샴페인 좀. 이야, 이게 누구야, 파인. 이리 와. 잘했어. 정말 잘했어."

그는 안경을 코끝에 우스꽝스럽게 걸친 채 일어섰다. 그리고 조녀선의 손을 잡더니 마이스터에서 그랬던 것처럼 사적인 영역까지 훌쩍 들어오도록 끌어당겼다. 그리고 이마에 주름을 잡으며 안경을 통해 그를 관찰했다. 동시에 마치 때리기라도 할 것처럼 조녀선의 뺨 쪽으로 두 손바닥을 들어 올렸다. 너무나 가까워서 손의 열기가 느껴질 정도로 손바닥을 올린 채로, 로퍼는 얼굴 각도를 바꾸더니 몇 센티미터 떨어진 위치에서 만족할 때까지 조녀선을 바라보았다.

"대단해." 그는 마침내 말했다. "아주 잘됐어, 파인. 정말 잘했어, 마티. 돈이 좋구먼. 이러라고 있는 거지. 도착했을 때 집을 비워서 미안하네. 농장 몇 군데를 파느라고 말이야. 언제가 최악이었지?" 그는 갑자기 코코란을 돌아보았다. 코코란은 돔 페리뇽을 따른 은제 술잔 세 개를 트레이에 얹어 다가오고 있었다. "여기 있군. 술은 안 마실 줄 알았는데."

"수술 직후였을 겁니다." 조녀선이 말했다. "정신이 막 돌아왔을 때. 치과 진료보다 열 배는 더 아팠습니다."

"잠깐만. 여기가 최고야."

화제를 정신없이 오가는 로퍼의 대화방식에 혼란스러워서, 조녀선은 한동안 음악을 듣지 못하고 있었다. 그러나 로퍼의 손이 뻗어 나와 침묵을 지시하자, 파바로티가 부르는 〈여자의 마음〉 마지막 구절이 차츰 잦아들고 있다는 걸 알아차릴 수 있었다. 세 사람은 음악이 끝날 때까지 움직이지 않고 서 있었다. 문득 로퍼가 술잔을 집어 들더니 입에 갖다 댔다.

"참, 대단해. 일요일에는 늘 틀어놓지. 절대로 빼먹지 않아. 그렇지, 코크? 정말 운이 좋았어. 고맙네."

"운이 좋았습니다." 조녀선은 말하고는 술을 마셨다. 저 멀리 보트의 엔진 소리가 끊기고 깊은 정적이 흘렀다. 로퍼의 시선이 조녀선의 오른손목에 난 흉터로 향했다.

"점심은 몇 명이지, 코크?"

"열여덟 명이었는데, 스무 명이 됐습니다, 두목."

"빈센티 가족도 오나? 비행기 소리를 못 들었는데. 그 사람들 몰고 다니는 체코 쌍엽기 말이야."

"마지막으로 들었을 때 온다고 했습니다."

"제드에게 말해. 이름표를 작성하라고. 냅킨도. 그 시뻘건 화장실 휴지 말고. 빈센티에게 연락해서 오는지 안 오는지 정확하게 확인해봐. 폴리는 130기로 왔나?"

"아직 기다리는 중입니다."

"빨리 오지 않고. 아예 오질 말든가. 자, 파인. 여기에 앉아. 거기 말고, 여기. 내 눈에 보이는 데. 그리고 상세르를 준비하라고 아이삭에게 전해. 차갑게 해서 내오라고. 아포가 수정안을 팩스로 보내왔나?"

"수신 트레이 안에 있습니다."

"대단한 친구야." 로퍼는 코코란이 방을 나가자 말했다.

"그런 것 같습니다." 조너선도 정중하게 동의했다.

"봉사하는 걸 좋아하지." 로퍼는 헤테로섹슈얼끼리 나누는 의미심장한 시선을 던졌다.

로퍼는 술잔을 돌리면서 샴페인이 빙글빙글 돌아가는 모습을 바라보며 미소 지었다. "원하는 게 뭔지 말해주겠나?"

"음, 가능하면 로 식당으로 돌아가고 싶습니다. 편하실 대로 최대한 빨리. 나소까지 비행기만 태워주시면 됩니다. 거기서는 제가 알아서 갈 수 있습니다."

"내 말뜻은 그게 아니야. 좀 더 거대한 질문이었어. 인생에서 말이야. 자네가 원하는 게 뭐지? 계획이 뭔가?"

"계획 같은 건 없습니다. 지금 당장은. 그냥 떠돌아다니는 중입니다. 여유를 두고."

"배짱은. 자네 말 안 믿어. 자넨 평생 동안 휴식을 취해본 적이 없었어, 내가 볼 때는 말이야. 나도 마찬가지. 늘 뭔가를 한다네. 골프를 치거나, 배를 타거나, 이걸 하고 저걸 하고. 수영, 섹스. 하지만 엔진은 늘 돌아가. 자네도 마찬가지야. 내가 자네한테서 가장 마음에 드는 점이 그거지. 기어를 중립에 두지 않아."

그는 아직 미소 짓고 있었다. 하지만 로퍼가 어떤 증거를 바탕으로 이런 판단을 내렸는지는 알 길이 없었다.

"그렇게 말씀하신다면……."

"요리. 등산. 항해. 그림. 군인. 결혼. 언어. 이혼. 카이로에서 여자, 콘월에서 여자, 캐나다에서 여자. 오스트레일리아 출신의 마약상을 죽이고. 목적이 없다고 말하는 친구는 절대 신뢰하지 않아. 왜 그랬지?"

"뭐 말씀입니까?"

로퍼의 매력은 조너선이 미처 상기하지 않았던 부분이었다. 남자 대 남자로, 로퍼는 상대에게 무슨 말을 하든지 이야기가 끝나면 다 웃어줄 거라는 신호를 보내고 있었다.

"대니얼을 위해서 모험을 했지 않나. 하루는 어떤 남자의 목을 부러뜨렸다가, 다음 날에는 내 아들을 살렸다. 자네는 마이스터를 털었는데, 왜 나는 털지 않지? 왜 내게 돈을 달라고 하지 않나?" 그는 거의 안타까워하는 말투였다. "돈을 주겠어. 자네가 무슨 짓을 했는지는 관심도 없어. 자넨 내 아들을 살렸네. 아이에 관해서라면 내 사례금은 한도가 없어."

"돈을 바라고 한 일이 아닙니다. 날 고쳐주셨잖습니까. 돌봐주셨고요. 전 잘 지냈습니다. 이제는 그냥 가고 싶습니다."

"한데 어떤 언어를 하지?" 로퍼는 종이 한 장을 집어 들어 들여다보다 옆으로 치웠다.

"프랑스어, 독일어, 스페인어."

"바보들, 대부분의 언어학자들은 바보들이야. 한 나라 말로 할 수 있는 이야기가 없어서 다른 나라 말을 배우고 그 말로도 아무 이야기를 못 하지. 아랍어는?"

"못 합니다."

"왜? 거기에도 오래 있었잖아."

"음, 그냥 조금 합니다. 기본적인 회화 수준입니다."

"아랍 여자를 만날 걸 그랬어. 어쩌면 그랬을 거야. 혹시 내 친구 프레디 하미드라고 아나? 약간 거친 친구인데. 알았을 거야. 자네가 일하던 술집을 그 친구 집에서 운영했어. 말도 키웠고."

"호텔 경영진이었습니다."

"수도사였다지, 프레디 말로는. 그 친구한테 물어봤어. 아주 신중했다고. 거기엔 왜 갔지?"

"우연히요. 졸업한 날 호텔 학교 게시판에 일자리 광고가 붙어 있었습니다. 늘 중동에 가보고 싶었기 때문에 지원했지요."

"프레디한테는 여자친구가 있었어. 나이 많은 여자. 영리했지. 그 친구한테는 과분했어. 마음도 따뜻하고. 승마 대회나 요트 클럽에도 같이 나오고 그랬는데. 소피라고. 혹시 만난 적이 있나?"

"그녀는 죽었습니다."

"맞아. 자네가 떠나기 직전에. 혹시 만난 적이 있나?"

"호텔 꼭대기 층에 그녀의 펜트하우스가 있었습니다. 다들 알았죠. 하미드의 여자였습니다."

"자네 여자였나?"

영리하고 또렷한 눈빛은 협박하지 않았다. 감정하고 있었다. 동료 의식과 이해심을 내밀고 있었다.

"당연히 아닙니다."

"왜 당연히 아니지?"

"미친 짓이죠. 설령 그녀가 원했다고 해도요."

"왜? 다혈질의 아랍인이었어, 40살에, 추락하는 걸 좋아했지. 매력적인 젊은 친구였어. 프레디는 딱히 매력도 없었고. 누가 죽였지?"

"제가 떠날 때까지도 수사 중이었습니다. 누굴 체포했다는 이야기는 못 들었습니다. 강도일 거라고 생각하더군요. 여자가 놀라게 해서 죽였다고."

"자네 아니었나?" 또렷하고 영리한 눈은 속 시원히 털어놓으라고 격려하고 있었다. 순진한 미소.

"아닙니다."

"확실해?"

"프레디 짓이라는 소문이 있었습니다."

"그래? 그가 왜 그런 짓을 하겠나?"

"누구한테 시켰던가요. 여자가 배신했다는 소문이 있었으니까."

로퍼는 흥미를 보였다. "한데 자네는 아니고?"

"아닙니다."

미소는 여전히 걸려 있었다. 조너선도 마찬가지였다.

"코키도 자넬 간파하지 못했어. 수상한 친구라고. 자네한테 안 좋은 낌새를 느낀 모양이야. 기록하고 느낌이 다르다고 그러더군. 다른 일은 뭘 했지? 혹시 뭐 또 숨기는 거 있나? 우리가 모르는 재주라도 부린 적 없어? 경찰도 모르는? 따로 죽인 사람은 더 없고?"

"재주 같은 건 부린 적이 없습니다. 무슨 일이 생기면 그냥 반응했을 뿐입니다. 늘 그랬어요."

"음, 반응이라. 그건 확실해. 소피의 시체를 자네가 보고 신원을 확인해줬다고 하더군. 맞아?"

"네."

"힘든 일이었겠지."

"누군가는 해야 했습니다."

"프레디가 고마워했어. 자넬 보면 고맙다고 전해달라더군. 물론 우리끼리 비밀이지만. 자기가 잡혀갈까 봐 걱정했던 모양이야. 그랬다면 일이 복잡해졌겠지."

드디어 증오가 조너선에게 영향을 미쳤을까? 로퍼의 얼굴에는 전혀 변한 것이 없었다. 반쯤 떠올린 미소도 여전했다. 시야 저쪽에서 코코란이 살그머니 방 안으로 들어오더니 소파에 앉았다. 뭐라 정확히 표현할 수는 없었지만, 로퍼의 태도가 변했다. 그는 관객을 앞에 둔 배우처럼 연기하기 시작했다.

"자네가 타고 캐나다로 갔던 배 말이야." 그는 다시 흉허물 없이 말했다. "이름이 뭐였나?"

"벧엘의 별이었습니다."

"등록된 배였나?"

"영국 사우스실즈에요."

"거기 침상은 어떻게 얻었지? 쉽지 않았을 텐데. 지저분한 작은 배에 침상을 얻는다는 게."

"요리를 했습니다."

옆에 물러앉은 코코란은 참을 수 없다는 듯 물었다. "한 손으로?"

"고무장갑을 꼈습니다."

"침상을 어떻게 얻었지?" 로퍼가 다시 물었다.

"배의 요리사에게 뇌물을 줬고, 선장이 날 정원 외 선원으로 태웠습니다."

"이름은?"

"그레빌입니다."

"자네 중개인 말인데, 빌리 본이라고. 로드아일랜드 뉴포트 선원 소개소. 본은 어떻게 만났지?"

"다들 압니다. 우리 중 누구에게든 물어보세요."

"우리라고?"

"선원들 말입니다. 음식 서비스 직원들."

"거기 빌리에게서 온 팩스 있지, 코크? 마음에 들었다고? 내가 기억하기로, 아주 사람 좋은 친구였다고?"

"아, 빌리 본은 이 친구를 사랑했어요." 코코란은 뚱하게 지껄였다. "러몬트는 나쁜 짓을 할 사람이 아니다. 요리도 잘하고, 싹싹하고, 뭘 훔치는 일도 없고, 원할 때 늘 대령해 있고, 원하지 않을 때는 조용히 사라지고, 본성이 선한 사람이다."

"한데 다른 추천서도 살펴보지 않았던가? 전부 다 좋진 않던데."

"약간 수상했지요, 두목. 날조였어요."

"가짜였나, 파인?"

"네."

"자네가 팔을 부러뜨렸던 친구 말이야. 이전에 만난 적이 있나?"

"아뇨."

"다른 날 로에 와서 식사한 적도 없고?"

"없었습니다."

"같이 항해한 적도 없고? 요리를 해줬다거나, 대신 마약 거래를 해줬다거나."

협박 조의 질문도 아니었고, 말이 빨라지지도 않았다. 코코란이 옆에서 얼굴을 찌푸리며 귀를 잡아당기고 있었지만, 로퍼의 친근감 있는 미소는 여전했다.

"그런 적 없습니다."

"대신 사람을 죽였다거나 뭘 훔쳤다거나."

"없어요."

"그의 공범은?"

"모릅니다."

"자네가 그쪽하고 짜고 일을 공모했다가 중간에 편을 바꿨을지도 모른다는 생각이 들어서 말이야. 그 때문에 그렇게 두들겨 팼던 게 아닐까. 교황보다 더 신성하다는 걸 보여주기 위해서, 내 말뜻 알겠나?"

"말도 안 되는 소리입니다." 조너선은 날카롭게 말했다. 힘주어서 말했다. "모욕입니다." 보다 문학적인 표현을 덧붙였다. "그 말은 취소해주십시오. 제가 왜 이런 대접을 참아야 합니까?"

깡 좋은 인생 패배자 연기를 해, 버가 말했다. 절대로 엎드리지 마. 그러면 상대가 싫어해.

그러나 로퍼는 조너선의 항의를 못 들었는지 말을 이었다.

"도피 중이고 가명을 쓰고, 자네 같은 사람이라면 다시 경찰과 얽히고 싶지 않겠지. 돈 많은 영국인의 아이를 납치하는 것보다 그의 신뢰를 얻는 게 좋지 않겠어. 내 말뜻 알겠나?"

"난 그 두 사람과 아무런 관계도 없습니다, 말했잖습니까. 그날 밤 이전에 본 적도, 들은 적도 없는 사람들이었습니다. 난 당신 아들을 구했어요. 안 그래요? 보상도 바라지 않았습니다. 그냥 보내달라고 했을 뿐입니다. 그뿐입니다. 그러니 보내주십시오."

"그들이 주방으로 갈 거라는 건 어떻게 알았지? 어디든 갈 수 있었을 텐데."

"그 사람들은 경내를 알고 있었습니다. 현금이 어디 있는지 알고 있었어요. 미리 정찰했던 게 분명했습니다. 맙소사."

"자네한테 도움을 받아서?"

"아닙니다!"

"자네는 숨을 수도 있었어. 왜 그러지 않았지? 문제를 피하고 싶었을 텐데. 도망 중인 사람이라면 누구나 그렇지 않겠나? 난 그런 경험이 없어서 말이야."

조녀선은 아주 오랫동안 침묵을 지키다가 한숨을 쉬고는 집주인의 광기에 질렸다는 듯 말했다. "차라리 그럴 걸 그랬습니다." 그는 답답하다는 듯 몸을 축 늘어뜨렸다.

"코크, 그 병은 어떻게 됐지? 안 마셨지?"

"여기 있습니다, 두목."

로퍼는 다시 조녀선을 향했다. "난 자네가 이 집에 머물면서 실컷 즐기고, 일도 돕고, 수영도 하고, 힘을 되찾아줬으면 좋겠어. 우리가 자네에게 할 수 있는 일을 찾을 때까지 말이야. 어쩌면 일거리를 만들어줄수도 있고. 약간 특별한 일거리로. 알 수 없지만." 미소가 커졌다. "당근 케이크도 만들어줘. 뭐 어때?"

"싫습니다." 조녀선은 말했다. "제가 원하는 건 그게 아닙니다."

"배짱이라. 배짱 한번 좋군."

"당신이 갈 데가 어디 있지?" 코코란이 물었다. "뉴욕에 있는 칼라일? 보스턴의 리츠 칼튼?"

"난 내 갈 길을 갈 거요." 조녀선은 정중하게, 그리고 단호하게 대답했다.

할 만큼 했다. 연기는 그와 일체가 되어 있었다. 그 자신도 차이점을 알아차릴 수 없었다. 나는 내 공간이, 나 자신의 목표가 필요하다, 그는 스스로에게 말하고 있었다. 다른 사람의 창조물이 되는 건 지긋지긋하다. 그는 떠날 준비를 마치고 일어섰다.

"아니, 이게 무슨 소리야." 로퍼는 이해할 수 없다는 듯 외쳤다. "내가 돈을 주겠다니까. 난 인색한 사람이 아니야. 최고로 주겠어. 섬 반대편에 작은 집도 있고. 우디의 집을 쓰면 되겠군, 코키. 말, 수영, 배도 빌려. 자네한테 딱 좋잖아. 그건 그렇고 여권은 뭘 쓸 생각이지?"

"제 거요." 조녀선은 말했다. "러몬트. 토머스 러몬트." 그는 코코란에게 말했다. "내 물건 중에 있습니다."

구름이 해를 가렸다. 방 안은 잠시 부자연스러운 저녁처럼 변했다.

"코키, 안 좋은 소식을 전해줘." 로퍼는 파바로티가 다시 노래를 부르기 시작했다는 듯 한쪽 팔을 뻗으며 지시했다.

코코란은 어깨를 으쓱하더니 미안하다는 듯 씩 웃었다. '내 탓은 아니야'라는 표정. "아, 그래. 그 캐나다 여권 말인데…… 유감스럽게도 못 쓰게 되어버렸어. 서류 분쇄기에 넣었거든. 그때는 그게 옳은 일인 것 같아서."

"무슨 소리요?"

코코란은 혹이라도 찾았는지 한쪽 손바닥을 반대편 손 엄지로 눌렀다.

"성질 부려봤자 좋을 것 없어. 자네를 위해서 한 일이니까. 자네 정체가 다 탄로 나버렸거든. 며칠 전부터 토머스 러몬트는 서구권 전역의 수배 목록에 죄다 올랐어. 인터폴, 구세군, 전부 다. 원하면 증거도 보여줄게. 긴급 수배범이야. 미안해. 하지만 사실이라고."

"그건 내 여권이야!"

마마로의 주방에서 그를 사로잡았던 것과 거의 같은, 가식 없는, 억누르지 않은, 눈먼 분노가 치밀어 올랐다. 그건 내 이름이고, 내 여자고,

내 배신이고, 내 그림자란 말이야! 난 그 여권을 위해 거짓말을 했어! 그걸 위해 배신을 했어! 그걸 위해 요리를 하고, 허드렛일을 하고, 썩은 음식을 먹고, 전과를 남겼다고!

"우리가 새 여권을, 깨끗한 것으로 만들어주겠네." 로퍼가 말했다. "그 정도야 당연히 우리가 해야지. 코크, 폴라로이드를 가져와서 증명사진을 찍어줘. 요즘엔 컬러사진을 쓰더군. 몇은 누가 좀 가져갔으면 좋겠군. 우리 말고는 아무도 몰라, 알겠나? 정원사도, 하녀도, 마부도, 그 누구도." 의도적인 침묵. "제드도, 전혀 몰라. 제드는 이 일에 대해서 전혀 모르고 있어." 그는 '무슨 일'인지 정확하게 언급하지 않았다. "자네가 콘월에서 타던 오토바이는 어떻게 했지?"

"브리스틀 외곽에 버렸습니다." 조너선은 말했다.

"왜 팔지 않고." 코코란이 악착같이 물었다. "프랑스로 가져가거나. 그럴 수도 있었잖아."

"그건 걸림돌이었어. 다들 내가 오토바이를 탄다는 걸 알았다고."

"한 가지 더." 로퍼는 테라스 쪽으로 등을 돌린 채 검지로 조너선의 머리를 겨눴다. "우리끼리는 아주 긴밀해야 해. 훔치긴 하지만, 우리끼리는 절대 등을 치지 않아. 자넨 내 아들을 살렸어. 하지만 혹여 선을 벗어나는 순간, 자넨 차라리 태어나지 않는 게 좋았을 거라는 생각을 하게 될 거야."

테라스에서 발소리를 들은 로퍼는 누군가 자신의 지시를 어겼다고 생각했는지 화낼 준비를 하고 돌아보았지만, 거기에는 테라스 여기저기에 놓인 테이블에다 은 받침을 놓고 이름표를 세우는 제드가 있었다. 고동색 머리카락이 어깨 위로 흘러내렸고, 몸은 랩스커트로 얌전하게 감싸고 있었다.

"제즈! 여기 잠깐만 와봐! 좋은 소식이 있어. 토머스 말이야. 우리 집에 잠시 머물게 됐어. 대니얼에게도 전해줘. 펄쩍펄쩍 뛸 거야."

그녀는 잠시 손을 멈췄다. 그녀는 고개를 들고 이쪽을 보더니 카메라를 향해 최고의 미소를 지어 보였다.

"아, 세상에, 토머스, 잘됐어요." 추어올린 눈썹, 눈물이 맺힐 듯한 반가움. "정말 좋은 소식이에요. 로퍼, 우리 축하라도 할까요?"

다음 날 아침 7시가 막 지난 시각이었지만, 마이애미 본부 시각으로는 자정이었을 것이다. 똑같은 녹색 벽돌 벽에 똑같은 네온 불빛이 비치고 있었다. 아르데코 호텔에 신물이 난 버는 이 건물을 혼자 사는 집으로 삼고 있었다.

"그래, 나야." 그는 빨간색 리시버에 대고 조용히 말했다. "목소리를 들으니, 자네 맞군. 어떻게 지냈나?"

말하는 동안, 리시버를 쥐지 않은 손이 천천히 머리 위로 올라가더니 팔 전체가 하늘을 향해 죽 뻗어갔다. 모든 것을 용서할 수 있었다. 하느님은 존재하신다. 조녀선이 마술 상자로 관리자에게 전화를 걸고 있었다.

"그들은 날 포함시키지 않으려고 해." 팰프리는 택시를 타고 배터시를 돌아가며 굿휴에게 만족스럽게 말했다. 굿휴가 페스티벌 홀에서 그를 태운 참이었다. 얼른 끝내야 해, 팰프리가 말했다.

"누구 말이야?"

"다커의 새 위원회. 자신들을 부르는 코드명을 만들었어. 플래그십이라고. 명단에 들지 않으면 플래그십 접근 권한이 없어."

"명단에는 누가 포함되어 있지?"

"몰라. 색깔로 분류되어 있어."

"무슨 뜻이야?"

"사무실 출입증에 전자 띠를 부착해서 식별해. 플래그십 열람실이 있어. 거기에 가서 출입증을 기계에 넣으면 문이 열려. 들어가면 자동으로 닫히고. 그 안에 앉아서 자료를 읽고 회의를 해. 문이 열리면, 다시 나오고."

"뭘 읽지?"

"상황 전개. 작전 계획."

"열람실은 어디에 있지?"

"건물에서 떨어진 곳에. 염탐하는 눈이 없는 곳. 빌렸어. 현금으로. 영수증 없이. 아마 은행 위층일 거야. 다커는 은행을 좋아해." 그는 얼른 내려서 가고 싶다는 태도로 계속 말하고 있었다. "플래그십 자격이 주어진 사람은 마리너라고 해. 해군 용어에 기반을 둔 내부자 속어가 새로 생겼어. 어떤 정보가 너무 '젖었다'는, 이건 플래그십 기밀로 분류해야 한다는 뜻이야. 혹은 이건 '비-마리너에게는 너무 항해용이다'라고 하지. 혹은 이 사람은 '보트 부원이 아니라 크리켓 부원이다' 이런 식으로. 내부자를 보호하기 위해 코드명으로 성벽을 치고 있어."

"마리너 소속원들은 모두 리버하우스 사람들인가?"

"순수 정보를 다루는 사람들, 은행가들, 공무원들, 하원 의원 몇 명, 제조자 몇 명."

"제조자라고?"

"생산회사 말이야. 무기 제조사. 맙소사, 렉스!"

"제조사는 영국이야?"

"거의 비슷해."

"미국은? 미국 마리너도 있나? 미국인 플래그십도 있어? 혹은 비슷한 존재라도?"

"됐어."

"이름 하나만 알려주지, 해리? 그냥 하나만."

그러나 팰프리는 너무 바빴고, 너무 할 일이 많았고, 너무 늦었다. 그는 도로에 뛰어내린 뒤에 다시 택시 안으로 몸을 굽혀 우산을 집어 들었다.

"자네 주인한테 물어봐." 그는 속삭였다. 너무 작게 속삭여서 굿휴도 완전히 확신할 수는 없었다.

〈2권에 계속〉

나이트 매니저 1

1판 1쇄 인쇄 2016년 4월 15일
1판 1쇄 발행 2016년 4월 22일

지은이 존 르 카레
옮긴이 유소영

발행인 양원석
편집장 김지연
디자인 RHK 디자인연구소 남미현, 김미선
해외저작권 황지현
제작 문태일
영업마케팅 이영인, 양근모, 박민범, 이주형, 김민수, 장현기, 이선미

펴낸 곳 ㈜알에이치코리아
주소 서울시 금천구 가산디지털2로 53, 20층 (가산동, 한라시그마밸리)
편집문의 02-6443-8846 **구입문의** 02-6443-8838
홈페이지 http://rhk.co.kr
등록 2004년 1월 15일 제2-3726호.

ISBN 978-89-255-5896-7 (04840)
      978-89-255-5895-0 (set)